seviyor sevmiyor

heidi betts

Seviyor, Sevmiyor

Orijinal Adı: Loves Me, Loves Me Knot
Yazarı: Heidi Betts

Genel Yayın Yönetmeni: Mustafa Güneş
Editör: Merve Süzer
Düzelti: Faruk Akhan
Sayfa Tasarım: Adem Şenel
Kapak Tasarım: Selim Büyükgüner

Basım: 2012

ISBN: 978-605-5358-11-2

Yayınevi Sertifika No: 20610

Baskı ve Cilt:
Deniz Ofset
Gümüşsuyu Cad. Topkapı Center B Blok
Kat: 2 No: 403 Topkapı/İstanbul
Tel: (0212) 613 30 06 / Faks: (0212) 613 51 97

Yayımlayan
Mürekkep Divit Bas. Yay. San. Dış. Tic. Lt. Şti.
Moda Cad. Uşaklıgil Apt. No: 108 Daire: 3
Kadıköy/İstanbul
Tel/Faks: (0216) 550 55 44
www.ephesusyayinlari.com / info@ephesusyayinlari.com

seviyor
sevmiyor
heidi betts

Çeviri
Zehra Samanlı

EPHESUS
YAYINLARI

Başlangıç İlmekleri

Son bir gayretle Charlotte Langan, ağır, asırlık çıkrığı tavan arasına giden son iki basamağı da aşarak, tavan arasının tozlu zeminine bırakmayı başarmıştı.

Altı ay önce çıkrığı tavan arasından indirdiğinde, tekrar o ağır nesneyi yukarıya, özellikle de tek başına, bu kadar kısa bir süre sonra çıkarması gerektiğini tahmin edememiş olmalıydı. Ancak fazla seçeneği yoktu; yeğeni her an gelebilirdi. Jenna, Charlotte'ın, ülkenin en büyük gezgin el sanatları gösterisi için yolculuk yapacağı iki haftalık süre içerisinde evde kalacaktı.

Yıllardır bu yolculuk için hazırlanıyordu. Birlikte geçirdikleri zamandan ötürü kendi çocukları gibi bağrına bastığı alpakalarını büyütüp kırkmak, kırktığı yünden elde ettiği ipliği boyayarak mavala sarmak, şal, şapka eldiven gibi satabileceğini düşündüğü her şeyi örüp, çalışmalarının yeteceğini düşündüğü kadarını kutulara istiflemek... Hepsi bu gösteri içindi. Çalışmalarının bazılarını kapalı mekânlarda düzenlenen yerel fuarlardaki ve bitpazarlarındaki tezgâhlarında satmış olmasına rağmen, zamanının çoğunu örgü örmekle geçirdiğinden ötürü, yıllardır uğruna hazırlandığı gezgin gösteride sergileyecek çok fazla eseri vardı. Daha doğrusu, fuara götüreceği çalışmaların yanı sıra, yerel panayırlarda da insanların görüşüne sunabileceği çalışmaları vardı. Charlotte derin bir nefes aldı ve çiçek baskılı poliyester giysisini kenarından tutup geniş kalçalarının hizasına gelene kadar çektikten sonra, çıkrığı tavan arasının ücra ve gölgeli bir köşesine doğru itmeye devam etti. Yeğeninin, tavan arasını kurcalamak için herhangi bir nedeni olmadığını tahmin etse de, işi şansa bırakmak istemeyen Charlotte, tavan arasını kilitlemenin en uygun hareket olacağı yönünde karar kıldı.

Eğer Jenna, kazara, tavan arasının bir köşesine öylece konulmuş üzeri beyaz bir çarşafla örtülü eski çıkrığa rastlarsa, neden teyzesinin onu kullanmadığı yönünde kafasında soru işaretleri oluşabilirdi. Hâlâ çalışır durumda ve de büyük bir olasılıkla ciddi bir değere sahip olan bir çıkrığı varken neden boşu boşuna masraf edip yeni bir tane almış olduğu da aklını kurcalayabilirdi.

Elbette Charlotte istemezse doğruları söylemek zorunda değildi. Söz konusu yarar olunca, bu tip beyaz yalanlar onun vicdanında yaralar açmazdı. Yeğenine, aile yadigârı bir eşyanın zarar görmemesi için kapıyı kilitli tuttuğunu söyleyebilirdi. Ya da çıkrığın gıcırdadığını... Ya da yenisi kadar iyi çalışmadığını...

Jenna, büyük bir olasılıkla teyzesinin bu ifadeleri altında bit yeniği aramayacaktı. Saf, masum kızcağızın, teyzesi olan bu sıra dışı, yaşlı kadının bir şeyler çevireceği konusunda en ufak bir şüphe kırıntısı bile geçmeyecekti aklının ucundan. Gizli, karmaşık şeyler... Sözün kısası; bilmesi halinde, Jenna'nın tasvip edemeyeceği herhangi bir şey...

Çünkü yaş günü pastasının son dilimini kaçırmaya çalışan şişman bir çocuğun saklanmasını andıran bir şekilde Charlotte'ın üstünü örtmekte olduğu çıkrık, eski olmasının yanı sıra, öyle basit bir aile yadigârı ya da paha biçilemez bir antikadan da çok daha fazlasıydı.

Sihirliydi.

İlk başta Charlotte çıkrığın büyülü olduğuna inanmamıştı. Çıkrığı tavan arasında ilk gördüğü ana zihninde geri dönmek, annesin ve büyükannesinin, onun büyülü özellikleri ile ilgili Charlotte'ın gençliği boyunca anlattıkları hikâyeleri anımsatmıştı ona. Gerçek aşkın kaynağı olan, eğirdiği yünlerle iki insanın sonsuza kadar birlikte mutlu olmasını sağlayan çıkrığın hikâyelerini...

Gençliğinde bu hikâyelerin uydurma olduğunu, gül kırmızısı rüyalar eşliğinde uykuya kavuşabilsin diye kendisine anlatıldığına inanırdı. Ancak, Çarşamba Gecesi Örgü Kulübü'nden bir arkadaşı olan Ronnie Chasen'ın bir gazeteciyle yaşadığı karmaşık ilişkiye tanık olduktan sonra, çıkrığın büyüsünü sınamaya karar vermişti.

Büyük umutlarla zihninde Ronnie ve Dylan'ı canlandırarak çıkrığa sardığı siyah yumuşak ipliğin onları bir araya getireceğini ümit eden Charlotte'ın, çıkrığın büyüsüyle ilgili şüpheleri hâlâ tazeydi. Çıkrıktan çıkan kıvılcımların havaya uçuşması, iki karşıt görüşlü köşe yazarının içindeki arzuları da ortaya çıkarmıştı. Ancak bu olayı tanımlayacak tabir, aşktan çok "cinsellik" olabilirdi. Çıkrığın etkisi altındaki Ronnie'nin örgü kulübünde detaylı olarak anlattığı bu birliktelik, Charlotte'ın saçlarına kadar kızarmasına sebep olmuştu. (Charlotte'ın saçları şu an, sınırlı sayıda üretilen "I Love Lucy: Kendi Saçını Kendin Yap" bakım kiti sayesinde kırmızıydı gerçi.)

İşin iyi tarafı, Ronnie ve Dylan'ın cinsel uyumundan ziyade, çıkrığın büyüsünün gerçek olduğunun kanıtlanmış olmasıydı! Charlotte'ın çıkrıkla ördüğü iplik gerçekten sihirliydi ve hemen hiç umulmadık bir yer ve zamanda aşkın ziyaretini muştulayabiliyordu.

Şüphesiz, ilk denemede elde edilen başarının genellenmesi doğru olmazdı. Her ne kadar Charlotte çıkrığın gücü karşısında derinden etkilenmiş olsa da, bir-iki ufak test daha yaparak genel bir kanıya ulaşmanın yararlı olabileceğini düşündü.

Eğer çevresinde aşka ihtiyacı olduğunu düşündüğü biri varsa, bu, yeğeni Jenna'dan başkası olamazdı. Bir buçuk yıl önce boşandığı Gage Marshall, Jenna'nın sevinçlerini ve mutluluklarını da yanında götürmüştü sanki. İkisinin birbirleri için yaratıldığından adı gibi emindi Charlotte. Ayrılık haberlerini alınca kulaklarına inanamamıştı, neden ayrıldıklarına dair vardığı kanı da yetersiz kalıyordu.

Jenna'nın Gage'le olan başarısız evliliği, kızcağızın hayatının geri kalanını yer paspaslamakla geçireceğinin bir alameti olamazdı. Aldığı onca çıkma teklifi ve buluştuğu erkeklerle yaşadıklarının da bir faydası olmadığı aşikârdı.

Jenna'nın gereksinim duyduğu şey, iyi bir silkelenmeydi. Bir yardım eli, belki de ruhunu canlandırıp yaşam denen bu oyuna yeniden dahil edebilecek bir tutam peri tozu…

Çıkrığı sağ salim yerine koymuş, bir sürü eski püskü eşya ve kutuların arkasına iyice gizlemişti. Ellerini birbirine vurarak ellerindeki tozu şöyle bir silkti Charlotte, giysisinin koluyla kaşındaki tozları da alıp kapıyı kapattı. Merdivenlerden aşağı inip doğruca odasının kapısını açtı. Odaya girince kapıyı arkadan kapatıp kilitledi. Anahtarı sutyeninin içine sokuşturuverdi, sonra bir kez daha baktı kendine aynada.

Karmakarışık turuncu saçları, birkaç saat önce kullandığı saç spreyi sayesinde şimdi harikulâde görünüyordu. Küçük mavi çiçeklerle bezeli beyaz bluzu, yukarıda toz içinde kalmasına rağmen kirlenmemişti, hâlâ temiz görünüyordu.

Görünüşünden hoşnut olduktan sonra oturma odasındaki parlak mor renkli kalın örgü yumağını alıp el çantasını toparlamak için aşağı indi. Jenna'nın giyim tarzının seksi, daracık kıyafetler olduğunu göz önüne alarak o türden parlak tüylü şeyler örmesi gerektiğini düşündü Charlotte. Öyle bir şey bulmalıydı ki, yeğeni görür görmez kullanmaya can atmalıydı.

Kolay olmayacaktı. İşlerin Ronnie'de olduğu kadar kolay yürümeyeceğini biliyordu Charlotte. Ronnie için kullandığı ip daha kalın ve güçlüydü. Üstelik sonuna doğru Ronnie o iple Dylan'a örgü örmeyi de öğretebilmişti, her ne kadar Dylan isteksiz de olsa. Bu durumla kıyaslayınca daha kişisel ve daha ciddi bir şey bulması gerektiğine karar verdi.

Her şey Charlotte'ın gizli kapaklı yürüttüğü çöpçatanlık çabalarıyla gelişmişti. Gerçi Dylan'ı Ronnie için kendisi seçmemişti fakat Charlotte, Ronnie için özel bir şeyler örmeye başlamış ve geri kalanını çıkrığın büyüsü tamamlamıştı.

Elindeki iplik yumağıyla yapmayı kafasına koyduğu şey de tam olarak buydu. Kader, sihir ve Charlotte'ın ümit ettiği kadarıyla Jenna'nın aşka bir şans daha verme arzusu... Bu sihirli çıkrık Charlotte'ın başladığı işi neticelendirecekti.

Çiftliğe yanaşan bir araba sesi duydu Charlotte. Tüm eşyalarını kaptığı gibi fırlayıp sarı Volkswagen'iyle gelen yeğenini karşılamaya gitti. Jenna'nın tuhaf kişiliğinin bir yansıması olarak arabada büyük beyaz mıknatıslı nesneler vardı ve kapılarla kaportayı sarı papatyalar süslüyor, bu haliyle şirin mi şirin küçücük bir araba gibi gözüküyordu.

Aslında arabadaki çiçekler Jenna'nın dekorasyon için kullandığı tek obje değildi. Paskalya'da arabasını minik bir tavşancığa benzetmek için, burun, kuyruk ve kulak kullanmıştı. Cadılar Bayramı'nda, cüppeyle süpürge dekore etmişti arabaya. Noel'de ise, geyik boynuzları takmıştı.

Charlotte, Jenna'nın sarı renkli, mutluluk timsali Volkswagen marka böcek model arabasını (Vosvos'unu) sürerken onu izlemeye bayılırdı; tabii ki arabanın görünüşünün aldatıcı olduğunu hiç fark etmezdi.

Bugün Jenna, baldırlarından aşağıya doğru genişleyen, cepleri gümüş rengi taşlarla bezenmiş koyu renk bir kot etek giymişti. Üzerinde de son günlerde epey popüler olan yumuşak, dökümlü ve şeffaf türden yeşil bir bluz vardı. Bu günlerde kızların içlerine ne giydiklerini, bluzlarının şeffaflığıyla sergilemelerinin bir sakıncası yoktu.

Jenna her zamanki gibi, eteğiyle mükemmel bir bütünlük oluşturan yeşil, sarı ve kahverenginin olağanüstü birleşimini bünyesinde bulunduran fularını da boynuna gevşek bir biçimde dolamayı unutmamıştı.

"Merhaba tatlım," diye seslendi Charlotte, onu karşılamak için bahçenin diğer tarafına geçmişti.

Jenna gülümseyip el salladı teyzesine ve sonra arka koltuğa koyduğu eşyalarını almak için eğildi.

"Gitmeye hazır mısın?" diye sordu Jenna, teyzesinin bulunduğu yere gelmişti bu sırada.

Charlotte kafasını aşağı yukarı salladı. "Eşyalarım vagonu tıka basa dolduracak. Ama sen içeri girip yerleşene kadar ben yola koyulmuş olurum."

"Eğer acelen varsa ben seni tutmayayım," dedi Jenna. Arabanın kapısını kapatıp elindeki rengârenk bavuluyla yeniden teyzesine bakarak, "Her şeyin yerini biliyorum ve kızlar bu gece bana eşlik etmeye gelecekler," dedi.

"Çok iyi! Neyin nerde olduğunu biliyorsun değil mi? Ya ahır?"

Jenna, dudaklarına yerleşmiş bir tebessümle, "Endişelenme Charlotte Teyze, yavrucaklar emin ellerde. Onlara gözüm gibi bakacağım, söz veriyorum," dedi.

Bir anda Charlotte'ın içine bir hüzün çökmüştü. "Tabii ki iyi bakacaksın, buna şüphem yok ama ben onlardan ayrılmaya pek alışkın değilim. Her zaman kendim bakarım, her şeyleriyle kendim ilgilenirim bilirsin..."

"İçin rahat olsun teyzeciğim, hepsinin isimlerini bilirim, deliliklerini, ihtiyaçları olan her şeyi."

Bu sözlerden sonra birbirlerine sarıldılar. Ve sonra Charlotte eski model pikap tipi arabasına doğru ilerledi. Jenna'ya göre bu kahverengi araba, ahşap yan panelleriyle "odun"u çağrıştırıyordu. Ona "odun" demeye alışmışlardı. Bu isimle bir erkeğin anatomisinin uyarılmış en özel kısmını ima ediyorlardı, ama Charlotte bunu en son söylediğinde yeğeninin yanakları kızarmıştı. Charlotte da bir daha bunu yapmadı.

Jenna, teyzesine eğer iyi bir alıcısı çıkarsa bu eski pikap tipi arabayı satmasını söylemişti, yerine daha modern ve güvenilir bir araba almayı önermişti. Ama Charlotte arabasını seviyordu. Sonuçta oldukça geniş bir arabaydı ve nereye istese götürüyordu. Hem son günlerde bu eşyaları taşımak için de çok yararı olmuştu.

Charlotte arabasına bindi ve motoru çalıştırmak için elindeki cüzdanı yan koltuğa koydu.

"Ah neredeyse unutuyordum," dedi Charlotte, elbette unutmamıştı ama böylesinin daha inandırıcı olacağını düşünmüştü.

Kucağındaki mor iplik yumağını Jenna'ya uzatarak, "Bunu senin için yaptım. Ben buralarda yokken ve koca evde yalnız kaldığın zamanlarda seni oyalar belki diye düşündüm," dedi.

Jenna yumağı alıp elleriyle okşadı.

"Bu çok güzel teyze, teşekkür ederim. Mor benim en sevdiğim renklerden biri." Teyzesinin yanağına bir öpücük kondurmak için eğildi. Sonra doğruldu ve arabanın kapısını kapattı.

"Dikkatli sür!" diye seslendi açık pencereden. "Ve gösteride iyi şanslar, umarım elindeki her şeyi satarsın".

"Ben de öyle umuyorum tatlım ve eğer umduğumuz gibi olursa, bu her şeye en başından başlamam anlamına gelir, sattıklarımın yerine yenilerini koymam gerekir."

Jenna'nın yüzünde bir tebessüm belirdi. "Olsun, ben her anından zevk alacağına eminim."

"Ben de," dedi Charlotte benzer bir tebessümle. Kontağı çevirdi ve motorun kendine gelmesi için biraz bekledi.

"Pekâlâ, o zaman. Ben gidiyorum. Kendine iyi bak! Ve bir şeye ihtiyacın olursa... Aa, ne diyorum öyle! Cep telefonum yoktu benim değil mi, neyse bir şeye ihtiyacın olursa başka birini bul. Ama yine de fırsat bulursam arayacağım seni," dedi Charlotte.

"Beni merak etme. Alpakaları da. Sadece yolculuğun tadını çıkar."

Charlotte selam vererek arabayı yavaşça tozlu yola doğru sürmeye başlamıştı. Bir yandan da Jenna'nın aynadaki, elindeki yünü sıkıca tutarak el sallayan yansımasına bakıyordu.

Charlotte'ın bu yolculukta temenni ettiği çok şey vardı. Güvenli bir seyahat, elde eğirdiği ipliklerine ve çalışmalarına yüksek talep. Ancak her şeyden önce, hayatını yeğeniyle paylaşabilecek o çok özel adamın ortaya çıkması. Gözlerindeki karamsarlık perdesini kaldırabilecek, Gage'den ayrıldıktan sonra yüzüne hiç uğramayan o güzel, samimi gülücüklerin tekrar onun yüzünde belirmesini sağlayacak biri.

Ufacık bir iplik yumağı bunu başarabilir miydi? Ancak çıkrık, sihrini daha önce de ortaya koymuştu ve Charlotte, onun bu defa da kendisini hayal kırıklığına uğratmayacağından emindi.

Düz Örgü 1

Teyzesinin mutfağında, tezgâhın üzerindeki müzik çalarından Carlos Santana'nın Rob Thomas'la birlikte söylediği "Smooth" şarkısı yankılanıyordu. Jenna, mutfak robotunun vızıltısını bastırabilmek için müziğin sesini daha da açmak istedi. Kızlar her an gelebilirdi. Jenna margaritaları hazırlayıp tamamen hazır olmak istedi.

Baskın Latin ezgilerinin temposuyla kalçaları seğirmeye başladı. Mutfak robotunun kapatma düğmesine bir yumruk atıp kapağı çıkarıverdi. Tadına bakmak için parmağını batırdı.

Mmm, mükemmel. Mango, başlangıç için gerçekten çok iyi bir seçimdi. Sırada ıhlamur, limon, ananas ve karpuz çeşnili karışımlar ve tekila vardı. Bir Meksika gecesi için gerekenler de bunlardı. *Mucho, mucho ay caramba!*

Jenna, yüksek müzik sesi bir de üstüne kendi mırıltısına rağmen, ön kapının ısrarla vurulduğunu duyabilmişti. Elini düğmeye uzatıp müziğin sesini kıstı ve kapıyı açmaya gitti.

Kapıyı açtığı anda Grace ve Ronnie, kollarında kâğıt torbalar, hasır sepetler ve ellerinde şişelerle içeri dökülüverdiler.

Etraflarını saran onca leziz koku, Jenna'nın karnını acıktırmıştı. Bu geceki ziyafet sofrasından alacakları kalorilerle

Şişman Hanım'ın çadırını* üstlenmeye aday olacaklarını bildiğinden, gün boyunca pek bir şey yememişti.

"Buradayız," dedi Grace ve neredeyse hiç soluklanmadan, "Hadi, şenlik başlasın!" diye ekledi.

Gülüşmelerin ardından Jenna, hem yüklerini hafifletmek hem de mutfağın yolunu gösterebilmek için her birinin elinden birkaç parça alıp önden yürüdü.

"Bugün için bir sürahi mangolu margarita yaptım."

"Harika, bu yüzden buradayız zaten!" dedi Ronnie, çantasındakileri tezgâhın üzerine dökerek. "İşte, partinin başlaması için yapılacaklar listesi."

Bilindik kız partilerinden biraz farklıydı onlarınki. Mutfağın etrafındaydılar, çekmeceleri ve dolapları açarak her şeyi kendi istedikleri gibi düzenlediler.

Grace Fisher sarışın ve baş döndüren bir güzelliğe sahipti. Jenna için o her şeydi. Jenna da öyle zayıf, kıvrak, kendinden emin, başarılı ve mutlu olmak isterdi. Bir keresinde Jenna, yerel bir televizyon programında Grace'in konuğu olmuştu. Son zamanlarda "Büyüleyici Grace" diye anılıyordu. Aslında çok öncelerden beri bu sıfat takipçileri tarafından Grace' e adanmıştı. En azından kamera önünde, elinden bir şeyler geldiğini göstermeyi ihmal etmezdi. Pişirme işleri ve üç katlı düğün pastaları dekore etmekten tutun da arabasının yağını değiştirmekten bujisine varıncaya dek.

Ünlü biriyle nişanlıydı. Zachary; namı diğer seksi bacaklı hokey oyuncusu. Zachary, Cleveland Rockets hokey takımının yıldız kalecisiydi. Bu ikisi, "Barbie ile Ken" misali, medyanın büyüleyici çifti olmuşlardı.

---

* 1930'larda Amerika'da BBW adıyla yayınlanan karikatür karakteri.

Eğer Jenna onları böylesine çok sevmeseydi kıskançlıktan çatlardı. Özellikle kendisinin ne kadar kısa, sıradan ve sıkıcı olduğunu düşündüğü zamanlarla kıyaslayınca.

Kendi halinde bir ilkokul öğretmeni olan Jenna'nın kısa düz siyah saçları vardı. On santimlik topuklu ayakkabıların acısına katlanmaya razı olduğu zamanlarda bile çevresindekilerin en fazla koltuk altına gelebiliyordu. Zaten topuklu ayakkabı giymenin acısına da çok ender olan özel durumlarda katlanırdı.

Ronnie de Grace kadar güzeldi. Grace'in havalı oluşunun aksine, Ronnie'nin ayakları yere basan, daha ulaşılabilir biri olduğunu düşünürdü Jenna. İkisinin saçları da aynı uzunlukta ve aynı şekildeydi, ancak Ronnie'nin sırtının yarısına kadar uzanan saçları kestane rengindeydi. Ronnie bir köşe yazarıydı. *Cleveland Sentinel*'de her hafta yazdığı bir köşesi vardı. Yakın zamana dek de, rakip gazetenin yazarı Dylan Stone ile bir üstünlük yarışına girmişti.

Ama bu düşmanlık çabucak tutkuya dönüşmüştü. Şimdi ikisi keyifli bir şekilde birbirleriyle vakit geçiriyor, birlikte yaşıyorlardı ve belki, muhtemelen, hatta büyük olasılıkla bir gün bir sonraki adıma geçip bağlılık yeminlerini bir yüzükle perçinlemek için can atıyor olacaklardı.

Jenna, kendi başarısız evliliğini ve şimdiki kurak dönemini düşününce, en yakın iki arkadaşının mutluluğunu izlemek, her zaman kolay olmuyordu. Yeterince uzun süren bu bedbahtlıkta debelenip duruyordu. Oysa bir çocuk, sadece bir çocuk için... İşte bu yüzden şimdi, kıyaslama ve hayal kırıklığının verdiği mutsuzluk onu bir depresyona sürüklüyordu. Kendi kendine, Grace'i ve Ronnie'yi ne kadar sevdiğini, değer verdiğini hatırlatıyor, bir gün belki kendisinin de yeniden âşık olabileceğini düşünüp teselli buluyordu.

Sahi, bu olabilirdi.

Bir yandan paketlerden çıkardığı Meksika usulü hazır yemekleri tepsiye yığarken, diğer yandan, "Yemeğe ben bakarım," dedi Grace.

Bunun üzerine Jenna, Ronnie'ye dönüp, "Sen de fişe takacak bir yer bulup oturma odasındaki radyoyu açsana. Fantastik Meksika gecesi yapmak için müzik şart!"

Her ne kadar yemeğin sorumluluğunu üstlenmiş olsa da, saçının perçemini savurarak bir emir de o vermek istedi. Jenna'ya seslenip, "Sen de orda boş boş oturacağına bardakları getirip doldurmaya başlasan iyi edersin. Tüm hafta boyunca zil zurna sarhoş olmayı bekledim."

Jenna kıkır kıkır gülerek büfenin yanından, tuhaf bir insan olan teyzesinin, içki bardakları olarak kullandığı marmelat kavanozlarından üçünü aldı. Kavanozları bir eline, margarita sürahisini de diğer eline alarak oturma odasına doğru ilerledi.

"Şuraya bakın!" dedi Jenna omzunun yukarısını işaret ederek.

Hemen sonra üçü de, kahve masasının arkasındaki Charlotte'ın rengi solmuş eski moda brokar setine yaslanmış, bacak bacak üstüne atmış oturuyorlardı. Ronnie ve Grace, en sevdikleri Meksika restoranından aldıkları yiyecekleri tabaklara ufak ufak dağıtırken, Jenna da soluk şeftali rengindeki köpüklü yoğun karışımı, başlangıç için makul bir dozla bardaklara doldurmaya başladı.

Bu tip buluşma gecelerinde, yemek ve içki konusunda aşırıya kaçmaları adeta bir gelenek olmuştu onlar için. Menüde peynirli krep, Meksika usulü tavuk sarma, tortilla, çıtır balıklar, pilav ve fasulyeli garnitür, tatlı ve *churro*˚ vardı. Ve elbette, Jenna'nın ağzının suyunu akıtan yemeklerin pişmesi beklenirken, atıştırılacak tarçınlı çerezler de unutulmamıştı.

˚ Bir tür İspanyol tatlısı.

Hepsi de biraz atıştırdıktan sonra, içkilerinin neredeyse yarısını devirmişken Ronnie, "Ee nasıl gidiyor hayat, neler yapıyorsunuz?" diye sordu.

Jenna cevaplamadan önce yutkundu. "İyi gidiyor. Alpakaları büyütüyorum, yani uyku yok bana ama okul için erken kalkmaya alıştım. Sabahları çok sessiz oluyor, kimse olmuyor etrafta ama buna da alışkınım." Margaritasından bir yudum daha aldı. "Bu arada, o kadar yol geldiniz; teşekkür ederim, dönüşte sizi şehre ben bırakırım."

Grace, Jenna'nın tortilla tuttuğu eline bir fiske vurdu. "Aptal olma! Güzel bir değişiklik için yeni bir yerlerde buluşmak çok hoş ve ayrıca eklemeliyim ki etrafta Charlotte olmadan burada eğlenmenin tadı bir başka."

Ronnie kaşık dolusu Meksika pilavını bir çırpıda ağzına doldurduğundan pirinç genzine kaçmıştı, yüzünün rengi beyazladı.

"Öyle demek istememiştim aslında," diyerek Grace çabucak sözü toparlamaya çalıştı. "Ben sadece yaramazlık yapmaktan bahsediyordum, hani küçükken evde yalnız kaldığın zamanlardaki gibi. Ben mesela gizledikleri doğum günü ya da Noel hediyemi bulmak için evdeki tüm gizli yerleri karıştırırdım."

"Buldun mu peki?" dedi Jenna cevabını merak ettiği bir tonda.

"Bazen. Bir keresinde burnumu çok fazla sokmuştum, bu maceram annemle babamın seks oyuncaklarını bulmamla sonuçlanınca, haliyle merak denen bir şey de kalmadı." Jenna ve Ronnie'nin gülme sesini duyunca Grace iğrenmeyle irkildi.

Ronnie, gülmekten nefesi kesilmiş bir şekilde, "Aman Tanrım! Peki, ne buldun, söylesene?"

Grace, kendisi için kelimelere dökmesi güç, oldukça korkunç bir anı olduğundan, anlatmak istemediğini belirten bir ifadeyle başını salladı. Sonra, "Bazı dergiler, oyuncaklar falan," diye kısa kesip konuyu kapatmaya çalıştı.

Zihinlerinde canlanan görüntüden bir an önce kurtulmak için üçü de aynı anda, "Iyyy," diye tiksintiyle ürperdiler.

"O zamanlarda tam olarak neler döndüğünü anlamıyordum, ama bunların görmemem gereken şeyler olduğunu içgüdüsel olarak biliyordum. Benim için büyük bir sarsıntıydı inanın, özellikle ne için olduğunu anlamaya başladıktan sonra. Ne kadar büyürse büyüsün bir çocuğun annesi babası hakkında öğrenmemesi gereken şeyler vardır."

"Peki, onların bundan haberi var mı?" diye sordu Jenna.

"Tanrı aşkına! Elbette hayır!" Yanakları kızarırken Grace'in normal, soğukkanlı davranışından eser yoktu. "Düşünebiliyor musun? Utancımdan ya kendimi vururdum, ya da Sibirya'ya taşınırdım, ya da ne bileyim işte başka bir şeyler yapardım."

Elindeki bir dilim tortillayı lime lime ederken, "Pekâlâ, çocukluk travmasını zihninden atmaya çalışan tek kişi sen değilsin Grace, üzülme," dedi Ronnie. "Bir keresinde, duştan çıktıktan hemen sonra babamın yanına gitmiştim ve hâlâ çıplaktı. Yaklaşık altı yıl boyunca babamla tekrar göz göze geldiğimizi hatırlamıyorum."

Mango margaritalarını yudumlayıp atıştırmaya devam ederlerken, bir kahkaha daha koptu.

"Ya sen, Jenna?" diye zorladı Grace. "Annenle babanın herhangi bir seks pozisyonuna şahit olmadın mı hiç, yıllardır kurtulmaya çalıştığın böyle bir travman yok mu?"

Jenna, sert bir şekilde kafasını salladı, neyse ki onun, annebabasının çıplaklığı ya da yatak odası alışkanlıklarıyla ilgili bir anısı olmamış, çocukluğunu sağ salim atlatmıştı. Kaldı ki, annesi babası da zaten öyle aleni şehvet ve doğaçlama tutkunu sayılmazdı.

O tek çocuktu. Annesi ile babası da dingin ve ağırbaşlı insanlardı. Babası sürekli takım elbise giyen, eşi ve kızından çok yerel bir muhasebe firmasındaki işiyle ilgilenen bir adamdı. Annesi ise asla dizinin üstünde etek giymeyen, gömleğinin düğmeleri boğazına kadar ilikli dolaşan bir kadındı.

"Kesinlikle, hayır. Benim herkesinki gibi öyle travmatik bir hikâyem yok. Benim dünyaya gelişim bile merak konusu. Yemin ederim. Cinsel birleşim söyle dursun, Marvin ve Bernadatte Langan'ın duş alırken kıyafetlerini çıkarttıklarından bile emin değilim ben."

Jenna, son söylediği "cinsel birleşim" sözcüğünü, Grace ile Ronnie'nin şu Meksika Gecesi'nde yedikleri yemeğin yarısını çıkarmalarına neden olacak derecede, İngiliz aksanına yakın, aşırı resmi bir şekilde telaffuz etti.

"Belki de bir gece banyoya giderken, baban kazara annenin üzerine düşmüştür," dedi Grace tamamen ifadesiz bir suratla.

Ronnie'nin de bir önerisi vardı. "Belki de sen Meryem Ana'nın Hazreti İsa'ya hamile kaldığı şekilde olmuşsundur."

Jenna hayli sert olan churrolardan bir ısırık aldı ve yutmadan önce o kıtırlığın tadına varmak istedi. "Şaşırmazdım. Ve eğer gerçekten böyleyse durum, ailemin bunu bana söylemelerini umuyorum. Çünkü böyle ulvi bir müdahale, benim kendi kendimi hamile bıraktırdığım anlamına geliyor. "

"Ooovvv," dedi Ronnie. Boş bardağını bıraktı, ellerini kâğıt peçeteyle sildi ve Jenna'nın omzuna sarılmak için birkaç adım daha attı. "Üzülme tatlım, yakında sen de birini bulacaksın, hatta muhtemelen onlarca kilo alacaksın, mutlu bebeklerin ayağının altında emekleyecek. Öyle çok çocuğun olacak ki, bir yetimhane işlettiğini düşüneceksin hatta sadece bir gece rahat uyuyabilmek için birkaçını evlatlık vermeyi bile düşünebilecek hale geleceksin."

Birkaç dakika önce mutlu ve şen hissettiği yerde, şimdi Jenna'nın göğsüne bir kurşun saplanmıştı. Sanki gözleri dolu dolu bakıyordu.

Kendi kulağına bile inandırıcı gelmeyen bir sesle, "Ben öyle olacağını düşünmüyorum!" diye çıkıştı birden. Eğer şu an duygusal olarak bu denli kötü bir durumda olmasaydı, kafasını doğrultmak için kendi kendine bir tokat atardı.

"Denedim," dedi arkadaşlarına. "Biliyorsunuz, denedim. Şu geçtiğimiz altı ay içinde bir sürü adamla çıktım. Tüm yaşamım, şu günübirlik ilişkilerden biriymiş gibi hissetmeye başladım."

"Yani, yeniden görüşmek isteyeceğin hiç kimse olmadı mı?" diye sordu Grace.

Jenna omuzlarını silkti. "Hepsi de iyiydi, hoştu. Kimisi zarifti, kimisi eğlenceli ama hiçbiri..." Sesi gittikçe alçaldı. Son zamanlarda, erkek türüne neredeyse hiç ilgi duyamadığını nasıl açıklaması gerektiğini bildiği pek söylenemezdi.

"Düğmeyi çeviren oldu mu ya da kapıyı tıklayan?" diye sorguladı Ronnie.

Ardından Grace alaycı bir tonda göz kırparak, "Ne yani fermuarını açan da mı olmadı?"

Jenna'nın kirpiklerinden iki damla yaş süzüldü ama bunu gizlemek istercesine dil çıkardı arkadaşlarına. "O kadarı bile olmadı. Bence ben, içi tükenmiş, tüm erkeklere olan ilgisini kaybetmiş bir kız kurusuna dönüşüyorum gitgide."

"Peki ya Gage?" dedi Ronnie.

Eski kocasından bahsedilmesi, midesinde bir hareketlenmeye yol açan ve sıcak terler dökmesine neden olan beklenmedik bir durumdu. Cevap vermeye çalışırken boğazında bir şeylerin düğümlendiğini hissetti. Bu, arkadaşlarının hemen fark edebileceği bir tepkiydi.

Ronnie kollarını birbirine sıkıca bağladı. Jenna'ya dönüp alnını kırıştırarak bir kaşını kaldırdı. "Görüyoruz ki içi geçmiş bir kız kurusu değilmişsin. Gönlün hâlâ Gage'de, hâlâ onu istiyorsun ve onu gerçekten ve tam olarak elde edinceye kadar başka hiçbir erkek sana yaklaşamayacak." Jenna dizlerini göğsüne çekip başını alacalı renkli eteğine gömerken, "Aman Tanrım, ben arızalı bir tipim!" diye feryat etti.

"Tatlım," dedi Grace, gayet düz bir tonda. Dip dibe durup birbirlerine dokunacak kadar yaklaşarak, "Hepimiz hasarlıyız. Hepimizin de acılarını koyduğu bir bavulu var. Ama sen, bu bavulu toparlayıp bir dolaba kaldırmak yerine, acılarını hâlâ sıcak tutuyor, yaralarının kabuk bağlamasına fırsat vermiyorsun. Bavulun içindekileri her yere saçalayıp duruyorsun."

Jenna başını kaldırdı ve Grace, onun gözlerinden süzülen yaşları silmek için kahve masasının üzerinden bir peçete aldı. Jenna da burnunu silmek için başka bir peçete aldı.

"Şimdi fark ettim; zaman zaman sabit fikirli ve otoriter olabiliyorum sanırım," dedi Grace ve ekledi. "Beni umursamak istemiyorsanız, gerçekten umursamayın, dinlemeyin beni. Ama daha önce hiç söylemediğim şeyler söyleyeceğim. Uzun zamandır üzerinde düşündüğüm şeyler."

Jenna derince aldığı soluğu, aynı derinlikle salıverdi. "Ben bunu duymak ister miyim?" diye sordu yumuşakça.

Oldukça kararlı bir ses tonuyla, "İsteyip istemeyeceğini bilmiyorum ama bilmen gerektiğini düşünüyorum," dedi Grace.

Ronnie, margarita sürahisine ulaştığında Jenna'nın bardağını da doldurup eline verdi. "Şimdi biraz daha içelim ve sonra Grace anlatmaya başlasın. Bu yara bandını sökmek gibi bir şey olacak. Yalnızca birkaç saniye acıtacak ama sonra her şey iyi olacak."

Grace'in dudaklarında biraz yıpranmış da olsa, televizyon stüdyosunda yaptıkları uzun ömürlü makyajın izleri vardı. İyi ki vardı!

"Tamam," dedi Jenna. Sesinde belli belirsiz bir titreme vardı. "Hadi, ser bakalım önüme!"

"Gage olayına bir son vereceğini düşünmüyorum. Çocuklarının babası olmasını istediğin için o gittikten sonra tüm kapıları kapattın. Evli olun ya da olmayın, o bahsettiğin listedeki adamların arasında, o kafandakilerin yakınından dahi geçebilecek bir adam bulamayacaksın, çünkü sen başka birini değil, birebir Gage'i, onun DNA eşini arıyorsun."

Jenna, arkadaşının bu acımasız çıkışına kızabilmeyi çok isterdi ama acı gerçek buydu; Grace haklıydı. En başından beri, Jenna Gage'den boşanmayı hiç istememişti. Bu yüzden, onu sevmekten nasıl vazgeçebilirdi ki, onunla geçirdiği zamanları nasıl silip atması beklenirdi?

Bir feryatla, başını kanepenin üzerine attı.

"Ee, peki ne yapmamı bekliyorsunuz?" diye sordu arkadaşlarına. "Hayatımın geri kalanını acınası, çocuksuz ve yalnız geçireceğim çünkü benim kocam, benim sevdiğim adam, beni sevmekten ve benimle bir aile kurma fikrinden vazgeçti."

Jenna, en yakın arkadaşlarından birinin, o olmazsa diğerinin, kendisine arka çıkmasını, sözlerini doğrulamasını, bir şeyler söylemesini, eski bir koca olarak Gage'i bir fare gibi küçümsemelerini bekliyordu.

Elbette, Jenna ona kızgın olduğunda Gage adeta bir fare gibi oluyordu. Jenna bunun için kendini kötü hissetmiyor değildi. Diğer yandan, onun iyi bir adam olduğunu kabul edecek yüreği vardı en azından.

İyiden daha iyi; Gage en iyilerden biriydi. Evliliklerinin ilk zamanlarında, beyaz atlı prens, Sir Galahad* ve Süpermen... Hepsi tek bir vücutta toplanmıştı ve bu tek vücut da Gage idi. Sonraları Gage kendini Jenna'dan geri çekmeye başlayınca, Jenna da onu gerçekten tanıyıp tanımadığını sorguladı.

"Pekâlâ," dedi Ronnie. Topu topu üç hecelik bir sözü uzatarak. "Sanırım, bu senin nasıl bir kadın olduğunla alakalı."

Jenna'nın kalbi acıyla çarpmaya başladı, gözleri büyüdü. "Ne demek istiyorsun sen? Sizin kadar 'kadın' olamadığımı mı ima ediyorsun? Kötü bir eş olduğumu ya da berbat bir anne olacağımı mı?"

Titriyordu. Histeri krizine kapılmak üzereydi. Evliliklerinin bozulması ile ilgili bilinçaltındaki her tür yoğun ve kasvetli korku onu böylesine çirkinleştiriyordu.

"Elbette öyle demek istemedim," dedi Ronnie sakince. Tekrar sürahiye uzandı ve sulu karışımın sonunu 3 bardağa da paylaştırdı. "Ama boşanalı neredeyse iki yıl oldu ve bence hayatınla ilgili bir takım köklü ve hızlı kararlar almanın vakti geldi. Ama yine de bu tekila temelli rengârenk içkinin damarlarımızda dolaşıyor olmasının daha iyi olup olmadığı tartışmaya açıktır. Hadi, gel, mutfağa gidelim ve diğer margaritayı hazırlayalım."

"Sonra ne olacak?" Onların da istekli olduğundan emin olmak istediği için sordu.

"Sonra mı?" dedi Grace, "Sonra... Harikulâde ve cüretkâr bir plan tezgâhlarız geleceğin için."

Jenna "harikulâdelik" ile ilgili pek bir şey bilmiyordu ama plan yapmak kesinlikle cesaret işiydi ve işin içinde cesaret olduğundan, Jenna bu planı yürüteceğine emin değildi.

---

* Bir yuvarlak masa şövalyesi. Ayrıca kusursuz şövalye olarak da bilinir.

Mutfakta oturdukları sırada, iki büyük sürahi margarita devirdiler. Her bardağa gittikçe daha fazla tekila koyarak önce ıhlamur sonra karpuz karışımını tercih ettiler. Diğer yandan Grace ve Ronnie, Jenna'yı gerçekten nasıl hissettiğini ve ne istediğini söyleyinceye dek adeta bir somon gibi kızarttılar. Bekâr mı kalmak istiyor, yoksa evlenmek mi?

Çok fazla erkekle mi çıkmak ister, birkaç tane yeter mi? Tanıdığı gördüğü biriyle mi buluşmak hoşuna gider, internet üzerinden tanımadığı insanlarla çıkmak mı, yoksa bir çöpçatanın aracı olması mı uygundur onun için?

Gerçekten çocuk sahibi olmak istiyor mu? Eğer öyleyse yalnız bir anne olmaya da hazır mı?

Kanlı canlı bir erkekten mi hamile kalmak ister, yoksa bu işe bir hile katmaya var mı?

Jenna'nın gitgide mide bulandırıcı bir hal alan bu durum içinde çabucak fark ettiği şey, günübirlik ilişkiler yaşamak istemediğiydi. Şu zamana dek gerçekten ilgisini çeken, kendini onun yanında tamamlanmış hissettiği tek kişi Gage idi. Ve eğer şimdi ona sahip olamayacaksa, yalnız kalmayı tercih ederdi.

Geçen bir buçuk yılla savaşmanın hiç de kolay olmadığını, Gage'i unutmak için kendisiyle yaptığı savaşı, buna rağmen iyi ve mutlu gözükmeye çalışmayı göz önüne alınca, bu içini dökme olayı mucizevi bir şey gibi gelmişti ona.

Yine de o, gerçekten bir bebek sahibi olmak istiyordu. Hep istemişti. Ama henüz çok gençti ve doğru zaman için ne kadar yıl geçmesi gerektiğini ya da en sağlıklı yumurtaları ne zaman üreteceğini bilmiyordu.

Jenna, birbirleriyle pek az iletişimleri olan, neşenin neredeyse hiç uğramadığı, resmiyet çerçevesiyle örülü bir evde büyüdüğünden, kocaman, şamatalı bir aile sahibi olmak istiyordu.

Kendisini ve çocuklarını seven bir koca istiyordu. Sesleriyle yeri göğü inleten boy boy çocukları olsun istiyordu. Yıllarını, göğsünde kendi çocuklarını tutabilmenin hayaliyle geçirdi. Emekleyişlerini izlemeyi, yürümeyi, konuşmayı öğrendiklerini görmeyi, hatta sabahları onları okula bırakmak için hazırlandığını hayal edip durdu.

Ve Gage ile tanıştığında, bu adamla varsaydığı geleceğe tüm bu düşlerini kusursuz bir şekilde yerleştirdi. Neredeyse kendini unutturacak bir arzuyla Gage'den bebeği olsun istiyordu. Gage'in çikolata renginde gözlerini, siyah dalgalı saçlarını taşıyan bir kopyasını dünyaya getirmek için can atıyordu.

Parkta yürüyüşe çıkarlardı. Gage bir elinden tutar, kendisi diğer elinden, sendeleyerek yürüyüşünü izlerlerdi beraber. Ya da hafta sonları yüzmeye giderlerdi günübirlik. Can simitlerini takar, kolluklarını giyerlerdi. Sonra güneş kremlerini sürüp kumdan kaleler yaparlardı. Gage'in güçlü kollarıyla oğullarını ya da kızlarını kucaklayıp havalara atıp tuttuğunu ve çocuksu cıvıltıların göklere yükseldiğini net bir şekilde zihninde canlandırabiliyordu.

Tüm bunlardan sonra Gage'in Jenna'ya çocuk istemediğini, onu hamile bırakmak için zerre kadar hevesinin olmadığını söylediği gün, hayatı boyunca hatırladığı en karanlık gündü. Dünyası başına yıkılmıştı. Hayatı elinden alınmış, bildiği her şeyi unutmuştu.

Ronnie ve Grace her şeyi biliyorlardı. Tüm bu anlaşmazlığı sonlandırmak için verilen mücadele her şeyi değiştiren boşanma kararı ile sonuçlanmıştı. Jenna tüm olan bitenden sonra ilk onları aramıştı. Derhal gelmişlerdi. Elini tutmuş, sırtını sıvazlamışlardı. Haftalar boyunca durmadan onların omuzlarında ağlamıştı. Dönüşümlü olarak Jenna'nın duygularını paylaşmışlar ya da tüm erkeklerin ama özellikle Gage'in ikiyüzlülüğüne sövüp saymışlardı.

Grace'in bu çıkışının nedeni de tıpkı Jenna'nın içini dökmesi gibi mucizevi bir şey olmuştu. Zaten Grace'e göre Jenna bir buçuk yıl boyunca yeterince harap olmuştu. Jenna başta, kızarak bunun üstesinden gelebileceğini sandı ancak Grace'in haklı olduğunu anladığında kendini ifşa etme duygusu onu güçsüzleştirmişti. Aylardır kendinde olmadığını biliyor ve buna lanet ediyordu.

Ama Jenna'yı asıl şok eden, Ronnie ile Grace'in, kendisini bu kadar düşünüp onun kurtulmasını istemeleriydi.

Kim bilir bunları söyleyen belki de margaritalardı. Kahretsin ki margaritaların konuşması için %95 ihtimal vardı. Zaten istediği kıvama gelmişti; tekilanın, içine belli belirsiz bir sıcaklık vermesi ve böylece yüzünün gülmesinden anlıyordu halini.

Sonra bir hareketlenme başladı. Yirmi dakika önce çılgın bir parti gecesini andıran mutfak ve oturma odası şimdi tertemizdi. Kirli bardaklar, tabaklar, çatal-bıçaklar çoktan bulaşık makinesine doldurulmuştu. Artan yemekler ambalajlanıp buzdolabına konmuştu. Grace ve Ronnie'nin evde olduğuna dair hiçbir iz kalmamıştı.

"Tamam, bence hazırız," dedi Ronnie, bezi yıkamadan önce lavabo tezgâhını son bir kez temizlerken. "Hazır mısınız?" diye yineledi.

Jenna'nın göğsünde, ciğerlerini donduran ve kalbinin ritmini arttıran bir panik kıvılcımı alevlendi. "Ben bunu yapabileceğimi düşünmüyorum."

"Elbette yapabilirsin," dedi Grace gerçekçi ve sakin bir edayla. "Biz her yönünü düşündük. Tüm artı-eksilerini listeledik, senin sadece birazcık kendi kendine düşünmen ve psikolojik telkinlerde bulunman yeterli, hem bunu istediğini ve emin olduğunu kendin söyledin."

"Ben eminim, sadece... Biraz da emin değilim gibi."

Grace gözlerini çevirdi. "Endişelenmeyi bırak, kendini ikinci plana atmayı da! Bu plan bir tılsım, bir sihir gibi işleyecek ve bittiğinde herkes istediği şeye tam anlamıyla sahip olacak."

"Herkes derken, Gage haricinde tabii ki!" diye araya girdi Ronnie.

Grace, umursamadığını belirten bir omuz silkmesi ile "O yalan söyleyip de Jenna'nın üç yılını boşa harcamadan önce bunu düşünmüş olmalı. Roller değişti, şimdi sıra Jenna'da, ciddi kararlar almanın zamanı geldi. Bundan sonra Gage'in düşünmesi gerekecek."

Duvardaki kablosuz telefonu eline alarak, Jenna'ya uzattı. "Adam akıllı bir hikâyen var, öyle değil mi?"

Jenna başıyla onayladı.

"Güzel, ara o zaman."

Jenna biraz bulanık görüyordu ama yine de telefondaki tuşlara odaklandı. Hatırladığı numaraları (ki o numaraları hatırlamaması gerekirdi) büyük bir dikkatle tuşladı.

Telefonun çalma sesini dinleyip bir cevap beklerken, Grace, Ronnie'nin dirseğini dürttü. Mutfaktan çıkıp oturma odasına geçtiler. Hafiften bir kıkırdama sesi duyuyordu Jenna. Gözlerini yumdu, eliyle yüzünü kapadı. Kötü bir şey olabileceği, hatta kesinlikle kötü bir şekilde sonuçlanacağı düşüncesiyle telefonu kapatıp kapatmamak arasında gidip geldi.

Derken, telefonun çalma sesi bitti ve tok bir erkek sesi duydu. Tepeden tırnağa tüm vücuduna yayılan bir ses... Planın birinci aşaması tamamlanmıştı.

Artık geri dönüş yoktu.

Ters Örgü 2

Telefon çaldığında Gage Marshall, uyku mahmurluğuyla telefonu açmıştı.

Cuma gecesini televizyon karşısında geçiren otuz üç yaşında bir adam için son zamanlarda hayatında bir heyecan olduğu söylenemezdi.

Arkadaşları şehirde olsaydı, bira içip takılmak için, mekânları *Penalty Box*'a giderlerdi. Ama onlar da *Cleveland Rockets*'ın diğer oyuncularıyla birlikte, sezonun kapalı olduğu bu iki haftayı değerlendirmek için şehir dışına çıktıklarından, Gage yalnız kalmıştı. Yalnız kalmak demek, soğuk pizza yemek, dolaptaki biraları içmek ve evde bulabildikleriyle günü geçirmek demekti.

Şu an için aktif bir personel olmasa da, çalışma saatleri konusunda kendisinin istediğinden daha esnek davranan, zaman konusunda sıkıntı yaratmayan işyeri CPD*'de sivil çalışmak hoşuna gidiyordu ama son zamanlarda işini yapmak bile içinden gelmiyordu.

Çalışma saatlerinin esnek olması, onun çokça yalnız kalmasına neden oluyordu. Yalnız kalınca da lanet olası düşüncelere

---

* Sivil Polis Departmanı.

dalmaktan kendini alamıyordu. Oysa düşünmek istemiyordu, sonuçta cehennemde yalnız başına kalmayacağına emindi.

Yatağını yaptı, içine girdi ancak bir türlü uyku tutmuyordu.

Eliyle yüzünü ovuyor, kanepede kıvranıp duruyordu. Bir ara televizyonun sesini kapatmak için kumandayı aramakla oyalandı. Bu arada telefon çalmaya devam ediyordu. Kafasına kartopu fırlatılmış gibi sersem bir haldeydi. Ahizeyi kaldırıp karşı tarafa adeta kükredi. "Ne var?"

Sessizlik oldu. Ardından belli belirsiz karmaşık bir mırıltı... Tam telefonu kapatmak üzereyken, naif, çekingen bir ses ismini söylüyordu.

"Gage?"

Bu sesi tanıyordu, boğazında düğümlenen o sözcüğü bir anda çıkarıverdi ağzından.

"Jenna?"

Gage hâlâ uykuda olduğunu düşündü. Belki de hayal görüyordu şu an, çünkü Jenna'nın onu kendi isteğiyle araması için makul hiçbir neden yoktu ortada. Üstelik boşanmalarının üzerinden çok zaman geçmişti.

Gage, bu durumu anlamlandırabilmek, olayın gerçekliğine inanmak için bir yandan gözlerini ovarken diğer yandan gün boyu yaptıklarını zihninde sondan başa doğru sıralıyordu. Tam o sırada Jenna, bir türlü kendinden emin olamayan bir sesle, "Rahatsız ettiğim için özür dilerim," dedi. Gage hâlâ gözlerini ovuyor ve işten eve gelmesi ile kendini kanepede bulması arasında evrende ne olduğu ile ilgili mantıklı bir cevap bulmaya çalışıyordu.

"Ama Charlotte Teyze'min evinde yalnızım. Sanırım yukarıdaki lavabonun borularında bir sorun var. Her yeri su bastı, buradan da aşağıya sızmasından korkuyorum."

Jenna hata yapmamak için sözlerine ara vermek istemiyordu ama derin bir nefes alıp kaldığı yerden devam etti.

"Normalde Dylan ya da Zack' i arayıp yardım isterdim ancak ikisi de şimdi şehir dışındalar. Bir tamirci arardım. Onların da, akşam saatleri ve hafta sonlarında ne kadar pahalıya mal olduğunu bilirsin. Hem böyle ıssız bir yere bir yabancının gelmesi beni fazlasıyla tedirgin eder. Yani demek istiyorum ki, şey... Eğer sence de bir sakıncası yoksa..."

Bir kez daha durakladı Jenna. Gage bu sırada, Jenna'nın, sözlerine devam etmeden önce kendine olan güvenini perçinlemek için dudaklarını yalıyor olduğunu düşünüp onun telefonun başındaki halini zihninde canlandırıyordu.

"Sana sıkıntı çıkarmaktan nefret ediyorum ama gelip bir göz atabilme şansın var mı acaba? Eğer Charlotte Teyze'm geziden gelip evi bu şekilde görürse beni öldürür."

Gage hâlâ durumu idrak edemiyordu. Kendini, telefondakinin eski karısı olduğuna ve onu memnuniyetle evine çağırdığına inandırmaya çalışıyordu. Hem sadece evine çağırmıyor, üstüne üstlük bir de iyilik yapmasını istiyordu. Tıpkı *The Twilight Zone*'un şarkısındaki gibi, zihninde *yap-yap-yap-yap-yap-yap* diyen bir ses yankılanıyordu.

Yıpranmış tişörtünün üzerinden göğsünü kaşırken, boğazını temizleyip cevap verdi. "Tabii, gelirim yani, kesinlikle."

Saatine bakıp şehirden Charlotte Langan'ın çiftlik evine gitmenin ne kadar süreceğini hesaplayarak, "Yarım saat sonra oradayım," dedi.

Konuşma sırası Jenna'ya geldiğinde, sözcükler birbirini kovalarcasına dökülüyordu ağzından. "Pekâlâ, bekliyor olacağım. Teşekkür ederim."

Gage telefonun kapanma sesini duyduğunda bir süre hareketsizce kaldı, kulağında çevir sesi uğulduyordu.

On dakika sonra Gage, ceketini ve botunu giyip elinde küçük bir hırdavat çantasıyla eski model, markasız, kurşuni renkli arabasına doğru yürüyordu. Tamirat işlerinden pek anlamazdı ama gerektiğinde tornavida tutmayı, birkaç vida sıkmayı biliyordu. En azından Jenna'nın işini halledebilirdi.

Gage'i asıl düşündüren, su sızdıran boruyu nasıl tamir edeceği değildi. İki yıldır Jenna'yla ilk kez yalnız kalacaklardı. Arkadaşları olmadan, barların gürültülü kalabalığından uzak, hatta o hippi kılıklı teyzesi bile olmadan, ikisi tamamen yalnız olacaklardı. Asıl problem buydu.

Ve kimin yakınlık göstermesi gerektiğini bilmiyordu. Jenna mı, kendisi mi?

Jenna telefonu bir telaşla çarparak kapatmıştı. Her an kusacakmış gibi hissediyordu, kızlara dönüp, "Yarım saat içinde burada olacak," dedi.

Grace ve Ronnie bacaklarını bir ileri bir geri sallayıp duruyorlarken, Grace'den kesik bir ciyaklama, imalı bir kıkırdamadan sonra, "Anlaşıldı, harekete geçiyoruz. Ronnie, sen gidip arabanı gözden uzak bir yere park et, Jenna sen de derhal yukarı çıkıp yatak odasını hazırla!" diye yapılacakları listeledi.

Aman Tanrım, yatak odası!

Bu tam anlamıyla çılgınlık. Gerçekten böyle bir delilik yaparlar mıydı?

Maalesef Jenna, istediği şeyi alabilmenin tek yolunun bu olduğunu kabullendi. Ya böyle olacaktı ya da bedbaht bir hayat sürmeye razı olacaktı. Oysa henüz yirmi dokuzundaydı, her şeyden elini eteğini çekip ölüyü oynamak için oldukça genç bir yaşta.

İşte bu yüzden, Jenna, planladıkları bu 'hamile kalma' oyununun ikinci aşamasına geçmek için can atıyordu. Bu durumu her ne kadar iğrenç, küçük düşürücü ve saçma buluyor olsa da.

Neyse ki bu yolda onu hiç yalnız bırakmayan Grace ve Ronnie vardı daima yanında. Eh margaritaların desteğini de göz ardı etmemek gerekirdi bu arada. Korku dolu saatlerle cebelleşmek zorunda kalacaktı yoksa.

Jenna ile Grace yatak odasını düzenleyip aşağı inerlerken, tam o sırada Ronnie de arabayı çiftliğin arkasına gizleyip içeri girmişti.

"Her şey hazır, değil mi?" diye sordu Ronnie, nefes nefese. Ronnie'nin leopar desenli trençkotu pek de normal gözükmüyordu. Bağcıkları iki yandan çarpık çurpuk sarkmış, düğmelerden birisi de sanki ait olduğu yerde değilmiş gibi eğreti duruyordu. Dolgu topuklu sandaleti çamura bulanmış ve üzerine çim parçacıkları yapışmıştı.

Yapmakta oldukları şeyden zerre kadar endişe duymuyorlardı. Aksine Grace etrafa neşe saçıyordu. "Evet," diyerek eteğini şöyle bir savurup mutfağa doğru ilerledi.

Çantasını karıştırıp küçük beyaz hapların olduğu bir kutu çıkardı. Sonra kızlara dönüp, "Bana iki şişe bira ve iki de çay kaşığı uzatın bakalım," dedi ve hapları birbiri ardına folyosundan çıkarıp açmaya başladı.

Ronnie ve Jenna, derhal Grace'in istediklerini getirip tezgâhın üzerine koydular. Bir yandan da Grace'in bir düzine ilacı tezgâha serip toz haline getirmesini izliyorlardı. Grace, Meksika Gecesi için aldıkları *Coronalar*'ın içine pudra haline getirdiği hapları bilimsel bir deney yapıyormuşçasına itinayla döküyor ve yavaşça karıştırıyordu. Tamamen çözündüğüne emin oluncaya dek de karıştırmaya devam etti. Daha sonra da biraların kapağını iyice kapatıp onları yeniden buzdolabına koymalarını istedi.

---

* Yeşil limon aromalı Meksika birası.

"Sakın unutma, biraların kapağını sen açıp öyle vereceksin Gage'e. Sakın onun açmasına ya da kapakların açılmış olmasını fark etmesine izin verme. Ve ilk birayı içtikten sonra sarhoş olmaya başlayınca, hemen ikinciyi de verme. Sonuçta onun sadece birazcık yumuşayıp kıvama gelmesini istiyoruz, komaya girip de ölmesini değil," diye tembihledi.

Jenna şöyle bir yutkundu ve onaylarcasına başını salladı. Grace, planın tam işleyeceğinden emin olmak için tekrar tekrar onaylatıyordu Jenna'ya yapması gerekenleri. Her şey kusursuz olmalıydı. Her şey harfiyen planladıkları gibi olmalıydı.

Bir yerde bir yanlışlık yaparsa, işler karışırdı. Ve Jenna da bir daha böyle bir fırsatı asla bulamayacağına emindi.

Dışarıdan gelen motor sesi Jenna'nın kalp ritmini hızlandırdı. "Tanrım, sanırım geldi."

Bir anda sanki üçü de tek vücutmuş gibi buz kesildiler. Kesik kesik aldıkları nefesi ciğerlerine çektiler.

"Evet, gelen o," dedi Grace, Jenna'nın kolunu dürterek. "Hadi Jenna, bunu yapabilirsin. Her şey çok güzel olacak, eğer bir şeye ihtiyacın olursa... Biliyorsun. Ara bizi ya da sigara dumanıyla bir işaret yolla. Ne bileyim yap işte bir şeyler."

Jenna başıyla onayladı. En gergin anlarını yaşıyordu sanki durmadan ellerini büküyordu.

Ronnie birden atılıp boynuna sarılarak ona cesaret vermek istedi. "Biz arkadan gizlice kaçacağız. Eğer bir süre senden bir şey duymazsak, arabaya gideceğiz. Grace'in dediği gibi eğer ters bir şey olursa, bir gürültü kopar. Anında burada oluruz."

Jenna bulunduğu yere çivilenmiş gibi dururken, Grace ve Ronnie evin arkasındaki kapıdan çıkıyorlardı. Ve o kendini, çıktıkları kapının ardında mahsur kalmış gibi hissediyordu. Birkaç dakika sonra, kapıda Gage'in güçlü vuruşunun sesini duydu. Hâlâ mutfağa gidip kusabilmek için zamanı olup olmadığını geçirdi aklından.

Kapı ikinci kez vuruluyordu. Jenna midesindekileri boşaltmak için biraz daha beklemeye karar verdi. Kendini hareket etmeye zorlayarak kapıya doğru yöneldi. Gage'i gördüğünde kalbinin yerinden fırlamamasını, içindeki alevin yüzüne yansımamış olmasını umarak kapıyı birden açtı. Lotodan büyük ikramiye kazanmışçasına ağzı kulaklarına varmış gözüküyordu Gage. Buharı üzerinde, sıcak, çikolatalı keke benziyordu, ateşli bir gece için tam anlamıyla hazırdı.

Ayrılıklarının üstünden ne kadar zaman geçmiş olursa olsun ya da Jenna ondan sonra kaç erkekle çıkmış olursa olsun Gage onun tanıdığı en yakışıklı adamdı hâlâ. Uzun boyu, geniş omuzları ve kaslı kollarıyla o, heybetli bir meşe ağacıydı.

Meleklere özgü o güzellik, yüzünün keskin erkeksi hatlarının arasına itinayla işlenmişti sanki. O kahverengi gözlerini çevreleyen upuzun kirpikleri arasından belli belirsiz bir şefkat süzülürdü. Yine de saatin sabah beş olmasının verdiği gerginlik, bu yüz ifadesini biraz tehditkâr kılabilirdi.

Bu da bir ihtimaldi. Siyah motorcu botları, yıpranmış deri ceketi ve fiziğiyle her zerresinden tehlike akan bir adam kesiliverir, hiddeti yüzünden okunabilirdi.

Nasıl olursa olsun Jenna, Gage'i her haliyle çekici buluyordu. Neredeyse kendisinin tam iki katı büyüklüğündeydi. Bu da kendini onun yanında güvende hissetmesine neden oluyordu. Gage'in sahip olduğu bu nitelikler çoğu insanı ürpertirken, Jenna'da tarifsiz bir cinsel arzu uyandırıyordu. Vakti gelmişti!

Şu anda onun koyu kahverengi saçları asker tıraşı yapılmış gibi kısacıktı, tıraşlı derisinin üzerinden yeni yeni çıkmaya başlıyordu. Ama Jenna, onun saçlarının omzunu geçtiği zamanları da biliyordu, bir lastik ya da deri iple bağlayıp atkuyruğu yapardı.

Aslında, imajının çalıştığı işe bağlı olduğunu biliyordu Jenna. Mesela tanıştıkları ve evlendikleri dönemlerde Cleveland Polis Departmanı'nda çalıştığı için üniforma giyiyordu. Sonra ahlak masasına tayin edildiğinde de sivil çalışmaya başlamıştı. Üniformalı olduğu zamanlarda kısa olan saçlarını yavaş yavaş uzatmıştı.

Eğer bir bisiklet çetesinin içine sızması gerekiyorsa saçlarını uzatır, hatta bazen dağınık bırakırdı. Eğer görevi beyaz yanlısı bir çeteyle ise, saçlarını kazıtıp dazlak olurdu. İkisinin arasında bir görev üstlendiyse saçını da duruma göre makul bir düzeyde şekillendirirdi.

Komik olan, Jenna'nın onu her haliyle sevmesiydi. Dazlak olduğunda, kafasında çıkmaya başlayan saçları parmaklarıyla gıdıklamak çok hoşuna giderdi. Uzun olduğunda da tel tel okşamaktan ayrı bir zevk duyardı.

Belki de Gage'de sevmediği tek şey, kişiliğindeki değişikliklerdi. Birbirlerinden uzakta geçirdikleri her zaman dilimi, ilişkilerine de mesafe katıyordu sanki. Eve her dönüşünde farklı olabiliyordu Gage'in ruh hali.

Gage, tüm dikkatini içinde bulunduğu duruma yöneltip boğazını temizledi.

"İçeri girmeme izin verecek misin, yoksa tamir konusundaki fikrini mi değiştirdin?" dedi.

Jenna'nın allak bullak olan zihnine hareket etmesi için gereken komutu vermesi biraz zaman aldı. Özellikle Gage'in sesini duyduktan sonra tamamen dağılmış durumdaydı. Derhal kendini toparlayıp aralık duran kapıyı ardına kadar açtı ve Gage'i içeri aldı.

"Kusura bakma," dedi, dudaklarını yalayıp sesindeki tizliği temizlerken. "Tahmin edersin ki, biraz yorgunum. Gecenin bu saatinde böyle bir olay yaşamayı beklemiyordum açıkçası."

Olayların gidişatı, *New York Times* çok satanlar listesindeki kitapların hikâyesini andırıyordu, oysa bu durum tamamen gerçekti. Üstelik bu işlerde Grace ve Ronnie kadar iyi olmadığı düşünülürse ya da onların Jenna'dan bekledikleri kadar bir oyunculuk sergileyemese de, Jenna'nın, gittikçe alevlenen duygularına rağmen gösterdiği en iyi doğaçlama performanstı bu.

"Ceketini alayım istersen?" dedi Jenna.

Gage, elindeki yıpranmış takım çantasını yere koyup geniş omuzlarını kaplayan siyah deri ceketini çıkarırken, Jenna, Grace'in hazırladığı biraları almak için mutfağa koştu. Biraları alıp Gage'in bulunduğu odaya giderken, kapaklarını birazcık çeviriyormuş gibi yapıp çıkardı.

Jenna'nın teyzesinin evinde daha önce de pek çok kez bulunduğu için, Gage yabancılık çekmedi. Jenna mutfaktan dönerken, Gage de ceketini duvardaki ahşap askılığa yeni asmıştı.

Pek de nazik olmayan bir edayla, soğuk bira şişelerini gözüne sokarcasına, "Alsana!" dedi Jenna.

Jenna, daha önce yaşadığı genel anksiyete bozukluklarının baş göstermesinden korkuyordu. Oysa çok içmediğini düşünüyordu, en fazla bir-iki tane... Belki altı tane falan içmişti.

Bu garip davranışlarının, sözde tamirat yapması için gecenin bir yarısı eski kocasını çağırmış olmasından kaynaklandığını düşünmesini istedi. Boşanmalarından sonra aralarındaki dostluk ilişkisi de bozulmuştu. Ortak arkadaşlarının bulunduğu ortamlarda bile birbirlerinden kaçıyorlardı. Böyle geçen onca zamandan sonra baş başa kalmaları alışılageldik bir durum değildi zaten.

Gage, Jenna'nın yüzüne bakacak cesareti bulmak için kahverengi ürkek gözlerini elindeki bira şişesine dikmişti.

"En azından gecenin bir yarısında buraya gelerek sana birazcık da olsa bir yardımım dokunabilir diye düşündüm, bu durumun senin çok istediğin bir durum olmadığının da farkındayım, ama..."

Jenna, Gage'in sözlerini onaylarcasına omuz silkti. Durum böyle gözüküyordu çünkü ortada işin aslına dair hiçbir ipucu yoktu.

Neyse ki Gage, şişeyi kaldırıp da hızlı bir yudum alabilecek gücü buldu. Bu durum Jenna'nın biraz daha rahatlamasını sağladı ve zihnindeki listeyi kontrol etti. Eğer Gage bir süre daha böyle içmeye devam ederse, tam çakırkeyif olacak ve plan doğru işleyecekti.

Takım çantasını toplayıp, "Eee, nerede şu sızıntı?" diye sordu Gage. Birayı tutan eli kalça seviyesine düşmüştü ve iki parmağıyla şişenin boynunu kavramaya çalışıyordu.

Bu hareketinden sonra Jenna, Gage'in katkılı biradan artık çok fazla içemeyeceğini fark etti. Bir yandan da gözlerini dikip onun bronzlaşmış ellerini, vücuduna eşit şekilde yayılmış gücünü ve yüzünü izlemeye doyamıyordu. Bir an ağzını şapırdatıp kendini toparladı ve kafasını merdivenleri işaret edercesine eğerek yol gösterdi.

"Buradan," diyerek ona yanlış tarafı gösterdi. Oda, etrafında nerdeyse üç yüz altmış derece dönüyordu ve Jenna durdurmayı başaramıyordu. Şöyle bir silkinip ikinci kez kendini toplamaya çalıştığında başarılı olmuştu. Dengede durabiliyordu şimdi, içten içe de Sarhoş Balerin Barbie'yi andıran halini görmemiş olmasını umut ediyordu Gage'in.

Jenna'nın doğuştan seksi bir kadın olduğu söylenemezdi. Gage ile karşılaşmaları da şans eseri olmuştu zaten. Çünkü

Gage daima onu olduğu haliyle etkileyici bulurdu. Yani Jenna'nın Gage'i etkilemek için giyinip süslenmesine, kirpiklerini boyayıp makyaj yapmasına, kat kat malzeme sürüp de dudaklarını parlatmasına gerek yoktu. Herhangi bir müdahaleye ya da abartıya ihtiyaç duymayan, anlık ve aşikâr bir çekim vardı aralarında.

Hal böyleyken bile, ikinci kattaki merdiven boşluğuna doğru giderlerken, Jenna kendini, kalçalarını kıvırtıp Gage'in hemen arkasından abartılı *Mae West** adımlarıyla ilerlerken buldu. Gage'in bunu görüyor olmasını diliyordu.

Biradaki haplar etkisini gösterinceye dek, Jenna'nın Gage'i ayartmak için kullanabileceği tek koz kadınlığıydı. Boşanmalarının üstünden iki yıl geçmişti ve Jenna dış görünüşünün ve flört becerilerinin, Gage'in üzerinde evlendikleri zamanki gibi bir etki bırakıp bırakmayacağına emin olamıyordu bir türlü.

Merdivenlerin başında, oyma ahşaptan yapılma tırabzan başına tutunmuş, çevresinde dönüp duruyor; ahşabın üzerine parmağıyla –bunun ayartıcı bir hareket olduğunu düşünerek– nazikçe daireler çiziyordu. Aslında bu tutunma işi onun ayakta durmasını sağlıyordu, her ne kadar kendisi bunun farkında olmasa da.

Gage'den hiç ses çıkmıyordu. Sadece büyük botlarıyla gıcırdayan merdiven ve döşemelerin sesini dinleyerek ilerliyordu.

Üst kattaki banyoya yaklaşırlarken Jenna, gıcırtı seslerine istinaden, buranın nerden baksan iki yüz yıllık bir geçmişi olduğunu düşündü kayıtsızca. Her şey oldukça eski ve gıcırtı çıkarma eğilimindeydi.

Her şeye rağmen, Jenna teyzesinin bu eski çiftlik evini seviyordu. Buradayken kendi evindeymiş gibi rahat hissediyordu, üstelik bu ev milyonlarca çocukluk anısıyla doluydu.

---

* ABD'li tiyatro ve sinema sanatçısı. 1930'ların cinsellik simgesi.

Sadece kendi nesli için değil, kendisinden önce de biriktiril-miş pek çok anının izleri vardı bu evde.

Charlotte'ın eşsiz, aslında tuhaf dekorasyon zevkiyle üst kattaki tuvalet çılgınca ve rengârenk bezenmişti. Duvarlar, gözü yoracak şekilde keskin karpuz pembesi rengindeydi. Odada hiç pencere yoktu ama bir tepe lambasının ışığı, aynanın etrafına dizili küçük ampullerin yaydığı cılız ışıkla birleşince, yeterli derecede aydınlık hâkim olabiliyordu ortama.

Charlotte, garip çiçek desenli neonlarla döşeli bir duş perdesi yapmıştı kendi hünerli elleriyle. Hepsi eşit derecede parlak olmasına rağmen yine de birbiriyle uyuşmayan bir tuhaflık seziliyordu inceden.

Kötü olan yalnızca perdeler değildi, maalesef Charlotte Teyze bununla kalmamıştı. Ördekli bir sabunluk, zürafalı diş fırçalığı, Sünger Bob şeklinde bir tutacak, gökkuşağının tüm renklerini taşıyan bir havlu askılığı ve üzerine asılı siyah renkte bir de havlu vardı banyoda. (Havlu siyahtı çünkü onun dışında kullanabileceği bütün renkleri cömertçe harcamıştı, belki de o muazzam duş perdesini vurgulamak istemişti o küçücük siyahlıkla, kim bilir.)

Aslında bundan da fazlası vardı. Güneyli Dilberleri simgeleyen model bebeklere ördüğü elbiselerin altına tuvalet kâğıdı rulolarını yerleştirip kendince bir kamuflaj yapmıştı tuvalet kâğıtlarına. Ve bunları komodine üç sıra dizmişti, kattaki her iki tuvalete ve porselenden yapılma beyaz küvetin yanı başına dağıtmayı da ihmal etmemişti bu sanat eserlerini. Her ihtimale karşı, acil durumlar için daha kullanışlı büyük bir tuvalet kâğıdı da bulundururdu her zaman; hani olur da bir izci kızlar ordusunun yolu buraya düşer, tuvaleti kullanıp doyasıya popolarını silmek isterler belki diye.

Bunlara bakılırsa, Charlotte kesinlikle bir Martha Stewart değildi. Aslında Charlotte'ın yatak odası ve evin geri kalan kısımları normal sayılabilirdi. Evin çeşitli yerlerine serpiştirilmiş antika eşyalar vardı. Birkaçı oldukça sıra dışıydı ama öyle yüreklere korku salan cinsten şeyler değildi.

Gage de korkmuyordu zaten. Jenna, zamanında bu evdeki bazı eşyaların Gage'i korkutup korkutmadığı konusunda sıklıkla şüpheye düşse de, evlilikleri boyunca Charlotte ile bu eski çiftlik evinde yeterince zaman geçirmişlerdi. Bu yüzden şimdi klozetin içinden bir sincap fırlasa bile bu şaşılacak bir durum değildi onlar için.

Gage gelmeden önce, Grace ile Jenna yukarı çıkara, anlattıkları hikâyeyi doğrulayacak yanlışlıkları alelacele yerine getirmişlerdi. Sonuçta Gage'in buraya gelme sebebi su sızdıran bir boruydu. Ama gerçekte böyle bir tesisat problemi yoktu. Bu yüzden derhal elleri kolları sıvayıp sızıntı yapan bir boru çıkarıverdiler ortaya.

Bu amaçla, lavabonun altındaki boruyu biraz gevşetmiş, yere su döküp sanki temizlemeye çalışmış gibi üzerine havlular sermişlerdi. Havlular hâlâ serili duruyordu. Sanki Jenna kendi başına durumun üstesinden gelmeye çalışmış da başaramamış gibi bir izlenim yaratmışlardı. Dağınıklığa bakıldığında bir temizlik ekibine ihtiyaç varmış gibi gözüküyordu.

Yerdeki havlulardan birine ayağının ucuyla vurarak, "Dağınıklık için kusura bakma, kendimce suyun yayılmasını önlemeye çalıştım ama..." dedi Jenna.

"Sorun değil," dedi Gage, belli belirsiz bir mırıltıyla. Birasını lavabonun üzerine koyup yerdeki malzeme çantasını karıştırdıktan sonra boruların durumuna göz atmak için diz çöktü lavabonun altında.

Jenna, kapı girişinde durmuş endişeli bir şekilde tırnaklarını yerken, bir yandan da Gage'in bu sızdıran boru işini arkadaşlarıyla birlikte kendilerinin yapmış olduğunu anlamaması için dua ediyordu. Gage, buradaki boruya gelen suyu kesmek için kontrol düğmesini kapatırken şüphelenmiş gibi gözükmüyordu. Her şey yolundaydı sanki.

"Herhangi bir çatlak ya da aşınma görmüyorum," dedi Gage. Her şeyi berbat edebileceği korkusuyla cevap bile vermedi Jenna.

Gage, lavabo havzasının dibini görünceye kadar döndürüp çıkarmaya çalıştı boruyu. "Jenna, bana şeyi uzatabilir misin?"

Gage daha cümlesini bitirmeden Jenna, lavabonun üstündeki birayı uzatıverdi.

"Hmm..." dedi tuhaf bir şekilde. "Teşekkürler ama ben aslında şuradaki vida anahtarını isteyecektim."

"Aa tabii ya," diye gerginliğini ifşa eden bir kahkaha atıverdi Jenna oldukça yüksek bir perdeden.

"Kusura bakma, ben de birayı istediğini sandım. Sonuçta iş yapıyorsun, bir yandan içmek iyi gelir diye düşündüm," diye ekledi ardından, malzeme kutusunun içinde Gage'in bahsettiği aleti ararken.

Vida anahtarını bulduğunda, onu Gage'e vermek yerine bir kenara çekilip öylece durdu Jenna. Gage de ne yaptığını anlamaya çalışmak için Jenna'yı izliyordu bu esnada.

Sonra birasından yavaşça bir yudum aldı ve uzanabildiği kadar yaklaşıp anahtarı Jenna'dan aldı.

"Teşekkür ederim," diye belli belirsiz fısıldadı Gage. Ona göre, eski karısının bir ruh hastası olduğunu bariz bir şekilde gösteren bu tavrı Jenna'nın üzerindeki dikkatini dağıtmasına neden oldu ve tamir etmeye devam etmek için yeniden lavabonun altına eğildi.

Jenna, tüm bunlar bittikten sonra Gage'in, kendisinin artık düzeldiğine, antidepresanların dibine vurmuyor olduğuna inanmasını istedi ama az önceki garip hareketten sonra Gage açısından bu, pek de mümkün görünmüyordu sanki.

Jenna mahçup da hissediyordu kendini, çünkü orada öylece dururken bir yandan da gözlerini dikip yerde uzanan Gage'i süzüyordu. Yapamadı, istedi ama yaklaşamadı onun yanına, bu hamlenin aralarında bir şeyleri harekete geçireceğini düşündü. Gage'in üzerine kalıp gibi oturan kot pantolununa, dar tişörtünün altındaki hayran olunası kaslarına arzu ile bakıyordu.

Gage'in vücudunu sergileyen kıyafetleri gerçekten göz dolduruyordu. Gerçekten...

"Burada bir gevşeklik var ama şimdi sıktım onu, gerçi sızıntı sorunun bundan kaynaklanmış olduğunu düşünmüyorum. Başka bir problem olmalı."

Görkemli vücudunu yeniden lavabonun altına iterek köşedeki havlulardan biriyle sıktığı boruyu kuruladı. Kontrol anahtarından kapattığı suyu tekrar açıp yaptığı işi test etmek istedi. Herhangi bir sızıntı görmediğine göre sorun hallolmuştu. Ellerini birbirine vurduktan sonra kot pantolonunun ön yüzüne silerek, vida anahtarını malzeme kutusundaki yerine koydu.

"Asıl problemin ne olduğunu anlayamadım ama gevşek olan ne var ne yoksa sıkıştırdım hepsini, şimdi her şey yolunda. En azından önümüzdeki hafta bir usta çağırıncaya kadar idare eder seni, sorun çıkarmaz."

"Çok teşekkür ederim, sen olmasan ne yapardım bilemiyorum."

Bu iyi miydi, kötü müydü şimdi? Jenna, Gage evden ayrılmadan önce kalan biraları içirmek için ne yapabileceğini düşünüyordu.

Bu yüzden, bir telaşla Gage'in etrafında oradan oraya koşturuyor, ıslak havluları toplayıp küvete atmaya çalışıyordu. Gage eşyalarını toparlayıp banyodan çıkmak için adım atarken, Jenna da onun birasını alıp arkasından ilerledi. Merdivenlere doğru yürürlerken Jenna'nın kalbindeki tarifsiz çarpıntı elini ayağına dolaştırıyordu.

Zaten tavrı ve mimikleri bile onu durdurmaya yetiyorken Jenna, "Bekle!" diye bağırdı.

Gage, bir avcı edasıyla başını dikip tam olarak Jenna'nın söylediğini yapıp durdu. Arabasına binip şehre geri dönmesini engelleyecek bir şey söylemek ya da yapmak için belki de son fırsatıydı bu Jenna'nın.

Düşündü, düşündü ve buldu. Santa Anna'nın talihsiz sonu gibi, Meksika yemeklerine esir düşüp tıka basa yemiş ve üstelik iki sürahi margaritayı devirmiş olmasına rağmen, yine de Jenna'nın zihni, bir bahane bulmak için en kıvrak performansını sergiliyordu. Tabii şimdi yerinde Grace olsa, çoktan binlerce bahane üretmişti bile. Ronnie desen, onu kolayca ele geçirip dudaklarına yapışmıştı belki de.

Ne Grace gibiydi ne de Ronnie'ye benziyordu, iyi ya da kötü bir şeyler yapması gerekiyordu kendi başına. Bir şeyler yokuş aşağı bir ivme kazanmış olmasa, Gage ile şu an üç yıllık evli bir çift olabilirlerdi. Ama bu durum bile şimdi ne söyleyebileceğini ya da onu nasıl yeniden elde edeceğini bildiği anlamına gelmiyordu. Hiç olmadığı kadar kararsızdı şu an.

Jenna cansız bir manken gibi orada öylece dikilirken, Gage belki de onu konuşmaya teşvik etmek için, "Jenna," diye seslendi. "Söylemek istediğin başka bir şey var mı?"

Gözleri ve ağzı açık bir balık gibi dururken, bir anda, Gage'in gözlerini kırpmasına neden olacak kadar yüksek ve tiz bir ses çıkardı. Gage, Jenna'nın dilinin altındaki baklayı çıkarmak üzere olduğunu anladı.

---

* Alamo Zaferi'ni kazanan Meksikalı general ve diktatör. Daha sonra savaşı kaybederek Amerikalılara esir düşmüştür.

Jenna sonunda ağzından bir sözcük çıkarabildi. "Yatak odası," dedi.

Gage bir kez daha gözlerini kırptı.

"Imm, şey var aslında, misafir yatak odasındaki lamba doğru düzgün çalışmıyor. Bir gün yanlışlıkla bir yangın çıkacak diye korkuyorum."

Gage, eliyle çenesini ovduktan sonra parmaklarıyla kirli sakallarını kazıyormuş gibi bir ses çıkararak kafasını hafifçe salladı. Jenna, karşısında kafası karışmış bir adam olduğunu biliyordu.

"Jenna, ben elektrikçi değilim, şey..."

Sesini yalvaran bir tona getirerek, "Lütfen," diye ısrar etti Jenna, sesindeki rica tonunu, dozunda belirtmiş olduğunu umarak. "İki haftadır ben de burada değildim. Ne yalan söyleyeyim, yangın çıkacak diye uyku girmiyor gözüme geceleri."

Gage içini çekti. "Pekâlâ, hadi yolu göster bana."

"Harika!" Jenna'nın gözleri parlıyordu. Aşağıdaki koridora inip kaldığı odanın kapısını açtı.

Bu sırada Gage ona hafifçe değince, Jenna, Gage'in boş olan eline birayı bir kez daha sıkıştırıverdi. "Başlamadan önce biranı bitir istersen, hak ettin," diye ekledi.

Odaya girdiklerinde, Jenna yapması gerektiği gibi onu adım adım takip etmek yerine, yavaşça uzaklaşmaya başladı ve "Bir tane daha var buzdolabında, ben o şişeyi de alıp geleyim senin için. Hemen dönerim," dedi.

Uzun ve aydınlık olan üst kattaki koridordan inerken heyecandan ayakları birbirine dolanıyor, yüzünde dudaklarını geren gülümsemeyi gizleyemiyor, merdivenlerden dans edercesine iniyor, yerinde duramıyordu. Birden ayakları kaymış, yere kapaklanmaya ramak kalmıştı ama neyse ki bir tarafını kırmadı. Ucuz atlatmıştı.

Bunun, planın bir parçası olmadığını biliyordu Jenna. Eğer Grace, Jenna'nın sonunda Gage'i bir köşede kıstırdığını bildiği halde odadan çıktığını öğrense muhtemelen onu öldürebilirdi.

Ama başka şansı yoktu, o biraya ihtiyacı vardı. Gage'in onu içmesi gerekiyordu, hem de hızlıca.

Eğer içmezse... Evet, bu ihtimal de vardı, eğer Gage içmezse, Jenna ona zorla içirecek, sonra kendisi de içecek ve şu an yaşadığı tüm stresi, kalp çarpıntıları ve tüm bu sersemliği ikiye katlayacaktı. İşler karışacaktı.

Düz Örgü 3

Tanrı bilir ya, Jenna şimdi nereye ne yapmaya gitmişti. Gage birasını dudağına götürürken, Jenna'nın ne yapmaya çalıştığını merak ediyordu. Hafiyelik yapıp da adımlarını izleyecek hali yoktu. Zaten sarhoş olduğu her halinden anlaşılıyordu, ama bunun nedenini bilmiyordu. Bir yıl boyunca birebir hiçbir görüşmeleri olmamışken şimdi durduk yere ne diye içiyorlardı ki!

Jenna'nin bir işler çevirdiğine bir aylık maaşı üstüne bahse girebilirdi.

Belki de hiçbir amacı yoktu. Arkadaşlarından kimseyi aracı koymadan, Zack, Grace, Dylan ve Ronnie olmadan ona ulaşıp, onca zaman sonra baş başa kalmış olmanın verdiği bir gerginlikti. Belki de kendisi abartıyordu, bilemiyordu. Hoş gerçi, gergin olması da normal bir davranıştı zaten.

Yine de bu gerginliğin ötesinde başka bir neden olduğunu hissediyordu Gage.

Banyo mevzusu hafif bir bilek hareketi ile çözülebilirdi.

Bir de aniden çıkan şu lamba mevzusu kafasını karıştırıyordu. Korkuyorsa fişe takmayıverirdi olur biterdi, teyzesi geldiğinde ona durumu anlatır, o da kontrol etmesi için bir elektrikçi çağırırdı.

Gage, elindeki soğuk birasıyla odanın kapısına doğru adım atarken, Jenna ikinci birayı getiriyordu. Bir an birayı elinden düşürüyormuş gibi oldu.

Bu durum Gage'e hayli tuhaf geliyordu. Evlilikleri boyunca bile onu elinde birayla gördüğünün sayısı bir elin parmaklarını geçmeyecek kadar nadirdi. Ya da kendisi istemeden Jenna'nın ona bira getirmesi pek de aşina olduğu bir durum değildi.

Onu çok iyi tanımış olmasa, Jenna'nın kendisini de sarhoş etmeye çalıştığından şüphelenirdi.

Tabii ki olamazdı. Şöyle bir omuz silkerek bu düşünceyi kafasından hemen sildi. Jenna böyle düşünmüş olsa bile, Gage kendisinin şu kahrolası iki birayla alt edilecek adam olmadığını düşünüyordu. İri bir adamdı sonuçta, ancak iki tane altılı bira devirdikten sonra belki biraz çakır keyif olabilirdi.

En son ne zaman kör kütük sarhoş olup da yerlerde süründüğünü hatırlamıyordu. Ama Jenna'nın amacı buysa, Corona'dan daha sert içkiler hazırlaması gerektiğini düşünüyordu Gage.

Elindeki biradan bir yudum daha aldıktan sonra, yatağın hemen yanında duran malzeme kutusunu açıp Jenna'nın bahsettiği lambaya bir göz atmaya karar verdi. Herhangi bir yanma ya da cızırdama belirtisi gözükmüyordu.

Başını sallayıp kapıyı görebilecek şekilde kendini yatağın bir köşesine attı. Sarhoş olmasına ihtimal bile vermeyerek, rahat bir şekilde birasını yudumlamaya devam etti. Bir yandan da Jenna'dan gelen sesleri dinliyordu.

Jenna'nın alelacele hareketlerinin derinden gelen sesi, buzdolabının açılıp kapanışı, ayak seslerinin yankısı. Ayak sesleri yaklaşıyordu, merdivenlerden çıkarken tökezlediğini duydu. Bacağını çarpmasının ardından mırıldandığı nazik küfürü de işitti Gage. (Söz konusu Jenna olduğunda, her şey nazik olurdu.) Yatak odasının kapısında görünmeden önce bir köşeden daha döneceğini biliyordu.

Sonra, yeniden Jenna'nın hareketlerini her yerde hissedebildiğini fark etti Gage. Şu ana özgü bir şey değildi, yani sadece bu büyük ve boş evde olduğu için, yalnız oldukları için böyle hissetmiyordu. Kalabalık bir caddenin ortasındayken... Kalabalık bir barda içkisini yudumlarken... Kulakları sağır eden bir rock konserindeyken bile onun varlığını duyumsayabiliyordu. Jenna'nın somut varlığına ihtiyaç duymadan onu yanında hissedebilecek bir şey vardı Gage'in içinde. Jenna odaya girmeden önce bile, onun kokusunu hissedebiliyor, sesini duyuyor, ona dokunabiliyordu sanki.

Jenna'sız geçirdiği on sekiz ay boyunca, ayrılığın acısını olabildiğince hafif geçirebileceği eğlenceli ve yaratıcı şeyler bulmaya çalışmıştı. Aradığını kendinde bulup içine kapanmıştı, bunu kendisi de biliyordu. Binlerce hatta belki milyonlarca kez dilemişti, geri dönüp birlikte farklı denizlere açılmayı.

Ama geri dönmüş olsa bile, Jenna aynı kaldığı sürece, aynı gemide bilindik sularda gezinip durmak bir şey ifade etmeyecekti onun için.

Durumun daha da kötü bir hal almaması için Gage, Jenna'yı küçük, iki odalı bir apartman dairesine taşınmaya zorlamakla iyi etmişti belki de. Jenna, oraya hiç adım atmamış olsa bile Gage zaman zaman onun orada olduğunu hayal ediyordu.

Hayır delirmiyordu. Gage'in arkadaşları, onun aslında karısını ne kadar özlediğini fark etmesini sağlamış olabilirlerdi. Hâlâ yerinde olduğunu düşündüğü kesilmiş bir uzvunun acısı kadardı içindeki hüzün. O, yerinde olduğunu sanıyordu ama aslında yoktu, bunu fark ettiğinde, kaybettiği o uzvunun yasını tutarak yaşamaya devam etti.

Jenna'yla olan ilişkisine dönüp baktığında, Jenna Gage'in bir parçası olmuştu adeta, asla onsuz yaşamak istemediği bir parça ve Jenna gidişiyle, kalbinden o parçayı söküp almıştı sanki sızlata sızlata. Şimdi ise koca bir delik kalmıştı göğsünün tam ortasında.

Evet. Bu kendi tercihiydi sonuçta, ne en iyi arkadaşlarını ne de Jenna'yı istemişti hayatında. Her şeyi kendi eliyle yaptığının farkındaydı. Kahrolası, boşa harcanmış hayatı bir film şeridi gibi gözlerinin önünden geçti. Aşırı romantik, dramatik ve içler acısı...

Daha neler neler geliyordu aklına birbiri ardına, ama Jenna gelmeden önce kendini toparlaması gerekiyordu.

Jenna, ikinci bir birayla kapıda görünmeden hemen önce, Gage elindeki birayı Jenna'nın tamir etmesini istediği lambanın bulunduğu komodinin üzerine koydu.

"Bu biralar hakkında bilmem gereken bir şey var mı?" diye sordu Gage alaycı bir şekilde. Bu işin işinde bir bit yeniği var gibi geliyordu ona.

"Yoo, niye sordun ki?" diye bir çırpıda söylemeye çalışırken daha fazla gevelemişti sözcükleri ağzında Jenna istemeden.

Gage bir şey söylemedi. Elindeki şişeyi kafasına dikti. "Sadece merak ettim." Boğazını gererek biranın dörtte üçü kadarını bir çırpıda içmişti. Böyle içmesi için bir neden de yoktu oysa, tabii onu düşünmeye sevk eden odada yalnız geçirdiği zaman dışında. Burada ne olup bittiğine kafa yoruyordu bir de, çünkü durduk yerde bir iki ev işi için Jenna'nın kendisini çağırdığına inanmıyordu.

Elindeki ikinci bira şişesini de az öncekinin yanına koyup oturduğu yataktan kalkarken, "Lambayla ilgili problemin ne olduğunu tekrar söyler misin?" dedi Gage.

Ayağa kalktığında bir baş dönmesi hissetti Gage, bir bulanık bir karanlık görüyordu her şeyi.

"Oo olamaz!" Odadakileri odaklamaya çalışmak için büyük bir çaba sarf etti Gage, gözlerini açıp kapatıyordu. Tutunmak için meşe ağacından yapılma oymalı yatak başlığına uzanmaya çalıştı ama başaramadı, yeniden yatağa düştü.

"Gage, iyi misin?" dedi Jenna. Sesi endişeliydi. Gage, Jenna'nın sesini sanki bir tünelden yankılanarak geliyormuşçasına derinden duyuyordu. Jenna'nın yüzüne bakabilmek için kafasını kaldırdı ancak her şeyi bulanık görüyor ve Jenna'yı seçemiyordu.

"İyiyim ben, sadece..." Aniden ne olduğunu anlamak için kendini şöyle bir sarsarak gözlerini açıp kapamaya devam etti. Gözleri kuru ve yorgundu, ağzının üç kat büyüdüğünü hissediyor, güçlükle açıyordu. Sadece bu kadar da değildi, beyni allak bullak olmuştu. İki kelimeyi bir araya getirip cümle kurmakta zorlanıyordu.

"Biraz uzansana," diye önerdi Jenna.

Gage'in hemen yanında duruyordu. Bir elini sırtına atıp yatağa yatmasına yardım ederken, diğer eli Gage'in göğsünde duruyordu. Kalbinin hâlâ atıyor olduğuna emin olmak için kontrol ediyordu.

Sözcükleri zorla bir araya getirebilmesine rağmen, "Ne yaptın sen?" diye sordu Gage.

"Hiçbir şey," dedi Jenna. "Sadece biraz yorgunsun, uzan ve uyumaya çalış."

Ama Gage yorgun olmadığını biliyordu. En azından buraya gelinceye kadar yorgun olmasını gerektiren hiçbir şey yapmamıştı. Uykudayken Jenna aramış ve çıkıp buraya gelmişti. Bu durumda, hiçbir şey yapmadan nasıl yorgun olabilirdi ki? Aklı almıyordu Gage'in.

İşte tam oradaydı, dilinin ucunda. Aniden böylesine sersemlemiş hissettiği için, çok fazla konuşacak dermanı kalmamıştı Gage'in. Sızıp kalmak üzereydi.

Sersemliği gitgide artıyordu. Hemen yanı başında duran Jenna'nın basenlerine yaslanmış olması bile bir değişiklik yaratmıyordu Gage'in halinde. Jenna'nın, saçını okşaması, parmaklarını nazikçe kafatasında gezdirmesi rahatlayıp daha da mayışmasına neden oluyordu.

Kapanmak üzere olan gözlerine karşı koyamadı Gage, Jenna da evliliklerinde olmadığı kadar rahat hissediyordu kendini onun yanında. Şimdi, her şeyi mahvetmeden önceki kadar âşık görünüyorlardı birbirlerine, hâlâ.

Gage, hayatında daha önce böylesine huzurlu olduğu bir anı hatırlamıyordu.

Peki ya sonra, aklı başına geldiğinde ne olacaktı?

Şu andaki kadar iyi hissetmeyeceğini biliyordu. Kıyıya vuran dalga seslerini işitiyor, adanın ılık nefesini hissediyordu açık balkon kapısından. Ve dünyanın en güzel kadını, o ince, zarif vücuduyla, güven içinde kıvrılmış yatıyordu yanında. Yüreğinden yüreğine bir şeyler akıyordu sanki bu anda.

İşte hayat buydu, bir adam daha ne isteyebilirdi ki şu hayatta. Eğer böyle olacağını bilse, Jenna'yı alıp Karayipler'den de uzaklara giderdi çok zaman önce. İki haftalık balayı tatillerine geri dönebilme şansları olsaydı keşke. St. Thomas'a gitmek, çevresindeki adaları gezmek birlikte, böyle bir elli yıl yaşayabilseydi keşke. Ne hoş geliyordu düşünmek bile...

Kımıldadıkça Jenna'nın kısa, koyu renk saçları Gage'in çıplak omzunu gıdıklıyordu. Bacağı bacağına kenetlenmiş durumda, dizi ise tehlikeli bir şekilde Gage'in kasıklarına doğru tırmanıyordu. Jenna'nın bu hareketleri onu rahatsız etmek yerine, kanını kaynatıyor, sevişme isteği uyandırıyordu.

Ne önemi vardı. Hem zaten karşılaştıklarından beri ona içinden geldiği gibi davranamamıştı. Hâlâ birlikte olabilirlerdi. Dünyasını sarsacak hazzı Jenna'nın o nazik ve sıkı bedeninde bulmuştu yalnızca. Evet, Jenna'yı istiyordu şimdi, hem de gittikçe alevlenen bir hazla.

Gage, şanslı pisliğin tekiydi.

Bunu kendisi de biliyordu. Yeryüzündeki hiçbir kadının kendisini Jenna Langan –şimdi Langan değil Marshall– kadar yakıp kavuramadığını da Tanrı'ya şükür biliyordu. Kimseyle Jenna kadar birbirini tamamlayamadıklarının da farkındaydı. Hisleriyle hareket ediyor gibi geliyordu kendisine ama Jenna'nın onun diğer yarısı olduğu bir gerçekti. Jenna, hayatına girdiğinde ruhundaki o soğuk ve derin boşlukları dolduran mucizevi bir şeydi Gage için. Gage, ancak Jenna'yla bir bütün olabildiğini düşünürdü.

Jenna onu anlıyordu. Onun işine duyduğu aşkı anlıyordu, hatta Gage kendini işi için tehlikeye attığında bile sesini çıkarmıyor, duruma göz yumuyordu. Gage için endişelendiğini kabul ediyordu Jenna ama bunun yanı sıra ona güvendiğini ve Gage'in aldığı eğitimin onu koruyacağına olan inancını da yitirmiyordu hiçbir zaman. Ne ile uğraşmış olursa olsun gün boyu, gece eve sağlam bir şekilde döneceğini biliyordu.

O sürekli dırdır eden polis eşleri gibi değildi Jenna. Sürekli namlunun ucunda gezen, tehlikeyi bir gölge gibi takip eden, mesai saati olmaksızın gece gündüz çalışan bir adamı sevmek, onunla evli olmak kolay değildi. Ama durmadan bunlardan yakınıp ağlayan diğer kadınlardan farklıydı Jenna, anlayışlıydı.

Göze dokunur bir güzelliği olmamasına rağmen, Jenna'dan başka aklını başından alabilecek bir kadının varlığını bile hayal edemiyordu Gage.

Jenna'yla tanışıncaya kadar, genelde uzun boylu, uzun saçlı, uzun bacakları ve dolgun göğüsleri olan kadınlardan hoşlanırdı. Erkek dergilerinde boy gösteren o mayolu, bikinili kadınlar gibi. Açıkçası Jenna'nın en yakın arkadaşları Ronnie ve Grace daha çok ilgisini çekerdi bu açıdan baktığında.

Başlarda, Ronnie'de gözü var gibiydi Gage'in. Aslında onu sürüden ayırıp kimseler duymadan şansını deneyebilirdi. Ama Jenna'dan başka bir kadına göz dikmesi kafasının uçurulması demekti.

Jenna ona göre kısaydı. Boyu en fazla Gage'in çenesine gelebilecek uzunluktaydı. Şekilsiz ve erkeksi sayılabilecek kadar düz hatları vardı. Sıra dışı kıyafetler giymeyi tercih ederdi. Rengi solmuş kot pantolonlar, üzerinden akan bluzlar, uzun etekler... Bohem kıyafetlerle doluydu gardırobu.

Tabii bir de olmazsa olmaz fularları vardı. Hatta Gage'e bile fular kullanmasını önerdiği olmuştu. Jenna uzun el örmesi fularları çok seviyordu. Fantezi, kabarık, parlak renkli... Her türden mevcuttu. Bugüne kadar ne giydiyse onunla kombine edebileceği bir fuları mutlaka vardı.

Başlarda, Jenna'nın bu giyim tarzını, utanç verici bir doğum lekesini ya da kimsenin görmesini istemediği sivilcelerini gizlemek amacıyla bir kalkan olarak kullandığını düşünmüştü. Sonra, Jenna'nın kendi kişisel moda anlayışının bir parçası olduğunu öğrendi. Daha sonraları ona ısınmaya ve alışmaya başladı. Birlikte zaman geçirdikçe, saklaması gereken gizli bir yara ya da sivilcesinin olmadığını keşfetti. Zamanla onu seksi bulmaya, hatta vücudunun gizlediği yerleri Gage'de şehvet uyandırmaya başladı.

Hem onlarla uğraşmaktan da hoşlanıyordu Gage, Jenna'yı soyarken fuları yavaşça boynundan çekmek ya da o fularla Jenna'nın ellerini arkasına bağlamak ayrı bir haz veriyordu Gage'e.

Öyle ya, bu fularlarla ilgili yapmayı sevdiği ilginç ve keyifli daha ne çok şey vardı.

Çıplak göğsüne kıvrılmış yatıyorken Jenna'nın ince parmaklarının seğirdiğini fark etti Gage. Alıp Jenna'nın parmağını ağzına götürdü ve eklemlerini acıtabilecek kadar sert bir şekilde öptü. Kedi miyavlamasına benzer bir ses çıkardı Jenna, şöyle bir kıpırdanıp elini biraz aşağıya indirdi.

Gage'in bir eli Jenna'nın belini kavrıyor, yavaşça kendine doğru çekiyordu. Tepeden tırnağa onu hissetmek istiyordu. Jenna uyku mahmurluğunu andıran bir edayla göz kırptı Gage'e. Geniş bir tebessüm yerleşmişti yüzüne.

"Merhaba!" diye fısıldadı Gage'in kulağına.

Gage'in dudaklarına da yayılıyordu aynı gülümseme şimdi. "Merhaba, giyinip plaja inmek ister misin, belki öğle yemeği yeriz?" diye karşılık verdi.

Gage şu an yapmak istediği şeyi biliyordu ve bunun için yemek yemek ya da odadan çıkmak gerekmiyordu. Ama kahvaltının üstünden çok zaman geçmişti ve bulundukları adada gezilip görülecek yerler vardı. Jenna'ya en azından yatak dışında da iyi vakit geçirtebileceğini göstermek istiyordu, bunda kararlıydı.

Jenna, Gage'in sorusunu biraz düşündü. Minicik burnunu buruşturup o hayran olunası kaşlarını yakınlaştırdığı sevimli bir yüz ifadesiyle, "Ben oda servisini çağırırız diye düşünmüştüm," diyerek cevapladı en sonunda.

Gage de kaşlarını Jenna gibi yapmaya çalışarak, "Emin misin?" dedi.

"Resepsiyondakiler, d$e$nememizi düşündükleri birkaç restoran önerdi. Belki oradan da feribotla St. John'a geçer, birkaç yer görmüş oluruz."

"Benimle dolaşmak istemiyor musun yoksa?"

Bir elinin ayasını çenesine dayamış dururken diğer eliyle Gage'in dirseğine hafifçe bir fiske vurdu ve "Puff," dedi Jenna. Gage hiçbir şey söylemedi, yapmadı da. Karısının bu ufak tefek bıkkınlık tavırları hoşuna gidiyordu. Onu böyle kızdırmaktan memnuniyet duyuyordu.

"Tam da balayının ortasındayken, çiftlerden birinin balayı bitmiş gibi davranması, çıkıp dolaşmak istemesi falan evliliğin geri kalanı için pek de iyiye işaret değildir biliyorsun," dedi Jenna.

Gage'in ağzından bal damlıyordu sanki. "Tatlım," dedi Jenna'nın ellerini okşayarak. "Ben, bizim balayımızın hiç bitmeyeceğini düşünüyorum hatta doksanımıza geldiğimizde ellerimizde bastonlarla yürürken, torunlarımızın da torunlarının bahçemizde koşturup oynadığını izlerken bile balayımızda gibi hissedeceğiz hâlâ."

Jenna'nın pembe dudakları yay gibi kıvrılırken, dalga geçme sırasının kendisine geldiğini düşündü. "Sen doksanına geldiğinde yatakta uyumaktan başka bir şey yapabileceğini mi düşünüyorsun yoksa?"

Gage, kaşlarını oynatıp tam şu anda onu yatağa atmak için ne kadar hazır olduğunu gösterircesine dibine sokularak, "Söz konusu sensen, yerin yedi kat dibinde bile olsam, çıkar gelirim. Seninle sevişmeye her daim hazırımdır!" dedi.

Jenna'nın gözünün önünden bir gölge geçer gibi oldu ve hemen kayboldu. "Boş ver şimdi ilerisini, konuşmayalım," dedi Jenna. Oturur pozisyondayken bacaklarını Gage'in beline sarıp elleriyle vücudunu okşuyor, kendini Gage'e doğru ittiriyordu.

"Konuşmayalım diyorum, ne dersin?" dedi yapacak daha keyifli şeyler olduğunu ima ederek.

Gage'in neredeyse nefesi kesilecekti, kalbi göğsünden fırlayacakmış gibi hissediyor, Jenna'yla sevişmek için can atıyordu.

"Ne yapmamızı önerirsin peki?" diye sordu kesik kesik kelimelerle. Emindi, sesindeki boğukluğu hayal edebiliyordu. Bundan daha azgın hale getirilebilir miydi, mümkün müydü bu? Hayli iri ve güçlü bir adamdı, nefesini böylesine kesebilmesi için böyle ufak tefek bir kadından çok daha fazlası gerekirdi oysa.

Gage, Jenna'nın arkasına geçip onu kucağına oturturken Jenna da parmaklarını Gage'in gergin hatlarında gezdiriyordu. "Bence oda servisini çağırmalıyız," dedi Jenna. Başını bir yana eğip gözlerini çıplak vücudunda okşadığı yerlere dikmişti. Bu durum Gage'i daha da azdırıyordu. "Ve oda servisi yemeğimizi getirene kadar, biz de yaramazlıklar yapıp kirlenmeliyiz bence, döndüğümüzde arkadaşlarımıza anlatamayacağımız türden yaramazlıklar mesela," diye ekledi Jenna.

"Hmm iyi fikir, çok hoş geliyor kulağa." Cennetteydi sanki, bundan daha heyecan verici bir an olamazdı. Jenna'nın elleri Gage'in kasıklarına doğru süzülüyor, bu da *küçük kumandanı* daha iyi hissettiriyordu.

Ama onun beklediğini yapmadı Jenna, erkekliğini sıyırıp geçtikten sonra daha da aşağıya indirdi elini, testislerini okşuyordu. Gage zevkten deliye dönmüş durumdaydı, kendine daha fazla engel olamayacağını düşündü.

"Oda servisine ne oldu?" dedi Gage, sözcükler rendelenerek çıkıyordu ağzından, kesik kesik.

"Sen ararsın," dedi Jenna şehvet dolu sesiyle. "Çok acıkacağıma dair bir his var içimde, bana her şeyden birer tane getirsinler," diye ekledi.

Gage bir kolunu aşağı sarkıttı, buraya nasıl geldiğini merak ediyordu. Yatak başlığını tutamıyordu, sadece Jenna'nın omuzlarını ve kollarını hissediyordu.

Jenna başını Gage'in kasıklarına doğru eğmişken, Gage bir anda elektrik çarpmışçasına irkildi.

"Jenna, sen böyle üzerimdeyken arayıp konuşabileceğime emin değilim."

"Mmm, pekâlâ," deyip ağzını çekti Jenna. "Haklısın, bu şekilde zor olabilir, belki de önce birbirimizle doymayı deneyebiliriz."

Durup biraz ara vereceğini sandı Gage, ama Jenna aksine, daha büyük bir hazla ağzını daha genişçe açıp gömüldü Gage'in kasıklarına.

Konuşmaya mecalinin kalmadığını bilerek, yerinde duramayan bir halde, "Bu sesi seviyorum," sözcükleri döküldü Gage'in ağzından güç bela.

Aşağıya sarkıttığı koluna bir kez daha asılarak, Jenna'nın yüzüne dokunmak saçlarını okşamak istedi. Ama elini kımıldatamadı bile.

Kaşlarını çattı. Neler oluyordu! Niye kolunu hareket ettiremiyordu?

Sağ kolundan vazgeçip bir de sol kolunu denemek istedi. Tanrı aşkına! Onu da kımıldatamıyordu!

Bu iş gittikçe saçma bir hal alıyordu.

Kafasını yastıkta bir o yana, bir diğer yana çevirip durdu. Onun hareketini engelleyen şeyin ne olduğunu bilmek istiyordu. Bir şeyler vardı, hissediyordu ama gözlerini bir noktaya odaklayamıyordu. Ve görüşünü bir yere odaklamaya çabaladıkça, daha da kötü görüyordu.

Jenna'ya baktı tekrar, o hâlâ üzerinde dönüp duruyordu. Ama çevresindekiler farklıydı şimdi. Balkondan gelen dalga seslerini duymuyordu artık, adanın ılık nefesini de hissetmiyordu. Gördüğü dört duvar, balayı için gittikleri otel odasını da andırmıyordu. Daha karanlık, dümdüz duvarlar sanki üstüne üstüne geliyordu.

Neler olduğunu anlamaya çalıştı. Dikkatini tekrar Jenna'nın üzerinde yoğunlaştırdı. Tuhaf bir şeyler vardı. Ters giden bir şeyler.

Ve bir anda, Jenna o kadar seksi, ahlaksız ve şehvet uyandırıcı görünmemeye başladı gözüne. Jenna suçlu gibi gözüküyordu şimdi.

"Ne yaptın sen?" dedi Gage kaşlarını çatıp. Dili aniden çözülmüşçesine bir eda vardı sesinde.

"Ne yaptın?"

Ters Örgü 4

Jenna, şimdi devam mı etmeliydi, yoksa paniğe kapılıp bırakmalı mıydı, bilmiyordu. Grace'in dediği gibi biranın içine koyduğu ilaçlar işe yaramıştı ancak Gage şimdi kendine geliyor gibi gözüküyordu. Bir yandan bu iyiydi aslında, en azından dokunuşlarına fiziksel olarak karşılık verebilirdi Gage.

Fakat bu konuda şüphe duyuyordu Jenna. Gage şu an komada olabilirdi, çünkü Jenna onun vücudunu yeterince iyi tanıyordu. Bu şefkatli dokunuşlarına mutlaka bir tepki verirdi yoksa.

Diğer yandan, uyanık ve aklı başında olması demek, ne olup bittiğini anlaması ve kendisinin de açıklama yapmak zorunda kalması anlamına geliyordu. Gage'in daha önce sinirli olduğu zamanları da bilirdi Jenna –Tanrı'ya şükür ki, kendisine sinirlendiği olmamıştı hiç– ve o zamanlar hiç de sevimli olmazdı Gage. Ve şimdi oyuna getirildiğini öğrendiğinde, bunu nezaketle kabullenecek kadar esnek olmadığını biliyordu sabrının.

Güçlükle yutkunup kendi bilincinin de pek yerinde olmadığını hiçe sayarak nabzını kontrol ettikten sonra, kılı kırk yararak bir cevap vermeye hazırlandı Jenna.

"Ben hiçbir şey yapmadım," diye yalan söyledi mahçubiyetle karışık sakin bir ses tonuyla, böylelikle inandırıcı gözükmeyi umuyordu. "Şimdi sakin ol biraz, rahatla. Eğlence daha yeni başlıyor," dedi hemen ardından.

Gage kafasını yastığa bırakıverdi. Kolları başının üzerinde el örgüsü fularlarla bağlanmıştı. Fularlardan biri mor renkteydi, örgüsü henüz bitmemişti. Diğeri ise alpaka yününden yapılmış bir fulardı, teyzesi gitmeden önce Jenna'ya vermişti yününü. Mor olanı da kendisi gelirken evden getirmişti. Grace, Ronnie'yle birlikte yola çıkmadan önce bunları dikkat çekmeyecek şekilde yatağın altında hazır bulundurmuştu. Jenna, eski kocasını sarhoş edip ayarttıktan sonra onu dizginleyip odada güvende kalmalarını sağlamak için Grace akıl etmişti bu yatağa bağlama işini.

Evet, oldukça kötü ve hileli bir oyundu bu. Fakat Jenna daha önce de yanlış yöntemler seçmişti. Grace ve Ronnie ile oturup bu durumu bıkana dek konuştuklarında başka bir çözüm yolu gelmemişti akıllarına. İki yıldır süren beklentileri, hayalleri ve pişmanlıkları da ekleyince, temelde aynı sonuç üzerinde toplanıyordu hepsi...

Bu yol Jenna'yı iyi bir insan yapmıyordu belki ama geri kalan hayatını pişmanlık ve üzüntü içinde geçirmesindense en azından yapmak istediği şey için, hayali için çaba gösteriyordu.

Bu düşünceyle Jenna derin bir nefes aldı ve çırılçıplak oluncaya dek soyunmaları gerektiğine karar verdi. İşe kendinden başladı. Elini karnına doğru götürüp bluzunu çıkardı. Eline ayağına dolaşmasın diye uzun eteğini de çıkarıverdi. Böylesi daha kolay olacaktı.

Jenna arkasına yaslandı. Beyaz iç çamaşırı takımıyla, dizlerinin üzerinde tünemiş duruyordu. Böyle bir iç çamaşırı takımı giymeyeli hayli uzun zaman olmuştu. Uzundu çünkü kimseyle birlikte olmamıştı. Bu yüzden olsa gerek sırf soyunma eylemi bile başlı başına garip ve yaramazca gelmişti ona.

Ama güzel bir yaramazlık. Damarlarındaki kanın ısındığını hissediyordu Jenna, destekli sutyeninin içinde meme uçları filizlenmeye başlamıştı bile.

Bisiklet sürüyormuş gibi yapmalıydı, değil mi? Üstüne atlayacak, gidonu kavrayacak ve pedal çevirmeye başlayacaktı. Ne kadar zor olabilirdi ki?

Gage'in yüzüne bir bakış atınca dudaklarının dümdüz bir çizgi halinde olduğunu fark etti, o kahverengi gözleri Jenna'ya kilitlenmişti. "Ne yapıyorsun?" dedi Gage kekeleyerek.

Şimdi uyanıktı işte. Ne tür bir etki yarattıysa ilaçlar Gage'in üzerinde, onu hem ayık hem de hareketsiz bırakmayı başarmıştı. Ayık ve üstelik tetikte.

Gage'in tişörtünü pantolonunun içinden kurtararak çekip çıkardı. Pürüzsüz, geniş bedeninde dolaştırdı ellerini. Her santimini hissetmek istedi Jenna. Gage'in elleri... Meşgul olduğundan, yani bağlı olduğundan, onu çözmeden tişörtünü çıkarmanın başka bir yolu yoktu. Gage'de yapacak başka bir şeyi olmadığından belki, kafasını kaldırıp boynunu eğerek Jenna'nın, tişörtünü çıkarmasına razı oldu.

Jenna'nın tam hayal ettiği gibi değildi bu soyma işi ama idare edecekti artık. Gage'in pantolonunu çıkarmak için de benzer bir işlem uyguladı. Belki de bu soyunma işini Gage'i yatağa bağlamadan önce halletmeliydi, böylelikle geriye bir tek kendisinin soyunması kalırdı.

"Sinirlenmeye gerek yok," dedi Jenna dingin bir sesle. "Biraz sıra dışı olduğunun ben de farkındayım ama seni buraya çağırdıktan sonra, güvende hissetmemin tek yolu buydu, ne yapayım!"

Jenna'nın parmakları Gage'in beline doğru iniyordu. Fermuarını yavaşça açıp kot pantolonunu çıkarması gerekiyordu. Kalın kotunu, yayılmış halde duran kalçalarından indirmek biraz zor olsa da, Jenna bu durumun kendisini durdurmasına müsaade edemezdi. Bir anda çekerek pantolonu Gage'in kalçasından kurtarmayı başardı. İşin zor kısmını halletmişti, şimdi pantolon Gage'in ayak bileklerinde kat kat toplanmış haldeydi.

Özellikle kot pantolondan sonra Jenna'ya hayli ince gelen siyah iç çamaşırıyla kalmıştı Gage. Ve Jenna'nın, çamaşırın üzerinden gördüğü kadarıyla o da Jenna'yı arzuluyordu. Tamam, Gage olmasa bile en azından vücudu Jenna'ya cevap veriyordu. Dolup taşmak üzere, kabarıp zonklayan bir görüntüyle karşılaşmış olmasa da, hiç yoktan ilgisiz değildi. Durumun konseptine uyacak bir cevap veriyordu Gage'in vücudu. Bu da Jenna'nın kendini biraz daha iyi hissetmesini sağladı.

Gage'in üzerine tırmanmaya başladı. Az önce soyduğu o göz dolduran bronz teninde, kendi çıplak teniyle geziniyordu Jenna ve kasıklarında bir kıpırdanma, gittikçe hızlanan bir çarpıntı hissetmeye başladı.

Âdem'in yediği elmadan yemiş de boğazında kalmış gibi hissediyordu Gage, tedirginlik içinde ağzından patır kütür düşüveren sözcüklerle, "Ne yapıyorsun sen Jenna?" diye tekrar sordu. Daha gergin gözüküyordu.

Jenna, sorduğu şeyi biliyordu. Ne yaptığını değil, neden yaptığını merak ediyordu Gage. Bir şeyleri itiraf etmeye hazır değildi. Bu yüzden biraz daha yaslanarak Gage'in üzerine, dudaklarının köşesine hafif bir öpücük kondurdu ve "Seninle sevişiyorum," diye fısıldadı kulağına.

Neyse ki daha önce sıcak, şehvet dolu, tutkulu sevişmeleri olmuştu. Bu yüzden Jenna, onun hoşlanıp hoşlanmadığı şeyleri biliyordu. Hepsini tam olarak bilemese de en azından bu gece Gage'i harekete geçirip istediğini almaya yetecek kadar ipucuna sahipti.

Ellerini, Gage'in sıkı karın kaslarının alt kısmından başlayarak aşağı yukarı gelişigüzel oynatıyordu. Yavaşça göğüs kafesine, koltuk altlarına ve başının üzerinde kalan tişörtünün açıkta bıraktığı kollarının ulaşabildiği kısımlarına kadar geziniyordu elleri. Evliliklerinde olduğu gibi, ısınan kanını, güçlü kaslarını, Gage'in vücudunun her santimini hissetmek istiyordu Jenna.

En sevdiği şarkının bir dizesinde geçen o harikalar diyarıydı Gage'in vücudu onun için. Eğer polis olmasaydı, vücudunun bu görkemli haline uygun başka bir işe ihtiyacı olurdu herhalde. Jenna, Gage'in vücut şeklini korumak için haftada beş ya da altı kez bir spor salonuna gittiğinden şüpheleniyordu hâlâ. Yüzme, koşu, ağırlık kaldırma falan gibi şeyler yapıyordu herhalde çaktırmadan. Aslında hepsinden biraz yapmışlığı vardı Gage'in, vücudundan da belli olduğu üzere. Jenna, Gage'in azmini her zaman takdir etmişti. Onun bu heybetli vücuduyla kendininkini kıyasladığında kendini onun yanında hep küçücük ve şekilsiz hissetmişti.

Jenna, Gage'in dövmelerini de hep çok beğenmişti. Ama kendisi, o keskin iğnelerle vücuduna kalıcı izler yaptırmaya cesaret edememişti bir türlü. Ama Gage'in bir tuvali andıran muhteşem vücudu üzerine yapılan her dövme kesinlikle bir sanat eserine dönüşüyordu.

Birlikte oldukları zamanlarda yalnızca iki dövmesi vardı Gage'in. Birisi sol pazısının etrafına işlenmiş belli bir kabileye özgü özel bir dövme, diğeri de sağ bileğini çevreleyen dikenli tel dövmesiydi. Gage dövmeleri hakkında daha açıklayıcı bilgiler vererek konuşurdu ama Jenna bu konularda pek de bilgili değildi.

Ayrıldıktan sonra, işiyle ilgili meşguliyetleri dışında, dövme sanatçılarının sandalyesinde de hayli zaman harcamış gibi gözüküyordu Gage. Sağ göğsünün üst kısmına ağzından ateş püskürten renkli bir ejderha dövmesi yaptırmıştı. Öfke dolu bir tutkuyu simgeliyordu sanki ve muhtemelen omzunun üstüne kadar uzanıyordu. Hatta sırtını da kapladığını tahmin ediyordu Jenna, çünkü belinin hizasında, leğen kemiğinden kasıklarının hemen üstüne kadar uzanan ejderha kuyruğu gözüküyordu.

Dudaklarını yaladı, ellerini ellerine kenetleyip bir öpücük daha kondurdu Gage'in dudaklarına.

"Bunu hatırlıyorsun, değil mi?" dedi fısıltıyla.

Kendini Gage'in çıplak teni üzerine bıraktı. Sert, dağınık saçları Gage'in tenini gıdıklıyor, bu durum da Jenna'yı uyarıyordu. Gage hareketlendikçe Jenna'nın kasıklarında bir kıpırdanma oluyor, artık bu durumun şehvete dönüşmeye başladığını biliyordu.

"Hatırlıyorsun değil mi?" diye yineledi Jenna, bu kez sorudan ziyade bir onay edası vardı sesinde.

El elelerdi. Jenna, Gage'in parmaklarının kasıldığını hissetti. Ama bu bir arzu mu, yoksa kızgınlık ifadesi miydi, anlayamadı.

Dudaklarını yanağına sürerek, "Ben hatırlıyorum..." dedi Jenna. Gage'in çenesindeki kirli sakallar yarattığı gıdıklanma hissinden hoşlanınca aynı hareketi bir kez daha tekrarladı.

"Seni özledim..." diye ekledi Jenna, en azından bu gerçeği itiraf etmek için yeterince güvende olduğunu hissetti. Sonuçta Gage'in elleri bağlıydı ve her şey tamamen Jenna'nın insafına kalmıştı.

Jenna, Gage'in kulak memesini ısırdı hafifçe, karşılığında duyduğu iç gıdıklayan iniltiyi ödül olarak kabul etti. Yumuşak dokunuşlarla boynundan aşağıya süzülüyordu Jenna'nın dudakları. Her defasında diliyle teninin tadına varıyor, bu yüzden ıslak bırakıyordu dudağının dokunduğu yerleri.

Jenna, Gage'in teninin tadını hep çok severdi. Ağır bir işte yoğun çalışan bir adamınki gibi tuzlu ve erkeksiydi teni; bu ikisinin harmanı zaten Gage'in kendine has kokusu demekti. O pahalı kolonyalar ve tıraş losyonlarının hepsini toplasan Gage'in şu eşsiz kokusunun yanından bile geçemezlerdi.

Sırtına doğru geldiğinde, gösterişli kaslarını hafifçe ısırdı. Bu haliyle daha çok Gage'den ziyade ejderhayla öpüşüyormuş gibi görünüyordu. Bir ürpertiyle zihnindeki bu görüntüyü uzaklaştırdı. Bir sonraki adıma geçmek için sabırsızlanıyordu. Köprücük kemiğinin keskin hatlarına dokunarak boğazına doğru yükselmek, Gage'in göğüs kaslarını harekete geçiren, uyarıcı bir hamleydi.

Gage'in yuvarlak, kahverengi meme uçları minik birer boncuk haline gelmişti. Bu seksi kıpırtıların onun pürüzsüz ve geniş göğsünde gittikçe arttığını, midesine kadar vardığını hissedebiliyordu.

Jenna, Gage'in hızma takılı meme uçlarıyla oynayabilmek için, ellerini yavaşça onun kollarından aşağıya kaydırdı. Önce başparmağının ucuyla oynayıp sonra avucunun içiyle dokunmaya başladı. Dudaklarıyla tenine dokunurken, diğer yandan da parmaklarıyla Gage'in vücudunda keşif yapmaya devam ediyordu. Öpüyor, yalıyor, hafifçe ısırıyor ve sonra acıtmış olabileceğini düşünüp sızısını almak için yeniden dilini kullanıyordu.

Jenna şimdi, Gage'in iç çamaşırının içinden gelen nefesi duyabiliyordu. Gage'in vücudu Jenna'nın bu şehvet dolu dokunuşlarına cevap veriyordu. Jenna'nın başı Gage'in kasıklarına doğru inerken göğüslerinin arasında bir şeyin harekete geçip sıkılaştığını hissediyordu.

Gage'in bedensel olarak verdiği bu cevap Jenna'yı daha da ateşlendirdi. Gage'in de iştaha gelip üzerine atlamasını beklemiyordu belki ama en azından onun da zevk aldığını biliyordu artık, bundan şüphesi yoktu.

Jenna, şimdi Gage'in göğsünden aşağılara iniyor, göbek kısmıyla kasığı arasında kalan kısmı öpüyor, bu sırada saçları da tenini hafifçe gıdıklıyordu. Gage artık tam anlamıyla erekte olmuştu. Jenna'nın her dokunuşuna cevap veriyor, kendini kısıtlayan o zincirlerinden kurtulup doyurulmayı bekliyordu. Gage'in bu açlığı, Jenna'yı tatmin etmekten çok mutlu etmiş gibi gözüküyordu.

Jenna, Gage'in çamaşırını kotunu indirdiği gibi ayak bileğine sıyırarak onun dizleri üzerine ata binermişçesine oturdu. Gage böyle sırt üstü yatarken üstte olmak pek hoşuna gitmiyordu aslında Jenna'nın. O, Gage'in kendisinin üstünde olmasını daha çok seviyordu, çünkü öyle olduğunda kalçalarına dokunup onları sıkma şansı da oluyordu.

Gage, dünyanın en güzel kalçalarına sahip olan adamdı. Bu pozisyondayken sanki bir şeyler eksik kalıyordu, evlilikleri boyunca bir ya da iki kez denemişlerdi bunu. Üstünde olduğunda Gage'in daha fazla gayret sarf etmesi gerekecek ve Jenna'nın üstüne boşalacağından ıskalaması söz konusu olmayacaktı. Ama bu şekilde dörtte üç şansı vardı. Gerçi öyle ya da böyle eninde sonunda boşalacaktı.

Cinsel ilişki sırasında Gage ne zaman bu noktaya gelse, bundan sonrası için dizginleri Jenna'ya verir, onu da iyi bir şekilde tatmin etmek isterdi. Daha önce sadece bir kez, Jenna Gage'den daha önce doruğa ulaşmış ve Gage'e de istediği gibi devam etme şansı vermişti ama Gage bu şansı küstahça zorlayarak Jenna için olumsuz bir sona neden olmuştu.

Sonra tekrar düşündü. *Fright Night**'tan bir sahne gözünün önünde canlandı, aslında o kadar da korkunç sayılmazdı. Sonuçta, birinden birini tercih edebileceği iki seçenek yoktu karşısında, Gage Marshall bir ilahtı. Kot pantolon ve siyah dar tişört giyen, yeryüzüne inmiş bir Tanrı. Bunun dışında, doğum günlerinde giydiği bir takım elbisesi, birkaç görkemli dövmesi, upuzun bir boyu vardı. Tüy kadar hafif sayılırdı kısıtlamaları.

Jenna, Gage'i her şeyiyle kabul etmişti. Her düzlüğünü, her kıvrımını, şişkin kaslarını, bronz teninin her santimini, her şeyini seviyordu. Onunla sevişmek istememek Jenna'ya göre saçmalıktı, daha önce birlikte oldukları zamanları düşündü. Bu sırada Jenna, kozasındaki kıpırtının azalmaya başladığını fark etti.

Belki çok uzun zaman olmuştu.

Belki de çok özlemişti ve bu defa, tahmin olmak istediğinden daha çok istiyordu onu.

Şu anda kafa yormak istediği şeyler bunlar değildi aslında. O, amacına odaklanmak istiyordu. Derin ve toydu, eğer önceki yıllardaki, onsuzluktan ağlayarak geçirdiği zamanlardaki hislerini ona gösteremezse, önündeki beş dakika içinde muhtemelen aynı hazin sonu yaşayacaktı.

Bu yüzden, bunları bir kenara bırakıp hislerini yatıştırdı ve çıkarıp attı aklından. Yapmakta olduğu işe yeniden dönüp tüm dikkatini ona verdi. Şimdi elleri konuşuyordu.

Jenna, Gage'in testislerine nazikçe dokunup onları avucunun içine almış, yumuşaklığını hissediyordu. Gage çoktan sertleşmiş ve hazır konumdaydı. Bundan daha fazlası olabilir mi diye düşündü Gage. Jenna'nın dokunuşlarının onu daha da sertleştirmesi mümkün müydü?

---

* Korku-komedi türünde bir film.

Erkekliğinde bir kıpırdanma başladı Gage'in. Jenna diğer eliyle yukarıdan aşağıya doğru okşamaya devam ediyordu. Jenna, derin bir nefes aldığını duydu ve başını kaldırdı. Gage'i, koyu renk saçlarını ve mayhoş bir hal almış gözlerini seyrederken buldu. İkisinden de tek bir söz çıkmadı.

Gage'in bakışları asılı kalmıştı sanki havada. Jenna yeniden eğildi ve ağzına aldı bu defa. Gage'in dişleri birbirine çarpıyordu ve damarları bir rahatlamaya gebeymişçesine kabarıyordu. Jenna'nın dudakları arasında Gage alev alev yanıyordu. Zonklamaya başladı ve Jenna bu sırada onu uyarmış olmanın zaferini diliyle tadıyordu.

Burada kalmak istiyordu Jenna. Tam şu noktada, yalamaya, emmeye, yapabileceğinin en iyisini yaparak Gage'i çılgına çevirmeye devam etmek istiyordu ağzıyla. Ama cinsel açıdan tatmin olmak için girişmemişti bu işe. Yani *sadece* cinsel tatmin için değil.

Onu bu hale getirmiş olmak ikisi için de olabildiğince zevkli olabilirdi, ama bu Jenna'nın amacına yakınlaşmış olması anlamına gelmiyordu. Ve Jenna'nın Gage'in tek bir spermini bile boşa harcayacak vakti yoktu.

Diliyle son dokunuşunu yavaşça yaptıktan sonra, ağzını çekip pozisyonunu değiştirdi. Gage ereksiyonun zirvesindeyken bu halini ıskalamadan üstüne çıkması gerekiyordu.

Jenna, kendisinin hazır olup olmadığını kontrol etme gereği duymadı. O, bundan mahcubiyet duymuş olsa da zaten çok önceden ıslanmış, yani hazır durumdaydı. Eliyle Gage'in boşalmak üzere olan erkekliğini kavrayarak, Gage'i içinde hissetmek için hazırlandı.

Oldukça büyüktü ve Jenna'nın içini tamamen dolduruyordu. Jenna Gage'i içinde hissetmeye çalıştığı bu sırada dudaklarını ısırıyordu. Çok da acı hissetmedi aslında, sadece uzun zamandır kimseyle ilişkiye girmediğinden, hafif bir rahatsızlık hissetti. Gage'i içine alabilmek için kendini rahatlatmaya ihtiyacı vardı yalnızca.

İlişkiye girdikleri ilk zamanları hatırladı Jenna, Gage'in büyük erkekliğine alışması biraz zaman almıştı. Ama onu içinde hissetmek duygusuna alışınca sevmeye başlamıştı. Şimdiki pozisyonları da dahil yatakta tüm pozisyonları denemişlerdi.

"Beni durdurmak istemezsin değil mi?" diye sordu Jenna. Nefesi titrek, kesik kesikti ve fısıltıdan daha gür çıkıyordu şimdi sesi.

Dizleri üstünde hafifçe yükselerek Gage'i kısmen özgür bıraktı. Yalnızca sürtünüyor olmaları bile Jenna'nın içine işliyordu. İnliyordu neredeyse. Gage, Jenna'nın tatmin olduğunu hissetti. Yumuk haldeki ellerinin içinde parmaklarının kımıldadığını hissetti ve bileklerindeki bağı hafifçe çekti.

"Çöz beni!" dedi Gage kulak tırmalayan bir sesle.

Kafasını salladığından saçları da dalgalanıyordu. Jenna, Gage'in üzerinde gidip gelmeye devam ediyor, sözcükler ağzından güçlükle çıkıyordu. "Böylesi daha iyi, hem senin de hoşuna gidiyor bence."

Jenna, soluklanmadan devam ediyordu. Küçük, neredeyse fark edilmez hareketlerle aşağı yukarı inip çıkıyor, sağa sola gidip geliyordu. Yerinde dokunuşlarıyla, altındaki adamı mest etmeye devam ediyordu.

Jenna, tam anlamıyla Gage'i içine almıştı. Gage'in boşalmak istediği, gerçekten istediği zaman boşalacağına şüphesi yoktu. Bileklerinin bağlı olduğu fularları defalarca düğümlemiş, Gage'in kımıldamasına ihtimal vermemek için olanca gücüyle yapabildiği kadar sıkmıştı. Düğümler hâlâ yerinde gözüküyordu ama bir doksan boyunda yüz kiloluk bir adamdı Gage, kaslarının ağırlığı da cabası.

Gage, içindeki şehvetle cebelleşiyordu, Jenna bunu onun gözlerinden okuyabiliyordu. Gage içinde bulunduğu oyun hakkında ve Jenna'nın hileli bir şekilde onu buraya getirmesi konusunda ne düşünürse düşünsün, sonuçta Jenna'nın başladığı bu oyunu bitirmesine şimdi daha çok ilgi duyuyor gibi gözüküyordu.

Tanrı'ya şükür! Bu noktada Gage kendisini oracıkta bırakıp giderse ağlayabilirdi Jenna.

Ağzını Gage'in ağzına dayayarak öptü onu. Gage'in de kendisini öpmesiyle ürperdi bir an.

Ellerini kullanamayan bir adam bu durumda başka ne yapabilirdi ki zaten diye düşündü sonra.

Dudaklarını birbirlerinden ayırdıklarında, ikisi de derin bir nefes aldı. Jenna, Gage'in vereceği cevabın ne olduğunu biliyordu. Ama yine de sordu, karşısında dudaklarını yalamaya devam ederken, "Durmamı istiyor musun Gage, ya da şu an yapmakta olduğum şeyi bitirmemi? Üzerinde gidip gelmeyi bırakmamı istiyor musun? Sevişmek istemediğini söyleyebilir misin şu an?"

Gage'in erkekliği Jenna'nın içindeyken, onun ardı arkası kesilmeyen dokunuşlarını ve az önceki sözlerini onaylarcasına kıpırdanıyordu.

Aslında Jenna iyi biriydi. Polyanna kadar olmasa da ona yakın sayılabilirdi. Sadece çok yakın arkadaşlarının yanında oldukça ender zamanlarda küfür ederdi. Çalışırken, öğrencileriyle konuşma şekline özen gösterir, konuşurken kelimelerini itinayla seçerdi.

Ama Gage'le sevişirken bunları hesaba katmazdı. Onunlayken hep biraz vahşi ve içinden geldiği gibi, çekinmeden davranırdı. Müstehcen konuşmaları Gage'in de hoşuna giderdi. Jenna da müstehcen sözlerinin Gage'i uyarmasından hoşnut olurdu.

Gage'in çenesindeki kaslar seğiriyor, azı dişleri birbirine sürtüyordu. Başının üstünde bağlı ellerini yumup açıyordu. Konuştuğunda, zımparalanmış gibi bir ses çıkarıyordu ama yine de ciddi bir tonda konuşuyordu. Ve Jenna artık geriye dönüşün mümkün olmadığını biliyordu.

"Durma!" dedi Gage, sesi parçalanıyordu sanki. Duyguları vücudunda yankılanıyordu adeta, yukarı kalkan kalçaları Jenna'yı daha da teşvik ediyordu.

Göğüslerini kışkırtıcı şekilde Gage'in göğüsleri üzerine bırakarak, gülümseyip yeniden öptü onu. Gage'e ayrı bir haz vermek için Kegel egzersizleriyle* devam etmeyi amaçlıyordu aslında.

"İyi bir cevap!" dedi Jenna mırıltıyla, üzerinde oturur pozisyonda kendini itmeye devam ediyordu bir yandan da.

Dizleri adamın kalçalarının iki yanında kenetlenmişti; Gage'in erkekliği üzerinde, Jenna kalçalarını biraz daha ayırarak yavaşça ileri geri gidip gelmeye devam etti.

"Ah, bu çok güzel..." dedi Gage'e. Jenna'nın elleri hâlâ Gage'in belindeydi ve hızlandıkça destek almak için ellerini kullanıyordu. Hızla sürtünmesini engellemeyecek şekilde tutuyordu ellerini onun kasıklarında.

Gage dudaklarını yaladı ve yutkundu. Âdemelması bir balık gibi kıpırdanıp duruyordu sanki boğazında.

"Ne kadar büyük olduğunu unutmuşum," dedi Jenna. "Kimse içimi senin gibi dolduramadı," diye ekledi ardından.

Gage, Jenna'nın hızlanan nefes alışverişine ayak uydurmaya çalışıyor, Jenna'nın alt dudağını ısırıp onu inletme arzusuyla bedenini kaldırıp indiriyordu.

"Ben de bunun ne kadar doğru hissettirdiğini unutmuşum," dedi Gage.

---

* Pelvis kaslarını geliştirmek için yapılan bir egzersiz türü.

Gözleri kapanırcasına kaymıştı ve duyuları akın etmeye devam ediyordu. Ah, kontrolün kendinde olduğunu sanmayı ne kadar da çok seviyordu Jenna. Ne olursa olsun kontrolü elinde tutacağını sanmayı.

O kadar aptal olamazdı Jenna. Kendine yalan söylemeyi beceremezdi, istese bile.

Gage ile birlikteyken Jenna kontrolü devralamamıştı hiç. Ona dokunduğu, öptüğü, içinde gidip geldiğinde bile hiçbir zaman tam anlamıyla ipler onun elinde olmamıştı.

"Bunun ne kadar iyi hissettirdiğini de unutmuşum, *senin* ne kadar iyi hissettirdiğini!"

Gage kısık bir homurtu ve ani bir basınçla kalçalarını yukarı doğru kaldırdı. Erkekliğini girebileceği yere kadar saplamak istiyordu. "Tanrı aşkına, daha hızlı ol Jenna, hadi daha hızlı!" dedi.

Bu hareketle beraber Jenna'nın karnına bir sıcaklık dalgası yayıldı ve bu sıcaklık bütün vücuduna yayıldı. Bunu tekrar yapmasını dilerdi ama biliyordu ki tekrarlasa Gage dayanamayacak ve boşalacaktı.

Gage, Jenna'nın içinde olalı beş dakika olmamıştı fakat yine de kadın orgazmın kenarında gidip geliyordu. Eğer istese hemen şimdi boşalabilirdi.

Ama o zaman bitmiş olurdu sevişmeleri. Uzun sürmesini istiyordu. Belki bütün gece değil... Yine de Gage de isterse ve fularlar kopmazsa en azından bir kere daha sevişebilirlerdi. Bu defa beş ya da on dakikadan fazla sürmesi daha iyi olurdu. Böylelikle hayatının geri kalanında anımsayacak hoş bir anısı olurdu.

"Acele etmek istemiyorsun değil mi?" diye sordu. Sesinde Marilyn Monroe'yu andıran bir tını seziliyordu.

Gage'in sesiyse daha yumuşak ama olumlu bir tondaydı. "Başladığın şeyi bitirmeni istiyorum, beni ağına nasıl düşürüp de bağladıysan şuraya, bu oyunun içinden çıkarıp ellerimi çözmeni istiyorum."

Bu sözlerden sonra, suçluluk duygusu Jenna'nın suratına tokat gibi çarptı, kalbi küt küt atmaya başladı. "Lütfen kızma!" dedi Gage'e. Sonrasında Gage'in sinirli olacağını ve bir cevap bekleyeceğini biliyordu, ama o zamana kadar...

Ellerini Gage'in belinden yavaşça çekerek, kendi kasıklarına doğru götürdü Jenna. Koyu buklelerle çevrili üçgen hatlarına şöyle bir göz gezdirerek, kasıklarından göğsüne doğru ilerlemeye başladı Jenna kendi vücudunda. Büyük değildi göğüsleri, ama diriydi. Gage onları her zaman büyüleyici bulduğunu söylerdi. Bir de Jenna'nın kendine dokunmasını izlemeyi de severdi. Ve Jenna şimdi öyle yapıyor, kendine dokunuyordu. Ateşlenmeye hazır bir füze gibi Gage'in gözlerini üzerinde hissediyordu. Elleriyle küçük küreleri andıran göğüslerini ovuyor, başparmağıyla göğüs uçlarına dokunup onlara daha da büzülmüş bir görünüm veriyordu.

Gage, göğsünü sertçe kaldırıp indiriyor; kısa, kesik nefesler alıp veriyor; Jenna'nın altında kıpırdanıp duruyordu. Serbest kalmak için yapmıyordu bunu. Aksine Jenna'nın daha fazla hareket etmesini sağlayıp onun daha derinine girmek istiyordu. Daha hızlı ve ateşli devam etmekti amacı.

Jenna sağ elini ağzına götürerek başparmağı ve işaret parmağını yaladıktan sonra ıslak parmaklarıyla meme uçlarını ovmaya başladı. "Söyle, ne istiyorsun?" diye emretti Gage'e. Kendinden emin bir tını vardı sesinde. "Ne yapmamı istiyorsun, hadi söyle!"

Düz Örgü 5

Gage, kesinlikle ne istediğini biliyordu. Jenna'nın ellerini çözmesini ve ona dokunmasına izin vermesini; o leziz göğüslerinin tadına varması için bir şans tanımasını istiyordu. Jenna, onun üzerinde inip çıkarken kalçalarını tutabilmeyi, hızlarını ayarlayamayı, böylece ikisine de şiddetli bir orgazm yaşatmayı istiyordu.

Burada neler olup bittiğine anlam veremiyordu Gage ama bir şeyden emindi. Güney Amerikalılardan oluşan bir grup gerilla, tepeden tırnağa silahlanmış bir haldeyken ona ihtiyacı olduklarını söyleyip gelmesi konusunda tehdit etseler bile, Gage tam şu anda tercihini Jenna'dan yana kullanırdı.

Jenna yavaşça hareket etmeye devam ederken Gage'in hayaları kasıldı. Çenesini kilitleyip yataktan düşmemek için topuklarını yatağın ayakucuna çivilemişti adeta.

Bu sırada kadının kalçasına tokat atabilmeyi isterdi ama şu andaki pozisyonunda bu mümkün değildi. Oysa Jenna onun ellerini çözmüş olsa, bu macera daha da ateşlenebilirdi Gage'in de katılımıyla.

Gerçi şimdi şu halde bile, Jenna'nın bu erotik daveti üzerine, her şekilde girebilirdi içine.

"Kendine dokun," diye fısıldadı Gage.

Jenna'nın gözleri büyümüş ve tatminkâr bir gülüş yerleşmişti dudaklarına. Bu haliyle melekten bozma küçük bir şeytan gibi görünüyordu.

"Kendime dokunuyorum zaten," diye cevapladı Jenna. Meme uçlarına dokunmaya devam ederek üstünde yavaşça gidip gelmesi Gage'in ağzının suyunun akmasına yetiyordu.

Ciğerlerine dolan hava, damarlarına baskı yapıyor ve her bir kası Jenna'ya yöneliyordu adeta. El ve ayak bileklerindeki fularlarla boğuşmak tenini aşındırıyordu çünkü hiçbir şekilde kımıldamasına imkân yoktu. Bağlı olduğu o fularlardan kurtulamıyordu, bu da eski karısına istediği gibi dokunmasını engelliyordu. Oysa yapması gerekirdi, kahretsin!

Jenna'yı izlerken boğazı kuruyordu, üzerinde gidip gelmeye devam ederken başının üstünden dizlerine kadar onu teninde hissedebiliyordu.

Kahretsin, Jenna güzel bir kadındı; her zaman olduğu kadar güzel...

Gage, onu ilk gördüğü andan beri ona aşk ve şehvet duymuştu. Devriye polisiydi o zamanlar, sıradan bir devriye nöbetinin sonunda rastlamıştı ona. Jenna, arabasını yol kenarında bir düzlüğe çekmiş, duruyordu.

Jenna, yol yardımı hattını aramak üzereydi. Ama onları araması, Gage'i Jenna'yla vakit geçirmekten alıkoyacaktı. Bu yüzden Gage lastiği kendisinin değiştirebileceğini söyledi. Lastik değiştirmekten pek hoşnut olduğu söylenemezdi çünkü uğraşırken üniforması yıpranmış ve kırışmıştı ama buna değmişti.

Arabayla meşgul olduğu süre boyunca onunla sohbet etmiş ve böylece Jenna'nın bir ilkokul öğretmeni olduğunu, öğrencilerinin ilçe çapında düzenlenen geri dönüşüm kampanyasına öncülük ettiğini ve bu yüzden onlara ödül olarak söz verdiği yılsonu partisine katılmak üzere yola çıktığını da öğrenmişti. Bu durum Gage'in de Amerikan gençliğiyle ne kadar ilgili olduğunu göstermek için mükemmel bir fırsat olmuştu. Jenna'nın ilgilendiği bir şeye kendisinin de ilgi duyduğunu göstermek işine yarayabilirdi. Hatta sırf bu yüzden, yeni okul dönemi başladığında Jenna'nın sınıfına gidip konuya dair gönüllü olarak konuşma yapabileceğini söyledi Gage.

Ah, evet Gage tam bir gönüllüydü. Toplum önünde konuşmak, özellikle de onu rahatsız etmek için burnunu çekiştiren ve yüzüyle oynayıp duran çocuklarla dolu bir odada konuşmak pek de Gage'e göre bir iş değildi. Ama Jenna'yı etkileyerek onu bir daha görebilme şansı bu konuşmaya bağlıydı. Onu tekrar görebilmek için canlı bir hamamböceği yemeye bile razıydı.

Gage, lastiği değiştirdiği zaman, Jenna'nın telefon numarasını aldı ve bir sonraki hafta içinde bir gün haberleşip şu konuşma işini ayarlamak için öğle yemeğine gitmek üzere sözleştiler.

Yaz boyunca bir kereden fazla görüşme fırsatı bulmuşlardı. Gage onun, arkadaşlarıyla vakit geçirmekten hoşlanan biri olduğunu fark etmişti. Mevzu bahis olan bu arkadaş grubu Grace ve Ronnie'den oluşuyordu. Örgü kulübü sayesinde tanışıp yakın arkadaş olmuşlardı.

Okullar açıldığında Gage, Jenna'nın sınıfında işte geçirdiğinden daha fazla vakit geçirir olmuştu. Jenna izin verince, oyun alanlarının güvenliğinden tutun, uyuşturucunun kötülüklerine kadar üçüncü sınıf öğrencilerine ders veriyordu.

Çocuklar, Jenna'nın ona "Memur Gage" diye seslendiğini duyunca, onlar da öyle hitap etmeye başladı. Zamanla aralarındaki ilişki, yolda sekiz yaşlarındaki bu çocuklar tarafından sokağın ortasında çevrilip aileleriyle tanıştırılmasına kadar gitti. Çoğu kez de çocuklar Gage'i "İşte bu polis memuru

Gage, bizim izlediğimizi sandığı sıralarda Bayan Langan'ı öpen adam," diye tanıştırıldı.

Ama yine de değerdi her şeye. Aslında değmekten çok daha öte... Gage, hayatının geri kalanını Jenna ile geçirmek istediğine emindi ve bir sonraki okul dönemi sona ermeden önce o malum soruyu sormuştu Jenna'ya: "Evlenir misin benimle?"

Nereden nereye geldiler şimdi.

Gage ne yapmış olursa olsun, çabaları bir evliliği ayakta tutmaya yetmese de, yine de paylaştıkları güzel şeylerdi. Sonuçta evli olmak, "Bu benim kadınım, ben ondan vazgeçmediğim sürece, benden başka hiçbir erkek ona elini bile süremez," demekten ibaret değildi.

Bu durumun üstesinden gelmesi gerektiği zamanlarda bile, hâlâ gıcık oluyordu içten içe. Ama sinirini yatıştırmak niyetindeydi. Sadece bu gece. Sadece bir süreliğine.

Ondan sonra tüm bahisler iptal olacaktı tekrar.

"Ellerini bacaklarının arasına koy!" diye emretti Gage. Göğüslerini okşayışını izlemek daha da ateşlendiriyordu onu.

Mutlu ve kendinden emin bir şekilde gülümseyerek cevap verdi Jenna. Yüzündeki o seksi tebessüm Gage'i yakıp eritmeye devam ediyordu.

"Böyle mi?" diye sordu Jenna.

Kasıtlı bir yavaşlıkla, Jenna bir elini göğsünden indirmeye başladı, parmağı diyaframının üzerine, göbek çevresine, sonra kasıklarının tepesindeki siyah buklelere doğru süzüldü. Oraya gelince durdu, elini hareket ettirmeden öylece bekledi.

"Peki, şimdi Gage? Şimdi ne yapmamı istiyorsun?" diye sordu.

"Ne olduğunu biliyorsun!" diye yanıtladı Gage, dişlerini gıcırdatarak.

Jenna başını salladı, salladıkça koyu renk saçları dans ediyormuşçasına havalandı. "Bilmiyorum, bana söylemen gerek."

Gage'in kalbi bir şahmerdan gibi göğüs kafesine vurup duruyor, bir yandan da yataktan düşmemek için çaba sarf ediyor, omzunun ve kolunun ön tarafındaki kaslar daha da kabarıyordu.

"Lanet olsun, dokun kendine. Parmaklarını çukuruna götür ve klitorisine dokun!" dedi Gage.

Jenna, Gage'in dediği gibi yaptı ve inlediği zaman gözlerini kapatıp kafasını geriye attı. Gage boşalmak üzereydi. O kadar sertleşmişti ki, o an bir betonu bile delebilirdi.

"Mmm, bu harika bir his," dedi Jenna, sulu bir çilek tadıyormuş gibi. Sonra kafasını tekrar kaldırıp Gage'e baktı. "Peki ya şimdi?" diye sordu.

"Ah Jenna, lanet olası, biliyorsun işte ne yapacağını," diye yineledi Gage.

Kendinden emin bir edayla ağzının bir köşesini kıvırarak, "Elbette biliyorum," dedi. "Ama senden duymak istiyorum, ben klitorisimle oynarken bana ne yapacağımı söyle mesela ya da senin boşalman için ne yapmamı istediğini söyle. Senden duymak istiyorum bildiğim şeyleri..."

Tanrı aşkına. Cennetten kovulan bir meleğin şeytani gülüşü ile kutsal vuruşlarını yaparak erkekliğinin üstüne oturmasından başka ne yapması gerekebilirdi ki?

Nefes nefeseydi ve duyduğu hazdan yerinde duramıyordu Jenna. "Parmaklarını al, klitorisine dokunmaya devam et, daha da ıslan!"

"Sen de ıslatabilirsin beni," diye mırıldansa da, Gage'in dediğini yapmaya devam etti Jenna. Bir eliyle göğüslerini okşamaya devam ederken, diğer elinin iki parmağını dudaklarının arasında kaydırıyordu.

Jenna'nın zevk aldığının kanıtı parmaklarının ucundaydı, ıslanmıştı. Ve Gage'in üzerinde erimeye devam ediyordu.

Bu ıslaklığın verdiği kayganlık Jenna'nın hareketlerini kolaylaştırıyor, tomurcuğunu dolgunlaştırıyordu. Nefesi hızlanıyor, şehvetinin ateşinden soluk pembe yüzü kızarmaya başlıyordu.

"Daha hızlı!" diye emretti Gage. "Kaldır kalçalarını, bin üstüme ve söz verdiğin gibi sür beni!"

Hareketleri kısıtlı olsa bile Gage yapabileceği kadarını yapmaya çalışıyor, kendini itmeye çabalıyordu.

Çok fazla yapamıyordu ama yine de az da olsa inip kalkabiliyor, Jenna'nın yumuşak kalçalarının arasına kadar girebiliyordu.

Gözünün önünde, gittikçe hızlanan hareketleriyle Jenna'nın göğüslerini görmek ve az önce kendini parmakladığı elleriyle vücuduna dokunması Gage'in iştahını daha da kabartıyor, damarlarındaki kan gittikçe hızlanmaya, vücudu alev alev yanmaya başlıyordu.

Artık tamamen Jenna'nın hâkimiyetinde olduğunu ve Jenna'nın hızının düşmeye başladığını umursamadan, "Ah evet, Tanrım!" diye mırıldanıyordu Gage. "Hissediyor musun?" diye sordu, Jenna'nın hissettiğini bile bile. Çünkü onun yüzündeki işaretleri okuyor, bedeninin kendi bedeni üzerinde aldığı şekilden anlayabiliyordu Jenna'nın hislerini. Her saniye gittikçe hızlanan daha da vahşi vuruşlarla, "Beni içinde hissediyor musun, boşalmaya hazırım," dedi Gage.

Ah, evet, ordaydı Gage, tam içinde. Hissedebiliyordu Jenna. Hayaları kasılmış ve erkekliği kabarmıştı, bu onun orgazma yaklaştığını gösteriyordu.

"Gage," diye seslendi Jenna nefes nefese. Gözbebekleri genişlemişti ve parlıyordu. Bakışlarını direk Gage'in yüzüne çevirdi. "Evet hissediyorum. Hadi, lütfen, gel artık Gage, benimle birlikte gel!"

Zevkten ani bir çığlık atarak kendini Gage'in üzerine devirdi. Alev, Gage'in ruhunu da sarmış durumdaydı. Jenna'nın kaygan iç duvarları kasılıp açılıyordu ve Gage artık kendini tutamıyordu. Tutmayı denemek bile istemiyordu.

Şimdi Gage de zevkin doruğunda inliyordu. Kendini sıkmayı bıraktı, Jenna'nın içine boşalıyordu. Zevkten mest olmuş bir şekilde ve dalga dalga... Gage bitinceye kadar, ikisi de adeta yıkandı.

Tam anlamıyla tatmin olmuştu. Zaten bunun için yapmıştı. Ama bitmiş durumdaydı. Yangın çıktığını duysa, yerinden kımıldayacak hali kalmamıştı Gage'in.

Jenna'ya baktığında, o da aynı durumdaymış gibi gözüküyordu. Gage'in üzerine çökmüştü. Gage, Jenna'nın yanağındaki kıvrımı omzunda hissediyor ve düzensiz nefesinin kulaklarında yankılandığını duyuyordu.

Eğer elleri bağlı olmasaydı, ona sıkıca sarılmak isterdi ama bunların hepsini sadece hayal edebilirdi. Çünkü elleri bağlıydı, bu yüzden tüm yapabildiği sadece saçlarına hafifçe bir öpücük kondurmak oldu.

Aklından geçenlerin daha da derinine ininceye Gage, hâlâ niye burada olduğunu, Jenna'nın onu yatağa atmak için ne yapmış olduğunu düşünüyordu. Lanet olsun! Keşke bunlarla uğraşacak gücü olsaydı, şu an Jenna onu çözer ve sorularına cevap verirdi. Ama şimdi Jenna'nın öylece üzerine uzanması, onu tüm vücuduyla hissediyor olması Gage'e iyi geliyordu. Sanki yeniden güvenmeye başlıyordu kendisine, en azından şimdilik.

Telefon çaldığında saat sekizdi. Grace Fisher kafasını yastığa gömmeye çalışsa da işe yaramıyor, telefon sesi bir testere gibi beynini kesiyordu sanki. Tam altmış saniyelik bir sessizlik oldu. Grace rahat bir nefes almak üzereyken telefon yeniden çalmaya başladı.

"Kahretsin!" diye söylenip yastığı bir kenara fırlatarak, telefonun olduğu yere doğru sendeleyerek yürümeye başladı.

Sanılanın aksine, çok da iyi bir ruh halinde değildi ve hâlâ tam anlamıyla uyanamamıştı. Özellikle de düzenledikleri kızlar gecesinde o kadar yemek yiyip içki içtikten, bir de üstüne haince planlar hazırladıktan sonra uyanmak pek de kolay olmuyordu haliyle. Konuşma düğmesine delercesine basarak, tersleyen bir sesle, "Ne var?" diye açtı telefonu.

"Lütfen bana, yapmamızı düşündüğüm şeyi yapmadığımızı söyle!" diye direkt konuya girdi Ronnie.

Grace gözlerini ovuşturarak yatağın başına yaslandı ve oturur pozisyona geçmeye çalıştı. Uyku sersemliğinden kurtulmaya çabalıyordu.

"Duruma göre değişir. Bu biraz da patlayıncaya kadar yiyip içmediğimize bağlı olabilir mi?"

"Biz zaten her zaman öyle yaparız," diye cevapladı Ronnie, biraz öfkeli bir tonda çıkışarak. "Ben, Gage'in iradesine karşı koyarak onu alıkoymamızdan, adamı kaçırmamızdan bahsediyorum!"

Bir an durakladıktan sonra, alay eder bir tonda, bunun ne kadar saçma ve komik bir düşünce olduğunu söyledi Grace. Sonuçta, *Incredible Hulk*'tan tek farkının daha az yeşil ve nispeten daha az öfkeli olan bir doksan boyunda yüz kiloyu aşkın bir adamı kim alıkoyabilirdi ki?

Ama zihninde şöyle bir geriye doğru gitmeye başladıkça, konuyla ilgili daha ciddi düşünmeye başladı.

---

* Türkçeye "Yeşil Dev" olarak çevrilen filmin kahramanı.

Margaritaları içip yemeklerini yerken yanında en yakın iki arkadaşının olduğunu hatırlıyordu.

Biten bir evlilikten sonra depresyona giren, hayatında olmasını istediği adamın ve ondan sahip olmak istediği çocuğun eksikliğinden acı çeken arkadaşına sarıldığını anımsıyordu.

Biraların içine koyduğu küçük hapları hatırlıyordu.

Ve Ronnie'yle dışarıda, gölgeliklerin arasına saklanıp gizlendiklerini, sonra çakıl döşeli karanlık yolda, cep telefonunun çekim alanında olacak bir yere kadar ilerlediklerini gözünün önüne getiriyordu.

"Aman Tanrım!" diye irkildi birden. Gerçeklik, anımsadıklarının bir şimşek gibi aydınlatmasıyla suratına vurmuştu. Ayak tabanlarına kadar sarsıldığını hissetti. Telefona sımsıkı sarıldı. "Aman Tanrım!"

"Dalga geçilecek bir şey yokmuş değil mi?" diye söylendi Ronnie. "Üstelik senin fikrindi. Eğer hapse girersek, beni koruyup kollamanı umuyorum. Böyle kötü bir kadın olmadan önceki sevimli kız arkadaşın olarak bana sahip çıkmanı bekliyorum."

"Aman Tanrım!" dedi Grace yeniden. Çünkü hissettiği paniğin içinde yapabildiği tek şey bu şekilde haykırmaktı.

"Dünyama hoş geldin! Bu arada biz burada korkudan çığlık atıyorsak bir de Jenna'yı düşünsene şu an..."

Hatırlayınca, arkadaşlarını o yeşil devle yalnız bırakmış olduklarını düşündü ve yatağından fırlayıp etrafı adımlamaya başladı Grace.

"Aman. Tanrım. İ-na-na-mı-yor-um! Geri dönmemiz gerek, oraya gitmemiz gerek. Gage onu öldürmeden gidip onu kurtarmalıyız, sonra alırız ve bizimle gelir Jenna."

Jenna'nın eski kocası tam olarak canavar boyutlarında olmasa da, Grace, Gage'in kendine gelip de yatağa bağlandığını fark ettiğinde ağzında köpüklerle evin altını üstüne getireceğine emindi.

"Önce Jenna'yı arayalım," dedi Ronnie, ahizeyi kaldırıp hattı meşgul etmiş durumdaydı zaten.

Grace de aynı düşüncedeydi. Onlara göre Jenna şu anda, biraz *Jackie O*, biraz *Oprah*, biraz *Martha Stewart* ve belki biraz da *Rahibe Teresa* gibiydi.

Ha! Bir anda kendini kelepçeler ve turuncu hapishane tulumu içinde düşündü Grace, o haldeyken ne yapabileceğini merak ediyordu. Çünkü çiftlikten dönerken alkollü olması yetmiyormuş gibi emniyet kemerini de takmamıştı. Bu durumda polisler onun intihara teşebbüs etmiş olabileceğini de düşünebilirlerdi.

Haklı olarak böyle düşünürlerdi. Devlet onu böyle bir suçtan yargılamadan önce, tam şu anda banyoya gidip bir şişe lavabo açıcı içmeyi geçiriyordu aklından.

"Ya telefonun sesi Gage'i uyandırırsa?" diye sordu Grace. Çünkü bu fikir, biraz da arı kovanına çomak sokmak gibi geliyordu ona.

"Biz Jenna'nın cep telefonunu arayacağız. Telefonu çantasındaydı, çantası da en son biz ayrılırken mutfakta duruyordu, yemek masasının üstünde. Eğer Gage hâlâ yatağa bağlı durumdaysa, duymaz telefonu ya da en azından onu rahatsız edecek kadar yüksek bir ses duyulmaz."

"Peki ya Jenna da duymazsa telefonu?"

"O zaman bu, Jenna'yla Gage'in hâlâ geceden kalma bir mutlulukla birbirlerine sokulmuş bir şekilde yatıyor oldukları anlamına gelir ki bu konumda onları hiçbir şekilde rahatsız etmememiz gerekir."

---

*   Jacqueline Kennedy Onassis'in halk arasındaki kısa adı.

"Ya da Gage'in deliye dönüp Jenna'yı küçük parçalara ayırdığı ve derin, karanlık bir kuyuya atmış olduğu anlamına da gelebilir," dedi Grace.

"Ne iyimser düşünüyorsun öyle, içim açıldı sözlerinle," diye sinirli bir tonda cevapladı Ronnie. "Hemen Jenna'yı ara o zaman!" diye emretti.

"Neden ben aramak zorundayım!" diye haykırdı Grace.

"Çünkü tüm bu saçmalıklar senin o parlak fikirlerinden biriyle başladı," dedi Ronnie, parlak kelimesini iki heceye ayırıp vurgulayarak söyleyince, kulağa oldukça tehlikeli ve pis bir sözcükmüş gibi geliyordu.

Grace gözlerini devirdi. Fikirlerinin çoğunun gerçekten parlak olduğunu ve genelde işe yaradığını düşünüyordu.

Bu yüzden berbat bir gece geçirdiğini savunuyordu Ronnie, dava edecekti onu.

"İyi, arıyorum. Bir şeyler öğrendiğimde dönerim tekrar sana," dedi Grace.

Telefonunu kapattıktan sonra, yatağın kenarından inip Jenna'nın cep telefonunu aradı Grace. Telefondaki çalma sesini duydukça, her şeyin yolunda olması için ve Gage'in bilincinin hâlâ yerine gelmemiş olması için dua ediyordu.

Ya da Jenna'nın, gece yarısı Gage'i bağlarını kemirirken yalnız başına bırakmış, kapıyı çarpıp evine dönmüş olmasını, şu anda güvenli bir şekilde şehirdeki evinde oturuyor olmasını diliyordu.

Kafasını kaldırırken karşıdaki geniş aynada kendini gördü.

Ve üstünü başını düzeltip makyajını yapmadan polislerin onu almaya gelmemesi için dua etmeye başladı. Birkaç saat boyunca oradan oraya koşturup durdu. Ama bu durum halkın gözünde onun böyle bir nedenden dolayı hapse girecek olmasını değiştirmeye yetmezdi.

Bu sırada Gage, başka müthiş bir erotik rüyanın tam ortasındaydı. Ama bu kez bilinci daha hızlı ilerliyor ve gittikçe gerçekliğe daha çok yaklaşıyordu. Rüya değildi, aslında tam anlamıyla rüya sayılmazdı.

Yatakta Jenna'yla birlikteydi ve onun teyzesinin çiftlik evinde yatağa bağlı durumda.

Bunu anımsar anımsamaz, bir anda kendine geldi ve otomatik olarak ellerindeki ve ayaklarındaki bağları hızla çekmeye çalıştı.

Kahretsin, gece Jenna'yla ne olmuştu?

Jenna hâlâ onun üzerindeydi, kendisi de hâlâ Jenna'ya kilitlenmiş durumdaydı. Jenna, Gage tamamen kendine gelmeden önce bir kez daha onu ter içinde bırakmaya çalışıyordu.

Gage arzusunu bastırmaya çalışırken çenesi kasıldı. "Çöz beni Jenna!" Sesinde tartışmaya yer bırakmayacak bir kararlılık vardı. "Bu defa çöz!"

Jenna kafasını kaldırdı, kararlılığı dudaklarının düz çizgisinden ve aşağıya eğilmiş kaşlarından anlaşılıyordu. "Ben tamam deyinceye kadar olmaz. Hadi Gage," diye tatlı dille ikna etmeye çalıştı Jenna, "Benim de biraz eğlenmeme izin ver."

Eğlenceymiş, hadi oradan. Jenna'nın, evlilikleri boyunca bu tür eğlencelerle hiç ilgilenmediğini biliyordu Gage ve boşandıklarından beri de bu durumu değiştirecek bir gelişim kaydetmediğine emindi.

"Çöz beni de sana eğlenceyi göstereyim! Eğlencenin her şeklini göstereyim!"

Son tur güzel olmuştu. Hatta güzelden de öte, tam anlamıyla patlamış ve temizlenmişti. Ama Jenna, eski kocasıyla vahşi bir seks kaçamağı peşindeyse, Gage'e at binme pozisyonundan daha fazlasını göstermeliydi.

Gage, Jenna'nın arkasını dönmesini, dizlerinin üstüne çökmesini istiyordu.

"Şu anki durum gayet iyi bence. Hem bu şekilde kendimi daha seksi hissediyorum," dedi Jenna. Kalçalarını hafifçe kıvırarak derin bir nefes aldı. *Rockets*'ın son sezondaki istatistiklerini yatakta gerçekleştirmeye çabalıyor, hatta daha iyisini yapmayı umuyordu.

"Ayrıca, beni bir keresinde bağlamana izin vermiştim, hatırlıyor musun?" diye ekledi Jenna.

Hatırlamıyordu. Ama şimdi bahsedince, oyun skorlarını ezbere zihninden geçirmek ya da hokeyi düşünmek erkekliğindeki zonklamayı durdurmaya yetmeyecekti.

"Ama beni tam anlamıyla *bağlamamıştın*, öyle değil mi?" Jenna, düşük bir ses tonuyla, gönlünü hoş edecek şekilde, dudaklarını kaydırarak konuştu. "Kelepçeledin beni, her gün üzerinde taşıdığın o soğuk metal kelepçelerle. Ve biliyor musun? Bunu seviyorum."

Gage, ne kadar çabalasa da karın boşluğundan yükselen iniltiye engel olamadı.

" O geceyi düşündün mü hiç Gage? O kelepçeleri birine takmak için her çıkarışında yaptıklarımız aklına geliyor muydu, ha? Onları birinin bileklerine her geçirişinde?"

Gage'in vücudu, Jenna'nın altında kasıldı. Kahretsin, evet! Gage'in aklına geliyordu. Jenna'nın yokluğunda geçirdiği geceler boyunca uykuya dalmak için debelenip dururken onu hayal edip cinsel fanteziler kurarak kendini tatmin etmeye çalışıyordu.

Ama şimdiki durum fanteziden çok daha iyi sayılmaz mıydı? En azından büyük bir kısmı öyleydi.

Ah keşke ellerini kullanabilseydi, şimdi onu tutup döndürürdü. Arkasını çevirir, belki de üzerine çıkardı. Bacaklarını dirseklerine kavuşturur, Jenna'nın gözleri dönünceye kadar onu becerirdi. Ama dilencilerin seçme şansı olamaz ve kahretsin ki kendisi şu an dilenci konumundaydı.

Jenna, yeniden üzerine çıkıp onu ustaca sürmeye başladı, Gage'in umutsuz hareketlerini oldukça iyi tamamlıyordu Jenna. Öyle ki sürtünen bedenleri her an alev alabilirdi.

"Bu fularları boynuma her sardığımda bu geceyi hatırlayacağım. Onları her gördüğümde, tenimde her hissedişimde seni ve içimi tamamen doldurduğunu düşüneceğim.."

Jenna, Gage'in yüzünü ve göğsünün üst kısımlarını öpüyordu ama şu an yaptığı hiçbir eylem ağzından dökülen sözcüklerin yerini tutamazdı.

"Bu fularları taktığımda o kadar tahrik olurdum ki, eğer yalnızsam, muhtemelen odama gidip soyunurdum ve kendimi tatmin etmek için ellerimi kullanırdım."

Gage, Jenna'nın bu geceki hünerlerine bir de bu söylediklerini ekleyince daha da haz duyuyor, her bir hücresi kırmızı alarm veriyordu.

"Eğer yalnız başıma değilsem, etraftakilerin ne kadar tahrik olduğumu ve külotumun ne kadar ıslandığını anlamamalarını umardım"

Gage'in burun delikleri genişliyordu ve eğer dikkat etmezse, sıktığı dişleri aşınmaktan toza dönüşecek durumdaydı.

Jenna dilini Gage'in kulak memesinde gezdiriyor, bu da Gage'in omuriliklerinden itibaren titremesine neden oluyordu. Elleriyle Gage'in tüylü kollarını okşuyor, fularlarla bağladığı bileklerine doğru ilerliyordu.

"Ve bunlardan birini taktığımı gördüğün zaman, tamamen seni düşündüğümü bil. Sen de beni düşün ve yeniden buraya gelelim, benden durmamı isteyinceye dek mutluluktan titreyelim. Tabii durmamı istiyorsan o başka," diye ekledi Jenna.

Jenna'nın nefesini boynunun arka kısımlarında hissediyordu, tüyleri diken diken olmuştu Gage'in.

Evet, durmasını istiyordu. Yemeğinden karafatma çıkmasını istediği kadar istiyordu...

"Bunlardan kurtulursam," diye homurdandı Gage, "seni dizlerinin üstünde döndürüp arkandan becereceğim."

Dikey bir biçimde üzerinde gidip geliyorken Gage'in, tek kaşını kaldırarak yosun yeşili gözleriyle bir bakış attı Jenna. "'Biliyorsun, kıçıma şaplak atılması ya da cezalandırılmak beni özellikle tahrik ediyor değil ama illa kalçalarıma bakmak istiyorsan..."

Bu sözlerle Jenna, onun üzerinden kalkıp şöyle bir sallandı ve yüzünü diğer yöne çevirdi. Omzunun üstünden geriye bir bakış attı. Alaycı bir tebessümle kalçalarını Gage'e vurup erkekliğini kökünden kavradı.

Bu sert darbeyle Gage dişlerini gıcırdattı.

Ama şikâyetçi değildi bu durumdan. Aslında onun canını yakacak kadar sert değildi Jenna ama yine de parmaklarıyla dokunuşundan daha sert ve duyarlı olduğu açıktı, roketi fırlatmak için yeterince tehditkâr bir darbe sayılırdı.

"Eskiden bu pozisyonu da severdin," dedi Jenna, erekte hale gelmiş erkekliğin üzerine kendini yerleştirmeye çalışırken.

"Ooo, Tanrı aşkına Jenna, beni öldürüyorsun!"

Gage, perişan bir halde kendini yatağa bırakmıştı. Jenna'nın hareketleri, erkekliğini gittikçe daha da derine sokmasını sağlıyor, bu da onu iyice sertleştiriyordu.

Gage nefes nefeseydi. Biraz yavaşlamasını mı istemeliydi, yoksa bir an önce boşaltmasını mı, emin olamıyordu.

"Ne zamandan beri işkence yapmayı ekledin repertuvarına?"

Jenna'nın ensesine gelen kısa siyah saçları başını salladığında dans ediyorcasına dalgalandı. "Bu işkence değil!" diye yanıtladı.

Onun için söylemesi kolaydı. Üzerinde ateşli, ıslak, erkekliğini mengene gibi kavramış bir kadın yoktu sonuçta.

"Bu," diye fısıldadı Jenna yumuşak bir tonda, "işkence."

Jenna'nın ince pürüzsüz sırtı Gage'in görüş açısını kısıtlıyordu ama bu yine de işkencenin verdiği o özel hazzı duyumsamasını engellemiyordu.

Jenna, hayalarını avuçladı, her ne kadar nazik dokunmuş olursa olsun bu dokunuş direkt beynindeki hücreleri uyarıyordu. Hücreleri tam şu anda adeta çığlık atıyor, pat pat vuruyor, patlamaya hazır bir bomba gibi duruyordu.

Jenna'nın başparmağı, erkekliğinin hayalarına bağlandığı noktaya dokundukça çılgına dönüyor, ölmek üzere olduğunu düşünüyordu.

"Hadi Jenna, devam et!" Kendi sesini daha önce hiç duymamış, vahşi bir hayvanın şaşkınlığıyla dökülüyordu sözcükler Gage'in ağzından. "Devam et ve sen de boşal. Çok yakınım!"

Gage, her zaman karşısındaki kadının kendinden önce tatmin olmuş olmasına özen gösterirdi. Özellikle de bu kadının. Ama bu defa pek fazla seçeneği yoktu. Kendini tutmak için çabalıyordu ama nafile, boşalmak üzereydi. Üstelik Jenna hâlâ üzerindeydi.

Boşalmak yerine Jenna aldırmadan devam ediyordu. Bir yandan uyluklarına dokunmaya devam ederken diğer yandan kalçalarını daha da hızlandırıyordu. Sonra kalktı ve kalçalarını Gage'in karnına doğru kaydırdı. Nefesinin ağır vuruşları odayı doldurdu ve Jenna Gage'i sıvazlamaya devam etti.

Hayaları Jenna'nın avucunun içinde sıkılaşıp küçülmüştü, gerilim artıyordu. Yapabildiği kadar sert ve hızlı bir şekilde Jenna'yı altına alıp onun içine boşalmak istiyordu, onun kendisine verdiği hazzı o da Jenna'ya yaşatmak istiyordu.

Ama artık çok geçti. Tüm vücudu sarsılırken, bağlı olduğu fularlar tenini kesip onu kıvrandırmaya başlamıştı ve bıraktı kendini, yoğun bir hazla boşaldı.

Boşalmış olmanın verdiği sarhoşluğun arasında Jenna'nın iniltilerini duyuyor ve onun kasılmasını kendi bedeninde hissedebiliyordu. Jenna'nın da doruk noktasına ulaştığına artık emindi.

Ters Örgü 6

Gage bu kez kendine geldiğinde öncekinden daha iyi hisse-
diyordu. *Üçüncüye hazırlıktı belki de...*

Gözlerini tamamen açtığında Jenna'yı hâlâ kucağında gö-
receğini, bir porno yıldızı gibi yaramazlıklarına devam et-
meye çalışacağını, yeniden üstüne çıkıp sevişmeye devam
edeceğini umuyordu.

Eğer öyle olursa Tanrı Jenna'nın yardımcısı olsun diye dü-
şündü, çünkü bu defa Gage intikamını alacaktı.

Gage gözlerini açtığında, oda bomboştu. Yatağa bağlı çıp-
lak bedeni dışında hiçbir şey yoktu odada.

Çarşaf, altında dağınık bir halde duruyor ve bir kısmı da
yere sarkıyordu. Açık pencereden ince bir şerit halinde gün
ışığı içeri doluyor, cılız ışığıyla odayı aydınlatmaya çalışıyordu.
Jenna'nın üzerinden sıyırdığı giysileri yıpranmış halının üze-
rinde duruyordu.

Kendisini kaçıran kişi, Jenna, ortalıkta gözükmüyordu.
Ne yani, Jenna sadece kendi cinsel tatmini için mi planla-
mıştı bunca şeyi?

Sinirden midesinde bir şeylerin düğümlendiğini hissetti. Kullanıldıktan sonra bir köşeye atılan bir obje olmaktan hiç de hoşnut olmadı Gage.

Keza, tam da iyi hissettiği bir durumda "çek arabanı işimiz bitti" konumuna düşürülmesi hoş karşılanacak bir durum değildi.

Gage, boynunu bir vinç gibi kaldırarak, bileğindeki bağları iyice kavramıştı. Gece birkaç kez hızla çekmeye çalıştığından fularlar daha da küçülüp sıkılaşmıştı. Bu yüzden bununla daha fazla zaman kaybetmek istemedi.

Bunun yerine bağların son düğümlerinin nasıl atılmış olabileceğini düşündü. Tahminine göre ipin püsküllü olan uzun kısmı o kadar da sıkı durumda değildi. Fularlar, yatakla bileği arasında yay şeklinde bağlanmıştı.

Vücudunu, kollarını, ellerini, hepsini oynatmaya çalışıyordu ama her birini farklı yönlerde hareket ettiriyordu. Düğümlerden birine iki parmağıyla ulaşabiliyordu bu yüzden tüm kuvvetiyle yavaşça uzun kısmı çekmeye başladı.

Yavaşça.

Yavaşça.

Ve sonunda işe yaramıştı. Başta birkaç santimetre kımıldatabildi ama şimdi çektiği ip geliyor, çözülüyordu.

Acele etmemeye ve başladığı işi özenle bitirmeye gayret gösteriyordu Gage. İlk fuları gevşetip bileğinden kurtarmayı başardı, bunun üzerine başını yastığa atıp rahat bir nefes aldı, zaferini kutlarcasına bir ses çıkardı.

Çözme işine fazla odaklandığından ciğerleri neredeyse oksijensiz kalmıştı, yine de diğer fulardan da kurtulup ellerini özgür bırakabilmek için uğraşmaya devam etti. Birkaç dakika sonra ayaklarını da çözmüş, yataktan kalkıp giysilerini kapmıştı bile.

Ayakları üzerinde sekerek pantolonunu yukarı çekmiş, düz siyah tişörtünü de hemen üzerine geçirmişti.

Ayakları hâlâ çıplaktı, bir süre kafasını kaldırıp Jenna'nın sesini duyabilmek umuduyla kulak kabarttı. Ama bu eski, büyük evde Jenna'nın olduğuna dair hiçbir ibare yoktu ve Gage yeni bir sürprizle karşısına çıkmasını beklemiyordu. Eğer bir şeyler yaparsa bu defa, en azından, karşılık verebilecek durumdaydı.

İkinci katta da hiçbir ses duymadığında, mümkün olduğunca yumuşak ve sessiz adımlarla merdivenlerden inmeye karar verdi.

En alt kata geldiğinde, konuşma sesi duydu ve bu sesin sahibinin Jenna olduğuna emindi. Tıpkı onun sesi gibi kısık, yoğun ve derinden gelen bir sesti.

Ses çıkarmamaya dikkat etti, durdu ve omzunu duvara yaslayarak bekledi. Yaklaşmıştı, hissediyordu. En fazla bir iki adım vardı aralarında, onu göremese de yakınında olduğunu biliyordu Gage.

Yemek masasının yanında oturuyor olduğunu canlandırdı zihninde ve dingin bir sesle konuşuyor, birilerine bir şeyler anlatıyor olduğunu... Büyük olasılıkla telefonla konuşuyordu çünkü konuşma sırasında ikinci bir kişinin doldurması gereken duraksamalar olmasına rağmen başka bir ses işitmiyordu Gage.

"Evet, eminim," diye fısıltılı bir tonda ısrar ediyordu Jenna.

Gage, kendisini uyandırmamak için Jenna'nın alçak sesle konuştuğunu düşünüyordu. Çünkü ufacık bir sesle bile uyanabileceğini bilirdi Jenna.

"Aman Tanrım, bu inanılmaz bir şey, yardımlarınız için ne kadar teşekkür etsem azdır."

Sessizlik oldu. Gage, onun Ronnie ya da Grace ile konuşuyor olduğundan şüpheleniyordu. Hatta kahretsin, buna emindi. Onlardan biriydi telefonun diğer ucundaki.

"Hayır, yapmayacak," dedi ciddi bir ses tonuyla. "Çok kızacak. Biliyorum ama o bağlı olduğu ipleri gevşetip kurtuluncaya kadar ben de kaçıp saklanmayı umuyorum."

Ve şu anda Gage bir şeye daha emin oldu ki; Jenna arkadaşlarından biriyle şu anda kendisi hakkında konuşuyordu. Onu bağlamaktan ve hain planlarından bahsedip duruyorlardı.

"Ama işi hallettiğimi umuyorum, bu yüzden şimdi bana ne kadar kızgın olursa olsun fark etmez."

Hmm. Oldukça şanslı olmalı Jenna. Oysa Gage, nedeni ne olursa olsun yönetilmekten hiç hoşlanmazdı. Böyle planlara filan gerek yoktu ki, gel dese gelirdi zaten.

Bu düşünce yüzünden sinirlendi biraz.

Ama bir dakika. Neydi ki bu halledilen *iş*?

Onunla sevişmiş olmak değil miydi bu *iş*?

Görünüşe göre öyle değildi, daha fazlası vardı çünkü Jenna telefonda, "İşi halletmiş olduğumu umut ediyorum," demişti. Eğer bu sadece sevişmiş olmaları olsaydı, bunu kesinlikle hallettiklerine emindi. Üstelik sağlamca, hızlı ve şiddetlice, hem de iki kez yapmışlardı.

Peki ya öyleyse, Jenna'nın onun üstünde kısa süreli kurduğu egemenlikle, halletmeyi umduğu şey neydi?

"Bilmiyorum," dedi.

Jenna'nın sesi düşmüştü ve Gage tam bu anda Jenna'nın gergin olduğu zamanlarda yaptığı gibi dudaklarının köşesini ısırıyor olduğunu düşündü.

"O testleri yapmak için yedi-on gün arası beklemek gerekiyor diye biliyorum ben."

Gage'in kaşları şüphesini resmedercesine düştü. Test mi? Yedi ile on gün beklemesini gerektirecek nasıl bir test olabilir ki?

Jenna iç çekti. "Hadi, sil baştan desene. Belki de o iğrenç sperm bankalarından birine giderim. Ama böyle yapmak istemiyorum. Ben bu testin pozitif çıkmasını ve planımızın işe yaramış olmasını istiyorum. Hoş gerçi eğer böyle olursa Gage öğrendiğinde beni öldürür, ama umurumda değil."

Son duydukları Gage'in zihninde yankılanıyordu, inanmak için bir kulağından diğerine sürükleyip duruyordu sözcükleri. O sözü duyduğunda tüm organları işlevini durdurmuştu sanki. *Sperm bankası.*

Lanet olsun!

Eski kocasıyla yasak bir kaçamak yapmak için içirip de bağlamamıştı öyleyse. Hamile kalmaktı demek ki bu planın amacı.

On bin kere lanet!

Bu kendisinin asla istemediği bir şeydi, Jenna da biliyordu bunu. Zaten altından kalkamadıkları ve evliliklerinin yıkılmasına sebep olan en büyük nedendi bu.

Gage yumruklarını sıkıp sıkıp bırakıyor, derin nefesler alıyor ve sakin kalmaya çabalıyordu. Çünkü eğer hareket ederse, Jenna'nın yanına gidip telefonu elinden bir hışım alıp yere atabilir ve onu omuzlarından tutup dişlerini titrecek bir biçimde, "Ne yaptın sen?" diye kızabilirdi.

Ya da daha fena şeyler...

Daha fenasını düşünmek kendisini durduğu yere çiviledi. Çünkü eğer şimdi Jenna onu görürse, ona yapabileceklerinden kendisi bile korkuyordu. Şu durumdayken parmağıyla bir dokunuşu bile, Jenna'nın bedenine ciddi hasarlar verebilirdi. Ama Gage, Jenna'ya ne kadar kızgın olursa olsun yine de asla onu incitmek istemezdi. Hatta Jenna'nın kendisine ihanet ettiği, zaafından faydalandığı ve sadakatsiz davrandığı şu durumda bile onu incitmek istemiyordu.

Ama kahretsin ki şu an öfkeden adeta alev alıyor, dişlerini sıkmaktan çenesi ağrıyor ve deli gibi bir kükreyişi yutmak zorunda kalıyordu.

Tam şu anda gözlerinin arkasında hissettiği basınçla kafasının infilak edebileceğini düşünürken yeniden Jenna'nın sesini duydu.

"Tamam, kesinlikle. Eğer bir şeye ihtiyacım olursa ararım." Kısa bir süre durduktan sonra, "Bence bu harika bir fikir. Eminim sizi gördüklerine çok sevinecekler, böylece bu hafta sonunu şanslı geçiren tek insan ben olmayacağım."

Jenna'nın tiz gülüşü tüm odayı dolduruyor, hatta merdivenlerden bile duyuluyordu. Normalde, onun böyle mutlu olduğunu görmek Gage'i de mutlu ederdi. Yatakta, eriyen bir bal gibi üzerine döküldüğünde ya da onu altına aldığında da Jenna böyle gülerdi.

Bu sabah, tüm bu bağlama işleri ve yatak maceralarını Jenna'nın arkadaşlarıyla birlikte organize ettiğini öğrenmiş olması Gage'in sinirine dokundu.

Jenna, güle güle dedikten sonra Gage telefonun kapandığına dair bir bip sesi duydu. Bu ona güç verdi. Koşup karşısına dikilmek, hesap sormak istedi ama bunun yerine adımları tam ters yöne doğru ilerledi. Mutfağa doğru gitti.

Jenna kıpır kıpırdı ve kahretsin ki mutluydu. Arkadaşlarıyla birlikte hazırladıkları plan mükemmel bir şekilde işlediği için mutluydu işte.

Tanrım, Gage kendini aşağılık bir adam gibi hissediyordu.

Aa tabii ki sızan lavabonuzu tamir etmeye gelirim, ne demek.

Lavaboymuş, hadi canım!

Soğuk bira için teşekkür ederim, gerçekten iyi geldi.

Hem de nasıl!

Boşanmamızın üzerinden bir yıldan fazla bir süre geçmiş olsa da yine de seninle deliler gibi sevişmek isterim. Mükemmel olur.

Aptal, aptal, aptal!

Bunları düşündükçe bir sinir dalgası daha yüzüne rüzgâr gibi çarptı, yeniden duvara yaslandı. Artık Jenna'nın karşısına çıkıp onunla yüzleşmeye kararlıydı. Bu sırada kendi kendine, onun ağzını burnunu kırmayacağına, boynundan havaya kaldırıp da sallandırmayacağına ve sonra da merdivenlerden aşağı yuvarlamayacağına dair teskinler veriyordu.

Ama kulağının dibinde bağırmayacağına dair herhangi bir söz vermiyordu.

Sakin ve yumuşak adımlarla yürümeye başladı. Henüz varlığını hissettirecek bir ses çıkarmamaya dikkat ediyordu. Şimdi Jenna da mutfaktaydı, neşeli bir şekilde dolanıp duruyor, kahve suyu koyup kahve hazırlıyordu.

Bu sırada Gage, Jenna'nın uzun ince bacaklarını açıkta bırakan daracık kot şortunu, kırmızı ojeli tırnaklarını, içini gösteren beyaz kolsuz bluzunu izliyor, onu baştan aşağı süzüyordu. Jenna kıyafetleriyle de çıplakken olduğu kadar çekiciydi. Ama Gage bunların kendini yolundan alı koymasını istemiyor, başka bir şeye odaklanmaya çalışıyordu.

Hayır, bugün olamazdı. Uğramış olduğu ihanetin öfkesini, Jenna'nın cazibesine kapılıp da bastırmamalıydı.

Jenna'nın hemen arkasında duruyordu, gizlice yaklaşmıştı yanına. Jenna arkasını döndüğünde aralarında neredeyse bir adım vardı. Kadının gözleri irileşti, şok olmuştu. Elindeki cezve parmaklarından kayıp yere döküldü. Yer su ve bardak kırıklarıyla doluydu. Bu sırada Jenna'nın da ayağı kayıp yere düşmüştü.

Gage de allak bullak olmuştu. Durumu toparlaması gerektiğini düşündü. Evet, belki biraz korkutmuştu fakat kesinlikle ona zarar vermek gibi bir niyeti yoktu.

Büyük elleriyle Jenna'yı dirseğinden kavrayıp ayağa kaldırdı. Bir şey olup olmadığını kontrol etmek için şöyle bir bakındı ve Jenna'yı mutfaktan çıkararak onu bu dağınıklıktan uzaklaştırmak için yeniden yemek odasına götürdü.

Gage'e baktıkça yüzü renkten renge giriyor, gözbebekleri şaşkınlıkla uyanıklık arasında belirsiz bir şekilde bocalıyordu. Ağzını oynatmaya çalıştığında kısık, boğuk bir tıslama duyuluyordu.

Hem konuşmayı başarsa da ne diyecekti ki? "Sorun nedir, hayatım, dilin çözüldü mü? Yoksa seni yatağa Noel hindisi gibi bağlamış olmam mutlu etmedi mi?" diye mi sorsaydı?

Jenna yutkundu, dudaklarını ıslatıp bir anda döküverdi sözcükleri ağzından. "Sen nasıl çözebildin kendini?"

"Ne!" diye sert bir tonda çıkıştı Gage. "Sonsuza kadar orda bağlı durmamı beklemiyordun herhalde? Yoksa ben kuruyup tükeninceye kadar ya da sen hamile kaldığından emin oluncaya kadar yatağa bağlı mı kalacaktım?"

Keşke mümkün olsaydı diye geçirirken içinden, Jenna'nın soluk beyaz pürüzsüz teni daha da beyaz bir hal aldı.

"Sen... Nasıl..."

Jenna gözlerini gizli merdiven boşluğuna dikmişti, sonra açık olan çantasına baktı. Cep telefonu orada hepsinin üstünde duruyordu, onu alıp merdiven boşluğuna kaçsa bugünü kurtarabilirdi.

"Öğrenmeyeceğimi mi sanmıştın?" diye taarruza geçti Gage. Az önce tasarladığı kadar bağırıp çağıramasa da, dişlerini birbirine vuruyor, yine de Jenna'yı hafifçe sarsabilecek bir tonda konuşuyordu. "Karnın şişmeye başladığında da anlamayacaktım değil mi? Beni kullandığını, bana yalan söylediğini, istediğim *en son şey* olduğunu bile bile beni zorla baba yapmaya çalıştığını hiç anlamayacaktım, değil mi?"

Az önce rengi benzi atmış bir şekilde duruyorken şimdi yüzünün rengi yerine gelmeye başlamıştı Jenna'nın. Dirseğini hızlıca Gage'in avucundan çekip aralarına güvenli bir mesafe koyarak bir adım geri attı.

"Gerçeği mi istiyorsun?" diye çıkıştı Jenna. Sesi, kendini suçlarcasına dingin ve acıklıydı. "Gerçek şu Gage, sen benim umurumda değilsin, hislerin ya da isteklerinle ilgilenmiyorum. Ben sadece *kendimi* düşünüyorum ve benden çaldığın şeyleri ve onları nasıl geri *alabileceğimi* düşünüyorum."

Çatıyormuş gibi büzüştürdü kaşlarını Gage. "Sen neden bahsediyorsun Tanrı aşkına, ben ne çaldım senden?"

Kendi krallıklarında yaşayıp hiçbir şeyden anlamayan duygusuz aptal adamlardan biri olduğunu ima eden bir edayla gözlerini çevirdi Jenna.

"Sen benden *her şeyimi* çaldın Gage!" Kelimeler sakin ve yumuşak bir tonda akıyor, duygularını bir fil ağırlığıyla açığa çıkarıyordu Jenna. "Mutlu olduğumuzu düşünürdüm. Sonsuza kadar birlikte olacağımızı hayal ederdim ama sen bunların hepsini alıp gittin benden. Bir sabah uyandın, ne bir eşinin ne de çocuklarının olmasını istedin. Kendine göre dünyanın dümdüz bir çizgide olmasına karar verdin."

Gözlerini devirme sırası Gage'deydi. "Bu konuyu daha önce tartışmıştık Jenna. Ve bu durum bana içirip iradem dışında beni zorla alıkoyduğun gerçeğini değiştirmiyor."

Kollarını göğsünün altında düğümleyip kendinden emin ve tartışmaya hazır bir şekilde, "Hayır, bunu daha önce tartışmadık!" diye karşı çıktı Jenna. "Çünkü ben seninle konuşmaya çalıştım ama sen gıkını bile çıkarmadın. Rica ettim.

Yalvardım. Bağırdım, ağladım, kafana yastık fırlattım ama sen kendince bir hikâye uydurdun ve gerisini umursamadın. Bu da zaten asıl hikâyenin sonu oldu. Böyle davranmaya devam ettiğin sürece beni dinlemeyecek ve söylediklerimi anlayamayacaksın."

"Çocuk istemiyorum Jenna!" dedi Gage, oturduğu yerden kalkarak, "ve bu, ateşli bir gece ya da bir organizasyonla değişebilecek bir düşünce değil."

"Ama evlendiğimizde istiyordun!" diye bağırdı Jenna, bir yandan da parmak uçlarında yükselip onunla göz göze gelmeye çalışıyordu. "Geleceğimiz hakkında konuşuyorduk, bebeklerimizi büyütüp birlikte yaşlanmak istiyorduk hani? Sen oyunun tam ortasında oyunun kurallarını değiştirdin ve geriye kalan şeylerle tek başıma bırakıp gittin."

Rahat bir nefes alacak kadar durakladı Jenna. Göğsünde bağladığı kollarını indirip bir elinin işaret parmağıyla Gage'in göğsünü delercesine dürterek, "Sen istemeyebilirsin, tamam, ama ben çocuk istiyorum Gage, anladın mı? Seninle birlikte hayal ettiğimiz o tabloda, ben hâlâ çocuklarımızın da olmasını istiyorum! Ama sen puştun teki olmaya karar verdin, n'apalım, bu yüzden ben de B planını kullanmak zorunda kaldım."

Gage pür dikkat Jenna'yı izliyordu. Ne söylüyor olursa olsun, dinliyordu onu. Ama bu asla sonu gelmeyecek bir tartışmaydı. Konuşabilirler, bağrışabilirler, tartışabilirler hatta yüzleri morarana kadar taş-kâğıt-makas oyunu bile oynayabilirlerdi ama ikisi de hiçbir şekilde kazanan taraf olmayacaktı.

Jenna gayet net bir şekilde tek bir şey istiyordu, Gage de aynı şekilde başka bir şey. Sonuçta bu banyoyu ne renge boyayacakları konusunda yaşadıkları anlaşmazlık gibi bir konu değildi. Bu ciddi bir şeydi, hayatlarını etkileyen en önemli konuydu.

"Ve B planın, beni yatağa bağlayıp tecavüz etmekti, öyle mi?"

Jenna bu soruyla bir darbe almış olsa da yeniden saldırıya geçti. "Böyle hissettirdiysem özür dilerim, aslında niyetim bu değildi. Ayrıca koşullarını göz önüne almazsak, sen de dünden hazırdın gibi geliyor bana bu şekilde bir plana alet olmaya."

Bir an sessizlik oldu. Suçluluk duygusu bıçak gibi kesmişti Gage'in sesini. Aslında kötü de olmamıştı bu iş, ikisi de bunun farkındaydı. Jenna'nın şu an yapmakta olduğu şeyi kısmen anlamış olsa bile bu, duruma olan kızgınlığını değiştirmiyordu. Ama onu özgür bırakacak kadar çetin de savaşmıyordu, başından atmak da istemiyordu.

"Öyleyse ne yapacağız şimdi Jenna?" dedi oldukça sakin bir sesle. "Kollarıma bir bebek verinceye kadar baba olup olmayacağımı mı bekleyeceğiz?

"Hayır. Biz seninle herhangi bir şeyi beklemek zorunda değiliz. Bunu *ben* yaptım, çünkü bebek isteyen benim. Sen değil, dolayısıyla istemediğin bir şeyin sorumluluklarını yerine getirmen için zorlayamam seni. Senden hiçbir beklentim yok Gage."

Onu tam anlamıyla bu düşüncelerine inandırmak için aceleyle sözlerine devam etti. "Eğer hamile kalırsam, çocuğumu yalnız başıma doğuracağım. Soranlara da yapay yöntemlerle hamile kaldığımı ya da ne bileyim tek gecelik bir ilişki sonucu olduğunu ya da başka bir şey bulup söylerim. Kesinlikle sana yansıtmam ve senden bahsetmem. Ne olursa olsun, sen hayatına devam edersin ve yaşadığımız bu geceyi hiç yaşanmamış sayarsın."

Gage, Jenna'nın Grace'le olan konuşmasını dinlediğinden bu yana ondan daha fazla sinirlenebilmesinin mümkün olmadığını düşünüyordu ama Jenna'nın son söyledikleri bunu başarmıştı. Gage, hiddetinin arttığını hissediyordu. Sinirden dudaklarını dişleri arasında büzüştürüp duruyordu.

Bir adım attı ve bir kez daha burun buruna geldiler. Gage, ona dokunmasını gerektirecek bir hamle daha yapması için öylece bekledi. Hiçbir şey yapmayınca, kızgın nefesinin Jenna'nın yüzüne çarpması ve şakaklarındaki saçları dalgalandırmasıyla yetindi.

"Eğer bu söylediklerine inanıyorsan," diye öfkeyle fısıldadı kulağına Gage, "sen beni hiç tanımamışsın!"

Bu son sözlerinden sonra hızla odanın karşı tarafına geçip deri ceketini aldı ve arka kapıyı çarpıp çıktı.

Düz Örgü 7

Ronnie, elindeki boş kraker paketini buruşturup omzunun üzerinden arka koltuğa fırlattı. Sonra da konsola eğilip sakız olup olmadığına bakındı.

Grace, Marriott'un otoparkında, park edebilecek uygun bir yer ararken Ronnie de, "Dylan, bu ejderha nefesiyle soluyaraktan kapısında belirmemden hiç hoşlanmayacak," diye söyleniyordu.

"Dylan seni gördüğüne çok şaşıracak, nefesin Charlotte'ın çiftliği gibi koksa bile umurunda olmaz," dedi Grace, gülümseyerek Ronnie'yi rahatlatmaya çalıştı. "Hem dediğin gibi olsa bile yüzünü diğer yöne çevirirsin olur biter."

Grace'in önerisini hayal edince yüzü kızarmış olsa da ortaya çıkacak görüntüye gülmekten kendini alamadı, neredeyse sakızı yutuyordu.

"Ya da işte sana parlak bir fikir daha: Sen odadaki diş fırçasını çalarken, ben onu beş dakikalığına oyalayabilirim."

Grace gözlerini devirdi. "Pekâlâ, bak şimdi eğer mantıklı bir gidişat izlemek istiyorsan, bu son önerimin işe yarayacağını düşünüyorum."

Ronnie, bunu yapacak olmalarına hâlâ inanamıyordu. Doğaçlama yaptıkları bir gezide bu tip şeyler olmadığı kesindi, ama Grace, Ronnie'yi arayıp Jenna'nın sadece yaşıyor olduğunun değil, üstüne üstlük gayet iyi olduğunun haberini vermişti. Sadece geceki yorucu görevinden dolayı parmağını bile kıpırdatamayacak kadar yorgundu Jenna. Bu yüzden onlara, kendisini geziye dahil etmemelerini ve Dodge marka arabalarıyla isterlerse cehennemin dibine gidebileceklerini söylemişti. Bu durumda Ronnie'nin aklında böylesine parlak bir fikir canlanmıştı.

Konu sekse gelecekse eğer bir adamın özgürlüğünü almak için planlar yapmak kolaydı ama sonrası tamamen Gage'in gazabıyla karşı karşıya kalmaktan ibaretti.

Eğer Gage, sabaha altına yapmış bir şekilde uyandıysa, Ronnie, Grace ve Jenna dahil hepsinin de öldürülecekler listesinin en başına fırlamış olacağını tahmin ediyordu Grace. Sonuçta biliyorlardı ki söz konusu adam ulu bir çınar ağacı gibiydi, tek bir parmağıyla dokunsa bile onları öldürebilirdi. Zaten onları bir eline geçirirse, kaçabilene aşk olsun.

Bu yüzden, yapacakları gezinin seks mahallinden uzakta bir yerde, tanık olarak bulunamayacakları kadar uzak bir yerde olmasını istediler.

Park yeri dolmuş durumdaydı ama sonunda ana binadan on kilometre kadar uzak bir yer bulmayı başardılar. İkisi de cüzdanlarını ve küçük çantalarını alıp arabayı kilitledikten sonra otelin lobisine doğru yürüdüler.

Genelde neredeyse boş vaziyette olan otel lobilerinin aksine, burası tıka basa doluydu ve herkesin üzerinde *Cleveland Rockets* yazan forma ve tişörtler vardı. Ya da ellerine hokeyle ilgili kişisel eşyalarla gelmişlerdi. Ellerini sallayıp duran dev gibi birkaç tane de adam vardı aralarında.

Bunların arasında kendilerinin, hokey fanatikleri olmadıkları, yaramaz tavşancıklar gibi gözükmelerinden daha aşikârdı. Daracık ve mini kot şortları ve göğüslerini sergileyen üstleriyle daha çok *La Leche** toplantısına katılmaya gelmiş gibi bir halleri vardı.

Ronnie, Grace'in bunların kim olduğunu tahmin ettiği kadar hızlı davranamadı ama grubun peşindeki kızlardan birini görse o da tahmin edebilirdi. Şöyle spor muhabirinin peşinde gezen, bu tip oyunlarla çok ilgilendiğini belli eden, fanatiklerin oluşturduğu kalabalığa şaşırıp en azından etrafta dolaşan oyunculardan bir tanesine denk gelmek için bakınan... Bir imza almayı ya da fotoğraf çektirmeyi uman.... Ya da kısaca, tüm amacı şu oyunculardan bir tanesiyle yatakta bir maç yapabilme şansını yakalayabilmek olan kızlar.

"Neyse ki başımıza bir şey gelmeden danışmaya kadar gelebildik, ben hemen oda numarasını sorayım," deyip kalabalığı yarıp geçmenin huzuruyla direkt asansörlerin olduğu tarafa doğru yöneldi Grace.

"Evet, evet sonunda yıldız oyuncu ve takımın kendi spor muhabiriyle yatarak alırlar istediklerini," diye alaylı bir şeyler söyledi Ronnie.

Grace, o şansı yakalayabilmek için yığılmış duran kadınlara aşağılayıcı bir bakış attı. "Beni asla böyle bir durumun içinde göremezsin. Şu oyuncuların ne kadar seksi olduklarıyla zerre kadar ilgilenmiyorum, bu kadınların kendilerine saygıları yok mu ayol?" diye ekledi.

Ronnie, şu kızları görmek için Grace'in bakışlarını izledi. Saçı sarıdan daha çok beyaza kaçan bir tonda, parlak kırmızı tangasını göstermek için beline kadar çeken ve tam bir sürtük gibi ayaklarını vurup duran bir kız gördü.

---

* La Leche League; anneliğin prensplerini irdeleyen bir felsefedir. Emzirmenin önemini ve anne ile bebek ilişkisini inceler.

"Aman Tanrım!" diye afalladı. Hızlıca gözlerini kırpıp kafasını çevirdi. "Ahh Tanrım, sanırım kör oluyorum!"

Grace kıkır kıkır gülüyordu, o sırada asansörün geldiğini belirten bip sesi duyuldu. Hemen ardından, yukarı çıktığını gösteren ok yeşil olmuştu. "Dylan'ın odasına gidinceye kadar sana eşlik etmemi ister misin, ya da yürüyebilecek kadar iyi olduğunu düşünüyor musun?" diye sordu. Grace sanki arabaya gidiyorlarmış gibi konuşuyordu.

"Dur, bana birkaç dakika ver, kendime geleceğim."

Asansör tekrar gelmişti ve on ikinci kata geldiklerinde kapı açılmıştı. Ronnie asansörün metal paneline hafifçe vurup görme duyusunu yitirmiş numarası yaparak tuşların hepsine birden dokunuyordu. "Bu benim işime yarar mı, doğru yere mi geldik," diye alay etmeye devam ediyordu.

Grace tenha koridorda Ronnie'nin poposuna bir şaplak atıp, "Yalnızc, şanslıysan tatlım," diye kıkırdadı. Asansörün kapısı tekrar kapanmıştı.

Ronnie, birkaç saniye öylece durup topuklarını vurduktan sonra 1218 nolu odaya ilerledi. Odanın kapısına geldiğinde, elini kaldırıp tüm gücüyle çaldı kapıyı. Bir yandan da var gücüyle kim olduğunu sezdirmemeye çalışıyor, farklı bir ses tonuyla, "Oda servisi!" diye bağırıyordu.

Kapının ardından gelen seslere göre, Dylan'ın yataktan indiğini ya da kanepeden kalkıp kapıya doğru gelmekte olduğunu zihninde canlandırıyordu. Kilidi açıp kapı kolunu çevirirken bir yandan da, "Ben, oda servisini çağırma..." dedi.

Kapıyı açıp sözlerini tamamlayamadan, kapının kenarına ayartıcı bir şekilde yaslanmış duran Ronnie'yi görünce donup kalmıştı Dylan.

"Tünaydın efendim," dedi Ronnie en seksi ve şehvet uyandıran mırıltısıyla. "Leziz bir öğle yemeği sipariş etmiş miydiniz?"

Neşeli bir parıltı belirdi Dylan'ın mavi gözlerinde, seksi bir gülücük yerleşmişti yüzüne. Ronnie'yi karşısında görmek kanını ısıtmıştı ve tüm bedenine yayılmaya başlamıştı bu sıcaklık.

Dylan yalnızca bir haftadır yoktu ama Ronnie şimdi görünce onu ne kadar özlediğini fark etmişti. Bağımsızlığıyla övünen bu kadının acilen bu adamla birlikte yaşaması gerektiğini düşünüyordu.

Geceleri birlikte uyuyakalmış olmaya ve sabah kalktığında yanında onu görmeye bayılırdı Ronnie. Ve yanında olmadığı zamanlarda çok özlemişti onu. Dylan ne zaman bir yerlere gitse yataktaki o sıcaklığını özlüyordu.

Eğer sabahları ilk Ronnie uyanırsa hemen gidip kahvaltı hazırlardı, Dylan daha önce uyanırsa o da Ronnie için aynısını yapardı. Ve eğer Dylan, sürpriz hazırlamışsa, Ronnie de bir fırsatını bulup ona sürpriz yapmak için can atardı.

Akşamları eve dönerken, yemek için istediği bir şey olup olmadığını mutlaka sorardı Ronnie. Bir markete girip sevdiğini bildiği şeylerden alıp dönerdi eve.

Tüm yaptıkları ve yapmayı düşündükleriyle tam bir aptal âşıktı Ronnie. Kötü bir söz işitip kırılsa bile, savaşmayı aklının ucundan geçirmezdi.

Altı ay önce yapmıştı, dişiyle tırnağıyla savaşmıştı. Ve şimdi tüm olanları rüzgârda savrulan bir yaprak gibi salıvermiş, her şeyi hoş görmeye başlamıştı. Böyle daha mutluydu aslında. Hayatı sonunda anlam bulmuştu. Geriye kalan her şeyi başından def etmekten hoşnut oluyordu.

"Sipariş vermemiştim," diye yanıtladı Dylan. "Ama yine de böyle bir siparişin bir şekilde kapıma gelmiş olmasından mutluyum."

"Aa iyi o zaman, çünkü eğer ilgilenmiyorsan," dedi alaylı bir şekilde, "çekip gidebilirim."

SEVİYOR, SEVMİYOR

Dylan, onu kolundan kavrayıp içeri çekti. Bir eliyle odanın kapısını çarparken Ronnie'yi duvara yaslayıp gövdesiyle üstüne çökmüştü. Ağzı yumuşak, sıcacık ve Cleveland'dan Colombus'a gelirken geçirdiği üç saate göre gayet iyi durumdaydı.

Uzun, uzun, hatta epey uzun bir zaman sonra birbirlerinden ayrılabildiklerinde, Dylan alnını Ronnie'ninkine dayayıp elini boynuna atmış ve parmaklarıyla yanağını okşuyorken, "Neden geleceğini haber vermedin?" dedi.

"Sana sürpriz yapmak istedim," diye yanıtladı Ronnie.

Dylan nazikçe gülümsedi. "Kesinlikle başardın da. Ama bu kadar yolu tek başına araba kullanarak gelmedin herhalde, değil mi?"

Bu soru Ronnie'nin kalp atışlarını biraz hızlandırmıştı. Hislerini bulanıklaştırmıştı, oysa Dylan onun ne yapmakta olduğunu, nasıl geldiğini, güvende olup olmadığını merak ettiğinden soruyordu.

Onaylarcasına başını salladı. "Grace'le birlikte geldim, hatta bu sürpriz fikri ona aitti de diyebilirim,"dedi. Dylan'ın omzundan başını kaldırıp bir bakış attı ve "Muhtemelen o da şimdi Zack'in kapısını çalmak üzeredir."

"Güzel," dedi Dylan. Eliyle Ronnie'nin belini kavrayıp ayaklarını ayaklarına kenetleyip onu daha fazla heyecanlandırarak, "Umarım Zack de sürprizine benim olduğum kadar mutlu olur," dedi.

Grace, Zack'in en sevdiği kışkırtıcı kırmızı dudak parlatıcısını tazeleyip parmaklarıyla saçının buklelerini düzeltti. Sonra en seksi Marilyn Monroe pozunu takınarak Zack'in odasının kapısını çaldı.

Grace'in umduğundan uzun sürmüştü Zack'in kapıyı açması, duymadığını sanıp bir daha çaldı kapıyı. İçerden belli belirsiz sesler duyuyor ve küfürlü bir homurdanma işitiyordu.

Eğer Zack'i biliyorsa –ki biliyordu– odayı tam bir savaş alanına çevirmişti şu an. Yalnızca bir gece kalmış olması bile ayakkabılarını, pantolonlarını, tişörtlerini, kısacası her şeyini dört bir yana savurmasına yetebilecek bir süreydi ve bu durumda odanın içinde dönmesini engeller, kapıyı geç açardı.

Zack sonunda kapıyı açmıştı. Odanın dağınıklığı şöyle dursun, Zack'i yarı çıplak halde kapıda görmek Grace'in şaşırmasına sebep oldu. Duştan yeni çıkmıştı, hâlâ su damlıyordu üzerinden ve üstünde yalnızca beline sardığı beyaz havlu vardı.

Ahh, evet işte bu görüntü bu adama neden böyle âşık olduğunun kanıtıydı.

Böyle bir görüntüyle daha önce de karşılaşmıştı ama tam şu anda Zack'in muhteşem fiziği aklını çeliyor, zihnindeki her şeyin üstünde duruyordu.

Zack göz kırpıp parmaklarını ıslak saçlarına götürdü.

"Hey, selam!" dedi şaşkına dönmüş bir şekilde, onu bir anda kapıda görmek bariz bir şekilde şaşırtmıştı Zack'i. "Ne arıyorsun burada?"

"Sence ne için gelmiş olabilirim buraya?" diye yanıtladı Grace. Yüzündeki sırıtış, odanın içine adım atıp Zack'e sokuldukça daha da yayılıyordu yüzüne. Teninin ıslaklığına aldırmadan çıplak gövdesine sokularak, "Dünyanı sarsmaya geldim koca oğlan!" dedi.

Mavi gözlerinde beliren şeytani parıltıyla, dudağını kıvırarak, "Hadi o zaman, içeri gir. Dağınıklığın kusuruna bakma," dedi Zack. Grace'le birlikte içeri doğru girerken kapıyı kapattı.

"Ne zaman baktım ki?" diye güldü Grace.

Zack'in kaldığı bu otel odasının hali, Cleveland'daki apartman dairesiyle kıyaslanınca pek bir düzenli kalırdı. Temizlikçisi Magdai haftada iki kere evi toplamaya gelmiyor olsa, Zack'in evinde dağınıklıktan yaşanacak hal kalmazdı. Öyle ya, Grace bu duruma da katlanıyordu.

Tamam, her şey yolundaydı. Birkaç çorabını alıp kaldırmaya, etrafı şöyle bir toplamaya çalıştı, aksi takdirde burası domuz çiftliğinden farksızdı.

Biraz geri çekilerek odayı banyodan ayıran duvara yaslandı. Tepeden tırnağa şehvet dolu bir bakışla Zack'i şöyle bir süzdü. Manikürlü tırnaklarıyla, Zack'in belinden aşağıda bağladığı havlusunu tırmıkladı.

"Bence ben çok kalın giyinmişim," diye fısıldadı seksi bir tonda.

Zack kirpiklerini açıp kapatıyor ve o da Grace'i tepeden tırnağa süzüyordu. Zack'in bu bakışıyla Grace sutyeninin altında meme uçlarının büzüştüğünü ve bacaklarının arasındaki sıcaklığın artmakta olduğunu hissetti.

"Ben de sana öyle diyecektim," dedi Zack, müstehcen bir tonda. "Yardım etmemi ister misin soyunmana?"

"Aa, teşekkür ederim. Sanırım kendim yapabilirim."

Yaslandığı duvardan çekilip Zack'in yüzüne bakmaya devam ederek odaya doğru adım atıyordu. Bir yandan bluzunun arkasındaki düğmeleri çözerken bir yandan da yavaş yavaş adımlamaya devam ediyordu.

İlerlerken, birden yerdeki baksırın bacak boşluğuna takıldı topukları.

"Güzel," dedi. Ayağında sallayıp bir tarafa atıverdi.

Kafasını kaldırınca etrafta kımıldayan bir şeyler dikkatini çekti. Bir hareketlenme, pembe bir ışıltı gözüne çarptı.

Bakışlarını odaklayıp kafasını şöyle bir çevirip odaya göz atınca, dev boyuttaki yatağın orta yerinde oturan bir kadın gördü. Tekrar baktı. Kadın çıplaktı, üzerinde pembe iç çamaşırından başka bir şey yoktu.

Gördüğüne inanabilmek için gözlerini kırpıştırıyordu Grace. Kadın sarışındı ama doğal sarışın olmadığı esmer hatlarından anlaşılıyordu. Üstelik kendisi gibi profesyonel bir yerde saçını boyatmadığı da her halinden belliydi. Bir anda öfkeden deliye dönmüş bir hal aldı ve yatağın çarşafını çekip attı. Grace'in bu kadını görmüş olması büyük bir talihsizlikti.

Grace bakışlarını Zack'in üzerine dikti. Öyle bir bakıyordu ki, bu bakışı onun testislerini büzüştürüp korkak bir kız haline getirmeye yetmişti.

"Bana anlatmak istediğin bir şeyler var mı?" diye sordu Grace. Az önceki şehvetli ses tonu şimdi onu öldürmeye yetecek bir zıpkın gibi sivrilmişti.

Zack'in soluk alını düğüm düğüm olmuştu. "Hıh?"dedi.

Dilini yutmuş gibi davranmakta Zack'in üstüne yoktu doğrusu.

Grace, bu sürtüğün yatağında ne işi olduğunu ima edercesine kadının olduğu yöne çeviriyordu bakışlarını. Zack da gözleriyle Grace'in hareketlerini takip ediyor ve bu kadının hâlâ gitmemiş olmasına lanet okuyordu içinden.

Grace kendini Zack'in ne yapacağını beklemeye bıraktı. Bu sırada kadın yataktan çıktı, çarşafın düşmüş olmasını umursamadan, oldukça sevimli bir tebessüm takınarak, "Selam," dedi. "Ben bölmek istemezdim."

"Ne bok yiyorsun? Burada ne işin var?" diye çıkıştı Zack kadına.

Grace, o kadını oraya Zack'in çağırdığını çok iyi biliyordu ama kadına sorduğu soruyu ilk cevaplayan Grace oldu. "Tahmin ediyorsundur Zack, ben de şu an kendime aynı soruyu soruyorum, ne işim olabilir ki burada?"

Grace hızlı bir şekilde, bluzunun düğmelerini ilikleyip kapıya doğru ilerledi. Zack'i, onu durdurmaya çalışmaması için duvara itti.

"Grace, bekle!"

Bir eliyle kapının kolunu tutarken adamın yüzüne tükürdü ve "Defol git Zack! Hatta zahmet etme içerdeki sürtük en iyisini yapar zaten!" deyip hızla çekip gitti.

Arkasından Zack'in onu çağırdığını ve koridor boyunca ayak seslerini duydu, peşinden gelip onu arıyordu Zack, ama Grace durmadı. Bir an bile hızını kesmeden devam etti kararlı adımlarla. Asansörün gelmesinin uzun süreceğini ve merdivenleri kullanmasının da Zack'in ona yetişmesi için şans vereceğini bildiğinden, acil durum merdivenlerini kullandı. Topuk sesleri tüm merdiveni kuşatıyordu.

Ağlamıyordu. Ağlayamadığına da şaşırmıyor değildi çünkü kalbi kırılmıştı ve avazı çıktığı kadar yüksek sesle bağırıp çağırmıştı, beyni kafatasının içinde sekip duruyormuş gibi hissediyordu.

Şu an yaşadığı bu büyük öfke, kızgınlık ve ihanet duygusu geri kalan her şeyi silip atmıştı sanki zihninden.

Zack, Grace'in üstünde silah, bıçak ya da herhangi kesici bir alet bulunmadığı için şanslıydı. Eğer üstünde bunlardan biri olsaydı, Grace şu an Zack'i banyo küvetinde öldürüp o küveti kan havuzuna çevirebileceğinden korkuyordu.

Ya da onu simsiyah taş kalbinden vurabilirdi. Belki de hayalarından bıçaklayıp o lanet olası erkekliğini kesebilirdi. Zack'i kendi hokey sopasıyla döverek öldürmek de bir seçenek olabilirdi.

Sonunda on ikinci kata gelmişti. Ağır metal kapıyı açıp aceleyle halı serili olan koridora geçti. Koşuşturmaktan nefes nefese kalmıştı ama aslında nabzı öfkesinden dolayı böylesine delice atıyordu.

Dylan'ın odasını bulup kapıyı çaldı.

"Ronnie! Ronnie! Aç şu kapıyı, benim Grace, gitmemiz gerek!"

Bu şekilde onları rahatsız ediyor olduğunu ve en azından giyinip kapıya çıkmalarının bile birkaç dakika alacağını bilmesine rağmen durmadan kapıya vuruyordu.

Saniyeler acımasızca akıp giderken, her şey üstüne yıkılıyormuş gibi hissediyordu Grace. Kapıyı vurmaktan kollarındaki kaslar gelişmişti. Hızlıca nefes alıp vermekten ciğerleri alev almış durumdaydı ve en sonunda gözünden yaşlar akmaya başlamıştı.

Dylan ve Ronnie yarı giyinik halde kapıyı açtıklarında, bir yandan da kalan kıyafetlerini üstlerine geçirmeye çalışıyorlardı. Grace öfkeden burnundan soluyor ve zorlukla nefes alıyordu.

"Gitmemiz gerek!" dedi Ronnie'ye sertçe. "Yani benim gitmem gerek, bir an önce ayrılmam gerek buradan!" diye düzeltti.

"Tanrı aşkına n'oldu Grace?" diye sorarken Ronnie, Grace dönüp arkasını hızlı adımlarıyla yol almaya başlamıştı bile, Ronnie arkasından gidip kolunu kavrayıp durdurdu onu.

Bir açıklama bekleyen gözlerle Grace'e baktı. Grace alelacele dökülüveren sözcüklerle, "O, kahrolası yalancı bir şerefsiz! Odasında bir kadın vardı! Yatağında! Hem de çıplak!" diye feryat etti.

Daha fazla detay anlatmaya çalıştıkça sesi yükseliyor, paramparça oluyordu. Aslında konuşmak onu sakinleştireceği yerde aksine öfkesini tazeliyor, onu daha da kızdırıyordu.

"Gitmeliyim!" dedi tekrar, Ronnie'den uzaklaşarak. "Burada kalamam, eve gitmem gerek. Eğer sen gelmek için hazır değilsen, ben de tek başıma giderim, sen de dönüş için başının çaresine bakarsın. Ya da ben bir taksiyle dönerim, arabayı sana bırakırım geri dönmen için. Ya da ne bileyim işte, umurumda değil hiçbir şey. Ben sadece gitmek istiyorum. Gitmem gerek. Gitmem gerek. Gitmem gerek!"

Bu noktada Ronnie, Grace'in kontrolden çıkmış olduğunu ve dağılmak üzere olduğunu anlamıştı. Tüm düşünebildiği buradan, bu şehirden gitmek, Zack'in onu aldattığı, ihanet ettiği, kalbini göğsünden koparıp parçaladığı bu yerden gitme istediğiydi.

"Tamam, tamam. Bana sadece bir dakika ver, geliyorum," dedi Ronnie, bir yandan hâlâ Grace'in kolunu sıvazlıyor, onu kendince sakinleştirmeye çalışıyordu.

Ronnie, aceleyle odaya döndü. Muhtemelen Dylan'la ayaküstü bir konuşma yapıp dönecekti. Grace, en iyi arkadaşının sevgilisine yaptığı bu sürpriz randevuyu mahvettiği için suçluluk duyuyordu ama şu anda beyninin verebildiği tek mesaj bir an önce buradan kaçması gerektiğiydi.

Birkaç dakika sonra Ronnie kolunun altına sıkıştırdığı çantasıyla koridorda göründü. Ronnie, Dylan'ın yanağına bir öpücük kondurup uyduruktan bir makas alarak özür dileyen gözlerle ayrıldı ve Grace'in koluna girdi.

Ronnie, Grace'in çantasını alıp arabanın anahtarlarına bakındı. Grace'in beyni hâlâ normal işleyişine dönmediğinden, bu şekilde araba kullanıp birilerini ezerek teselli bulmayı geçiriyordu aklından. Arabayı Ronnie kullanmalıydı çünkü o bu halde direksiyona geçerse Cleveland'a tek parça olarak dönemeyeceklerine emindi.

Asansöre binip düğmeye basarken bir yandan da, "Tamam tatlım, geçti," diye nazikçe fısıldıyor, sakinleştirmeye çalışıyordu Grace'i. "Her şey yoluna girecek, düzelecek hepsi..."

Ama hiçbir şey yolunda değildi ve Grace tüm yüreğiyle hissediyordu ki, bir daha hiçbir şey eskisi gibi olmayacaktı.

Ters Örgü 8

Jenna, motorun boğuk sesini duyduğunda, ahırda hayvanların yemini öğütüyordu. Teyzesinin alpakaları da hâlâ çayırda otlanıyorlardı. O malum geceden önce yemlerini vermiş, eksiklerini gidermişti. Ama şimdi taze yemlere ve suya ihtiyaçları vardı, her birini ayrı ayrı yemlemesi gerekiyordu.

Teyzesi Charlotte, başka şeylerle uğraşıp onun gözü gibi baktığı hayvanlarını ihmal ettiğini duysa, nedeni ne olursa olsun Jenna'yı asla affetmezdi.

Teyzesi, evinin yanındaki yoldan geçen araçları hesaba katmamış mıydı acaba diye düşündü. Çiftliğin yanı başındaki yolun trafiğinin pek yoğun olduğu söylenemezdi ama yine de ara sıra geçen araba ve kamyonlar yolun pisliğini eve taşımaya yetiyordu.

Oysa şimdi, bunun yerine Jenna'nın düşünecek daha muhim şeyleri vardı aklında. Bebek isimleri ve çocuk odasının rengi gibi mesela.

Bu tip şeyleri düşünmek için çok erken olduğunu biliyordu. Sonuçta işin seksle ilgili olan kısmını henüz on iki saat önce tamamlamıştı, bu yüzden şu an hamile olup olmadığına emin olmasının bir yolu yoktu.

Yine de umutluydu Jenna, çok umutlu.

Sabah Gage'le yaşadığı tartışma onu oldukça sarsmıştı ama hiç beklemediği bir kavga da değildi tam olarak. Yaptığı şeyin nedenini öğrendiğinde Gage'in nasıl bir tepki vereceğini kestirebiliyordu ne de olsa.

Bu durumun çok asilce bir davranış olmadığının Jenna da farkındaydı ama yapabilecek başka bir şeyi yoktu. En azından kendisi için böyle olması gerekiyordu.

Gage'i çok iyi tanıdığı için hayli şanslıydı aslında. Gage, Jenna'ya kızgın olduğu zamanlarda, spor salonuna gidip sinirini oradaki aletlerden çıkarır, bir şeyleri büker, ezerdi. Doğuştan var olan o etkileyici kaslarını, yani kendine özgü savunma silahlarını, daha da geliştirinceye kadar çabalardı. Sonra derdini anlatacağı, genel anlamda kadınların riyakârlığından ve özellikle eski karısından bahsedebileceği iki dostu Zack ve Dylan da şehirde değillerse, eve gidip televizyon karşısında birasını yudumlardı.

Jenna, Gage'i bu duruma sokmaktan, onu stres altında bırakıp mutsuz etmekten gurur duymuyordu ama karşısındaki adamın Gage olduğuna da seviniyordu. Çünkü bir başkası olsa onun yerinde, fiziksel şiddet uygulayabilir ya da yasal yolları kullanıp Jenna'yı süründürebilirdi.

Tüm olanlara rağmen yine de Gage kapıyı çarpıp çıktığından beri keyfi yerindeydi Jenna'nın ve yüzüne engel olamadığı bir gülümseme yapışıp kalmıştı sanki.

Bildiği tüm ninnileri birbiri ardına mırıldanıp duruyordu. Ellerini karnına götürüp gerçekten hamile olup olmadığını merak ediyor, bebeğin odasını Susam Sokağı'ndaki gibi mi, yoksa değişik orman hayvanlarıyla mı süslemesi gerektiğine bir türlü karar veremiyordu.

Düşünecek çok şey vardı aslında. Doğum yapmadan önce bebeğin cinsiyetini öğrenmeli miydi, yoksa sürpriz olmasını beklemeliydi mesela? Bebek odasını alışılageldiği gibi erkek olursa mavi, kız olursa pembe mi yapmalıydı ya da ikisine de uyabilecek standart renkler olan yeşil ya da sarıyı mı tercih etmeliydi?

Bunları düşünmek onu korkutuyor ama neşelendiriyordu da, Jenna sabredemiyordu. Hamile olup olmadığını öğrenmek için öylece durup beklemek çok zoruna gidiyordu. Şimdilik elinden gelen tek şey, hamile olması için dua edebilmekti Tanrı'ya.

Ahırdaki işini bitirdiğinde, ellerini pantolonuna sürüp şöyle bir temizleyerek ahırın kapısını açtı. Araba –ya da kamyon, her neyse– hâlâ oradaydı. Yoldan geçip gitmek yerine, orda durmuş evin yanı başına park etmiş gibi gözüküyordu.

Jenna, bu duruma sinir olmuştu. Çünkü gelmesini beklediği kimse yoktu ve insanlar öyle durup durduk yerde hiçbir nedenleri yokken gelip de teyzesinin evinin önünde durmazlardı. Eğer teyzesi Charlotte, Grace ya da Ronnie gibi tanıdığı insanlardan biriyse bu gelen, o zaman planları suya düşmüş ve vaktinden önce dönmek zorunda kalmışlar demekti.

Garajın girişinde duran bu aracın sahibinin kim olduğuna bakmak için ahırdan çıkıp evin yan tarafına doğru ilerledi. Park eden arabayı görmek için birkaç ağaç dalını aralayıp bakması gerekiyordu. Yaptı. Garajı yola bağlayan yerde duran bir Harley-Davidson marka motosiklet gördü ve donup kaldı.

Elleri iki yana düştü. Ayakları tutmuyordu. Göğsünün altında, derinlerde bir yerlerde kalbi kesik ve kuvvetlice güm güm atıp duruyor, beyni haricinde vücudunun her zerresine kuvvetlice kan pompalıyordu. Her şey zihninden uçup gitmiş, öylece kalakalmıştı.

Gage, motorunu dengede tutmaya çalışırken, soğuk bakışlarını adeta Jenna'nın üzerine çivilemişti. Sonra motoru kapatıp üzerinden atladı. Kaskını siyah deri koltuğun arkasındaki asker yeşili kutuya koydu ve eve doğru yürümeye başladı.

Tüm bu zaman boyunca, Jenna'nın üzerinden nerdeyse hiç kaldırmadı bakışlarını. Bahçeyi yarıladığında durdu. Kafasını kaldırdı ve "İçeri gelsene," dedi Jenna'ya.

Jenna donup kalmıştı, tam da hayatını yoluna sokmuş olmanın hayallerini kuruyorken, işte deprem yeniden başlıyordu.

Burada ne işi vardı Gage'in? Nereye gidiyordu Tanrı aşkına? O kamp çantası gibi yeşil çanta da neyin nesiydi? Neden doğruca eve giriyordu ki?

Ciğerlerine oksijen gitmiyormuş gibi hissediyordu Jenna. Ya kalp atışlarına ne olmuştu? Bir sinekkuşunun kalp atışları bile Jenna'nınkinin yanında yavaş kalırdı.

Herhangi bir yanıt beklemeden doğruca kapının sundurmasına kadar gidip bir hışımla açmıştı kapıyı. Sonra maytap patlatmışçasına bir gürültüyle çarpıp içeri girdi Gage. Bu sesle bir kez daha sarsılan Jenna, bu defa kendine gelmiş sayılırdı. En azından elleri ve ayaklarını kontrol edebiliyordu.

Arkasından eve girip Gage'i aradı. Oturma odasında kimse yoktu, mutfak ve yemek odası da boştu. Geriye tek bir yer kalıyordu.

Merdivenler.

Merdivenleri ikişer ikişer çıkarak açık olan kapı aralıklarından içerilere bakındı. Sonunda Gage'i koridorun sonunda buldu. Kendi odasında, o malum geceyi geçirdikleri odada.

Asker yeşili çantayı hâlâ düzeltilmemiş olan yatağın üstüne koyup etrafta dağınık halde duran Jenna'nın elbiselerine aldırmadan, çantadakileri boşaltmaya başladı Gage.

"Ne yapıyorsun?" diye sordu Jenna. Merdivenleri ikişer ikişer çıkmasından ziyade tam şu anda yaşadığı panikle her bir organı arasında kasırga kopuyormuşçasına sarsılıyordu Jenna.

Bu durum Gage'in dikkatini dağıtmıyordu. "Getirdiğim şeyleri yerleştireceğim."

"Niye?"

Gage hâlâ Jenna'ya bakmamaya çalışıyordu. "İnsanlar yeni bir yere taşınınca böyle yaparlar ya genelde?"

Jenna, hiç hesaba katmadığı, alternatif bir gerçekle karşı karşıya kalmıştı. Öylece oturmuş şaşkınlıkla Gage'e bakıyordu. Gözlerini açıp kapıyor ve her açışında Gage'in hâlâ orda olduğuna inanamıyordu. Kulaklarında çılgınca bir uğultu hissediyordu.

Aslında bayılsa çok iyi olacaktı. Hızlı ve derin nefes alışverişi biraz daha hızlansa ve hissettiği şu dengesizlik biraz daha adam akıllı sarssa bayılabilirdi. Ve ayıldığında... Ayılıp kendine geldiğinde Gage de gitmiş olurdu. Jenna da kendi hayatına dönmüş ve böylece her şey yoluna girmiş olurdu.

Ama maalesef bilincini kaybetmemişti Jenna, gayet kendindeydi ve bu yüzden aklından geçirdiği bu senaryo, bir hayal ürünü olarak kalmaktan öteye geçemiyordu. Gage hâlâ karşısında oturuyor, beklenen bir misafircesine rahat davranmaya devam ediyordu.

Birkaç kez yutkunup sesinin varlığına emin olduktan sonra, "Buraya taşınmıyorsun, değil mi?" diye sordu Jenna.

Hâlâ boğuluyormuş gibi hissediyor ve etrafında olup bitene anlam vermeye çalışıyordu.

"Kahretsin, evet!" dedi Gage, başını kaldırıp kahverengi gözlerini, Jenna'nın gözlerine odaklayarak. "Taşınmamın sence bir sakıncası mı var yoksa?"

"Evet!" diye ağzından bir anda kaçırıverdi Jenna, sonra da suçluluk hissedercesine elleriyle ağzını kapamaya çalıştı. Binlerce, milyonlarca, katrilyonlarca sakıncası vardı evet! İlk olarak, Jenna onu orada istemiyordu, ikincisi de ikisinden biri diğerini boğarak öldürebilirdi yaşananlardan sonra...

"Talihsizliğe bak sen!" dedi Gage, bir yandan da sinirle çantasındaki kahverengi kese kâğıdını çekip çıkarıyordu. Parmak eklemleri beyazlaşıncaya kadar elindeki paketi sıkarak, "Beni yatağa bağlayıp, iradem dışında kendini hamile bıraktırmaya çalışarak oyunu sen başlattın. Ve şimdi hamile olup olmadığına emin oluncaya kadar benimle yaşamak zorundasın," dedi.

Sinirle yumduğu elini açtı ve bir kutu fırlattı Jenna'nın yüzüne doğru. Korkudan ürküp eğilince Jenna'ya değmeden yere düştü kutu.

"Git al şunu!" diye emretti Gage.

Bakışlarını yere çevirdi Jenna ve yüzde yüz doğruluğu olan bir hamilelik testiydi az önce suratına fırlatılan kutu.

"Yapmıyorum!" diye çıkıştı Jenna.

"Yapacaksın!" diye bağırdı Gage, sinirden dişlerini gıcırdatıyordu. "Bu defa da ben seni bağlarsam, yapmak zorunda kalırsın ama!"

"Kullanma talimatını okumadın mı aptal! Henüz o testi yapmak için çok erken. Ayrıca ben bu testi yapıp sadece şu çubuğun üzerine işersem, altı üstü ıslak bir çubukla her şey hallolacak mı, rahatlayacak mısın?"

"İyi, tamam," deyip kabullendi Gage, ama pes etmiş değildi. "Tamam, biraz zaman geçsin bakalım, eninde sonunda yapacaksın. İlla ki yapacaksın!"

Jenna tartışmaya devam etmek istiyordu. Gerçekten de uzattı. Ama Gage bir şeyi kafasına koydu mu, bir keçiden bile daha inatçı bir adam olurdu. Aslında bu yüzden tartışması anlamsızdı, böyle devam ederken o duvarı yıkamayacağını biliyordu.

Gage'in bu inadını iki yıl önce sağlam bir şekilde öğrenmişti ne de olsa.

Jenna omuzlarını silkerek, "Eğer hamileysem bu, kimseyi ilgilendirmez. Ama sadece öğrenmek istiyorsan, bu haberi seninle paylaşmaktan mutluluk duyarım. Bu yüzden bir iki ay içinde hamile olup olmadığım kesinleşirse, seni arayıp söylerim ya da mektup yazarım," dedi.

Tamam, belki o en son mektup kısmını sözlerine eklemesine gerek yoktu ama bu haliyle bile yeterince alay ediyor gibi geliyordu zaten kulağa. Bu alay mevzusu da Gage'in öfkeden sıkıp durduğu çenesindeki damarların yanağından fırlamasına ve hiddetinden kıpkırmızı kesilmesine neden olmuştu.

Bir süre hiç cevap vermedi Gage. Kafasını salladı, burnundan soluyarak derin bir nefes alıp alaycı bir gülümseyiş yerleştirdi suratına.

"Hiç kimsenin başaramadığı kadar çok sinirlendirebiliyorsun beni," diye söylendi sanki Jenna'yla değil de daha çok kendi kendine konuşuyor gibiydi.

Güçlükle de olsa kendini toparlamaya çalışıp konuşmaya başladı Gage. "Sen başlattın bunu Jenna, arkadaşlarınla düzenlediğin o aptalca planla başladı her şey. Sen, benim seni hamile bırakmamı istedin, bunu harikulâde bir şekilde yapabilirim. Ama şimdi defolup gitmemi, seni yalnız başına bırakmamı geçiriyorsan aklından, gerçekten teyzen Charlotte, Ronnie ya da Grace'den daha da delirmiş olmalısın."

"Onlar deli değil!" diye savunmaya geçti Jenna.

Gage kaşlarını çatıp, "Deli değiller öyle mi? Sen hiç *normal* bir insanın, bir adama ilaç içirdikten sonra onu yatağa bağlayıp eski karısını hamile bırakıncaya kadar alıkoyduğunu duydun mu?" dedi.

Jenna, ellerini göğsünün altında bağlayarak, "Hiç de şikâyet eder gibi bir halin yoktu," diye mırıldandı.

"Çünkü şikâyet etmem gereken bir durum olduğunu bilmiyordum. Birileri yaptığı planın bir kopyasını bana vermeyi unutmuş olmalı," dedi Gage.

Bu cevap Jenna'yı daha da gerginleştirmişti ama yine de siniriyle baş etmeye çalışıyordu.

"Ee, pekâlâ, şimdi ne yapmayı düşünüyorsun Gage?" dedi meydan okurcasına bir tonda. Dudaklarını kıvırmış, kaşlarından birini yukarı kaldırmıştı. "Şu aptal plastik çubuğa işeyinceye kadar beni rehin mi tutacaksın burada?"

Gage, ağzının köşesini küçümseyici bir tonda kıvırarak rahatsız edici ama kararlı bir edayla, "Bingo tatlım, bildin!" dedi.

Gage'in sözleri yüzündeki kanı alıp götürmüştü sanki. Kolları şuursuzca iki yana düşmüş, çenesi adeta yere değecek bir hal almıştı. Gage, Jenna'nın bir anda yere yığılmadığına şaşıyordu.

Gage'e göre bu iyi olmuştu. En azından şimdi, Jenna, onu teyzesinin evinde ucuz hilelerle ayartıp kendini hamile bıraktırmak için alıkoyarken Gage'in ne hissettiğini birazcık da olsa anlayabilirdi.

Baba olmak isteyip istemediği Gage'in kendi tercihine bırakılmamış da olsa, eğer Jenna hamileyse, karnında bir bebek taşıyorsa, bunu inkâr etmenin bir anlamı yoktu. Jenna her ne kadar onu sadece hamile kalmak için bir maşa gibi kullanmış olsa da, Gage böyle bir durumda onları bırakıp gitmezdi.

Tabii böyle olmayabilirdi de, belki Jenna hamile değildi ama bundan emin oluncaya kadar… Gage zamk gibi Jenna'ya yapışmayı planlamıştı.

Yuttuğunu sandığı dilini bulmayı başardığında Jenna, "Burada kalamazsın!" dedi Gage'e.

Gage kaşlarını olabildiğince yukarı kaldırıp alay edercesine, "Hadi canım! Niyeymiş o?" diye yanıtladı.

"Çünkü seni istemiyorum. Çünkü evliliğimizin son birkaç ayını nasıl geçirdiğimi ben biliyorum ve bu duruma tekrar katlanabileceğimi düşünmüyorum. Sonuçta o zamanlardan daha iyi olmayacağımız açıkça ortada. Buraya pek de hoş gelmedin Gage, kendi isteğinle gelmedin. O yüzden çek git!"

Jenna açık olan kapıya doğru ilerledi. Son sözleriyle Gage'in çekip gitmesini sağlayabileceğini düşündü.

Gage yeniden sesini yükselterek, "Ben öyle düşünmüyorum. Baba olup olmayacağım kesinleşinceye kadar benimle burada kalacaksın," dedi.

Kendi istekleri yüzünden bir kez daha yenik duruma düşmüş gibi görünüyordu Jenna, sanki karşısındaki adam Süpermen'di ve attığı her kurşun ona zarar vermeden sekip kendine geri geliyordu. Gage ellerini ovuşturup, "Vazgeç Jenna, bu defa kazanan sen olmayacaksın. Ben burada kalıyorum. Hatta hamile olduğun kesinleşirse sandığından daha da uzun süre boyunca hayatında kalacağım. Kendi çocuğumu bırakıp gidecek ya da başka bir adamın ona babalık yapmasına izin verecek biri miyim sence?" dedi.

Gage'in kan akışı gittikçe hızlanıyordu, sözlerine devam etmeden önce biraz duraklayıp derin bir nefes aldı.

"Kendini şanslı saymalısın," dedi Jenna'ya ve dönüp çantasında kalan üç-beş parça eşyayla ilgilenmeye devam etti. "Sana ve o yandaşlarına bu yaptığınızın bedelini ödeteceğim ama şimdilik sadece senin hayatına maydanoz olmaya devam edeceğim," diye ekledi.

Uzun bir süre sessizlik oldu. Ya Jenna gerçekten hamileyse? Jenna'nın aksine Gage'in bu hamileliği dört gözle beklediği söylenemezdi.

"Peki," dedi Jenna, alayla karışık inatçı bir tutumla yanağı seğiriyordu konuşurken, "Burada kalabilirsin. Yalnızca benden uzak dur!"

Bu sözlerden sonra Jenna, topuklarını yere vurup hışımla çıktı odadan.

Gage gülmüyordu. En azından sesli bir şekilde gülmemişti. Eski karısının bu gururlu çıkışını bozmak istemedi ya da Jenna'yla başka bir ağız dalaşını başlatmak istemiyordu. Sonuçta hiçbir şekilde Jenna'nın kazanma şansı yoktu.

Ama yanılıyordu. Çünkü Gage'in ondan uzak durmak gibi bir niyeti yoktu.

Jenna'nın yüzüne çarptığı hamilelik testini eline aldı Gage. Yatağın karşısındaki duvarın üzerinde duran kıyafetlerinin en üstüne koydu.

Bundan sonraki hayatının şu incecik plastik çubukta belirecek olan artı ya da eksi işaretine bağlı olduğunu fark etti. Eğer negatif çıkarsa ne hissedeceğine emindi. Pozitif çıkarsa... O da ayrı bir konuydu zaten.

Son birkaç saat oldukça gergin ve yorucu geçmişti. Jenna'nın heyecanlı bir şekilde hamileliğini duyurmasının ona ne hissettireceğini ya da zorlandığı babalık duygusunun ona ne yapacağını düşünerek geçirmek istemiyordu artık zamanını.

Kendini sakinleştirip bu düşüncelerden biraz olsun uzaklaşmak için yatağa uzandı Gage. Her şeyin başladığı yere, kökenine ilerliyordu düşünceleri.

Jenna'nın içindeki o ateşli kadından eser kalmamıştı ve şimdi gerçekten onun çocuğunu doğurmayı bekliyordu. Âşık olduğu kadındı karşısındaki, ölüm onları ayırıncaya kadar ömrünü adamaya, üzerine titremeye söz verdiği kadın.

Evet, hamilelik mevzusu işi bozsa da bu planın işine yaradığını söyleyebilirdi Gage kısmen de olsa.

Kahretsin ki, her şeye rağmen hâlâ Jenna için çarpabiliyordu kalbi. Hislerine söz geçiremiyordu. Bunu kabullenen bir adamdı o ve eğer Jenna boşanmak isteyen taraf olmasaydı, muhtemelen hâlâ evli olurlardı.

Onunla mutluydu. Tamam, belki mutluluktan yerlerinde duramadıkları, her günlerinin coşkun bir tören gibi geçip gittiği söylenemezdi. Ama mutlulardı.

Aralarındaki sorunları düzeltip daha iyi günler yaşamaları mümkün olur muydu acaba?

Tabii ki olurdu. Gage, şu çocuk istemeyen adam triplerinden silkinip çıksaydı, her şey daha güzel olabilirdi. Bunun farkına varmıştı, şimdi düşününce. Aslında kendini biraz daha açabilirdi ona, içindekileri anlatabilirdi. İşiyle ilgili sıkıntılarını, her şeyi anlatabilirdi. Hem belki bu Jenna'nın kalbindeki yerinin değişmesine engel olabilirdi.

Yapabilirdi. Ama yapmamıştı sonuçta. Onu çok seviyordu, bu yüzden bir sivil polis olarak işiyle ilgili bulunduğu tüm iğrenç durumlardan, yaptığı tüm can sıkıcı işlerden onu uzak tutmaya çalışıyordu.

Aslında pek çok açıdan, Jenna masumdu. Gül rengi gözlüklerini takıp sokakta yürüyen, yüzünden gülücüğü hiç eksik etmeyen, gözlerinin içinden ışıklar saçan, herkes için her zaman en iyisini düşünen bir kadındı.

Böyle bir kadına, ondan uzakta olduğu zamanları batakhanelerde geçirdiğinin iğrenç detaylarını nasıl anlatabilirdi ki? Küçük yaştaki okullu çocuklara uyuşturucu satan bir tipe bürünmenin nasıl hissettirdiğini mi anlatacaktı? Ya da polis olduğunu gizlemek için tam bir bağımlı ya da satıcı kılığına girmesinden mi bahsetmeliydi? Dahası bu haline etrafındakileri inandırmak için eroin, kokain, ot... Ne varsa hepsini kullanarak beyninin patlayacak hale gelmesinden gururla mı bahsetmeliydi?

Ya da türlü türlü ölüyle içli dışlı olduğunu anlattığında, nasıl bir tepki verebilirdi Jenna? Suyun içindeki şişmiş bir ceset... Aşırı dozdan ölen bir gencin son nefesini vermesi... Ya da kışın öldüren ayazında çöp bidonundan çıkardığı minicik bir bebeğin ölüsü... Nasıl paylaşabilirdi bunları Jenna'yla Tanrı aşkına?

Bu kadarı bile herhangi birinin kâbuslar görmesine yeterdi ve Gage, kendisinin masa başında oturup kalem oynatmaktan ya da birkaç matematiksel hatayı düzeltmekten ibaret bir işi olduğunu düşünen karısı Jenna'nın sırtına, bu iğrenç şeylerin sorumluluğunu yüklerse lanet okurdu kendine.

Derin bir iç çekti Gage, omuzlarını düşürüp çenesini göğsüne gömdü. En son tıraşından sonra yeni yeni çıkmaya başlayan saçlarında parmaklarını gezdiriyordu.

Ya bunları anlattıktan sonra, benim hakkımda çok daha farklı düşünmeye başlarsa Jenna? diye düşünüyordu.

Bunları Jenna'nın sırtına yüklemek istemedikçe içinde büyüyordu her şey. Ve bu da herhangi bir konuda bile ağzından bir şey kaçırmak korkusuyla Jenna'yla daha az konuşmasına neden oluyordu.

Gerçi onun bir cani, uyuşturucu satıcısı ve ahlaki prensiplerden yoksun bir adam olduğunu bilmemesi daha iyiydi. Çünkü Jenna'nın evlendiği adam böyle biri değildi.

Çocuk istememe konusuna gelince...

Jenna, eğer kendisinin gördüğü şeyleri görse, yaptığı şeyleri bilse ya da içinde bulunduğu koşullarda bulunsa muhtemelen o da çocuk sahibi olma konusundaki hislerini değiştirir, bu konuyu bir kez daha düşünürdü.

Onun yaşadığı kahrolası durumlardan bir tanesi ile bile karşılaşsa bunun altından kalkamayacağını biliyordu Jenna'nın. Bunlardan sadece bir tanesinin içinde bulunsa bile, bu lanet olası soğuk ve acımasız dünyaya getireceği çocuğun nasıl hayatta kalabileceğini sorgulardı.

Uyuşturucu. Alkol. Ruhsal ve fiziksel taciz. Cinsel istismar. Çocuk kaçırma. Tecavüz. Cinayetler...

Şu günlerde çocukların maruz kaldığı bu korkunç şeylerin listesi daha da uzuyordu. Ve Gage kendi çocuğunun bu durumlardan birine bile maruz kalmasına katlanamazdı. Hem bu kurtlar sofrasında, dünyaya getirdikleri çocuğun sadece hayatta kalması değildi ebeveynlerin görevi, tüm bunlara rağmen onu iyi yetiştirmeleri de gerekirdi.

Bunları ona anlattığında, *Ama illa öyle olacak diye bir şey yok,* dediğini duyar gibi oluyordu Jenna'nın. Sanki hemen yanı başında duruyor, zihninden geçenleri duyup kulağına fısıldıyor gibiydi sözlerini. *Biz çocuğumuzu çok severiz. Onu kötü olan her şeyden koruyabiliriz. Ona zarar verecek her türlü çirkin, iğrenç durumdan uzakta, güvenle büyütürüz.*

İstemeyerek güldü, sanki böyle bir şey mümkünmüş gibi. Çocuğu sürekli göz önünde tutarak da koruyamazlardı ki bu durumdan. Dış dünyanın bu kötü tarafıyla karşı karşıya kalmadan büyümesinin imkânı yoktu.

Fiziksel şiddet okul öncesi yaşlara kadar inmiş durumdaydı. Cinsel taciz desen, her yaşta, her an, her yerde olabilirdi. Yaşıtlarının baskısı, küçük hırsızlıklar, kendini küçük görmesi, ezilmesi; iştahsızlığa ya da tam tersi obeziteye ve hatta kendini kesmeye kadar uzayıp gidebilirdi.

Tüm bunlar bir erkeğin kendi isteğiyle kendini hadım etmesi için yeterli gerekçelerdi. Kaç kadın bu tip şeylere tahammül edebilirdi acaba, bilemiyordu Gage. Özellikle Jenna ve onun çevresindeki gibi kadınların nasıl davranabileceği hakkında hiçbir fikri yoktu.

Zaten onlar, Gage'in gördüklerinden bihaberdi.

Ama doğruydu maalesef, düşüncelerinin doğruluğunu yaşadıklarından biliyordu. Peki ya Jenna, gerçekten hamileyse bu ne anlama gelirdi? O zaman bu Gage'in kolluksuz, yüzgeçsiz suya itildiği anlamına geliyordu.

Baba olmak zorunda bırakılmış olurdu, hiçbir çocuğun maruz kalmaması gereken bu dünyanın orta yerine bir çocuk bırakılmasına neden olmuş olurdu. N'apardı o zaman, çocuğunu evden çıkartmadan kapıya korumalar dikerdi. Belki de, sürekli izini sürebilmek için sırtına ya da boynuna bir cihaz taktırırdı.

Aslında kötü bir fikir sayılmazdı, hem bu tip şeyleri nereden edineceğini de biliyordu.

Ama tam şu anda CIA'in taktiklerini kullanmasını gerektirecek bir durum yoktu. Yatakta uzanıp düşünüyordu. Henüz bir tehlikenin olmadığını düşünerek ayaklarını daha da uzattı ve derin bir nefes aldı.

Şu test çubuklarının pozitif çıkıp çıkmayacağını görmek için daha zaman vardı ne de olsa. Hem birazcık şansı varsa negatif çıkardı sonuç.

O birazcık diye tabir ettiği şanstan arta kalanına, Jenna'nın gayretli duaları da eklenince sonucun pozitif çıkması daha muhtemel gözüküyordu. Böylelikle Gage, gecenin bir yarısı art niyetli eski karısının ikram ettiği soğuk birayı içmemesi gerektiğini acı bir dersle öğrenmiş oldu.

Düz Örgü 9

"Hadi, aç şu telefonu, aç!"

Gage'in karşısında boş yere nefes tüketmek yerine, odadan çıkıp doğruca telefona sarılmıştı Jenna. Onu eski kocasının gazabından kurtaracak birileri varsa, bunlar Grace ve Ronnie'den başkası olamazdı. Üstelik onu bu planı uygulamaya iten de onlardı, bu yüzden böyle bir durumda mutlaka ona yardım ederlerdi.

Telefon altı kez çaldıktan sonra Ronnie sonunda açmıştı telefonu. Kısık bir sesle, "Efendim?" dedi.

"Yardım edin!" dedi Jenna, çılgına dönmüş bir şekilde. "Kendisinin çocuk sahibi olmak istemediği yetmiyormuş gibi, benim de anne olmamı istemeyen, öfkeden deliye dönmüş bir adamın elinde rehin durumdayım."

"N'oldu? Sen iyi misin?" diye endişeyle sordu Ronnie. Kimsenin duymasını istemediği bir tonda fısıltıyla konuşmaya devam etti.

"Ben iyiyim, en azından şimdilik. Sabah konuşunca, tıpkı tahmin ettiğimiz gibi kendini kaybetti, öfkeden deliye döndü." İçini boşaltıyormuşçasına derin bir soluk verip devam etti. "Sonra çekip gitti. Yaşayabileceğim en kötü şeyi atlattığımı sandım. Ama geri döndü. Şimdi burada! Üstelik buraya taşınıyor. Ve getirdiği hamilelik testlerinden birini yapıp sonucunu öğreninceye kadar da yanımdan ayrılmayacağını söylüyor. Eğer hamileysem, hiç ayrılmayabileceğini, yaşamımın bundan sonrasını birlikte geçireceğimizi söylüyor!"

Söyledikleri sanki ölümden kötüymüş gibi geliyordu kulağa. Ama içinden yükselen cılız bir ses, ya bu o kadar da kötü bir şey değilse diyerek alını karıştırıyordu. Gage ile yeniden evlenmek, çocuklarını birlikte büyütmek o kadar da korkunç bir şey değildi sanki?

Sürecin uzun soluklu ya da kısa olması fark etmezdi, her şeye rağmen bir arada olmaları kötü olmayacak gibi geliyordu. Grace'in yaptığı plana uymuyordu belki bu fakat bu durumdan çıkar sağlayabilirlerdi bile. Hem zaten Gage çocuk istemiş olsaydı, boşanmamış olurlar, Jenna da karnında ikinci ya da üçüncü bebeklerini taşıyor olurdu..

Yine de bu düşünceler niyeyse umduğundan daha fazla üzüyordu Jenna'yı. Sonuçta bu durum bir çift olarak beraberce planlayıp da uyguladıkları bir girişim değildi, öylesine heyecan verici bir şey yoktu olayda. Jenna, Gage istemediği halde kendi istediği şeyi elde etmek için onu bağlamıştı, nasıl bir umut olabilirdi ki? Ah bu arada şimdi hatırladı, aslında o bağlama konusunda yalnız sayılmazdı, tekila da önemli bir etken olmuştu.

"İyi misin?" diye tekrar sordu Ronnie, endişeleniyordu. "Canını mı yaktı ya da seni döveceği konusunda tehditler mi savurdu?"

"Tabii ki hayır!" diye yanıtladı Jenna hiç beklemeden. Gage onu asla incitmezdi, hiçbir şekilde canını yakmazdı. En azından fiziksel olarak.

"O zaman... Seni bu durumda bırakmaktan nefret ediyorum tatlım ama karar senin, şu haldeyken yanında olabileceğimizi sanmıyorum çünkü biz de sancılı bir olayın tam ortasındayız."

Jenna, telefonu hızla çekip kulağına yapıştırmaya çalışırken kucağında tuttuğu çanta düştü. "Ne, neden, nasıl yani, neler oluyor ki orada?"

Ronnie'nin sesi gittikçe daha da cılızlaşıyordu. "Bahsettiğimiz gibi Colombus'a Dylan'la Zack'e sürpriz yapmaya gittik. Ama asıl sürprizle karşılaşan Grace oldu. Odasına gittiğinde Zack'in yatağında başka bir kadın varmış."

Jenna'nın nefesi kesilmiş, şaşkınlıktan ağzı açık kalmıştı. Jenna bir şey söyleyemeden, Ronnie devam etti.

"Tahmin edemeyeceğin kadar üzgün durumda Grace, oradan bir an önce ayrılmamız konusunda ısrar etti ve şimdi eve dönüyoruz. Zamanının çoğunu öfkeden deliye dönmekle harcadı. Gerçekten kendine zarar verecek diye endişeleniyorum ya da başka birine, ne bileyim işte üzüntüden bir şey olacak ona diye korkuyorum."

"Ahh, olamaz!" diye inledi Jenna. "Korkunç bir şey bu, Zack'in ona bunu yaptığına inanıyorum. Aptal herif!"

"Sen en azından aptal diyorsun," diye yakındı Ronnie. "Grace'in ona ne kadar yaratıcı sıfatlar bulduğunu görmelisin. Ağzını bu kadar bozabileceğini tahmin etmezdim ama bugün gerçekten yaratıcılığı üstünde."

"Ne durumdasınız peki? Neredesiniz şimdi?"

Arka plandan gelen seslere bakılırsa pek de iyi bir durumda olmadıkları aşikârdı. Jenna, Grace'in ağlayışını, tiz bir sesle, attığı öfke çığlıklarını, boksör edasıyla bir yerlere vurup bir şeyleri parçalıyor olduğunu duyuyordu. Ve bir ara,

Zack'in dev boyuttaki Saint Bernard cinsi köpeğinin sesini duyar gibi oldu.

"Aslında," dedi Ronnie, bir süre bekledikten sonra "Biz hâlâ Zack'in mekânındayız. Grace başka bir yere gitmemizi engelledi. Garajına çarpıp Hummer'ını tam anlamıyla paramparça etmeden buradan başka bir yere gitmeyeceğini söyledi. Bunun için bir beyzbol sopası aldı. Onu durdurmam gerekirdi. Defalarca denedim. Ama sinirden gözü dönmüş bir Grace Fisher karşısında daha fazla direnemedim."

"Neyse ki daha fena bir şey yapmamış," diye mırıldandı Jenna.

"Umarım etrafta güvenlik kamerası falan yoktur, yoksa hapsi boylarız ikimiz de. Neden bahsediyorsam ben de burada," dedikten sonra devam etti Ronnie. "Ama bir yandan o aşağılık herife bunların müstehak olduğunu düşünüyorum, bir yandan da, Grace için endişelenmekten kendimi alamıyorum. Delirmiş gibi davranıyor, Jenna. Onu daha önce hiç böyle görmemiştim."

"Tahmin edebiliyorum çünkü daha önce hiç aldatılmamıştı."

"Kesinlikle haklısın. Eğer Dylan da beni aldatsa muhtemelen aynı şeyleri yapardım. İşe onun en çok değer verdiği şeylerden başlardım."

Belki de Zack için bu önemsiz bir şeydi ama Jenna da onlarla aynı fikirdeydi.

"O zaman ben başımın çaresine bakayım. Sen de Grace'in kendini çok fazla hırpalamasına izin verme Ronnie, olur mu? Eğer işi abartıp da gerçekten altından kalkamayacağın şeyler yapmaya kalkarsa..."

"Onu yalnız bırakacağımı düşünmüyorsun herhalde. Hmm, ama birini öldürmeye ya da kendini öldürmeye kalkarsa ne yaparım inan bilmiyorum. Eğer Zack burada bir yerlerde olsaydı, yemin ederim gözlerini oyup kasıklarını deşmişti çoktan."

Jenna bu duruma gülmek istedi ama aslında komik değil, trajikomik bir durumdu.

Jenna, "Bana yarım saat süre ver," dedi telefonu kapatmadan önce. Sonra çantasını almak için yemek odasına doğru ilerledi.

Üç adım kadar attıktan sonra bir anda durdu ve cırtlak bir sesle bağırdı. "Tanrım, Gage! Bu şekilde sinsice arkamda dolaşıp da ödümü patlatmak yerine, adımlarını daha gürültülü atmaya çalışarak ya da bir şekilde seslenerek etrafımda olduğuna dair beni uyarabilmen mümkün mü acaba?"

Gage bir kaşını havaya kaldırarak, "Ben sinsice dolaşmıyorum. Sen dikkatsizsin, fark edemiyorsun. Telefondaki kimdi?" diye sordu, mutfağa bıraktığı telsiz telefonu ima ederek.

Konuşmanın çoğunu duyduğunu biliyordu Jenna, eğer duymadıysa bile en azından kendisinin söylediklerini duymuştu. Şu anda, Zack'in, en yakın arkadaşını aldattığını öğrenmek adamakıllı gücüne gitmişti Jenna'nın ve bu yüzden bir anda 'Erkeklerin hepsi de iğrenç yaratıklardır' moduna girdi.

"Senin arkadaşın!" diye çıkıştı. "Arkadaşın" kısmını öyle bir vurguyla söylemişti ki Jenna, direkt "aşağılık herif" diye anlaşılıyordu.

Sesindeki imayı anlayıp durumu fark etmesine rağmen Gage, tepkisiz bir yüz ifadesiyle, "Hangi arkadaşım?" diye sordu.

"Zack, şu çevresindekilere zararı dokunan arkadaşın. Grace, kaldığı otele ona sürpriz yapmak için gitmiş ama yatakta başka bir kadınla yakalamış. İş çığırından çıkıp da polisler gelmeden önce gidip konuşmam gerek."

Çantasını kapıp omzunu silkerek kapıya doğru yöneldi Jenna. "Bir yalancı olduğu ve Grace'i aldattığı için Zack'i tutuklamalılar," diye söyleniyordu giderken. Bir anda, hıncını

Zack'in kendisinden çıkarma gibi bir şansı olmadığına göre en yakınındaki erkekten çıkarabileceğini düşündü öfkesini ki şu anda o konumdaki tek adamın adı Gage'di.

Kapıyı çarpıp çıktığında, her ne kadar çarpma sesinden tatmin olmasa da, Gage'in onun hemen arkasında olduğunu fark edince ürktü.

"N'apıyorsun sen?" diye sordu, gerçekten amacını öğrenmek istiyordu.

"Seninle geliyorum."

Bayanlardan çıkan sese pek de benzemeyen bir tonda adeta kükreyerek, "Ben öyle düşünmüyorum ama!" dedi Jenna.

Yavaş ve şaka yapmadığını belirten bir ifadeyle üstteki iki beyaz dişi görülünceye kadar dudaklarını sakince yaymaya başladı Gage. Jenna derin bir nefes aldı, kalbi hızla çarpmaya başlamıştı. Tam şu anda öfkeli kurtlara benzediğini fark etti Gage'in.

"Ben düşünüyorum," diye yanıtladı adam, ses tonu yumuşak ve kusursuz derecede ayarlıydı. "Ben sana hamile olup olmadığın belli oluncaya kadar yanında olacağım derken, gerçekten attığın her adımda dibinde olacağımı kast etmiştim. Yeni en iyi arkadaşın olarak gör beni."

"En iyi arkadaşım var zaten," diye karşılık verdi, ellerini göğsünün altında bağlamıştı yine. Tam o anda ceketini almayı unuttuğunu fark etti.

Onu itip geçmeyi başaramayacak olsa da eve tekrar girmesi gerekiyordu. Aralarındaki soğukluğu tarif etmek için, Antartika'da bir kar fırtınasının ortasında olduklarını söylemek bile az kalırdı.

"İki tane var üstelik. Ama ikisi de gece gündüz gölge gibi dibimde dolaşmıyorlar."

"Gölge!" diye tekrarladı Gage. "Bak bu daha iyi. Çubuğun maviye döneceği ya da her ne olacaksa göreceğimiz güne kadar beni gölgen gibi düşün."

Jenna'nın gözleri büyümüştü ama bu tartışmanın ortasında söyleyecek mantıklı bir söz bulamıyordu. Çenesini dağıtmak geçiyordu şu anda içinden fakat Gage'e etki edemeyeceğini biliyordu.

Şu an Gage'i dövmeyi düşünecek kadar sinirli olmasına rağmen, "Tamam," diye söylendi neredeyse duyulamayacak bir mırıltıyla.

Jenna arabaya doğru yürüyüp bindi. Gage de bu sırada yandaki koltuğa oturup rahat bir pozisyon bulmaya çalışıyordu çünkü Jenna'nın küçücük vosvosu, Gage gibi uzun bir adam için hayli küçük bir arabaydı. Kafası tavandan çıkacak gibiydi ve upuzun bacaklarını göğsüne yapıştırmış bir halde duruyordu.

Gage sıkıntılı bir ses tonuyla, "Benim motosikletimle gidebiliriz, biliyorsun değil mi?" diye önerdi Jenna'ya.

"Madem sen benim gölgemsin, ben nasıl istersem öyle olur ve ben motosiklete binmek istemiyorum," diye çıkıştı Jenna, kontağı çevirip arabayı çalıştırdı.

Uzun süre boyunca Gage hiçbir şey söylemedi. Jenna, pozisyonundan dolayı beyninin hasar görmüş olduğunu düşünüyordu. İşte bu güzeldi, işe yaramıştı. Mademki gölge gibi gittiği her yerde dibinden ayrılmamaya kararlıydı, o zaman ara sıra yaşayacağı bu tip konforsuz konumları da kabullenmek zorundaydı.

Tâli yoldan çıkıp ana yola geçince daha da hızlanmaya başladı Jenna. Ama hız limitini de aşmamaya dikkat ediyordu, çünkü şehre geri dönecek kadar vakti yoktu. Sadece Grace ve Ronnie'ye ulaşabildiği kadar çabuk ulaşmak istiyordu.

Zack'in Grace'i aldatmış olduğu gerçeğini hâlâ aklı almıyordu. Zack yakışıklıydı, sporcuydu ve profesyonel atlet olduğundan hayli ünlü bir adamdı. Gittiği her yerde boynuna asılan kadınlar olabiliyordu etrafında. Ama o konuda Zack'in farklı olduğunu düşünüyordu. O taraklarda bezi olmadığını ve tamamen Grace'e âşık olduğunu sanıyordu. Tek eşli adamlardan olmaya hazır biriydi Zack ona göre.

Bu anlamda gayretini Grace'i hayatında tutmak için kullanabilirdi. Görünüşe göre kendisi de Grace'le evlenip düğün pastalarını kesmeye hevesli gözüküyordu. Onun yakışıklılığı kadar güzelliği vardı Grace'in de. Her açıdan onun için mükemmel bir eş olabilirdi. Kameralar önünde olsun, aile içinde olsun, gururla insanlara tanıştırabileceği bir adaydı. Hem evlenselerdi bu bekâr ve dağınık hayatı da nihayete erip düzene kavuşabilirdi.

Aptaldı işte!

Tüm bencil herifler gibi Zack de aptalın tekiydi! Etrafında doğru düzgün birkaç adam kalmalıydı en azından, sadakat mefhumunu bilen ve ona göre hareket eden.

Aslında Gage o nadir olan iyi adamlardan biriydi, aşkı biliyor ve tek eşliliğe saygı duyuyordu. Ta ki...

Bir anda kafasına şimşek gibi düşen bir düşünceyle irkildi. Ellerini direksiyondan çekip Gage'in olduğu yöne çevirdi kafasını, "Biz evliyken sen beni hiç aldattın mı?" diye sordu.

Jenna, sadece hesap sormakla kalmayıp arabadaki sessizliği de pat diye bozuvermişti bu soruyla. Gage sarsılmış bir şekilde kaşlarını tuhafça alnında büzüştürüp bakışlarını Jenna'ya dikerek, "Ne saçmalıyorsun sen Tanrı aşkına?" dedi.

Dikkatini yola verip bir yandan da Gage'e odaklanmaya çalışarak, "Biz birlikteyken beni aldatıp aldatmadığını bilmek istiyorum. Yoksa çocuk istememenin nedeni bu muydu?

Yani çocuklarının annesi olmasını istediğin başka bir kadın mı vardı?" dedi.

Şimdi bunu mu merak ediyordu? *Başka bir kadın olup olmadığını?*

Olsa bile bu şimdi sorun olmamalıydı. Yani Jenna'nın umurunda olmamalıydı bu durum. Tanrı aşkına boşanmalarının üzerinden ne kadar zaman geçmişti. Bu zamanı nasıl ya da kiminle geçirdiği ne ilgilendirirdi ki onu!

İlgilendirmemeliydi, sormamalıydı Jenna; ilgilenmemeliydi bu konuyla. Ama lanet olsun içinden bir ses, incecik tiz bir ses yapmış olduğunu söylüyordu.

Jenna, Gage'in başka kadınlarla birlikte olduğunu düşünmek bile istemiyordu.

Kendisini mutlu ettiği gibi, aynı şekilde başka kadınları da mutlu ettiğini... Film izlerken yaptığı yaramazca şakaları onlara da yaptığını falan. Kahretsin! Bunların olmuş olduğunu aklının ucundan bile geçirmek istemiyordu.

Ya da o romantik tavırlarını o kadınlara da yaptığını... Nedensiz yere çiçek alıp gidişini... Gün içinde hiç beklemediği bir saatte arayıp işten sonra sürpriz bir yerde buluşup yaramazlıklar yapmak istediğini söylediğini... Kolyesini boynuna takmasına yardım ederken yanağına öpücük kondurduğunu... Offf! Düşünmek bile içini acıtıyordu.

Evet, Gage o iyi adamlardan biriydi. Tamam, belki mükemmel bir koca değildi ama sonuçta kendisinin de mükemmel bir eş olduğunu söyleyemezdi. İnsanlardı en nihayetinde, birbirlerinin eksiklerini tamamlıyorlardı.

Gage ona âşık olduğunu, el üstünde tuttuğunu ve güvende olduğunu hissettirmişti ilişkileri boyunca. Aralarındaki bazı şeyler kırılıp dökülmeye başlayıncaya kadar. Yoksa bunun nedeni bir başkasının varlığı mıydı? Çünkü o kırılıp dökülmeye başlayan şeylerin arasında Gage'in sadakat duygusu da vardı.

Jenna, Gage'i biliyordu ya da belki de onun böyle olduğunu düşündüğü için, Gage'i öyle görüyordu. Eğer başka bir kadından etkilenmeye başlamış, bir başkasına âşık olmuşsa, zaten bu durum evliliklerinin bozulmasını açıklardı. Suçunu da gittikçe artan somurtkanlığı, evde olmadığı zamanların artması, çocuk sahibi olma fikrinden vazgeçmesiyle kanıtlayabileceğini düşündü Jenna.

Eğer gerçekten böyle bir durum olduysa, Jenna, Gage'i öldürebilirdi. Evet, artık evli değillerdi ama yine de bir cezayı hak ederdi en azından.

Jenna'nın duymayı beklediği bir şekilde, "Saçmalama Jenna," diye yanıtladı Gage. Ama onu rahatlatmak için de böyle bir cevap vermiş olabilirdi. Emin olmak için tekrar sordu Jenna:

"Hiç kimse olmadı mı?" dedi yumuşak bir tonda. "Emin misin?"

"Eğer biriyle ilişkiye girsem sanırım bundan haberim olurdu." Bu tip sorularla Gage'i yeniden sinirlendiriyordu. "Tanrı aşkına Jenna, sen benim nasıl bir adam olduğumu sanıyorsun?"

Bir süre sessizlik oldu, Jenna'dan çıt çıkmıyordu. Karnı hâlâ sımsıkıydı. Ancak bir süre sonra cevap verebildi. "Bilmiyorum. Senin güvenebileceğim bir adam olduğunu düşünüyorum. Bana âşık bir adam olduğunu, benzer istekleri, ihtiyaçları, görüşleri paylaştığımızı düşünüyorum. Senin sonsuza kadar birlikte yaşayabileceğim bir adam olduğunu düşünüyorum. Ama tüm bu saydıklarım arasında kaçırmış olduğum önemli bir nokta var ve bu yüzden, fikrini değiştiren şeyin ne olduğunu bilmiyorum."

Başta sessiz kaldı Gage, cevap vermedi. Ama arabadan kulak tırmalayan rahatsız edici sesler yükseliyordu ve Jenna, Gage'in bu yüzden dişlerini sıktığını düşündü.

"Seni hiç aldatmadım Jenna," dedi sonunda düşük ama tehditkâr bir ses tonuyla. "Zack ve Grace arasında neler döndüğünü bilmiyorum ama onların ilişkisinin faturasını bana kesme!"

Gage'in, "Seni hiç aldatmadım," deyişini duyuncaya kadar nefesini tutup beklemişti Jenna ve kalbinin çarpıp çarpmadığına emin olamıyordu bile.

Ama şimdi bu sözden sonra kalbi de, ciğerleri de, tüm organları da devam ediyorlardı görevlerini yapmaya. Beynine komut gönderebiliyor, kanı damarlarında gezinmeye devam ediyordu artık.

Yeniden normal bir şekilde konuşabilmeyi başardığında, "Bunu duymak yeterli," diye cevapladı Jenna. "Ama Zack'in evine gittiğimizde, senin gözden uzak bir yerde durmanı tavsiye ederim çünkü Grace'in, öfkesini cinsiyeti erkek olan herhangi bir şeyden çıkarmaya çalışacağına eminim. Kilometrelerce yol gitmiş olman bile bu durumu değiştirmez."

Zack'in evine vardıklarında, durum Jenna'nın düşündüğünden daha vahimdi.

Zack yıldızı parlak bir hokey oyuncusu olduğundan, lüks bir binada oturuyor, üniformalı adamlar ve güvenlik kameralarıyla korunuyordu. Kapıdaki güvenlikler Grace ile Ronnie geldiklerinde onları tanıyıp el sallamışlardı. Grace'in Zack'le olan ilişkisini biliyorlardı elbette. Sonuçta Grace'i milyon kez Zack'le birlikte görmüşlerdi, yani onun gerekli izni ve hatta anahtarı vardı.

Ama sıra Jenna ve Gage'e geldiğinde en fazla lobiye kadar ilerleyebilmişlerdi. Bundan sonrası için Ronnie güvenliği

SEVİYOR, SEVMİYOR

arayıp onları, Jenna ve Gage'in bekledikleri misafirler olduğuna ikna etmesi gerekmişti.

Jenna'nın beklediği gibi bir karmaşıklık ve hengâme yoktu görünüşe göre, asansöre bindiklerinde de karşılaştıkları tek şey sessizlikti. Grace buraya gelir gelmez bu sessizliğe neden olacak neler yapmıştı kim bilir? Belki de komşular gürültüden şikâyetçi olup polisi aramışlardı.

Kapıya geldiklerinde, "Sen burada kalsan iyi olur," dedi Jenna, Gage'e.

Onaylarcasına başını salladı Gage. Karşı duvara geçip sırtını yasladı, ayaklarını çapraz bir şekilde konumlandırarak ellerini göğsünde bağladı.

"Ben göz kulak olurum buralara. Polis falan gelirse ya da aldatan eski erkek arkadaşı, haber veririm," dedi Gage.

Jenna kapının kolunu itip içeri girdiğinde, pek bir değişiklik görünmüyordu evde. Pahalı bir düzine ayakkabıları, yıpranmış köpek oyuncaklarından başka bir şey çarpmıyordu gözüne girişte.

Kısa holü geçip biraz daha ilerlediğinde açık olan mutfak kapısını gördü. Burası evin en geniş alanlarından biri sayılırdı. Zack'in normal dağınıklığının üzerine bir de Grace'in buraya uğramış olduğunu ekleyince, mutfaktan adeta tsunami geçmiş gibi görünüyordu.

Oturma odasında minik adımlarla dikkatli bir şekilde yürümek gerekiyordu çünkü kıyafetler her tarafa savrulmuş durumdaydı. Yastıklar kanepeden fırlatılmış, televizyonun olduğu alan, oyun konsolu, ses sistemi, elektrikle çalışan her şey paramparça olmuş vaziyetteydi. Zack'in hokey takımlarını sergilediği konsolu alt üst edilmişti, birkaç tanesi duvara fırlatılıp kırılmış durumdaydı.

Yatak odasına girdiğinde, Ronnie köşedeki sandalyede, bir eli dirseğinin altına gelecek bir şekilde ellerini dizlerine koymuş oturuyordu.

Grace ise yatağın orta yerinde bağdaş kurmuş vaziyetteydi. Etrafında gazete ve fotoğraf albümlerinden kesilmiş kâğıt parçaları vardı. Grace sakinleşmiş, durulmuş gibi gözüküyordu. Ya da bunca sessizliğin içinde, kendini harap etmekle meşguldü içten içe.

Evet, Grace böyle düşünüyor olabilirdi çünkü sağ elinde hâlâ muhtemelen gazeteleri ve fotoğrafları sistematik bir biçimde kesip ince şeritler haline getirirken kullandığı, uçları ışıldayan bir makas vardı.

Yüzü gözyaşlarıyla yıkanmış, akan maskarası şeritler halinde yüzünü boyamıştı. Saçı darmadağın olmuştu. Şu haliyle tamamen suyu çıkmış ve mecali kalmamış gibi gözüküyordu.

Jenna odaya adım atar atmaz, "Onu durdurmaya çalıştım," dedi Ronnie. "Sonradan pişman olacaksın dedim ama dinlemedi beni."

"Ben pişman olmayacağım!" diye vurguladı Grace ve istifini bozmadan. "Ben asla pişman olmayacağım ama Zack olacak!"

Bu sözünden sonra oturduğu yerden kalkıp kalan tüm dergi ve albümleri kucakladı ve Fransız tarzı kapıları olan balkona doğru yöneldi. Gecenin nefesi perdeyi dalgalandırırken, balkona çıkıp Zack'in sportif başarılarıyla ilgili, ona dair her şeyi sokağa fırlattı.

Bazıları yaprak gibi havada süzülüyor, bazıları doğruca yere düşüyordu. Jenna bu durumdan ürkmüş bir şekilde, aşağıda kimsenin olmamasını umut etti.

"Grace, tatlım," diye seslendi Jenna. "Ronnie ve benim, yani bizim seni eve götürmemize izin ver tatlım. Buradan daha konforlu olacaktır. Hem biz yanında kalacağız, böylece sabaha kadar dertleşme fırsatımız olacak."

"Konuşmak istemiyorum. Ben şu an onun canını yakmak istiyorum."

Peluş halının üzerinden hızla geçerek gardırobun kapağını hışımla açtı ve askıdaki kıyafetleri tek tek çıkarıp etrafa savurdu. Günlük tişörtleri, salaş kazakları, takım elbiseleri, hokey formaları, smokinleri havada uçuşuyordu. Taşıyabildiği kadarını toplayıp kucaklayarak fırtına gibi çıkıp gitti odadan. Zack'den artakalan her şeyi balkondan savurup atmak niyetindeydi.

Bu, Grace'in artık zıvanadan çıktığını gösteriyordu. Bir an önce onu durdurmayı başaramazlarsa gerçekten polisi aramaları gerekebilirdi. Çünkü eğer önleyemezlerse çok büyük olasılıkla Grace kırıp dökmeye devam edecek, bulduğu her şeyi aşağıya atacaktı.

Grace'in odaya son girişinde, Jenna onun dikkatini başka yöne çekmek, bir nebze olsun durulmasını sağlamak için, "Seni aldattığına emin misin?" diye sordu.

Bu soru tıpkı Jenna'nın amaçladığı gibi Grace'i odanın orta yerinde durdurup irileşmiş ve adeta alev almış gözlerini Jenna'ya dikip konuşmasını sağlamıştı.

"Onun tarafını mı tutuyorsun yoksa?" diye yanıtladı Grace. "Yani benim bunu kafamdan uydurduğumu mu sanıyorsun?"

Eğer Jenna onu tanımıyor olsaydı, bu sorunun üzerine son lokma olarak kendisini yiyeceğine yemin edebilirdi.

"Elbette öyle düşünmüyorum," dedi Jenna, öfkesinin şiddetini bir çentik de olsa azaltmaktı tüm çabası. "Ama orada olmadığım için, tam olarak ne olduğunu bilemiyorum. Bana her şeyi en başından anlatmak ister misin?"

Grace'in hemen arkasında duran Ronnie, Grace'i yavaşça oturtmaya çalışıyor, bir yandan da Jenna'ya *evet, işte böyle*, diye kafasını indirip kaldırıyor, Jenna'ya devam etmesi için işaretler yapıyordu.

"O yalancı, aşağılık herifin teki!" diye çıkıştı Grace. Dolaptan da balkondan da uzakta sayılırdı şu anda. "Otele ona sürpriz yapmak için gittim, daha doğrusu Ronnie'yle birlikte ikisine de sürpriz yapmaya gittik," diye anlatmaya başlamıştı Grace.

Kızgınlığı sözlerinden anlaşılıyor, üzgün hali sesine bir titreme veriyordu. Gözleri yaşlarla dolmuştu. "O kadın yatağındaydı, yarı çıplak halde! Üstelik Zack de duştan çıkmıştı. Daha ne anlatayım?"

"Haklısın. Tam bir yalancı ve aşağılık, rezil bir adammış," diye sözlerine katıldığını hissettirdi Jenna. Birkaç dakika sonra, alnını kırıştırıp elinin tersini alnının üzerine koyarak, "Millet, ben terledim burada. Sizde de bir sıcak basması var mı? Bir şeyler içebiliriz, ne dersiniz?"

Grace, bir anda konunun yön değiştirmiş olduğunu fark etti ve bu hızlı değişime ayak uydurmak için gözlerini kırpıştırmaya başladı. Esasında, şu anda sadece kendi derdine odaklanmıştı, onun dışında başka bir şeyi pek de umursamıyordu.

Jenna da benzer bir durumda hissetmişti kendini zamanında. Grace'inki gibi bir aldatma söz konusu olmasa da, Gage ondan uzaklaşmaya başladığında boşanmalarının yakın olduğunu hissetmişti. Ve o da tıpkı Grace gibi çılgına dönmüştü.

Aylardır sersem gibi dolaşıyor, yapması gereken olağan şeyleri yapıyor, işine gidip evine dönüyor, çarşamba gecesi örgü grubuna katılıyor ve sonrasında arkadaşlarıyla bir şeyler yudumluyordu.

Ama tüm bu zaman boyunca her şeyden elini eteğini çekmiş, sırf yapmış olmak için bir şeyler yapıyordu. Hiçbir şey yapmak gelmiyordu içinden. Aklı fikri Gage'deydi, daima onu düşünüp duruyordu. Oysa ne kadar sevmişti Gage'i. Fakat eline geçen tek şey hayal kırıklığı olmuştu. Birlikte hayalini kurdukları o renkli hayat asla olmayacaktı. Giderken tüm renkleri de almıştı Gage, her şey solup gitmişti.

Bu yüzden şimdi Grace'in ne hissettiğini gayet iyi biliyordu, beyninde dönüp duran düşüncelerin birbirlerine nasıl amansız bir savaş açtığını da anlayabiliyordu.

Yine bu yüzden, onu nasıl sakinleştirebileceğini de biliyordu. Ronnie ile birlikte artık aptalca şeyler yapmamasını ve kendini daha fazla yıpratmadan, durulup kendine gelmesini sağlayabilirlerdi.

"Eminim Zack'in buzdolabında içecek bir şeyler vardır, gidip bak," dedi Grace Jenna'ya. Hâlâ çok sinirliydi.

Jenna, bu öneriyi kastetmediğini belli edercesine homurdanarak ellerini göğsünün altında bağlayıp kalçasını bir yana kaydırdı. "Hayır, teşekkür ederim, tatlım. O aşağılık herifin dolabındaki hiçbir şeyi kullanmak istemem. Bence siz de istememelisiniz bunu. Hatta hâlâ onun evinde olmamız bile anlamsız. Neden ona, canını ne kadar yaktığını görmesi için fırsat veriyoruz? Eve gelip de evinin savaş alanına dönen şu halini gördüğünde, seni ne kadar üzdüğünü fark edip bundan keyif alacak. Adi herif kesinlikle böyle düşünecek!"

Grace, Jenna'nın sözlerini anlayıncaya kadar biraz zaman geçmişti. Sonra gözleri büyüyüp genişledi.

"Haklısın. Neden hâlâ buradayım ki ben?"

Ronnie, Grace'in arkasından, ayakları üzerinde sekip duruyor, Jenna'ya çok iyi gittiğini göstermeye çalışıyordu.

"Ben bu değilim. Ve ondan daha iyiyim. O beni hak etmiyor."

"Evet, hak etmiyor," diye onayladı Jenna, çünkü şu an Grace'in duymak istediği şeyin bu olduğunu biliyordu. Ve gerçekten, büyük ihtimalle hak etmiyordu zaten.

"Hadi gidelim buradan o halde. Senin evine ya da Ronnie'ye gidebiliriz. Ya da benimle Charlotte'ın evine gelebilirsiniz ve bir süre orada kalırız isterseniz?"

Grace başını iki yana salladı. "Eve gitmek istiyorum. Şarap içip cips yemek ve yaşlanıp saçlarım beyazlaşıncaya dek uyumak istiyorum."

Ronnie ve Jenna, Grace'in koluna girip onun yatak odasından çıkmasına yardımcı olurken bir yandan da düşüncelerini onaylarcasına kafalarını sallıyorlardı.

"Kulağa hoş geliyor valla," diye destekledi Jenna, Grace'in sözlerini. "Yolda bir yer bulunca bir sürü abur cubur almak için duralım."

Grace bir anda duruncaya kadar, neredeyse oturma odasının yarısını geçmiş sayılırlardı. Grace durup, "Bekleyin!" diyerek yatak odasına geri dönmüştü. Jenna ve Ronnie de arkasından koşmuşlardı. Grace'in bir delilik yapmadığını gördüklerinde Jenna ile Ronnie birbirlerine bakıp derin bir oh çekmişlerdi. Grace, Zack'in dolabındaki eski hokey sopasını almak istemişti sadece.

Elinde sopayla geri döndüğünde, "Bu artık benim oldu," dedi kızlara.

Jenna ve Ronnie, bu fikre karşı çıkmak ya da bu konuda tartışmak yerine ona bakıp gülümsediler. Grace'i sakinleştirmeye çalıştıkları şu durumda, bu sorun bile değildi. Eğer Grace'in canı bir parça hokey donanımı çalmak istediyse çalabilirdi, tartışmaya bile gerek yoktu. Bunun için Grace'i dövecek konumda değillerdi şu anda.

Çantalarını, cüzdanlarını toparlayıp ceketlerini alarak Grace'e kapıya kadar eşlik etmişlerdi. Tam bu anda Jenna, karşılarında el sallayan bir şekilde Gage'i gördüklerinde Grace'in yeniden çılgına döneceği için endişeleniyordu. Ama neyse ki Gage akıllı adamdı. Gözden uzak bir yere gitmiş, oradan uzaklaşmıştı.

Tam yolun yarısındayken Grace bir kez daha durup, "Bekleyin!" dedi.

Jenna ve Ronnie donup kalmıştı. Grace'in fikrini değiştirip geri dönüp evi paramparça etmeye devam edeceğini sanıp korktular.

Grace parmaklarını şıklatıp Zack'in köpeğini çağırdı. "Buraya gel koca adam!"

Kahverengi ve beyaz renkli iri Saint Bernard, Grace'e doğru geldi. Yanına geldiğinde patilerini uzatıp ıslak burnunu havaya dikerek dilini çıkarmaya başladı.

"Artık bu da benim!" dedi Grace. Ve doğrulup asansöre doğru yürümeye devam etti. İkisi de çıtını çıkarmadı. Bu koca adama gelince, o zaten önceden beri Zack'le beraber Grace'in yanında yürümeye alışkındı.

Ters Örgü 10

Ronnie ve Jenna'nın güçlü mimikleri ve gizlice yaptıkları el kol uyarıları sayesinde Gage, Grace'in duygusal buhranından payını almadan gözden uzak bir yere gidip gizlenmeyi başarmış ve böylece Zack'in evine daha fazla zarar verilmesini de engellemişti. Onları asansörün yanında gördüğünde Gage, aralarında makul bir uzaklık bırakacak şekilde önden çıkmıştı. Grace, Ronnie ve Jenna apartmandan çıktıklarında, her yere yayılmış bir halde duran Zack'in kırık dökük eşyaları arasından geçmek zorunda kalarak otoparka yönelmişlerdi.

Jenna kimseye sezdirmeden, Gage'in alması için, sarı Volkswagen'inin anahtarını arabanın üstüne bıraktı. Sonra, neredeyse Grace'den daha üzgün bir halde, onun arabasının arka koltuğuna geçip oturdu. Ronnie de Zack'in köpeğiyle öne oturmuştu. Aslında tam olarak köpek denilemezdi ona, nerdeyse bir insan gibi davranıyordu.

Komik bir durum olduğunu düşünüyordu Gage. Eski karısı istemediğinden, motorunu almamış, onu üzmemek için şu küçücük arabanın içine sıkışarak gelmişti onca yolu ve şimdi aniden Jenna, onu bu arabayla tek başına bırakıp çekip gitmişti. Oysa ona kendisiyle gelmemesi, teyzesinin evinde kalması için ısrar etmesinin, onu takip edip durmamasını söylemesinin üzerinden henüz bir saat geçmişti.

Onun Jenna'sı böyleydi işte. Etrafında dolanıp durmasını istemeyebilir ama şehre gelmesine hayır diyemezdi. Üstelik her ne kadar, hiç de kendisine uygun olmayan bir araba kullanmak zorunda kalsa da, bu onun şehre gitmesine mâni olmazdı.

Gage'in bu arabanın içinde kendini konserve kutusunda sıkışmış gibi hissettiğini ve bu durumdan nefret ettiğini Jenna da biliyordu. Muhtemelen Jenna da bu arka koltukta oturarak sürüyordur arabayı zaten diye kendiyle alay ediyor, şu arabanın içindeki haline gülüyordu Gage. Çenesi direksiyona değiyor, dirsekleri kulaklarını kapatıyordu. Bu haliyle Gage, kendini lanet olası bir palyaço arabası sürüyormuş gibi hissediyordu.

Gage, içinde bulunduğu durumdan hayli rahatsızdı ve motoruyla gelmediği için de pişmanlık duyuyordu içten içe. Yine de Grace'in, yolun yarısını kaplayan gümüş rengi Lexus'unun peşine düşmeye kararlıydı. Fark edilemeyeceği makul bir uzaklıkta bekliyordu.

Onlar hareket edip de gözden kayboluncaya kadar sıkışmış bir şekilde arabanın içinde beklemişti. Gittiklerinden emin olunca arabadan çıkıp ellerini, ayaklarını, boynunu şöyle bir rahatlatmak istedi. Eğer şu anda sigara olsa yanında, muhtemelen bir tane yakardı. Kollarını Jenna'nın sarı Volkswagen'inin tepesine dayayıp parmaklarıyla arabanın tavanına vurarak sıkıntıdan bir ritim tutturmuştu.

Mesleğinden dolayı bu tip bekleyişlere alışkındı. Yaptığı on işten dokuzunda mutlaka böyle bir süre, yeterince delil toplayıp da tam zamanında tutuklamak için hiçbir şey yapmadan beklemek durumunda kalıyordu. Bu zamanı, işin detaylarına bir kez daha göz atıp durumu mahvedecek bir hata olup olmadığını kontrol için kullanırdı. Baskın yapmak için en doğru zamanı planlar, olası hasarları en aza indirgeyip herhangi bir şekilde vurulmamasını sağlayacak detaylar üzerinde düşünürdü.

Tüm riskleri düşününce bazen neden bu işi yaptığını soruyordu kendine. Aslında sokakların pisliği onun çok da umurunda değildi. Gage sadece Jenna gibi masum insanların incinmemesi için çabalıyordu.

Aslında, kendisi sivil polis olarak bu bilinmeyen hayatlarda zaman geçirip bir şeyler düzelsin diye hayatı pahasına çabalarken, gerçekten bir şeyleri birazcık da olsa değiştirip değiştiremediğini düşünüyordu. Kim bilir daha kendisinin bildiğinin dışında kaç hırsız, katil, seks taciri ya da uyuşturucu satıcısı elini kolunu sallayarak geziniyordu. Çok başlı yılan gibiydi bunlar, birinin başını kesince aynı yerden iki tane birden türüyordu sanki.

Peki, ne yapabilirdi? Eğer gerçekten bir şeyleri değiştirmek istiyor, sokakları tamamen güvenli bir hale getirip Jenna ve onun gibi masum vatandaşları korumak istiyorsa, mesleği onu neden rahatsız ediyordu ki?

Aslında işini ya da sivil olarak çalışmayı sevmemek gibi bir şey değildi hissettiği. İşin içinde görünenden daha fazlası vardı. Sırlar biriktiriyor, yalanlar söylemek zorunda kalıyordu. Yerine göre rol yapıyordu. Ve zamanla, gerçekten öyle olsun ya da olmasın etrafındaki her şeye bir suç unsuru olarak bakıyordu. Ya da her şeyde kendini suçlamaya başlıyordu.

Jenna, boşanma davası açtığında da böyle hissetmişti. Hayatını gözden geçirmiş, nerde hata yatığını düşünmüştü. Onu koruyabilmeyi başardığını, yaptığı işin pisliğinden ve günlük hayatın tüm çirkinliğinden uzak tutabildiğini düşünüyordu.

Peki, gerçekten tüm bunları yapmış olmasına değer miydi? Bu nasıl bir talihti? Kader denen çarkın içinde dönüp durmaktan ibaretti hayatı, öyle miydi?

Ve artık Jenna'nın yakınında olmadığına göre, onun güvende olduğundan emin olamazdı. Nerede, ne yapıyor olduğunu bilmesi pek de mümkün değildi.

Gage o tip adamlardan değildi. Aldatılmaktan korkan kıskanç adamların, karılarının her dakika nerde olduğu bilmek istemeleri gibi bir sahiplenme değildi onunki. Ama yine de, Jenna'nın hiç alışkın olmadığı ve zarar görebileceği bir yerde nedensizce dolaşmasını da istemezdi.

Ve evet, evli oldukları süre boyunca eğer elinden gelse onu bir kozanın içinde tutabilirdi. Sadece yanı başında olması için değil, onu kötü, zararlı olan her şeyden koruyabilmek için.

Ama Jenna onu hiçbir zaman anlamadı, en fazla onun fazla korumacı olduğunu düşünmüştür. Ama son zamanlarda asık suratlı ve mesafeli olduğunu düşünmüştü Jenna. Yani artık Gage'in pek de umurunda olmadığını.

Tanrı aşkına, gerçeklikten bu denli uzak bir şey olabilir miydi? Jenna'nın uğruna ölebilirdi Gage. Evet, hâlâ bunu yapabilirdi.

Artık her pisliğini gördüğü bu dünyaya çocuk getirmek istemeyişinin de nedeni, en azından kendine bakabilecek yaşa gelinceye kadar, çocuğunu güvenle büyütebilmenin bir yolunun olmamasıydı.

Yumruğunu arabanın tavanına ölçülü bir şekilde indirerek küfürler savururken geriye doğru bir adım attı.

Ama şimdi Jenna, ona hiçbir seçim hakkı bırakmamıştı.

Bir adam baba olup olmamak konusunda kendi özgür iradesini kullanmalıdır. Bu yüzden Gage yatağa bağlanıp adeta damızlık gibi kullanılmasını hâlâ hazmedemiyordu.

Yine de Gage, insanların bazı şeyleri olması gerektiği gibi olmasını kabullenmeyip yoldan çıkabildiklerini de acı tecrübelerle öğrenmişti. Kendisinin çocuk isteyip istemediği bu noktada tartışılabilecek bir durumdu. Yani en azından Jenna'nın hamile olup olmadığı anlaşılıncaya kadar.

Dönerek kalçalarını arabaya yasladı. Parmaklarını katlayıp katlayıp açıyordu. Bu da içindeki öfkenin bir göstergesiydi.

Mutlu değildi. Jenna'nın onu kullanmasından ya da ona benzer hiçbir hareketinden de asla mutluluk duymayacaktı. Ama şu köprüden geçme meselesi vardı ya, değil mi?

Gage, hayatın adil olmadığını öğrendiği gibi, yapmış olduğun bir şeyi yapmamış olma gibi bir şansının olmadığını da öğrenmişti.

Eğer Jenna hamile çıkmazsa, bu harika olacaktı. Her şey yeniden yoluna girmeye başlayacak, hayatına kaldığı yerden devam edecekti.

Eğer hamileyse... Gage, koca bir çığın altında ezilip kalacakmış gibi hissediyordu.

Aslında tam olarak nasıl davranacağını bile kestiremiyordu. Kendini kaybedip derin düşüncelere dalacağı kesindi. Ama çocuğunu nasıl yetiştirileceğini anlatan kitaplar alması gerekirdi ya da bu konuda birkaç arkadaşına danışabilirdi. Ne yapacağı ya da ne hissedeceği konusunda belki. Çünkü lanet olsun ki bu konuda en ufak bir fikri bile yoktu.

Düşüncelere dalıp kendi kendine dövünmek üzereyken köşeden Jenna'nın geldiğini gördü. Hızlı bir şekilde Gage'e doğru ilerliyordu. Gage, Jenna yanına varıncaya kadar sürücü tarafının kapısının önünde öylece Jenna'yı bekledi.

"Her şey yolunda mı?" diye sordu Gage.

Hayır, anlamında kafasını salladı Jenna. "Grace uyuyor ama hiç iyi değil. Bir eliyle Zack'in hokey sopalarından birine sarıldı. Sanırım bu hokey sopası Zack'in çocukluk anılarıyla ilgili bir şey. Diğer eliyle de köpeği Bruiser'in boynunu tutuyor, bu şekilde de olsa en azından uyuyabildi."

Gage'e dokunmamaya özen göstererek yanından geçip arabanın kapısını açtı. "Ronnie, Grace'le kalacak ama bir şeye ihtiyaçları olursa haber verecek bana." Jenna kafasını kaldırınca bakışları buluştu. "Senin varlığını da hesaba katınca, gece boyu burada dikilip durmana gönlüm razı olmadı, yoksa onlarla birlikte kalırdım."

Sürücü koltuğuna oturduktan sonra kapıyı kapatıp kontağı çevirdi. Gage'in hâlâ yerinden kımıldamadığını fark ettiğinde camı indirip bakışlarını üzerine dikti.

"Gelmeye niyetin yok mu?" diye sordu. "Eve yalnız başıma gidiyor olmaktan mutluluk duyardım ama motosikletine ne yapabilirim bilmiyorum ve gölgem olmadan etrafta dolaşmak da biraz garip hissettirebilir."

Yeniden Jenna'ya baktı Gage, bu defa biraz daha uzun kaldı bakışları. Arabanın arka tarafına doğru giderken, yalnızca bir şeylerden emin olduğunda yüzüne yerleşiveren belli belirsiz tebessüm vardı Gage'in yüzünde.

Ah şu Jenna, ne kadar da hevesliydi başına buyruk davranmaya. Yanındaki adam heybetli cüssesiyle baskı yapan eski kocası bile olsa.

Kulağını tırmalayan bir inilti sesiyle uyandı Gage, Charlotte Langan'ın çiftlik evindeki bu geniş ama konforsuz yatakta daha önce duyduğu şehvetli iniltilerden değildi. Aksine birinin korkudan ya da canı yandığında çıkarabileceği türden bir inilti. Evde kendisi dışındaki tek kişi Jenna olduğuna göre...

Hafifçe kestirmek için şöyle bir uzanmıştı. Ama görünüşe göre uyuyakalmıştı. Son zamanlarda düşündüğü şeylerin ağırlığı ve rahatsız edici o gürültülerden uzakta sessiz bir yerde bulunmak Gage'in dengesini değiştirmişti. Şehrin gürültüsünden, siren ya da korna seslerinden uzakta olmak bilincini yitirmişçesine bir his vermişti ona.

Üzerindeki örtüyü bir kenara savurup kalktı yataktan ve siyah baksırıyla etrafta şöyle bir dolanıp merdivenlerden aşağıya doğru yöneldi.

İnatçı kadın Jenna, yukarıda gerçek bir yatakta yatmayı reddetmiş, teyzesi olmadığı için teyzesinin odasını kullanmak da istememişti. Geriye, içinde doğru düzgün bir yatak olmayan, daha çok depo olarak kullandıkları diğer misafir yatak odası kalmıştı. Ve Gage'in de bildiği üzere cehennem bile buradan daha serin olabilirdi.

Bu yüzden Jenna, çamaşır dolabından birkaç çarşaf alıp oturma odasındaki kanepede uyumayı tercih etmişti. Kanepenin bir hayli görüp geçirdiği her halinden belliydi. Görüldüğü kadarıyla en fazla bir ağaç kütüğü kadar konforlu olduğu söylenebilirdi.

Bir yandan göğsünün üzerini kaşıyıp bir yandan da kafasını sallıyordu Gage. Yüz tanesiyle yüz yıl da yaşasa kadınları asla anlamayacaktı. Özellikle Jenna'yla bin yıl da geçirse onu asla anlamayacağına emindi.

O ikiz yatakta birlikte uyuyup sabah yanında Jenna'yı görmekten mutluluk duyabilirdi. Gerçi uslu duracağı hakkında söz veremezdi ama bu sefer korunacağı kesindi.

İçeriye doğru birkaç adım daha atınca, Jenna'nın koltukta rahatça yayıldığını fark etti. Üstündeki örtüyü atmış, küçük puantiyeli, pembeli beyazlı seksi pijamasını gözler önüne sermişti. Jenna'nın pamuksu kumaştan pijaması minyon bedenini ikinci bir deri gibi sarmış durumdaydı.

Gage, çıplak bir şekilde vücuduna tırmanıp gece boyu öyle kaldıkları zamanları hatırladı. Şimdi bakınca, pijamalarla da fena sayılmazdı Jenna. Her iki haliyle de sevimli ve seksi oluyor, dişiliğini bir şekilde hissettiriyordu sonuçta.

Jenna, kendiyle barışık ve kendin bilen bir kadındı. Çok kısa olduğunun, zayıf olduğunun ve göğüslerinin küçük olduğunun farkındaydı.

Gage, onları asla eleştirmezdi. Evet, minyon bir kadındı Jenna, Gage de böyle seviyordu. Onun yanında sivrilip çıkmayı seviyor, kollarına sardığında neredeyse kaybolmuş gibi olması hoşuna gidiyordu. Jenna'nın neredeyse iki katı olması Gage'e ayrı bir güç veriyor, kendini daha da büyük hissediyor, böylece Jenna'yı dünyadaki her şeyden koruyabileceğini düşünüyordu.

Göğüsleri konusuna gelince, evet o erkek dergilerindeki kadınların göğüsleri gibi olduğu söylenemezdi ama Gage'in bu durumdan bir şikâyeti yoktu. Göğüsleri Jenna'ya yakışıyor, üstelik sevişme sırasında da gayet işe yarıyordu.

Kadınlar hakkında asla anlamayacağı şeyler listesinin en başında, Jenna'nın ne kadar seksi bir kadın olduğunun farkında olmaması geliyordu. Hatta şu anda, yani boşandıktan sonra bile, aralarında şu bebek mevzusu olmasına ve Jenna'nın uykulu sesine, kendisinin de uyku sersemi haline rağmen, Gage'i uyarmayı başarabiliyordu. Buna kanıt olarak baksırının içindeki hareketlenmeyi gösterebilirdi.

Tam odadan çıkıp yukarıya gitmeyi düşünürken, geri dönüp Jenna'nın gerçekten iyi olduğuna, sadece uykusunda sayıkladığına emin olmak istedi. Kolları yana düşmüş, kuvvetle kahve masasının kenarını itiyordu. Bacaklarını hızla karnına çekmiş, kafasını yastıkta bir o yana bir diğer yana çevirip duruyor, bir şeylerden kaçmaya çalışıyor gibi görünüyordu.

Gage bir süre bekledikten sonra onu uyandırmayı düşündü. Böylelikle gördüğü kâbustan onu kurtarmış olurdu, kâbus sırasında çığlık attığını duyduğu için yanına geldiğini söylerdi. Çünkü Gage, Jenna'yı utandırmak istemiyordu ve dikkatinin kendisi uyuyorken bile onun üzerinde olduğunu belli etmek niyetinde de değildi.

Peki ya uyandırmayıp yalnız bıraksa... Böylece çırpınmaya devam edecek ve daha fazla korkmuş olacak ve çaresiz kalacaktı.

Tamam, bu kadarı yeterliydi. Kanepenin yanına doğru gidip eğildi, elini kalçasına götürerek, "Jenna," diye seslendi, ismini seslenmiş olmanın onu bu kâbustan uyandırmaya yeteceğini umuyor gibi bir hali vardı.

Jenna çırpınmaya devam ediyorken, ona doğru yaslanıp bir elini omzuna koyup biraz da sarsarak, "Jenna," diye yineledi. "Hayatım uyan, kötü bir rüya görüyorsun."

Jenna sakinleşmiş, gözlerini açmış ve Gage'in kollarına atmıştı kendini.

"Gage, Aman Tanrım, Gage!" Sesi hâlâ titrek, kalbi göğüs kafesinde hızla atmaya devam ediyor ve nefes almakta zorlanıyordu. Kendini Gage'in göğsüne daha da bastırarak elleriyle boynunu sımsıkı sarmıştı.

Gage ne olduğunu bilmiyordu ve Jenna'nın aniden ona dokunmaya bu kadar hevesli olmasına da anlam veremiyordu. Az önce ayrı yatmak konusunda, hatta farklı katlarda bulunmakta ısrarcı davranan kendisiydi, şimdi nasıl oluyor da böyle boynuna sarılıyordu ki? Gage şansını cebinde taşıyan bir adam değildi, şans aniden onun yoluna çıkıverirdi. Gage Jenna'yı daha da yanına doğru çekip daha sıkıca kavradı. Bir eliyle de sırtını sıvazlıyor, bir yandan da burnunu gıdıkklayan saçlarını kokluyordu.

"Tamam tatlım, sadece bir kâbustu. Kafana takacak bir şey yok inan bana, geçti gitti," dedi Gage.

Jenna, gözlerini Gage'e çevirdi. Yanaklarındaki iki pembe benek dışında yüzünde renk kalmamıştı. Nemli gözleri, göz çukurlarında biriken yaşlarla ışıl ışıl parlıyordu.

Gage elini yüzüne doğru uzatıp başparmağıyla göz çukurlarına dokunarak yapabildiği kadar gözyaşlarını silmeye çalıştı.

"Sorun ne bitanem?" diye sordu yumuşak bir tonda ve devam etti. "Seni böylesine üzecek ne gördün rüyanda?

Başını salladı Jenna, güçlükle yutkundu. Ve gözyaşları kirpiklerinden süzülmeye başladı.

"Seni gördüm," dedi Jenna ağlak bir sesle. "Seni hiçbir yerde bulamıyordum ve bulduğumda da..." Hıçkıra hıçkıra nefes almaya çalışarak, "ölmüştün," dedi.

Jenna'nın son sözüyle omurgasına bir yılan bırakılmışçasına dehşetle sarsıldı Gage. Her polis o malum sonun her an her yerde gelebileceğini bilirdi. Bunu bilirler, bu gerçekle yaşarlardı ama bu durum yine de işlerini yapmaktan alıkoymazdı onları.

Jenna'ya bir şey olabileceğiyle ilgiliydi Gage'in tüm endişesi, yine de kendini de düşünüyordu. Ona bir şey olursa zaten Jenna'yı yalnız bırakmış olacaktı. Ve sadece Gage'siz kalmayacaktı Jenna, her adımını izleyip onu her şeyden koruyup kollayan kimse olmayacaktı.

Boşanmış olabilirlerdi, aralarına öncekinden daha fazla mesafe girmiş olabilirdi ama bu Gage'in Jenna'ya göz kulak olmaktan vazgeçtiği anlamına gelmezdi. Gage, Jenna'nın isminin geçtiği her cümleye kulak kabartıyor, zaman zaman Zack ve Dylan'a Jenna'yı izlemelerini söylüyor, fırsat bulduğunda da kendisi gidip Jenna'ya göz kulak oluyordu.

Elbette, bunların hiçbirini Jenna'ya sezdirmiyor, ondan gizli yapıyordu. Eğer Jenna, onun hâlâ görünmez muhafız gibi etrafında dolaştığını bilse, çantasına Gage'in sevdiği çöreklerden koyar ya da o tüylü fularlarının ucuna asardı.

Gage bu yüzden, Jenna'nın bilmesine izin vermedi. Onu hep uzaktan izlemeyi tercih etti.

Ne zaman birbirleriyle karşılaşsalar ya da ortak arkadaşları yüzünden bir araya gelmek için zorlansalar, Gage serinkanlılığını korur, onun için sokaktan geçen herhangi bir kadından farkı olmadığı izlenimini vermek isterdi Jenna'ya. Ve başarmayı dilerdi her defasında. Çünkü bu limon yiyip de yüzünü buruşturmamaya çalışmak kadar zordu onun için.

Polis olarak ya da başka bir suretle bir rüyaya girmiş ve ölmüştü, ama normalde Gage hâlâ hayattaydı. Ve Gage, bu kötü rüyanın, sadece Jenna'nın zihninden gelip geçen talihsiz bir serüven ya da tuhaf yemekler yenildiği zaman görülen saçma sapan karabasanlardan olmasını umut ediyor, Langan ailesinde kalıtsal olan falcılık genleriyle bir alakası olmamasını diliyordu.

Jenna'nın kısa siyah saçlarında parmaklarını dolaştırırken, "Ben iyiyim," dedi Gage. Bir yandan da yüzünü ve saçını okşamaya devam ediyordu. Dolu gözlerle, endişe içinde ona bakmaya devam eden Jenna'yı inandırmaya çabalıyor, "Bak, yanındayım ve yaşıyorum," diyordu.

Jenna yeniden ağlamaya başladı, dudaklarını büzüştürüp güçlükle konuşarak, "Seni bulamıyordum ve bebeği de bulamıyordum sonra birden seni buldum ama sen de…"

Bebek demesiyle yeniden sarsılmıştı Gage. Bebekle ilgili bir şeyden bahsetmemişti daha önce, ama görünüşe göre rüyanın içinde bir de bebek vardı. Şu günlerde ikisinin de dahil olduğu bir konunun içinde bebeğin de varlığı o kadar da şaşırtmamıştı Gage'i.

"Bebeği de ölü bulacağım diye çok korkuyordum, buna dayanamazdım. İkinizi birden kaybetmeyi kaldıramazdım," diye hıçkırarak ağlamaya başladı Jenna.

Gage, onu daha sıkı bir şekilde kavrayıp göğsüne basmaya çalışıyordu ama Jenna kendini geri itiyordu. "Şşş, tamam geçti. Kimse ölmeyecek, sakin ol," dedi.

"Sen bunu bilemezsin," diye mırıldandı Jenna. "Her zaman bunu söylerdin, ama hiçbir şey olmayacağını söyleyemezsin, emin olmazsın. Bunun garantisini veremezsin."

Jenna'nın bu ani çıkışıyla Gage gerilmişti bir anda. Şu anda sadece rüyadan konuşmuyorlardı. Şu anda Gage'in işi, yürütemedikleri evlilikleri ve yıllardır aralarında halledemedikleri sorunlar da masaya dökülüvermişti birden.

"Benim için niye endişeleniyorsun?" dedi Gage yumuşak bir ses tonuyla. "Biz artık evli bile değiliz."

Öfkeyle geri çekilip Gage'e vurdu Jenna.

"Bu sana olan sevgimin de bittiği anlamına gelmez! Yoksa gelmeli mi, umursamamalı mıyım seni?"

Gözleri öfkeden kızarmış, yüzünün rengi yavaşça yerine gelmeye başlamıştı.

"Senin için her zaman endişeleniyorum. İşteyken ya da iş dışında, her zaman. Senden bir çocuğum olmasını neden bu kadar çok istiyorum sanıyorsun?" dedi Jenna. Sesi hâlâ keskin, ama biraz daha duyguluydu. "Ben çocuklarımız olsun istedim, evet. Ama aynı zamanda senin bir parçanın içimde büyümesini de istedim. Saçları siyah, sağ yanağında gamzesi olan, güldüğünde sana benzeyen küçük bir erkek çocuğu. Ya da gözleri kahverengi, zeki, inatçı bir kız çocuğu."

Kalbinin içinde bir şeyler sıkışıp kalmıştı Gage'in.

Belki de hüzünden daha farklı bir şeydi göğüs kafesinde çırpınıp duran. Bir çimdik atıp kendine gelmezse, içinde tuttuğu şeylerden pişmanlık duyabilirdi. Söylenmemiş o sözleri çıkarıp atması gerekiyordu göğsünden.

Konuşmak için ağzını kımıldattı Gage, ama içindekileri bunca zamanki esaretinden kurtarmak pek de kolay olmuyordu şimdi. Yutkundu ve tekrar konuşabilmek için kendini zorladı.

"Benim için endişelendiğini hiç söylememiştin bana," dedi.

Jenna gözlerini devirip, "Aptal mısın?" der gibi baktı Gage'in yüzüne. "Tabii ki endişeleniyorum. Tehlikelerle dolu bir işin var ve haftalarca gidip dönmeyebiliyorsun. Uzakta olduğun zamanlarda nerde olduğunu ya da ne yaptığını bilmiyorum. Nasıl senin için endişelenmem? Benden uzakta olduğun zamanlarda kâbuslar görmemem mümkün mü?"

"Daha önce de böyle kâbuslar gördün mü?" diye sordu Gage tamamen afallamış bir halde.

Gage, Jenna'nın sık sık kâbus gördüğünü bilmiyordu. Kâbus gördüğüne nadiren tanık olsa da, gece geç saatte izledikleri korku filmlerinden olduğunu düşünürdü. Jenna, işinin Gage'i evden ve kendisinden uzaklaştırdığı konusunda haklıydı. Onun yanı başında, onunla aynı yatakta uyumuyorken kâbuslar gördüğünü nereden bilebilirdi?

Gecenin bir yarısı Jenna'nın ağlayarak uyandığını ve yanında onu sakinleştirecek kimse olmadığını düşünmek Gage'in kalbine bıçak gibi saplanmıştı.

Onu sakinleştirmek için yanında olamamak.

Lanet olsun! Onun yanında olmalıydı.

Olmalıydı.

Yıpranmış ilişkilerine dair her zaman pişmanlıkları vardı Gage'in. Ama onlar pişmanlıksa, şu andaki hislerini tanımlayacak kelime bulamıyordu.

Gage, ayrılmalarının temelinde yatan nedenin Jenna'nın çocuk sahibi olma isteği olduğunu düşünürdü. Ayrılmalarına neden olan tartışma da yine bu yüzden çıkmıştı.

Oysa daha mühim bir şeyi atlıyor olabilir miydi? Buz dağının bir de görünmeyen, hiç bilmediği bir kısmı mı vardı?

Kaç gece boyunca Jenna, onun iyi olup olmadığını düşünmekten uykularını kaçırmıştı?

Ve kim bilir kendisi kaç kere, o pisliklerle dolu işinden döndüğünde onunla konuşmak için bile yanında oturmamıştı. Ona sarılmamıştı, öpmemişti. O yokken günlerini nasıl geçirdiğini sormamıştı.

Kendi açısından düşününce işinin pisliğini Jenna'ya anlatmak, ne tip adamlarla cebelleşip neler yaşadığını ayrıntılarıyla söylemek gelmiyordu Gage'in içinden.

Ama en azından birkaç kötü adamı yakalayıp parmaklıkların ardına koyduklarını, artık her şeyin yolunda olduğunu söylemek o kadar da acıtmazdı içini.

Jenna bir polisle evliydi. Ve bu işin zorluklarının da bilincindeydi. Yaşadıklarını hiç değilse üstün körü paylaşsa daha iyi olabilirdi. Sonuçta bunları yüzeysel olarak paylaşması en fazla onun öğrencilerinden birinin burnuna yapıştırıcı doldurduğunu duymak ya da makarna ve peynirleri fırlatıp attığını dinlemek kadar gelip geçici olurdu Jenna için.

Bunları düşündükçe pişmanlığı artıyordu Gage'in. *Harika*, diye geçirdi içinden. *Ben tam bir aptalım*. Bunu fark etmiş olmaktan gurur duymuyordu ama her şeyi düzeltmek için çok geç olduğunu düşünüyordu.

Derin bir iç çekerek ellerini Jenna'nın saçlarından çekti Gage. Yüzünü öptü. Onu kanepeden kaldırıp kollarına aldı. Göğsünde yatırmaya devam etti ve öylece ayağa kalkıp kapıya doğru yürümeye başladı.

"Ne yapıyorsun?" diye sordu Jenna. Sesi hâlâ ağlamaklı ve çatallıydı.

"Seni yatağına götürüyorum." Ve cevap olarak da hayırı kabul etmeyecekti.

Düz Örgü 11

Jenna'nın kalbini korkuyla karışık kestiremediği bilinmez bir duygu kaplamıştı.

Bunu kendisi mi istemişti? Ya da buna hazır mıydı?

Gage'i kandırmaya gerek kalmadan, hamile kalma şartı olmadan, onu ayartmış mıydı yani? İkisi de tetikte ve istekliyken, hiçbir uyarıcıya ya da herhangi başka bir şeye ihtiyaç duymadan aynı yatağa mı gireceklerdi şimdi?

Çırpınmak ya da onu bırakması için inat etmek yerine Jenna, Gage'in kendisini kucaklayıp taşımasına izin verdi. Gage basamakları bir bir dikkatle çıkarken, Jenna da onun göğsünde olmanın mutluluğunu yaşıyor, bir yandan da ne yapması gerektiğine karar vermesi için kendi kendine telkinlerde bulunuyordu.

Gitmeli mi, kalmalı mı? Tartışması mı gerekir, teslim olması mı? Güçlü mü durmalı, yoksa bir geceliğine göz mü yummalı?

Gage'in kollarında bir gece geçirmek, bir daha yaşamak istemediği bu kâbusun kalan izlerini de silip götürebilirdi.

Tam bu anda yeniden korkuyla ürperdi Jenna. Gage'le ilgili kötü rüyalar görmekten nefret ediyordu. Bilinçaltının, uyumadığı zamanlarda bile gözünün önünden gitmeyen korkunç görüntüler yaratmasından nefret ediyordu.

Gage'in vurulduğunu görmek, dar karanlık bir sokakta kanlar içinde yattığını... Ya da ne idüğü belirsiz kişiler tarafından kuşatılıp dövüldüğünü görmek... Bunlar, Jenna için yeterince korkunçtu.

Ve evet, onlar boşandıktan sonra bile Gage'in sağlığıyla ilgili kâbuslar görmüştü.

Jenna gözlerini kapadı ve başını Gage'in güçlü omuzlarına dayadı. İnleme sesi duyulmasın diye dudağını ısırıyordu.

Ne karmakarışık bir kadındı! Onun yaşında ve eğitim seviyesinde olan hangi aklıselim kadın kendini böylesine pembe dizi gibi bir hayatın ortasında bulurdu ki?

Ah, Tanrım! Hayatı Latin dizilerinin bir bölümü gibi geçiyordu sanki. Belki de başını geriye atıp elini alnına koyarak İspanyolca bir şeyler söyleyip hemen ardından bayılması gerekirdi.

Gage, küçük misafir odasının olduğu köşeden dönmüş ve dönerken Jenna'nın bir yere çarpmaması için özen göstermişti.

Jenna bundan sonrasında ne olacağını ya da olacaklarla baş edip edemeyeceğini artık bilemiyordu ama bir şeyler kendinin kontrolünden çıkmıştı. Küçük ve dar yatağının üzerindeki çarşafa baktığında Gage'in en fazla bir iki saat uyuyabildiğini anlamıştı. Oda karanlıktı ve yalnızca tenha pencerenin perdeleri arasından sızan yorgun ayışığı doluyordu odaya.

Tanrı biliyordu ya, Jenna bu durumu hayli romantik buluyordu. Eski kocasıyla bu küçücük odada yalnız başınaydı. Üstelik Gage tıpkı ortaçağ şövalyeleri gibi onu yatağa kadar kollarında taşımıştı.

Ah keşke Gage'e duyduğu tüm şehveti dün gece harcayıp bitirmese, susuzluğunu bir gecede giderip de karnını doyurmasaydı. İç çekti Jenna. Belki şimdi yatakta uzanıyor olabilirlerdi.

Aslında Jenna'nın hâlâ şansı olabilirdi. Belki kendisi uzun süre susuz yaşayabilen bitkiler gibiydi. Seks yapmayalı o kadar uzun zaman olmuştu ki, belki de geçen gece sadece geçici bir tokluk hissi vermiştir diye düşündü. Bu yüzden, tekrar tekrar sevişebilirlerdi, ta ki yaprakları yeniden yeşerip de canlanıncaya kadar.

Doğanın kanunu böyleydi sonuçta, değiştirebilmek kimin haddineydi?

Aklını toparlayıp biraz daha rahatladı Jenna. Gage onu yatağa yatırmak için eğilip üzerine yaslanınca derin bir nefes alarak iç çekti. Gözlerini kapattı, az sonra olmasını düşündüklerinin beklentisi içindeydi. Onu yatağa bıraktıktan sonra Gage'in de üzerine uzanmasını ve nazikçe dudaklarına dokunmasını bekledi.

Soluksuz bekledi.

Ve bekledi.

Ve...

Kahretsin neden bu kadar uzun sürmüştü ki?

Gözlerini açtığında Gage'i kapı eşiğinde gördü. Kapının pervazına yaslanmış, yüzünü Jenna'ya dönmüştü.

"İyi geceler," diye mırıltıyla seslendi Gage ve yürümeye başladı.

"Güzel uyu."

Güzel uyu? *Güzel uyu da ne demekti şimdi yahu?* Gördüğü rüyanın etkisinden kurtarmak için kucağında yatağa taşıyıp romantik ve seksi tavırlar sergileyen adama ne olmuştu?

Hmm.

Jenna yatağa oturdu. Ne söyleyeceğini bilemiyordu. *Hey, nereye gittiğini sanıyorsun sen? Buraya gel ve bana çığlık attır, seni aptal!* diye haykırıyordu içinden. Ama bunları dile getirmek yerine oldukça sakin bir tonda ismiyle seslenmeyi tercih etti Jenna.

Gage yeniden kafasını çevirdi. Elini kapıya doğru yaslamıştı. "Evet?"

"Benimle kalmayacak mısın?"

Aslında Jenna'nın tam olarak söylemek istediği şey bu değildi. Ama öylece dökülüvermişti ağzından, yine de aklından geçenlere paralel bir cümle kurduğunu düşünüyordu.

Gage, uzun süre Jenna'nın teklifini düşündü. Göğsü inip kalkıyor, aklı karışmış gibi görünüyordu. Eğer Jenna, onun beden dilini doğru bir şekilde okuyabilirse, şu an iç muhakeme yaptığının farkına varabilirdi.

Kapıya yasladığı kolunu indirip Jenna'ya doğru yürümeye başladı. "Elbette," diye yanıtladı.

Gage odada yavaşça yürüyordu. Bu da Jenna'nın onun muhteşem fiziğine bir kez daha hayran kalmasına sebebiyet veriyordu. Eğer cazibe denen şey tek başına evliliklerinin suyun üstünde kalmasına yetseydi, ondan ayrılmayı düşündüğü zamanlarda bile, ebediyetlerinin altın yılını kutluyor olurlardı. Çünkü Gage'in harikulâde, kusursuz bir vücudu vardı.

Vücudunun her bir kıvrımı, her bir kası ve pürüzsüz cildi, hepsi de ayrı ayrı mükemmeldi. Bir de dövmelerini düşününce tüm bunlar cehennem alevi kadar ateşli gösteriyordu Gage'i.

Sol pazısının üstündeki kaslar en ufak bir hareketiyle bile şişiyordu. Mesela şu anda odanın içinde dolaşıyorken bile kımıldanıyordu pazıları. Bu hareketler de oradaki dövmeleri canlandırıyor gibi görünüyordu.

Biraz daha aşağıda, siyah baksırının bel tarafından başlayan renkli ejderha dövmesinin pençelerinin bir kısmı görünüyordu.

Parlak yeşil renkteydi ama renklerinin gölgesinden oluşan farklı bir tür illüzyonla süslenmişti.

Jenna şu anda ona uzanıp dokunmak istiyordu, tıpkı geçen gece yaptığı gibi. Parmaklarıyla o alev rengindeki dövmeye dokunarak yavaşça aşağıya, ejderhanın pençelerinin olduğu yere doğru inmek, kalçaları ve kasıklarına uzanan kemiklere kadar dokunmak... Onu böylesine muhteşem bir adam yapan anatomisini parmaklarıyla keşfetmek...

Gage, isteksiz görünüyordu şu anda. Bu yüzden Jenna, üzerine atılıp onu tepeden tırnağa sarstığında onun da hoşuna gidip gitmeyeceğine emin olamıyordu. Şimdi değildi belki ama şansı varsa, yapacaktı bunu mutlaka.

Gage durabildiği kadar mesafeli durmaya çalışıyorken, Jenna parmaklarını diğer elinin ayası içinde kıvırıyordu. Gage bir an durdu. Bundan sonraki hareketinin ne olması gerektiğini düşünüp taşınıyor gibiydi. Sonra yastığı düzeltip Jenna'nın arkasına koydu.

Yatağın bile güçlükle sığdığı şu küçük odada birbirlerine dokunamıyorlardı. Jenna şu an odanın dizaynında onların birbirine dokunmasını engelleyen bilmediği bir mekanizma olup olmadığını düşündü.

Yatağa oturduğunda biraz daha rahatlamış gibi gözüküyordu Gage. Jenna pozisyonunu değiştirip yanına boylu boyunca uzandı. Bu şekilde Jenna'nın başı neredeyse Gage'in omuzlarına değiyor, baldırları ise Gage'in kalçasının alt kısımlarına oldukça yakın duruyordu.

Gönülsüzce, Gage bir elini Jenna'nın omzuna attı. Onun sıcaklığıyla Jenna'nın sırtı ve bel çevresi de hararetlenmeye başladı. Bunun üzerine Jenna da kendi kolunu Gage'in dümdüz karnının üzerine koydu ve gözlerini bir iç çekişle kapatıp kendini anın büyüsüne bıraktı.

Bu adamla böyle vakit geçirmeyi ne kadar da özlemişti.

Boşanmak kesinlikle her şeyden elini eteğini çekmek değildi. Herkes boşanmanın verdiği özgürlük duygusundan bahsediyor, canını sıkan şeylerden kurtulmanın ne kadar iyi geldiğini söylüyor, her şeye yeni baştan başlayabileceğini, gerçek özgürlüğüne kavuştuğunu söylüyorlardı.

Ama Jenna için, boşanmak sıkıntı ve yalnızlığı da beraberinde getirmişti.

Evet, boşanmak isteyen taraf Jenna'ydı. Ve hâlâ bu kararının doğru olduğunu düşünüyordu. O zamanda başka bir seçim şansı yoktu, değiştiremedikleri şeylerle evliliklerini yürütmeleri mümkün değildi.

Jenna verdiği karardan hiçbir zaman pişmanlık duymadı ama bu ardında bıraktığı bazı şeylere üzüldüğü gerçeğini değiştirmezdi. Hayatın cilvelerinden biriydi en nihayetinde. Hayat ona bir kaya parçası ya da sert bir zemin arasında seçim şansı sunmuştu sadece.

Jenna, bazen kendini yalnız hissettiği zamanlarda, dairesinin tüm sessizliğinin üzerine çöktüğü anlarda, Gage ile daha dramatik bir ayrılıklarının olmuş olmasını geçirirdi aklından.

Birbirlerine bağırıp çağırarak, camı çerçeveyi indirdiklerini… Gage'in alkol problemi olduğunu ya da Jenna'nın üzerine binlerce dolarlık borç bıraktığını… Ya da fiziksel olarak zarar görmüş olsa… Gage onu vücudunu geliştirmek için kullandığı bir kum torbası olarak kullanmış olsaydı mesela.

İşte o zaman, boşanmak bir lütuf sayılırdı. O zaman, bu yeni bekâr hayatının tadını çıkarabilir, *Sex and the City* kızlarından biri gibi hayatını sürdürebilirdi. Her geceyi başka bir adamla eğlenerek geçirebilir, hayatının geri kalanını dişiliğinin keyfiyetinde sürebilirdi.

Ama Jenna için gerçek farklıydı. O, bu tür bir hayat sürmek istemiyordu. Sayısız insanla buluşup onlarla yatmak ona göre değildi. Grace ve Ronnie gibi her geceyi farklı bir barda geçirip dergilere kapak olmayı da istemiyordu.

Jenna, bunu istiyordu, tam olarak bunu. Gage'le araları bozulmadan önceki hayatını istiyordu.

Sevdiği adamla olmanın eşsiz huzurunu yaşamak istiyordu yeniden.

Kalçalarını ısıtan bir elin olmasını, yatağındaki boşluğu dolduracak o sıcaklığı, yatakta dönüp durmasına neden olan yalnızlığı hissettirmeyecek birinin varlığını istiyordu.

Uzun süren bir günün ardından eve döndüğünde onu evde bekleyen birinin olduğunu bilmek istiyordu. İşin nasıl gittiğini, gününün nasıl geçtiğini sorabilecek birinin olmasını. Yanaklarını öpüp saçını kulağının arkasına kıvıran birinin varlığını. Akşam yemeği yerken karşısında birinin oturmasını ya da televizyonda en son çıkan suç-dram filmini izlerken yanı başında yaslanabileceği bir adamın varlığını.

Eğer bunlardan bir tanesini bile Gage'e anlatsa, o Jenna'nın çıldırdığını düşünebilirdi. Vereceği ilk cevap muhtemelen; *"Madem böyle olmasını istiyordun, ne diye gidip de kahrolası boşanma davasını açtın?"* olurdu. Çünkü Gage hiçbir zaman ayrılmayı istememiş, boşanma kararını desteklememişti.

Jenna'nın şu anda en büyük problemi, Gage'in yanında uzanırken ve o böylesine güzel kokuyor, sahip olduğu en mükemmel şey hissini veriyorken, zihninde dolanıp duran bu düşüncelerden kurtulması gerektiğiydi.

En mükemmel derken, dün geceki seks macerası dışında elbette.

Gözlerini açıp başını onun geniş göğsüne yasladı. Yanağı çıplak göğsüne değiyor, kulağıyla derin derin nefes alıp verişini ve kalp atışlarını dinliyordu.

İçinden bir ses ellerine sahip olmasını söylerken, yine de Jenna dayanamayıp parmaklarını yavaşça Gage'in göğüs kasları üzerinde gezdiriyordu. Yumuşak dokunuşlarla omzundan alev renginde başı görünen ejderha dövmesini okşuyordu.

"Bunu ne zaman yaptırdın?" diye sordu Jenna, bu harikulâde sanat eserine duyduğu saygıyı ve hayranlığı belli eden bir tavırla.

Jenna'nın parmakları altında Gage'in derisi seğiriyordu ama hiç kımıldamadı.

"Boşandıktan sonra," dedi Gage, bir ya da iki dakika bekleyerek.

Jenna, boşanma dilekçelerini imzaladıktan sonra Gage'in gidip yeni bir dövme yaptıracağını biliyordu. Ama Gage mağazaya girdiğinde ne tür bir dövme yaptırması gerektiğine karar verememişti. Bildiği tek şey büyük ve iyi bir iş olmasıydı ve yapması uzun zaman alacak bir tasarım olmasıydı.

Boynundan kalçasına kadar uzanan ve sırtının neredeyse tamamını kaplayan bir ejderha dövmesi tam olarak isteğini karşılamaya yetiyordu Gage'in. Dövmenin tamamlanması aylar sürmüştü. Ayrıca dövme yapılırken çektiği acı beyninin içinde dolanıp duran onca düşünceyi bastırmaya yardımcı oluyordu. Keskin dövme iğneleri derisine girip çıkarken kalbinin acısını hissetmeye fırsat bulamıyordu.

"Sevdim bunu," diye fısıldadı Jenna, başı hâlâ Gage'in göğsünde duruyordu. Jenna'nın ağzından çıkan her söz, aldığı her nefes adeta Gage'in teninde yankılanıyordu.

Gage her ne kadar etkilenmediğini söylese de, Jenna bacağını biraz hareket ettirse, Gage'in üzerinde nasıl bir etki bıraktığını görecekti.

Yabani çiçeklerin ve turunçgillerin eşsiz bir karışımı olan parfümünü sürmüştü Jenna.

Tırnaklarına sürdüğü parlatıcı oje ayrı bir ışıltı katıyordu tenine, hiçbir zaman ellerinde renkli oje kullanmazdı. Ama buna karşın, ayak tırnaklarını parlak pembe ya da kırmızıya boyardı.

Giyim tarzı, yetmişlerin hippilerini andıran türdendi ve Jenna'nın üzerinde inanılmaz derecede seksi dururdu. Uçuşan bluzlar, dar kotlar, kat kat etekler ve vücudunu saran üstler giyerdi. Ufak tefek bir şey olduğunun farkındaydı Jenna ama Gage onu böyle seviyordu ve bu haliyle de erkeklerin ağzının suyunu akıtacak bir kadındı.

Saç şekli kısa ve dağınıktı. Yine de Gage'in parmaklarıyla kavrayabileceği kadar uzundu. Rüzgârda savruluyor, hatta Gage'in kasıklarını bile gıdıklayabiliyordu Jenna şey yaparken...

Ah evet, şimdi aklının rotasını değiştirmeye hiç gerek yoktu. Hem de Jenna bacağını indirdiğinde iç çamaşırının içinde neler olduğunu anlamasına da lüzum yoktu.

Jenna hakkında, büyük ya da küçük her şey hem son derece önemli, hem de önemsizdi Gage için. Çünkü resmen boşandıktan sonra bile, adını gönlünden silmeyi başaramamış, hatta sırtındaki ejderhanın vücudunun tam orta yerine zarif bir biçimde ismini yazdırmıştı. Bu yüzden, Jenna nasıl bir tercih yapmış olursa olsun ya da nereye gitmiş olursa olsun o hep Gage ile birlikteydi.

Her zaman.

"Dövmelerinin ne kadar seksi göründüğünü söylemiş miydim daha önce?" dedi Jenna, Gage'in düşüncesini yarıda keserek. "Daha küçük olan diğer iki dövmen de öyle. Biz birlikteyken ejderha dövmesini yaptırmamıştın daha ama ben o ikisini her zaman seksi bulmuşumdur. Hatta keşke cesaret edebilsem de ben de yaptırsam diye düşünürdüm."

Bu Gage'i şaşırtmıştı. Ve deminden beri zihnini meşgul eden onca düşünceyi savurup atmıştı. Gage şu an Jenna'nın dövmesi olduğunu hayal ediyordu. Göğsünde, kalçasında ya da bileklerinde feminen bir dövme.

Jenna'yı çıplak olarak düşünmek bile kanının kaynamasına yetiyor, *Fruit of the Loom* marka çamaşırının altında sertleşmekten alıkoyamıyordu kendini.

Olsun, ne vardı bunda. Şu anda Jenna yanında yatıyordu, kendisine doğru kıvrılmış durumdaydı. Hem gerçek hem mecazi anlamda onu uzaklaştırmak gibi bir niyetinin olmadığı her halinden belliydi. Jenna'nın o gece kendisine hissettirdiklerini, sonuçlarına razı olarak o da Jenna'ya hissettirebilseydi keşke.

Maalesef bu sonuçları düşününce, Jenna'nın giyinik kalması ya da geçen geceki gibi çıplak olması konusunda tereddüt yaşıyordu.

"Eğer iğnelerden korkmuş olmasaydın ne dövmesi yaptırırdın?" diye sordu Gage. Bir yandan da alacağı über-seksi bir cevap zorla zapt ettiği şu halini daha da alevlendirecek diye korkuyordu.

"Ben iğnelerden korkmuyorum!" diye çıkıştı Jenna, oturur pozisyona geçip yüzünü Gage'e çevirerek.

Şu normal haliyle, üzerindeki pijama takımıyla bile adeta bir tanrıça gibi görünüyordu Gage'e. Dudaklarına afacan bir gülücük yerleştiren minicik bir Tanrıça. Zaten Tanrıça'dan başka ne denir ki, onun tüm özelliklerini birebir taşıyan bir kadına.

"Ben sadece acı çekmekten hoşlanmıyorum. Bu konuyu üç yıl boyunca düşünüp taşındıktan sonra kalçama yaptırdığım penguen dövmesinden sıkılırsam ne olacak?"

Gage, meraklı bir şekilde kaşını kaldırdı. "Penguen?"

Omzunu silkerek, "Bu sadece bir örnekti. Daha fazla düşünecek olursam bir gül ya da kelebek de diyebilirim," diye burnunu buruşturdu Jenna. "Ama bunlar da çok sıkıcı değil mi? Herkes gül ya da kelebek dövmesi yaptırıyor sonuçta."

Elleriyle Jenna'nın dirseğinin üzerine dokundu Gage. Başparmağıyla bir ileri bir geri hareketlerle okşuyordu onu. Bunu kendi iradesiyle yapıyor olmalıydı çünkü Gage hiçbir zaman – boşanıncaya kadar en azından– gönüllü bir şekilde vücuduna dövme yaptırmasını istememişti.

Peki ya şimdi istiyor muydu?

"Kelepçe ve dikenli tel hoş olabilir aslında," diye cevap verdi Gage. Hareket ettikçe kasları kendiliğinden kabarıyordu.

Jenna'nın kirpikleri kapanıp açılıyor, Gage'in dövmelerine göz gezdiriyordu. Ve sonunda tüm parmak uçlarıyla Gage'i hissedebiliyordu Jenna; sol eli Gage'in sağ bileğindeki dövmede, sağ eli de sol omzundaki dövmedeydi.

"Evet, olabilir ama eminim ki pek az kişi o dövmeleri üzerinde senin taşıdığın gibi taşıyabilir.".

Gage, bu konuya dair bir açıklama yapmasını istemeden önce Jenna kafasını kaldırdı ve bakışları buluştu. "İsmini kullanabilirim diye düşünüyorum aslında," dedi Jenna.

Zümrüt yeşili gözleri Gage'in aklını başından almıştı. Jenna birkaç saniye daha böyle bakıp birkaç söz daha söylese oracıkta ölebilirdi Gage. Midesi gerilmiş, oksijen ciğerlerine hapsolmuştu sanki.

Onun ismini çıkmaz bir mürekkeple vücudunun bir yerine yazdıracaktı öyle mi? Ve sonsuza kadar ona ait olduğunun bir işareti olacaktı bu.

Jenna'nın böyle bir şey düşündüğü hakkında en ufak bir fikri bile yoktu Gage'in. Dövme yaptırmak isteyeceği bile aklının ucundan geçmezdi ki!

Bir yandan, onun kusursuz Jenna'sının pürüzsüz tenini bu tarz bir şeyle bozmasını zihninde canlandıramıyordu. Kulaklarına taktığı küpelerin bile fazla dekoratif olduğunu düşünen Jenna'nın bu tarz bir şey yaptırmaya ihtiyaç duyacağını hiç düşünmemişti.

Ama diğer yandan… Tanrı aşkına, vücuduna kendinin ismini yazdıracağı düşüncesi, hem de bunu mutlulukla ve kendi rızasıyla yaptırması… Jenna'nın, üzerinde 'Gage' yazılı bir dövmeyle dolaşıp tüm dünyaya ona ait olduğunu anlatması ne muhteşem bir şey olurdu.

Giyindiğinde, görünebilecek bir yerde olmasa bile, Jenna onun orda olduğunu bilirdi. Ve Gage de öyle.

Saf bir mutluluk ve aidiyet duygusu kaplamıştı dört bir yanını. Kalbi bir başka çarpıyor, damarlarında dolaşan kanıyla bu mutluluk tüm vücuduna yayılıyordu.

Tam şu anda Jenna'yı öpmek istiyordu Gage, sonra tutup kolundan en yakındaki dövmeciye götürmek ve gece bitmeden onun üzerinde isminin yazılı olduğunu görmek istiyordu. Bunları düşündükçe Jenna'nın kolunu daha sıkı kavrıyor ve kör bir kadının bile gözden kaçıramayacağı bir dövme hayal ediyordu Jenna için.

Fakat Jenna, Gage'in bu duruma verdiği fiziksel tepkileri ya da itirafları fark etmemiş gibi gözüküyor, siyah mürekkebin uzandığı yerler boyunca Gage'in vücudunu okşamaya devam ediyordu.

"Sana daha önce hiçbir polis olmandan ne denli mutluluk duyduğumu söylemiş miydim?" diye sordu Jenna, Gage onu yatakta bırakıp giderken, gitmesini engelleyip aksine onu yatağa getiren o soruyu sorduğu aynı yumuşak ses tonuyla. "Hak ve adalet için çalıştığını, insanlara yardım ettiğini, onları koruyup kolladığını biliyor ve bununla gurur duyuyorum." Birden bir hüzün dalgası parladı Jenna'nın yüzünde ama hemen yutkunup yerine küçük bir tebessüm yerleştirerek belli etmemeye çalıştı. Dudaklarını güçlükle hareket ettirip, "Ve bu beni güvendeymişim gibi hissettiriyor," dedi.

Daha az önce vücudunu kaplayan kanına karışan şehvet ateşi, karın boşluğuna doğru akıp sönüyor, yerini rahatsız edici bir hissin harına bırakıyordu şimdi.

Gage'in tek istediği zaten Jenna'nın güvende olmasıydı. Ve şimdi anladığı kadarıyla, Jenna'ya göre, o kendini Gage'in yanında güvende *hissediyordu.*

Kahretsin, tüm bilmedikleri nasıl oluyor da şimdi ortaya dökülüveriyordu. Evli oldukları üç yıl boyunca içten içe bir dövme yaptırmak istediğini bilmiyordu, üstelik kendisinin adını yazdırmayı düşündüğünü aklından bile geçirmemişti. Diğer yandan mesleğine saygı duymakla kalmayıp üstüne üstlük hayran olduğunu bunca zaman nasıl hissetmemişti. Ya da tüm bunlar neden bunca yıl dile getirilmemişti ki?

Ya bunların farkına varamayacak kadar uzak tutmuştu Jenna'yı kendinden ya da dünyanın en büyük aptalı olduğunu düşünüyordu.

İkincisinden şüpheleniyordu Gage, çünkü tam şu anda kendini bir aptal gibi hissediyordu. Yıllarca komada kalıp da şimdi gözlerini açmış bir adam gibi hissediyordu; öylesine bihaber çevresinde olup bitenden.

Eğer kendisi bu kadar aptal olmasaydı, Jenna'yla ilişkilerinde bir şeyler yoluna girer miydi, farklı olur muydu acaba diye düşündü Gage.

Hayır, dedi içinden bir ses. Çünkü onların ayrılmalarına neden olan o konu yüzünden aralarına giren uçurum, bu tip ufak şeylerin farkına varıp da onarınca kapanacak türden değildi.

Yine de Jenna'nın söyledikleri, Gage'in önceki düşünce-lerini bir kez daha gözden geçirmesini, kararlarını irdeleme-sini ve inandığı şeyleri bir kez daha düşünmesini sağlamıştı.

Gage, elini kaldırıp Jenna'nın saçlarını okşamaya başladı, parmakları onun siyah saçları arasında dolaşıyordu. "Tüm istediğim senin güvende olmanı sağlamaktı," dedi Gage, tok bir fısıltıyla.

Gage için böyle şeyleri dillendirmek hiç kolay değildi. Ev-lilikleri boyunca, hatta tüm yaşamı boyunca, güçlü durup ses-siz kalan taraf olmayı ilke edinmişti. Ama şimdi, Jenna'nın teyzesinin bu eski çiftlik evinde, karanlık bir odada Jenna onun yüreğine dokunacak şeyler paylaştıysa, o halde Gage de yapabilirdi.

Jenna, Gage'e daha bir sokulup gövdesini onun göğsüne yasladı. Yüzünü Gage'in yüzüne öyle bir yaklaştırmıştı ki, ne-fesinin yanaklarına çarptığını hissedebiliyordu Jenna.

"Ve başardın. Sen yanımdayken hiç korkmadım. Gittiğin zamanlarda bile korkmadım, çünkü biliyordum dışarıda bir yerlerde iyi bir şeyler için savaşıyordun. Sana ihtiyacım oldu-ğunu söylesem, milisaniyeler içinde yanımda olacağına şüp-hem yoktu hiçbir zaman."

"Daha hızlı!" dedi Gage, boğazındaki yumruyu atmaya çalışarak.

Jenna gülümsedi ve o meleksi gülüşü hemen gözlerine ulaştı, parıldayan gözlerle bakıyordu. "Daha hızlı?" diye Gage'in sözünü tekrarladı Jenna.

Vücudunun üst kısmında gittikçe bir rahatlama oluyordu Gage'in. Jenna, parmaklarıyla onun boynunu okşuyor ve he-nüz çıkmaya başlayan saçlarına dokunuyordu. Jenna'nın do-kunuşu Gage'in tüm bedenini gıdıklıyordu.

"Her an yanımda olduğunu hissederdim. Tehlikede olduğum anlarda, işler yolunda gitmediği zamanlarda bile yanı başımda olduğunu hissederdim," dedi Jenna fısıltıdan biraz daha yüksek bir ses tonuyla.

Gage, Jenna'nın sesindeki sızıyı hissetti, onun ağzından dökülen bu söylenmemiş sözler Gage'in suçlu hissetmesine neden oldu. "Ama işten kalan zamanlarda gerçekten senin yanında olduğumu düşünmedin değil mi, her gün çevrende bir yerlerde olduğumu?" dedi Gage.

Bu cevap karşısında şaşırıp kalmıştı Jenna. Şaşkınlıktan gözlerini açıp kapıyor, alt dudağını ısırıyor ve hayret içinde başını iki yana sallıyordu.

Gage'in göğsü sıkışıyordu. Kahretsin. Tam bir aptaldı. Evliliklerinin nasıl böyle paramparça olduğunu şimdi daha iyi anlayabiliyordu ve yapabilecek hiçbir şeyi yoktu. Her şey için çok geçti artık. Boşanmaları son perdesiydi onların ilişkisinin ve bir yılı geçkin süredir de öyle kalmıştı. Perde bir daha açılmamıştı. Gage artık Jenna'yı kaybettiğine inanmıştı.

"Ben, üzgünüm..." dedi Gage, duygular boğazına düğümlenip kalmış sözcükler o duyguların arasından güçlükle sıyrılıyordu.

Nefesi kesilir gibi oldu Jenna'nın, o parlayan yeşil güzel gözlerine yaşlar birikti. "Biliyorum," dedi Jenna. "Ben de üzgünüm..."

Ve hemen sonra Jenna, Gage'in dudaklarını dudaklarında hissedince bir kez daha şaşırmıştı.

Ters Örgü 12

Gage'in dudakları ılık ve yumuşaktı, Jenna'ya onun kollarında geçirdiği binlerce geceyi anımsatıyordu.

Boşandıkları için aynı yatakta bulunmamalıydılar.

Bir önceki gece Jenna eski kocasından faydalandığı için ve Gage, eski eşinin hamile olup olmadığı kesinleşene kadar ona zamk gibi yapıştığı için aynı yatakta birlikte yatmamalıydılar.

Gage'i öpmek, ona dokunmak karşı tarafa çok karışık sinyaller göndereceğinden sorun yaratabilirdi. Ama yaratmadı. Şu anda kendini böylesine huzurlu ve rahat hissediyorken, bu tip şeyleri düşünerek kafasını yormamalıydı Jenna.

Gage, yanında uzanırken Jenna'nın da onu öpmesine izin verdi. Avuçlarıyla dirseklerini kavradı, göğsü Jenna'nınkine değdi ama Gage pozisyonunu hiç değiştirmedi ve öpücükten öteye geçmedi. Onun yerine durgun bir şekilde bekleyip Jenna'nın yapacaklarını görmek istedi. Jenna, onun dudaklarını ısırıp yalarken Gage hareketsizce bekliyordu. Ah, nasıl da âşıktı Jenna bu adama! Çikolatalı pasta yemek için can atan bir şeker hastasına benziyordu bu haliyle. Ama bir tane bile yese, ölümüne sebep olabileceğini de biliyordu.

Sevip kaybetmektense hiç sevmemek daha iyidir diyenler, kahrolası aşkın ne demek olduğunu bilmiyorlar mıydı Tanrı aşkına?

İyi değil, daha kötüydü. Çok çok daha kötüydü, çünkü şu anda mesela Jenna, Gage'i kaybettiğini biliyordu.

Ama yine tam şu anda onu yeniden kazanabileceğinin de farkındaydı.

Geçen gece harikulâdeydi ama tek taraflıydı her şey. Bu kez, Gage uyanıktı ve sadece gönüllü değil aynı zamanda aktif olan taraf kendisi olacakmış gibi gözüküyordu.

Bu yüzden Jenna kendi yatağında yatabilsin diye, Gage'in aşağıdaki kanepeye gidip yatmasını istemiyordu. Bu evde geceyi yalnız başına geçirmek de istemiyordu, Gage de zaten evin birkaç oda ve merdiven altından ibaret olduğunu biliyordu.

Jenna, Gage'in süper kısa kesimli saçlarına sataşıyor, parmaklarıyla boynunu ve yüzünü okşuyordu. Çenesinin keskin hatlarını okşayıp yanağındaki kirli sakallara dokunuyordu.

Jenna ağzını Gage'in dudaklarından çekip ulaşabildiği her yerini öpmeye başladığında sabahın ilk ışıkları göz kırpıyordu. Hafifçe aydınlanmaya başlayan ışıkta beliren açık ağzıyla Gage'i öpmeye devam ediyor, her bir hücresini hissetmek, teninin her santiminde dolaşmak istiyordu.

Gage her zaman olduğu gibi harika kokuyordu. Tıraş sonrası sürdüğü losyon sandal ağacının baharatlı kokusuna sahipti. Bu koku Jenna'ya yemyeşil ve uçsuz bucaksız çam ormanlarını ve kış tatillerini anımsatıyor, kalbindeki gizli buzlu mahzene alevler salıyordu. Onun yüzünden, Noel'de aldıkları çam ağacının kokusundan tahrik olan tek kadındı herhalde..

Jenna bunu Gage'e hiç söylememişti ama doğruydu. Evli oldukları zamanlarda her Noel arifesinde ağacın önünde üstüne atlamasının nedeni kokudan tahrik olmasıydı. Evdeki onca dekorasyon ürünün neden Noel sonrası indirimden alındığının açıklaması da buydu. Ağacın etrafında defalarca dönüp oraya buraya toslayarak süslemeleri kırıyorlardı çünkü.

O ince, simli süsleri saçından, kıyafetinden, her yerinden toplamak tam bir sabahını alıyordu sonrasında.

Geçmişi anımsamak, onu üzmek yerine bir gülücük yerleştirivermişti Jenna'nın yüzüne. Gage seviştikleri için mutlu oluyordu yalnızca, diğer şeylerden haberi yoktu.. Eve her gelişinde, Jenna'nın çam ağacı için farklı bir dekorasyon yaptığını görürdü. Sadece omuz silker ve "İndirimler ve kadınlar..." derdi.

"Bu kadar komik olan ne?" diye sordu Gage alçak sesle. Bu sırada Jenna, ilk kez Gage'in ellerinin pembe takımından içeri doğru kayarak karnına dokunduğunu fark etti.

Birkaç saniye içinde asla açıklayamayacağını bildiği için başını salladı Jenna. Hem de bu özel anın büyüsünü bozmadan daha uzun süre zihninde kalmasını istiyordu.

"Bu hiçbir şeyi değiştirmeyecek," dedi Gage, Jenna'dan ses çıkmayınca. "Uyandığımızda, yine aynı problemler bizi bıraktığımız yerde bekliyor olacak."

Bu gerçeği duymak Jenna'nın kalbini sızlattı ama hiç yoktan Gage de Jenna gibi düşündüğünü açığa vurabilirdi. Bir gece, yalnızca bir şans daha; evliliklerinin ilk zamanlarını hatırlamak uğruna.

Ve gün artık adam akıllı ağarmaya başlamıştı. Parlak gün ışığı yükseldikçe Jenna'yla Gage'in arasındaki tel örgüleri de gözler önüne seriyordu. Ve onlar bunun üzerinden ne atlayabiliyor ne de delip geçmeye güçleri yetiyordu.

"Biliyorum."

"Çekip gitmeyeceğim. Sen hâlâ benimle birlikte kalmak zorundasın, en azından şu olay, şey, kesinleşinceye kadar."

Gage'in sesi canlılığını yitirmişti. Ama yine de, Gage'in söylemeye çalıştığı şeyin farkındaydı ikisi de. Bunu söylerken Gage'in kafasının üzerinde neon ışıklarla kaplı "Bebek" levhası yanıp sönüyordu sanki.

"Biliyorum."

Gage'in parmakları hâlâ Jenna'nın belinde, karnında ve sırtının bir kısmında dolaşıyordu. Yavaşça ve baştan çıkarıcı bir şekilde dokunuyordu Gage, elleri büyük ve buna karşılık Jenna da küçük bir kadın olduğundan, ona dokunurken çok fazla dolaştırması gerekmiyordu elini.

"Buna sen karar vermelisin, Jenna," dedi Gage. "Burada böylece kalıp yapmak üzere olduğumuz şeye devam edeceğiz ya da ben gidip seni yalnız bırakacağım. Karar senin."

Gage'e daha da yaklaştı Jenna, göğüsleri Gage'in göğüslerine baskı yapıyordu ve bu sırada kalçalarında Gage'in erekte oluşunu hissedebiliyordu. Bu durum Jenna'yı da ısıtıyordu ve bu haldeyken Gage çekip gitmeyi teklif edebiliyordu.

"Gitmeni istemiyorum," dedi. Tüm vücuduyla vücuduna temas ediyor, bedeniyle gitme diyor gibiydi.

Gage derin bir nefes aldı, Jenna'nın boynuna sarılışını izledi. Belli belirsiz bir şekilde kafasını salladı ve ağzının içinde gevelediği sözcüklerle, "Tamam. Ama bilmeni istiyorum ki kalırsam, yatağa bağlamak falan yok bu defa."

Bu hem bir uyarıydı, hem bir tehdit, hem de anımsatma sayılırdı ve Jenna'nın içinde filizlenmeye başlayan çiçeklere bir titreşim göndermişti. Boğazı oldukça gerilmiş ve tek bir kelime edemeyecek kadar kurumuştu. Bu yüzden sadece başıyla Gage'in sözlerini onayladı.

Gage'in bakışlarına gittikçe keskinleşen bir parıltı yayılıyor, her iki şekilde de güçlü ve zekice bakıyordu. Hem sevecen hem tehditkâr gözüküyordu. Ama içten içe alevlenmeye başlaması tehlikenin işareti demekti.

Şanslıydı ki, Jenna tehlikeleri severdi. Uçurum kenarında yaşamaktan çekinmezdi.

Ama yalnızca tek bir adamla.

Yalnızca Gage'le.

Jenna, ağzıyla Gage'in çenesine dokunmaya, sonra dudaklarıyla teninde gezmeye devam etti.

"Bu defa öcünü alabilirsin," diye fısıldadı Jenna. "Neyi nasıl istersen yapabilirsin, eğer bu defa sen beni yatağa bağlamak istersen, ona da uyarım."

Gage, hâlâ Jenna'nın kollarında duran elinin parmaklarını esnetti. Jenna az sonra olacakları biliyordu. Sırtüstü uzanıp Gage'in onun üzerine süzülüşünü bekliyordu.

"Oyuncaklara ve ikinci el fantezilere ihtiyacım yok," dedi Gage söylediğini açıklamaya yeten tok bir ses tonuyla. "Seninle olduğum zaman, istediğim tek şey sadece sensin, olduğun gibi."

Gage'in sözleri Jenna'nın boğazına düğümlenip kalmıştı ve duyduğu karşısında verebildiği tek tepki gözlerinin sulanmasıydı.

Gage, sevgililer gününde çiçek, çikolata alan ya da özel bir şeyler planlayan o tip romantik adamlardan değildi. Ama dile getirdiği bazı şeyler öylesine yüreğine dokunurdu ki insanın, bu haliyle en romantik erkek yarışmasını kazanacağına hiç şüphe yoktu.

"Farklılıklarımızı anlamaya çalışmamamız utanç verici," dedi Jenna güçlükle de olsa konuşmayı başardığında. "Çünkü biz gerçekten birbirimiz için yaratılmışız."

Yüzündeki karanlık aydınlanır gibi oldu Gage'in. Ama bir cevap vermedi. En azından sözlü olarak. Bunun yerine,

Jenna'nın bileklerini kavrayıp başının üstünde bağladı. Sonra tüm bedeniyle onun vücudunu kaplayıp parmaklarını bükecek, nefesini kesecek, damarlarını ezecek bir şehvetle dudaklarına yapıştı.

Gage hangisini daha çok istediğine karar veremiyordu: Onu pamuklara sarıp bir bebek gibi kucaklamayı mı, yoksa cezalandırmak için yatağa bağlayıp canına mı okumayı mı?

Hiç kimse Gage'e Jenna'nın ulaştığı gibi ulaşamamıştı, içindekileri anlayamamıştı. Özellikle son iki gün içinde Jenna sadece içindekileri çıkarmasına yardım etmekle kalmamış, duygularını adeta dans ettirmişti.

Gage, eskiyle seksi karıştıran adamların hep aptal olduğunu düşünürdü. Çünkü ona göre bir kere boşandılarsa, o kâğıtlara imza atıldıysa, bir şeylerin sona ermesi gerekirdi. Aynı partiye gidebilirler ama farklı yolları kullanırlardı. Geriye dönmek, yani eskiyi diriltmeye çalışmak ona göre kötü bir fikirdi. KÖTÜ!

Jenna'nın baldırları üzerinde uzanıyor olması bile fikrini değiştirmiyordu. Bu hâlâ kötüydü, kötü bir fikirdi.

Ama şu an için aptalların kralı olmaya değmez miydi? Lanet olsun, bir kere girdiyse bu yola artık devam edecekti. Zaten öyle bir noktaya gelmişti ki fiziksel olarak istese de kalkıp gidemezdi.

Daha sonra cezalandırırdı artık kendini. Muhtemelen kafasını birkaç yüz kez duvara vuracak ve bildiği tüm küfürleri edecekti.

Aslında düşündükçe gayet makul buluyordu, o gecenin bedelini Jenna'ya bu geceyle ödetecekti. Hem onun insafına kalmış bir halde yatağa da bağlı değildi. Aile kurmaya yönelik bir girişimden de söz edilemezdi. Sadece sevişmek istiyordu

HEIDI BETTS

Gage. Her zaman seviştikleri gibi sevişmek, görevde olduğu zamanlarda kurduğu fantezilerdeki gibi sevişmek.

Kalp atışı ve kan akışı yavaşlamıştı Gage'in, kanın damarlarında gelişigüzel aktığını hissediyordu. Herhangi bir uyarıda bulunmadan, Gage birden doğrulup yataktan kalktı. Jenna şaşkınlık içerisinde kaldı, hayal kırıklığına uğramış bir ses çıkardı. Odanın köşesinde yerde duran çantasının yanına doğru ilerleyip yere çömeldi ve çantayı karıştırmaya başladı.

Sonunda aradığını bulmuştu. Kutuyu alıp yatağın üzerine fırlattı. Kutu Jenna'nın baldırlarının yanına düşmüştü. Jenna önce sökülmüş etikete baktı, sonra da kafasını kaldırıp Gage'e.

"Bu konuda ne hissettiğimi biliyorsun Jenna ve işi şansa bırakmaya niyetim yok bu defa," dedi Gage. Elleri kalçasında, hükmeder bir tonda söylemişti bunu. "Ya bunları kullanırız ya da aşağı iner gecenin geri kalanını orada yalnız başıma geçiririm."

Buna karşılık olarak Jenna yattığı yerden doğrulup bağdaş kurarak oturdu yatağa. Kutuyu alıp içinden bir tanesini çıkardı ve Gage'e doğru sallayarak, "İlkini ben takacağım ama," dedi.

Gage şu ana kadar, kendi kendini nasıl tuttuğunu, her bir kasının nasıl gerildiğini fark etmemişti. Keza, ciğerlerinin ne kadar süredir nefessiz kaldığını da bilmiyordu.

Eğer Jenna korunmayı reddetseydi ne yapacağını bilmiyordu Gage. İçinde bir şeylerin patlayıp küllerinin etrafa savrulmasına benzer bir şey olurdu muhtemelen.

Ama reddetmemişti işte. Ve Gage ikinci bir geceyi daha endişelenerek geçirmeyecekti böylece. Harika olacaktı ve Jenna fikrini değiştirmeden işe koyulsa iyi ederdi.

Tek bir adımla yatağa geldi Gage. Ellerini Jenna'nın pijamasına götürerek bir anda çekip fırlattı. Jenna da kolaylaştırmak için kollarını kaldırarak Gage'e yardım etmişti.

Gage, gözlerini Jenna'dan alamıyordu, bu yüzden hemen iç çamaşırını da çıkarıp attı ve yatağa girdi. Gage'in bedeni tamamen kaplamıştı Jenna'nınkini ve Jenna'nın kolları ezilmesin diye başının üzerinde bağlamıştı ellerini.

Jenna'nın o pürüzsüz teninin kendi teni üzerinde dalgalandığını hissetmek cennette hissetmek gibi bir duyguydu Gage için. Şu ana kadar onu ne kadar özlediğinin farkına varamamıştı. Duygularının ortaya çıkmasına izin verdi ve tüm anılarını yeniden canlandırmak istedi. Bu duygu Gage'in hem içini hem dışını ısıtıyordu.

Çok geçmeden bastırılmış duyguları onları ele vermişti. Gage'in erkekliği daha şimdiden kabarmış ve ısrarla dürtmeye başlamıştı Jenna'nın tenini, sanki boşalmasının çok da uzak olmadığının sinyallerini verirmiş gibi.

"Eğer sen de orgazm olmak istiyorsan," dedi Gage, Jenna'ya, "Biraz daha acele etmelisin, kendimi ne kadar tutabileceğimi bilmiyorum."

Jenna, hafifçe dudak bükerek yanıtladı. "Ahh benim zavallı bebeğim, senin gibi koca, güçlü bir adamın daha fazla direnebileceğini zannerdim."

"Seni ilgilendiren bir konu değil," dedi Gage. Sonra eliyle Jenna'nın kondom paketini tutan eline uzandı ve takması gereken yere doğru yönlendirdi.

Jenna kıkırdadı ama Gage'i sabırsızlandırmadan kondomun paketini açıp zonklayan erkekliğinin tepesine yerleştirdi özenle.

Gage dişlerini gıcırdatıyor, burun deliklerini genişletip kısıyordu. Kendini sabit tutmak için muazzam bir savaş veriyordu. Jenna pek de acele etmiyordu ve Gage onu aceleye getirmek ya da bir kaplan gibi kükremekten kendini almaya çalışıyordu. Sonunda Jenna kondomu taktı ve böylece Gage de bir rahatlama nefesi koyuverdi.

Jenna'nın elleri Gage'in sırtında onu kışkırtmaya devam ediyordu. Başka hiçbir kadının olamadığı kadar güzeldi, üstelik çıplak ve davetkârdı.

Ama Gage, şu anda duygusallığa kapılmak istemiyordu. Tam uzlaşmak için hiçbir şansının olmadığını düşündüğü bir anda, çıkmak üzere olduğu o kapıdan geri dönüp gelmemiş miydi Jenna'nın yatağına. Jenna'yla aralarında zaten halledemedikleri onca şey varken, bir de bunu yarım bırakmaya hiç niyeti yoktu Gage'in.

Bu yüzden, düşünmek yerine, Jenna'nın, altında oluşunun tadını çıkarmanın vaktiydi Gage için. Jenna hazır ve nazır bir haldeydi. Gage, onun bacaklarından birini kaldırıp kendi kalçalarını kavrayacak şekilde beline sardı.

Ön sevişmeye gerek olmadığını düşünüyordu. İkinci kez Jenna'nın içine girmek istiyordu şu anda ve Jenna'nın da bunu istediğini biliyordu. Eğer en iyi vuruşunu yaparsa şimdi, bir yanardağ gibi patlayabilirdi.

Jenna'nın diğer bacağı da şimdi Gage'in belindeydi ve bacaklarıyla Gage'i daha fazla kendine çekmeye çalışıyordu. İçine, daha derine girmesini istiyordu. Aynı anda elleriyle de onun boynunu kavramıştı Jenna. Göğüsleri birbirlerine değiyor ve hareket ettikçe Jenna'nın göğüsleri bedenlerinin arasında oynaşıp duruyordu.

Gage, Jenna'nın meme uçlarını ısırmak istiyordu. Yüzüne vuran sıcak nefesi şehvetini daha da kamçılıyor, kalbinin ritmini hızlandırıyordu. Parmaklarıyla kalçasına dokunuyor ve alev parçası olan dudaklarını ağzıyla kavrayıp öpüyordu Gage.

Jenna, Gage'in öpücüğüne öpücükle karşılık verdi. Vücudu eğilip bükülürken, dili de Gage'in ağzının içindeydi. Dilleri bir savaş içindeydi sanki. Ve Jenna'nın bu hareketleri Gage'i daha da alevlendiriyordu.

Gage elleriyle Jenna'nın sol kalçasını kavradığında susamaya başladığını fark etti. Jenna miyavlarcasına cılız iniltiler çıkarıyor, tırnaklarını Gage'in sırtına gömüyordu adeta. Sanki Gage'e varlığını hatırlatmak istiyordu canını acıta acıta. Karşılıklı bu duygular ikisini de gitgide daha fazla kızıştırıyordu. Yukarı aşağı hareketlerle hızlanıyorlar, bedenleriyle adeta birbirlerinin bedenini yalıyorlardı. Şimdi ikisi de hazır durumdaydı. Evet, ikisi de doruğa çok yaklaşmıştı.

Jenna'nın nefesi kesilmiş durumdaydı ve ağzını Gage'in ağzından çekip ikisinin de biraz olsun oksijen solumasını sağladı. Gage de Jenna'yla aynı durumdaydı, dudaklarını çekti. Kulaklarının arkasından boynuna süzülürken hafifçe öptü Jenna'nın dudaklarını.

"Gage!" diye inledi Jenna ve ardı ardına yineledi: "Gage! Gage! Gage!"

İsmini bir kadının dudaklarından böyle art arda ve ihtiyaç duyulan bir tonda duymayı hiç ummazdı Gage. Bu, yangına körükle gitmek gibiydi. Ter içinde kalmıştı. Tüm vücudundan boncuk boncuk damlıyordu.

Jenna bacaklarını Gage'in beline sıkıca bağladı. Kollarını boynuna dolayıp aşağı yukarı hareket ettirmeye başladı. Bir ileri bir geri gittikçe hızlanıyor ve daha da haşin davranıyorlardı birbirlerine. İkisi de zevkten çığlık atıp bilinçlerini yitirinceye kadar hızlıca bedenlerini aşındırmaya devam ettiler.

Önce Jenna boşaldı nefes nefese, çığlık çığlığa, Gage'i iki eliyle sımsıkı kavraya kavraya... Her zaman olduğu gibi Gage önce Jenna'nın tatmin olmasını bekleyip hemen sonrasında kendini salıvermişti.

Gage'in her bir zerresi duyduğu hazla sarsılırken dişlerinin Jenna'nın boynuna geçirdi. İki defa daha girip çıktıktan sonra yığılıp kaldı. Bir sünger gibi tüm suyunun sıkıldığını hissediyordu. Bitkin düşmüştü.

Gage, yüz kiloluk ağırlığıyla Jenna'nın üstüne çıkarak onu ezmiş olduğunu düşünüyordu. Ama küçük parmağını oynatacak mecali kalmamıştı, hele ki o koca vücudu kaldırmak...

Gerçi Jenna pek rahatsızmış gibi görünmüyordu. Bacakları hâlâ Gage'in beline sarılı durumdaydı ve elleri onun kısacık saçlarındaydı.

Gittikçe daha düzenli bir şekilde alıp vermeye başladıkları, birbirine karışan nefeslerinden başka ses yoktu odada.

"Gage?" diyerek uzun süren bir sessizliği böldü Jenna.

"Hmm?" diye mırıldandı Gage, kafasını kaldırmaya bile hali kalmamıştı.

"Bu kutuda kaç tane kondom var?"

Bir kaşını havaya kaldırıp bir yandan da kondom kutusuna ulaşmaya çabalarken, "Bilmem. On, on iki, belki de yirmi dört. Niye sordun ki?" dedi.

"Kaç gecemiz kaldığını hesaplamaya çalışıyorum. Ne kadar süre sonra çarşıya gidip takviye yapmamız gerekir diye düşünüyorum."

Beyni hâlâ normal işlevlerine dönemediğinden Jenna'nın sözlerini algılaması biraz zaman aldı. Ama anladığında dudağının kenarını hafiften kıvırarak, "Bence bu geceyi de kurtarırız," dedi.

Eğer bu gece, yarın gece, ondan sonraki günler, herhangi bir anda, herhangi bir zamanda böyle sevişmeye devam edeceklerse, Gage'in bir an önce Harley'ine binip tüm gece açık olan en yakın dükkândan kondom tedarik etmesi gerekirdi.

Gage, Jenna'yla istediği gibi sevişebildiği için kendini şanslı hissediyordu. Bağlama, çözme, bencilce istekleri için kullanma gibi çıkarlar söz konusu olmadan içlerinden geldikleri gibi sevişmişlerdi. Aslına bakılırsa Jenna, bir raunda daha hazır gibi görünüyordu. Hatta hâlâ pek çok raunda bile çıkabilirdi. Sırf bunun için bile Gage'in diz çöküp Tanrı'ya, hatta her dinin tanrısına ayrı ayrı şükretmesi gerekirdi.

Gage'in yaptığı akıllıca değildi. Sevişmek muhtemelen Jenna'yla aralarındaki mesafeyi korumak ve boşanmanın getirdiği görünmez duvarları yıkmak için pek iyi bir yol değildi ama şu an bunların hiçbirini önemsemiyordu... Küçük Kumandan'ın sözünün, mantığının üzerinde hatırı sayılır bir etkisi vardı.

Ama sorun değildi. Görünüşe göre, arada sırada Küçük Kumandan'dan iyi fikirler çıkıyordu.

Jenna mutfak masasında oturuyor, Gage'in bahçede dolanıp duruşunu izliyordu.

Gage'in, teyzesi Charlotte'ın evinde kendisiyle beraber kalmasına izin verirken ya da en azından tartışmadan, birbirlerine bağırıp çağırmadan yaşamalarını istemişti. Ama muhtemelen Gage'e bunları söylerken, bunun gece-gündüz, ay doğduğunda, şafak vaktinde her an sevişecekleri anlamına geldiğini kendisi de bilmiyordu. Gage tarafından böylesine nitelikli bir şok terapisi uygulanacağını da zaten hiç akıl edememişti. En azından şimdi oturup düşünmeye karar verdi. Sonra, en başından düşünmeye başladı. Tüm bunlar parlak bir fikirle başlamıştı. Gage'in içkisine ilaç atmak, onu yatağa bağlamak ve hamile kalmak için onu kullanmak... Şimdi düşününce ciddi bir psikolojik bozukluğun belirtisi gibi geliyordu gözüne.

Aslında kendisinin suçu yoktu, hepsi Grace ve Ronnie'nin hatasıydı. Bunların hepsi onların fikriydi ve yapması için başının etini yiyip durmuşlardı. Eğer yapmasalardı, Jenna şu anda bu karmaşanın içinde olmayacaktı.

Tabii ya, "bu karmaşa" kemiklerini titreten, duygularını orgazmdan daha fazla sarsan bir karıncalanma yayıyordu içine.

Kelimenin tam anlamıyla böyleydi. On altı kereden sonra yolunu kaybetmeye başladığı söylenebilirdi.

Ama Jenna karar vermişti. Herkesin de kabul edeceği üzere, bunu düşünmek için beyin hücrelerinin en görkemli şovunu sergilemesi gerekmiyordu sonuçta. Bir hafta boyunca pervasız bir şekilde dur durak bilmeden eski kocasıyla sevişmesi dünyanın en kötü şeyi olacak değildi herhalde.

Bu inanılmaz bir şeydi. Hem sadece iyi bir şey değil, aynı zamanda eğlenceliydi de. Kafasının patlayacak gibi olması, nefes nefese kalmak, sudan çıkmış balığa dönmek, bunlar eğlenceli şeylerdi. Ayrıca şu son birkaç günde, daha önce hiç yaşamadığı kadar uçlarda yaşadığına yemin edebilirdi.

Ve evet, evlilikleri boyunca bile böyle geceler yaşadıklarını anımsayamıyordu Jenna.

Belki de kanunlara aykırı bir durum olmasıydı onları böylesine cezbeden. Evli olmadıkları için, yaptıkları bir kaçamak sayılıyordu, bir yasak aşktı. Belki de tabuları yıkmak. Bu yüzden seksin içine daha önce tatmadıkları bir heyecan daha eklenmiş oluyordu.

Bir açıdan Jenna'nın hoşuna da gidiyordu bu durum. Teyzesi Charlotte el sanatları sergisinden dönene kadar burada Gage'le birlikte kalmanın bir sakıncası yoktu onun için. Hatta Charlotte geldiğinde memnun bile olabilirdi onu gördüğüne.

Üzücü yanı, Jenna yalnız yaşamaya alıştığı için, zamanını yalnızlığını hissetmeden nasıl geçirebileceğini öğrenmişti. Bu yüzden gün içinde kendine yapması gereken bir sürü görev vermişti. Alpakalarla ilgilenmek, kitap okumak, iplikleri çuvallayıp iğneleri düzenlemek, gelecek okul döneminde öğrencilere öğreteceği konuların bir taslağını hazırlamak gibi.Ama Gage'in etrafta dolanması da hoşuna gidiyordu Jenna'nın. İlişkilerinin bu noktaya geleceği aklının ucundan bile geçmemişti, özellikle cumartesi gecesinin ardından, Gage şu hamilelik oyununu öğrenip öfkeden deliye döndükten sonra. Aniden karşısına çıkıp hamile olup olmadığı kesinleşinceye kadar gölgesi olacağını söylemişti Gage.

Jenna, Gage'in yanında geçireceği her anın ona acı vereceğini düşünürdü. Ama tam aksi olmuştu, acı yerine cinsel açıdan tatminkârlık sağlıyor, hem de ufak tefek ev işlerini yaparken Gage'in de bir ucundan tutması işine yarıyordu.

Gage başta sadece ahır işlerine yardım ediyor, onun dışında Jenna, çimleri sulayıp etrafı temizlerken boş boş onu seyrediyordu. Böyle olacağı da aklına gelmezdi. Jenna'nın spor salonu üyelik kartı artık tozlandığından o da hem kalbini hem belini kuvvetlendirecek, terleyecek başka uğraşlarla meşgul olmuş olurdu.

Dahası, biraz tombul, biraz çatlak, biraz da yaşlı olan teyzesi döndüğünde, evine kendisinin baktığı özenle baktığına, hiçbir şeyi ihmal etmediğine emin olurdu. Aksi halde teyzesi, onu insanlığını boşa harcadığı için bir ufoya binip başka bir gezegene gitmesini söyleyebilirdi.

Bir süre sonra Gage de bu ev işlerinde Jenna'ya yardım etmeye başlamıştı. Samanları topluyor, yemleri dolduruyordu. Zamanla işin çoğunu Gage yapmaya başlayınca Jenna'ya sadece çiftliğin kedilerini besleyip teyzesinin alpaka koyunlarını yemlemek kalmıştı.

Ve zaman geçtikçe kendisiyle ilgili bir şeyin farkına vardı Jenna.

İzlemeyi sevdiğini keşfetmişti.

Tanrı'nın eski kocasını özene bezene yarattığı, gizlenmeyecek kadar aşikâr bir gerçekti. Upuzun boyu, kaslı ve üçgen vücudyla Tanrı'nın vücut bulmuş hali gibiydi adeta. *Paul Bunyan** gibi seksiydi Gage ve eğer isterse alpakalardan birini tek eliyle kaldırıp işaret parmağında döndürebileceğine en ufak şüphesi bile yoktu.

Ayrıca Gage'in kusursuz derecede biçimli ve sıkı kalçaları vardı. Çoğu zaman rahat giyinmeyi tercih ederdi. Üzerine oturan kot pantolonlar ve vücudunu ikinci bir deri gibi saran siyah, beyaz ya da gri tişörtler giyerek en ufak hareketiyle bile kaslarını gözler önüne sererdi.

Çöp atmak için eğilirken, kot pantolonu yukarı doğru sıyrılır ve baldırlarında sıkılaşması Jenna'nın ağzını sulandırırdı.

Kırk beş kiloluk saman balyalarını kaldırmaktan pazıları gelişmiş, baldırındaki kaslar daha da sıkılaşmıştı. Jenna bunları seyrederken nefessiz kalıyordu.

Ahırda süzülürcesine yavaş yürürken omuzları dikleşiyor, omurgası dümdüz oluyordu. Kalçaları egemenliği ele geçiriyor ve o upuzun bacakları… İşte o an Jenna'nın içindeki her şey yumuşayıp erimeye başlıyordu.

Gage ne ile meşgul olursa olsun, karşısına oturup hayranlıkla onu izliyordu. Gage'in Jenna'ya ne denli iyi geldiği apaçık ortadaydı, ona baktıkça gözü gönlü açılıyordu adeta. Şu an teyzesi bile gelmiş olsa, yine de içindeki bu duyguya gölge düşüremezdi.

Grace ve Ronnie gurur duyuyor olmalılardı. İçlerinden Jenna her zaman sessiz olan, mantıklı hareket eden kişiydi

---

*   Amerikan efsanesi olan oduncu.

ve en aklı başında olanıydı diğer ikisiyle kıyaslayınca. Ama eski kocasıyla kendinden beklenmeyen şeyler yapmış, üç kişilik gruplarının içinde bu çizgisini kaybetmiş, adını lekelemiş, hatta muhtemelen grubun en yaramaz kızı bile ilan edilmişti.

Bir kıkırtı kaçıverdi Jenna'nın ağzından, gülüşü belli olmasın diye eliyle ağzını kapattı.

Şuna bakın! Jenna Langan: Gerçek bir baştan çıkarma uzmanı! Hiç kimse ondan bu kadarını beklemezdi, kendisi de öyle.

Hayli komikti ama gittikçe korkutucu bir hal alıyor gibiydi.

Yaramaz olmayı sevmişti Jenna. Belli çerçeveler içinde ve bildiği, yanında güvende hissettiği bir adamla elbette. Ama bir yandan hâlâ yaptıklarını kendi kişiliğine yakıştıramıyor, kepaze olduğunu düşünüyordu.

Ve tam şu anda, içinden birazcık ayıp şeyler yapmak gelmişti.

Belinde hissettiği sıcaklıkla kalkıp mutfak kapısından çıktı ve yavaşça ahıra doğru ilerlemeye başladı. Yumuşak, eğlenceli tonda bir ritim ilişiyordu Jenna'nın kulağına, hemen sonra bunun kendi dudaklarından çıkıyor olduğunu fark etti. Mırıldanıyordu Jenna. Mırıldanıyordu Tanrı aşkına! Ve ayakları da normal bir şekilde birbirini izlemiyordu, havada yürüyormuşçasına atıyordu adımlarını, dudaklarından yayılan ritme uymaya çalışıyor gibi bir hali vardı.

Bunların hiçbiri iyiye işaret değildi ve Jenna bu defa Gage'le çok ileriye gitmemesi için dikkat etmesi gerektiğinin farkındaydı. Çok ileriye gitmek derken, aşırıya kaçmamak manasında.

Sadece seks. Gerçekten enfes bir seks, bağıra çağıra, soluk soluğa ama sadece seks. Jenna bunu aklından çıkarmadığı sürece her şey iyi olacaktı.

Düz Örgü 13

Jenna ahırda öylece dolaşıyor, gözleri kendiliğinden ahırın loş kısımlarına takılıyordu. Kafasını eğip Gage'in sesini duymaya çalışarak nerede olabileceğine bakınıyordu. Arka taraftan gelen bir ses duydu ve aniden oraya doğru yöneldi. Gage, alpakaları gece için ahır koymadan önce biraz temizlik yapıyordu görünüşe göre.

Kafasını köşeye doğru çevirdiğinde onu gördü. Sırtı dönüktü. Kaslı, güçlü kollarını örten siyah bir tişört giymişti ve kotunun bacaklarını siyah deri botlarının içine sokmuştu.

Jenna, gidip Gage'e yardım etmeyi teklif etmeyi düşündü. Sonra derin bir iç çekti. Jenna, oturup onu izlemek istiyordu sadece. Televizyondan daha iyi olduğu su götürmezdi.

Gage ahırın ortasında saman balyalarını taşımaya devam ediyordu. Jenna orada oturup Gage'in işini bitirmesini bekledi. Bu sırada teyzesinin iki kedisi de yanına gelmişti. Bu kediler barınaktan alınmışlardı kısırlaştırılmış bir şekilde. İlgi bekleyen gözlerle yanına sırnaşan bu kedileri mutlulukla sevip okşadı. Karınlarını gıdıklayıp kulak arkalarını okşadı, mırıltılarını duydukça keyiflendi.

Birkaç dakika sonra Gage temizlediği ahırın önünde duruyordu… Küreğini duvara yaslamış ve omzunu kapıya dayamıştı.

"Kucağında vakit geçirmekten hoşlanan yalnızca ben değilmişim gibi gözüküyor," diye mırıldandı Gage. Dudaklarının köşesine ince bir tebessüm yerleşmişti.

Yanakları kızardı Jenna'nın, göz göze geldiler. "N'apabilirim, ben popüler biriyim sonuçta."

Gage'in yüzündeki gülücük biraz düşmüştü ve kısık bir tonda mırıldanarak, "Öyleymiş, duydum," dedi.

Gage'in cevabı Jenna'yı şaşırttı ve bir anda gözleri şaşkınlıkla büyüdü. "Ne demek istiyorsun sen?"

Omuzlarını silkip doğrudan Jenna'nın yüzüne bakmayarak, "Ayrıldıktan sonra pek çok kişiyle çıkmışsın, hepsi bu," dedi Gage.

Ah! Gage'in aniden yüzünün düşmesinin nedeni buydu demek. "Artık yalnızım, bekârım," dedi Jenna. "Kiminle buluşursam buluşurum. Bu beni ilgilendirir, seni değil," diye ekledi ardından.

"Doğru," diye onayladı Jenna'nın sözlerini isteksizce. "Haklısın tabii ama ben sadece, ayrıldıktan hemen sonra bu kadar hızlı bir şekilde daldan dala dolaşacağını tahmin etmemiştim."

"Daldan dala mı?" diye sesine bir tizlik ekleyerek tekrarladı adamın sözünü.

"Evet. Başka bir polisle, bir itfaiyeciyle, bir doktorla, daha sonra da bir bahriyeliyle çıkmışsın. Ne yapmaya çalışıyordun ki? Amerika'nın tüm kahramanlarının saygıyla selamladığı tek kadın mı olmak istiyordun?"

Jenna bir anda öfkeye kapıldı ama geldiği kadar çabuk bir şekilde de uçup gitmişti hiddeti. Son sözüyle kafasını uçurması gerekirdi Gage'in. Ama lanet olsun, o zaman o kadar da hayran olunası bir yanı kalmazdı.

"Kıskanıyorsun," diye alaycı bir şekilde cevap vermeyi tercih etti Jenna.

Gözleri büyüdü, dudakları incecik bir şerit halini aldı Gage'in. "Kıskanmıyorum!"

"Kıskanıyorsun işte. Yoksa kiminle buluştuğum seni niye ilgilendirsin ki! Kalkıp kimlerle buluştuğumu araştırmanın başka bir açıklaması olabilir mi?" dedi Jenna, ses tonunda hâlâ alaycı bir tını seziliyordu.

Buna karşılık Gage'in yüzü daha da düşmüştü, morali bozulmuştu. "Ben sadece senin için endişelendim. Kıskandığım falan yok. Seni merak ettim."

"Hı hı..." Kucağındaki tekir kediyi yere bırakarak ayağa kalktı. Haki renk kısa pantolon giymişti Jenna. Birbirlerine dokunabilecekleri kadar yaklaşıp rahatsız edici bakışlarını Gage'in kahverengi gözlerine dikmek için ona doğru adım attı.

Jenna elini Gage'in yapılı göğsüne koyarak, "Tamam, anlıyorum. Sen adına ne dersen de, böyle düşünmen hoş bir şey. Bu arada aklında bulunsun diye söylüyorum, geçtiğimiz birkaç ay içinde pek çok adamla çıkmış olabilirim ama hiçbiriyle yatmadım."

Gage'in göz çukurundaki bir damar aniden seğirmişti. "Yatmadın mı?"

Jenna onaylarcasına başını salladı. "Bir tanesiyle bile yatmadım. Bu hafta sonunu hesaba katmazsak, seviştiğim en son adam kocamdı."

Gage'in gözlerinden tüm yüzüne doğru bir sıcaklık yayıldı. Elleriyle Jenna'nın yanaklarını okşayıp çenesini kavradı ve başparmağıyla bir ileri bir geri dokunmaya devam etti. Birkaç saniye sonra, kafasını eğip dudaklarından öptü Jenna'yı.

Gage'in dudakları yumuşaktı ama sertti de. Hafifti ama hâkimdi. Jenna kendini bırakıp Gage'e yaslandı, o ne söylese kabul edebilecek durumdaydı. Buna karşılık Gage de bir itirafta bulundu.

"Ben de hiçbir kadınla birlikte olmadım," diye mırıldandı. "Sadece bilmeni istedim."

Gage'in sözleri Jenna'nın içine tarifsiz bir mutluluk ve rahatlama duygusu yayılmasına sebep olmuştu. Kollarıyla Gage'i daha sıkı kavrayıp gönlünden gelen bir öpücükle karşılık verdi.

Yaklaşık bir saat geçmişti. Kedileri korkutup kaçırmışlar, saman balyalarını da oldukça dağıtmışlardı. Jenna, parlak renkli bluzunu giyip yeşil fularını boynuna takmakla meşgulken Gage de tişörtünü pantolonunun içine koyup düğmelerini ilikliyordu.

"Bu gece örgü grubuma katılmak için şehre gideceğim,"dedi Jenna. Gage onu ellerinden tuttu, ayağa kalkmasına yardım etmeye çalışıyordu. "Benimle gelmek ister misin?" dedi Gage'e.

"Elbette."

"Senin motosikletinin arkasına binmeyeceğim için yine benim küçük arabamla gideceğiz." Sesinde bunu söylerken eğlendiğini ima eden bir kıpırtı vardı.

Gage, bu fikirden ne kadar *hoşlandığını* belli etmek için yüzünü buruşturdu.

"Bu arada bence Zack ve Dylan hâlâ gelmediler, böylece Penalty Box'ta takılacağın kimse olmayacak. İstersen burada da kalabilirsin."

"Ah, hayır! Burada kediler, alpakalar ve eski magazin dergilerinden başka bir şey olmadığını düşününce, tek başıma barda içmemin hiçbir sakıncası olmaz diye düşünüyorum."

Jenna gülümseyerek, "Öyle deme, Daisy'nin sana tutulduğunu düşünüyorum." Göz alıcı kahverengi ve beyaz renkli dişi alpakayı kastediyordu. Gage ne zaman ahıra girse ya da onları yemlemeye çıkarsa Daisy bir köpek yavrusu gibi durmadan Gage'in etrafında dolaşıyordu.

Bunu yalanlamak yerine, doğruladı Gage tebessümle. "Evet bende gözü var gibi. Eğer dikkatli olmazsan, sanırım ciddi bir rekabet söz konusu olabilir."

Gage'in sözleriyle Jenna'nın içinde bir şeyler titremeye başlamıştı, bu yüzden onun sözleri üzerinde çok uzunca düşünmek istemiyordu. Ne kadar hafife alsalar da, halleri aralarında sandıklarından daha fazla bir şey olduğunu anlatmaya yetiyordu.

"Ne zaman çıkmayı düşünüyorsun evden?" diye sordu Gage.

Saatini kontrol ederken hâlâ kolunda olmasına şaşırdı. Çünkü az önce yaptıkları yarı çıplak güreş sırasında çıkardığını düşünüyordu. "Birazdan," dedi Jenna. "Yirmi dakikaya çıkarız."

"Hızlı bir sevişme için bir şansımız daha var yani?"

Jenna'nın gözleri irileşmişti, şaşkın bir şekilde Gage'in yüzüne bakıyordu. Bir kez daha mı yapmak istiyordu? Hem de bu kadar kısa süre içinde? En azından ayağa kalkmaya fırsat bulduğu için kendini şanslı hissediyordu Jenna.

Bir kahkaha attı Gage. "Şaka yaptım. Sadece şaka yaptım tatlım, şehirden dönünceye kadar bekleyebilirim."

Yaptığı şakadan hoşlanmadığını ima eden gözlerle baktı Jenna. Bunun üzerine Gage bir kez daha kahkaha attı.

"Tanrım, yüzün her şeyi anlatıyor. Her şeyi bir kenara atabilirim, sadece bana bakışını görebileyim."

Başını eğleniyormuşçasına sallayıp bir eliyle çenesini kavradı Gage. "Sen hazırlanmak için içeri geç istersen. Ben de şu hayvanları yatırıp geleyim.

Sözlerinden hemen sonra öptü Jenna'yı. Sonra onu bırakıp ahıra döndü.

Grace Fisher'ın arabasındaki müzik çalarda Carrie Under-wood'un *"Before He Cheats"* (Aldatmadan Önce) adlı şarkısı çalıyordu. Geçen haftadan beri, aslında tam olarak dört gün, sekiz saat, kırk yedi dakikadır bu şarkıyı dinliyordu ama ne kadar dinlediği kimi ilgilendirirdi ki? Şarkıyı tekrar, tekrar, tekrar ve tekrar dinleyecekti; ta ki şarkının sözleri kemiklerine işleyinceye kadar.

Kendini şarkıdaki aldatılan kadına benzetiyordu. O da aldatan erkek arkadaşından intikamını arabasını parçalayıp göle atarak alıyordu. Ve şarkıdaki adam da sevgilisini çakma sarışın bir sürtükle aldatmıştı. Özellikle, otel odasında onu başka bir kadınla yakalamasının hemen ardından Zack'in vişne rengi Hummer'ına yaptığı şiirsel dokunuşlara benzetiyordu Grace.

O gece yaptığı şeylerle gurur duymuyordu. Ama sonuna kadar haklıydı. Öfkesini bir şekilde atması gerekiyordu. Üzgündü. Canını yakan, onu aldatan adamı cezalandırmak için yanıp tutuşuyordu. Bunları yapmak hakkıydı.

Zack'in dairesinin altını üstüne getirdiğine de pişman değildi. Zack'in verdiği iki karatlık elmas nişan yüzüğünü fırlattığına da. Ya da köpeğini çaldığına da. Hiçbirinden pişman değildi. Bir apartman dairesi daha olsa ya da bir yüzük daha getirse, bir Hummer'ı ya da bir köpeği daha olsa hiç düşünmeden aynı şeyleri yapardı.

Tek endişesi medyanın bu nişan atma hikâyesinin detaylarını kötüye kullanıp kendisini zor durumda bırakmasıydı.

Grace'in bu kadar popüler olmasını sağlayan özelliği her zaman açık ve dürüst olmasıydı. Eğer güzel bir gün geçirdiyse, gerek kamera önünde gerek kamera arkasında bunu izleyicilerle paylaşırdı. Keza kötü bir durum yaşadığında da onlara anlatırdı ve en az onundan dokuzu onu teselli etmek için can atıyor olurdu.

Hepsinden öte, herkes kötü kesimli saçlardan mustarip olabilirdi, kırılmış tırnaklardan ya da kaybettiği lenslerinden... Ya da kramp ağrıları çekebilirdi herkes, öyle değil mi? Grace hayranlarına öncelikle onlar gibi normal bir insan olduğunu anlatmaya çalışır, onların da ona öyle davranmalarını isterdi. Hayranlarının gözünde dokunulmaz bir kişi olmaktansa, onlarla arkadaş olabilmeyi tercih etmişti.

Ama bu defa çizmeyi birazcık aştığını düşünüyordu. Çok değil, birazcık.

Örneğin, pazartesi sabahı şiş gözler, kırmızı bir burun ve akan rimellerle işe gitmemesi gerekirdi. Makyözler işlerinde ne kadar iyi olurlarsa olsunlar, Grace'in durmadan akan gözyaşlarının makyajı bozmasına engel olacak bir şey yapamazlardı.

Keza, tüm zamanını içinden geldiği gibi Zack hakkında atıp tutarak harcamaması gerekirdi. O sınırlı yayın zamanını Zack'le heba etmemesi gerekirdi. Ya da bu aldatma olayının tüm detaylarını, o fahişe hakkındaki düşüncelerini tüm dünyanın bilmesine gerek yoktu.

Ama belki, birazcık da olsa programı zirveye taşıyabilirdi bunlar.

Tüm o söylediklerini geri alamazdı Grace. Ya da patronlarına, "Erkekler iğrençtir" temalı bir program dizisi düzenleyip konuk bulmalarını emretmiş olmasını da geri alması mümkün değildi. Bu program aracılığıyla, pantolonunun içinde penisi bulunan her entrikacı yaratığı dışlamayı hedefliyor ve kendisi gibi bu alçak düzenbaz herifler tarafından aldatılan kadınlara yardım etmeyi amaçlıyordu.

Bu arada Zack'i hayalarından asmak, penisini koparıp vudu bebeği yapmak niyetindeydi. Ama zaman geçtikte bu ağırlığı üzerinden attığında, ona ait olan, değer verdiği şeylere zarar vererek onu kalbinden vurmayı hedefliyordu asıl.

İki aracın arasında park halinde duran gümüş rengi Lexus marka otomobilinin burnunu çıkardı, aynalarından bakış açısını kontrol etti. Ve sonra da en azından kendisinin nasıl göründüğüne bakmak istedi. Eh ne de olsa yeterince kötü, hatta iğrenç bir hafta sonu geçirmişti.

Ruju dışında makyajı fena sayılmazdı. Çok büyük kozmetik firmalarından biri olan *Ruby Slippers*'ın kendisine bedava verdiği parlak ışıltılı ruju kullanmayı tercih etti. Onlar ürünleri Grace'e ücretsiz veriyor, o da ekrana çıkarken o ürünleri kullanıp ismini sürekli dillendiriyor, böylece karşılıklı çıkar sağlıyorlardı.

Saçını da biraz düzelterek daha iyi hale getirebilirdi. Buklelerinin birkaçını kıvırıp biraz daha bastırarak bunun işe yaradığını gördü.

Şimdi spaya mı gitseydi acaba? Ya da en azından bir kuaföre mi uğrasaydı çünkü dipleri çıkmaya başlamıştı.

Sürekli medyanın önünde olan biri olduğu için, kendini salıverme gibi bir lüksü yoktu Grace'in. Muhteşem saçlara, muhteşem bir cilde, muhteşem tırnaklara sahip olması gerekiyor, aynı zamanda muhteşem bir şekilde düşünmesi, muhteşem görünmesi ve yüzüne muhteşem bir tebessüm yerleştirmesi bekleniyordu.

Ve Grace bu konuda %98,6 başarı gösteriyordu.

Geriye kalan o %1,4'lük kısım da zaten tamamen bu son haftayla ilgiliydi.

Davranışlarına gelince, Zack'i yarı çıplak halde o kadınla gördüğünden beri önüne gelen her şeye küfür edip duruyordu.

Zack'in onunla iletişime geçme çabaları da sonuçsuz kalıyordu. Zack, Grace'i cep telefonundan ve ev telefonundan defalarca özür dilemek, af dilenmek için aramıştı. Ancak en sonunda Grace, onun telefon numarasını engelledi. İşyerindeki herkese –daha doğrusu Grace'i tanıyan herkese– Zack'in yanına bile yaklaşmaması için sıkı talimatlar vermiş, telefonla, mesajla ya da herhangi başka bir şekilde Zack'e bilgi vermelerini sertçe bildirmişti.

Zack istenmeyen adam ilan edilmişti. Artık istediği sürtükle dolaşabilir, hatta cehennemin dibine gidip kendini becerebilirdi.

Grace'in tavırları son zamanlarda dinginleşmiş ve daha çok düşünmeye başlamıştı. Bir adamı, ardında hiç iz bırakmadan işkence edip öldürmenin ince detayları üzerinde düşünmek, Grace'in son zamanlarda ilgilendiği şeyler listesindeydi.

İronik bir şekilde, Zack'in kocaman, aşırı duygusal ve tam bir baş belası olan köpeği, Grace'in makul düşünmesini sağlıyor, düşüncelerini anında uygulamasına bir nebze de olsa engel oluyordu.

Zack hayati tehlikeyi atlatmış sayılmazdı, hâlâ her an öldürülüp parçalarının fırlatılması tehdidi altındaydı. Aslında Grace şimdiye kadar, kiralık katillerin aylık bültenlerinden birinin bir kopyasını edinerek Zack'e yönelik böyle bir girişimde bulunmalıydı. Ya da işten eve dönerken yolda, "Aldatan eski sevgilinizi öldürmemizi ister misiniz?" yazılı afişler bulup hemen onlarla iletişim kurarak harekete geçmesi gerekirdi.

Ama bu aptal, yaşlı köpek pek çok işinde Grace'e ayak bağı oluyordu. Yatağın köşesine tüneyip duruyor ya da adım adım peşinde dolaşıyordu. Koca, yumuşak kafası ve durmadan akan salyalarıyla Grace'e sırnaşıp duruyordu. Yanına geldiği an, ilk on saniye içinde Grace onu fırlatıp atmak istiyordu. Onu yataktan atmayı başaramayınca da odadan çıkıp kapıyı üzerine kilitliyordu.

Aslında bu aptal Saint Bernard cinsi köpeği hiç sevmiyordu. Sadece, Zack'in onu özleyip acı çekeceğini bildiği için yanında getirmişti. Böylece ondan mahrum etmişti. Kendisine göre, şu anda Zack *Anything That Moves**'a gidip Bay Hump'in dizlerinde ağlayıp sızlamaya başlamıştı bile. Dev gibi hayvanın cinayete meyilli eski kız arkadaşı tarafından alıkonulduğunu anlatarak deliye döndüğünü düşünüyordu.

Bruiser'in iri kahverengi gözleri Grace'in düşüncelerini onaylarcasına bakıyordu. Dahası, halinden memnundu. Şöyle bir nefes aldıktan sonra ıslak diliyle Grace'in yanaklarını tamamen yalamıştı. Köpeğin bu sevgi gösterisi karşısında gözyaşlarını tutamayacak kadar duygulanmıştı Grace. Bruiser, hemen ardından komodinin üzerinde duran Chunky Monkey dondurmasını yalamaya başlamıştı.

Grace, akşamın geri kalan saatlerini, hayvan postundan yapılma en sevdiği yorganının altında Bruiser ile birlikte dondurma yiyip, *Öldüren Cazibe* filmini ardı ardına iki kez izleyerek geçirdi. O tavşancığı pişirdikleri sahnede gözlerini Bruiser'in gözlerine dikmişti. Bir köpek olduğu için biraz fırsat verilse bir tavşan yiyebilirdi Bruiser ama bunun yerine o, kahrolası çorapları ve spor ayakkabıları kemirip tenis toplarını dişlemeyi tercih ediyordu. Grace yine de, Bruiser'ın, hayvanların bu şekilde kötüye kullanılmasını desteklediğini bilsin istemiyordu.

Ertesi sabah, Zack'in her zamanki yerinde kıvrılıp yatanın Bruiser olduğunu görünce biraz üzüldü Grace. Öyle sanıyordu ki, çoğu kadın da neredeyse Jenna'nın arabasının boyutlarında olan, salyaları akan, kahverengili beyazlı Saint Bernard cinsi bir köpeğe sarılarak uyanmak yerine, muhteşem adonis kasları olan profesyonel bir hokey oyuncusuyla yatağını paylaşmayı tercih ederdi.

Yıpranmış olan Mısır ipinden yapılma çarşaflarında, Bruiser'in yatakta olmasından kaynaklı olsa gerek, ekstradan bir konfor vardı. Bruiser'in düzenli nefesi, yumuşacık

---

*   1990 yılında yayınlanmaya başlayan bir Amerikan Dergisi.

tüyleri ve yaydığı sıcaklığın da etkisi olmuş olmalıydı. Kollarıyla Bruiser'i kavradı ve ona sıkıca sarıldı. Aslında Zack'in bu aptal köpeği yüzünü güldürmeyi başarırsa hayatının o kadar da fena sayılmayacağını düşündü.

Ama bu isimden –Bruiser– isminden kurtulmalıydı önce Grace. Bu isim ona Zack'i hatırlatıyordu. Ve nefesi sağlıklı olamayacak kadar kötü kokuyordu. Yakın zamanda veterinere gitmeleri gerekebilirdi.

Saçını yaptırmak için kuaförden randevu almış olduğu geldi aklına. Belki tırnaklarını da yaptırırdı bu arada. Bundan sonra köpeği Jethro için de bu tip bakımları yaptıracağı bir yer bulmalıydı.

Ya da Roscoe.

Belki de Chompers.

Her neyse, bir isim bulacaktı en nihayetinde.

Cüzdanıyla el örgüsü alışveriş çantasını alıp arabanın yan koltuğuna koydu ve Yarn Barn'a doğru yola koyuldu. Mağazanın sonunda Çarşamba Gecesi Örgü Lulübü'ndcn arkadaşlarıyla buluştu, daha sonra Jenna ile Ronnie'nin onun için ayırdıkları boş koltuğa oturdu.

Herkes çoktan örgü örmeye başlamış, bir yandan da sohbete tutuşmuşlardı. Yanlarına limonatalarını da almış, hallerinden oldukça memnun gözüküyorlardı.

Jenna hâlâ kendine has fularlarından birini örmeye devam ediyordu. Plastik örgü şişleriyle neredeyse gözle takip edilemeyecek kadar hızlı örgü ören Jenna'nın elleri ter içinde kalmıştı. Jenna'nın şimdiye kadar ördüğü fularların sayısı muhtemelen iki yüze yakındı, kendi koleksiyonunu oluşturmuştu. Fular kullanmayı sevdiği için örmekten de ayrı keyif alıyordu. Hatta sergiye giden teyzesine, satması için bir kısmını vermişti. Ve görünüşe göre işler yolunda gidiyordu. Jenna sonsuza kadar fular örebilir, teyzesi Charlotte da sonsuza kadar ondan hep daha fazla örmesini isteyebilirdi.

Ronnie, Jenna'ya kıyasla daha küçük örgü şişleri kullanıyor, daha dayanaklı ipleri tercih ediyordu. Dylan'ın kış aylarında giymesi için uzun kollu, gece mavisi renkte bir kazak örüyordu.

"Geç kaldın," dedi Ronnie, Grace'e. "Her şey yolunda mı?"

Ronnie'nin sesinden Grace için endişelendiği seziliyordu. Grace de bu durumun farkındaydı. Sonuçta o da Ronnie'nin yerinde olsa, yani aldatan Dylan olsaydı ve Grace, Ronnie'nin Dylan'ın dairesini alt üst etmesine, eşyalarını kırıp dökmesine, çılgınca her şeyi savurmasına şahit olsa, o da Ronnie için aynı şekilde endişelenirdi.

Açıkçası, arkadaşları doktor çağırmadıkları için şanslı olduğunu düşünüyordu Grace. Çünkü deliler hastanesinde bir odaya kapatılıp da volta atmanın o kadar da iyi gelmeyeceği aşikârdı.

"Her şey yolunda," dedi Ronnie'ye inandırıcı bir ses tonuyla. "İşyerinde hayli koşuşturma vardı. Yapımcım gelecek programlardaki konuyla ilgili benimle konuşmak istedi de." Kadınlar arasında en çok konuşulan ve kadın milletinin kaderi için gerekli olan tek konu üzerine tabii ki: Erkekler kötüdür! Onların öldürülmesi gerekir!

Grace, çantasına uzanıp kalın bir yumak ip çıkardı ve gelişigüzel, karmakarışık parçalar örmeye başladı. Aslında şu anda düğün elbisesini örüyor olması gerekirdi, onu kendi eliyle yapacağı için çok heyecanlanmıştı. Her ilmeğini aşkla işleyeceği bir düğün elbisesi...

Ne kadar zorlandığını görünce Jenna ve Ronnie yardım edebileceklerini söylemişlerdi ona defalarca. Çünkü böyle giderse elindeki örgüyü zamanında yetiştiremeyecekti. Grace hepsini reddedip kendi başına tamamlayabileceği konusunda ısrar etti. Kendi başına yapmak istiyordu. Sonuçta kendi kreasyonunu kendisi giyecekti.

Ama şimdi, bu fikir ona acı ve kalp kırıklığından başka bir şey veriyordu.

Küçük örgü şişlerini yapmakta olduğu örgünün üzerinden çekti Grace, bağdaş kurup oturdu. İp neredeyse bitmek üzereyken korkunç bir karmaşayla hepsini sökmeye başladı.

"Ne yapıyorsun sen?" diye çığlık attı Jenna. Oturduğu sandalyeden zıplayıp Grace'i durdurmaya çalıştı.

"Düğün kıyafetimi parçalarına ayırıyorum," diye cevapladı Grace, sesinde hiçbir duygu belirtisi yoktu ve yaptığı işten kafasını bile kaldırmıyordu. "Ve bitirdiğim zaman da yakacağım hepsini, her şeyi... Onun bana verdiği her şeyi, içimde ona dair kalan her şeyi, bana onu hatırlatacak her resmi, hepsini birlikte yakacağım."

Gruptaki kadınlardan çoğu Zack'le aralarındaki olayı bilmiyordu ama bu şekilde onlar da çabucak anlamış oldular. Anladıkları anda da ağızlarını kapadılar. Sadece Melanie ortada neler olup bittiğini sormaya cesaret edebildi. Melanie, iki çocuk annesi genç bir kadındı ve örgü gecesinden sonra Penalty Box'a gittiklerinde ara sıra onlarla takılırdı. Diğerlerine kıyasla daha yakın arkadaşlarıydı kendisi.

Ronnie, fazla detay vermeden kabaca özet geçerek bilgilendirdi Melanie'yi. Grace nerdeyse hiçbir şey duymuyordu. Zaten keskin çığlıklar atıp bardakları etrafa fırlatmaya başlayark hikâyeyi özet geçmeye başlamıştı. Zack hakkında yeterince cüretkâr ve *övgü dolu* sözler sarf etmişti.

Sökmeyi bitirdiğinde büklüm büklüm tek bir ip kalmıştı elinde. Bu, geriye kalan hayatını simgeleyen bir metafordu Grace'e göre.

Yaptığı onca şeyi bozduğu için sıkıntılı olması gerekirken, bir de şarkı söylüyordu Grace. Etrafa saçtığı şişleri, iplikleri, söktüğü ilmekleri toplarken bir yandan da içinde kendini bulduğu o şarkının nakaratını mırıldanıyordu: *Before He Cheats.* Diğer tüm kadınlarsa etrafında konuşup duruyordu.

Değişikliği fark ettiğinde yirmi dakika bile geçmemişti henüz. İçinde bulunduğu hava kırılmış, etrafını çevreleyen sesler uzaklaşmıştı.

Ve ayak sesleri duyuyordu. Ağır, büyük ve hızlı ayak sesleri...

Grace'in midesinde bir sıkışma olmuştu sanki. Göğsüne anlamlandıramadığı bir ağrı saplanmıştı. Oturduğu yerde daha da dik durup güçlü görünmek istedi. Karanlığın içinden bir gölge çıkacaktı sanki. Ölümün sıcak nefesini ensesinde hissediyor gibiydi.

"Sen?"

Tek bir hece, tek bir söz duyulmuştu inceden. İğrenç bir zehirle ölmediğine şaşırmıştı Grace.

Teninin hâlâ karıncalandığını hissediyor ve nabzı çılgınca atıyordu.

Yavaşça ve oldukça dikkatli bir şekilde yaptığı işi bırakıp sandalyesine dönmeye karar verdi. Zachary Hoolihan kızarmış yüzüyle orada duruyordu. Göğsü aldığı her nefesle inip kalkıyordu. Tırnaklarını yiyecek kadar öfkeli gözüküyordu ve Grace onun kulaklarından duman çıkmadığına şaşırıyordu.

Dylan, Zack'in solunda oturuyordu, Ronnie'nin sandalyesinin hemen ardında. Rahat olmadığı açıkça görülüyordu. Gage ise sağında oturuyor, hayli yakışıklı, yani her zamanki gibi görünüyordu. Sadece birazcık ifadesiz ve göz korkutucu olduğu söylenebilirdi. Grace, onların arasında Zack'i, Looney Tunes karakterlerinden Yosemite Sam gibi görüyordu. Onun gibi her an sağa sola çılgınca sataşacak bir hali vardı.

Tüm hafta boyunca Zack'le karşılaştıklarında nasıl davranması gerektiğini düşünmüştü. Bu yüzden şimdi ne yapacağını biliyordu. Cleveland güzel, büyük bir şehir olabilirdi ama aslında o kadar da büyük değildi. Çünkü Zack'in bir yerlerden ortaya çıkıp arabasına, evine verdiği onca zararın hesabını soracağını biliyordu.

Nasıl derler? İntikam soğuk yenir.

"Sen benden mi bahsediyorsun?" diye sordu Grace, sesi nerdeyse karnından çıkıyor gibiydi. Ama lanet olsun, bu ses tonuyla –son yaptığı yıkımları saymazsak– Zack'e kendisinden üstün olduğunu hissettirmişti.

"Evet, kahrolası! Seni kastediyorum sayın bayan aşağılık!" diye kükredi Zack. "Evimi harabeye çevirdin, köpeğimi çaldın ve arabamı parçaladın!"

"Pardon, anlayamadım?" Masummuşçasına bir tavır takındı derhal.

"Sen-benim-arabamı-parçaladın!" diye her bir sözünü vurgulayarak heceledi Zack. Ellerini Grace'in sandalyesine koyup burun buruna gelinceye kadar yaklaşarak, "Sen, benim Hummer'ımı paramparça ettin!" dedi.

"Hummer'ın?" diye bilmiyormuş gibi davranmaya devam etti Grace. "Büyük kırmızı şeytanına bir şey mi olmuş?"

Zack bir kez daha arkasına yaslandı. Ama sinirden her bir damarı yerinden fırlayacakmışçasına zonkluyordu.

Güzel. İşe yarıyor, dedi Grace içinden.

"Lanet olsun! Sen ne olduğunu daha iyi biliyorsun! Çünkü sen yaptın! Garaj kapısını kırdın ve kahrolası Hummer'ımı paramparça ettin! Sonra çileden çıkıp evimin de canına okudun!"

Grace, işaret parmağını yanağına götürünce aklına geldi. Keşke bu buluşmadan önce kuaföre gitseydi. Manikürlü tek bir tırnağı bile Zack'e onsuz ne kadar iyi olduğunu, onun kaç silikonlu sürtükle seviştiğini umursamadığını anlatmaya yeterdi.

Hayretler içinde kalmışçasına bir tavır takınıp yüzünü buruşturdu Grace ve kullanabileceği en iyi Betty Boop vurgusunu ses tonuna ekleyerek, "Oysa bana Hummer'ının çok dayanıklı olduğunu söylemiştin."

Zack'in yüzü kırmızıdan mora dönüyor, renkten renge giriyordu. Gözleri o kadar büyümüştü ki, gözünün akı neredeyse görünmüyordu. Ve Zack her an patlayabilirdi.

"Tutukla onu!" diye bağırdı bir elini şaklatarak. O sırada Gage kemer tokasıyla dirseğini kaşımakla meşguldü.

Gage kaşının birini kaldırdı, Zack'in ani emriyle şaşırmıştı. Yeniden bir Zack'e bir Grace'e baktı. "Ne?" dedi Gage.

"Dediğimi duydun!" diye yineledi Zack ve sadece mağazanın duyacağı bir tonda değil, alışveriş merkezinin olduğu mekânın komple sarsılmasını ister bir tonda devam etti sözlerine. "Tutukla onu! Kelepçeleri tak, sahip olduğu hakları hatırlat ve kodese yolla! Bana verdiği hasarlardan ve haneye tecavüz etmesinden şikâyetçiyim. Bir de hırsızlık var çünkü Bruiser'i çaldı. Üstüne üstlük bir sürtük gibi davranması da cabası." Ses tonu başladığına kıyasla alçalmış sayılırdı ama bu kadarının bile Grace'in içine korku salacağına inanıyordu.

Grace nerdeyse burnundan soluyordu. Bu, Zack'in zil zurna sarhoş olduktan sonra kendinden geçtiği hali gibiydi, oradan oraya ağır ve küçük adımlarla yürüyordu. Az önce ona hakaret etmiş olmasının bile Grace'i etkilemediğini düşünmeye başlamıştı.

Zarafetle ayağa kalktı Grace. Yüzünü tamamen Zack'in yüzüne çevirdi. Aralarında sadece sahte deriden yapılma koltuk vardı onları ayıran.

"Sürtük olabilirim," dedi Grace. Ses tonu, Zack onu suçlamaya başladığı anki kadar soğuk ve mesafeliydi. "Ama vefakâr bir sürtüğüm. Peki ya sen nesin bunu hiç düşündün mü? Sen yalancı, aldatan piçin tekisin! Güzel bir araca, hoş bir apartman dairesine, Bruiser gibi güzel bir köpeğe layık olan kim bu durumda?"

Eğer geçmişte, Zack'e Saint Bernard cinsi köpeği için olumlu şeyler söylemiş olmasa şimdi, ne kadar büyük ve kokuşmuş bir köpek olduğunu bilmesini sağlardı. Ama bunun yerine Grace, yeni yollar bularak Zack'i küçük düşürmeyi tercih etti.

Zack'in çenesindeki kaslardan biri öylesine kabarmıştı ki neredeyse dişlerinin arasından fırlayıverecekti. Burun buruna gelinceye kadar birbirlerine yaklaştılar. Zack, "Bilgin olsun diye söylüyorum. Ben sana yalan söylemedim ve seni aldatmadım. Beş dakika içinde her şeyin içine etmeyip bir de lanet olası telefonunu açmayı deneseydin, sana bir açıklama yapabilirdim."

"Ah tabii ya," dedi Grace mayhoş bir edayla. "Adına düzenlenen ziyafet sırasında salatasındaki karides boğazına kaçtı herhalde, sen de onu odana götürüp ilkyardımda bulunmak istedin. E tabii bu karmaşa sırasında da üstünüzdekileri çıkarmak zorunda kaldınız."

"Ben onu odama almadım," dedi Zack ısrarla, öfkeden gözleri büyümüştü. "Odamda olduğundan haberim bile yoktu."

"Haklısın, o Florida çöplüğünü andıran odaya gönüllü gitmek pek akıl kârı değil zaten," diye adeta burnundan soluyordu. "Seninle üç yıl geçirdiğim için aptal olmalıyım. Ama akıllandım artık. Hummer'ın ateşe verilmediği için kendini şanslı saymalısın."

"Yani söylediklerimi yaptığını kabul ediyorsun?" Gage'e yeniden işaret yapıp, "Gördün, itiraf etti. Tutukla onu!" dedi Zack.

"Ben hiçbir şeyi itiraf etmedim. Sadece bir yorum yaptım, bu cümlemden dolayı bir başkası da senin gibi tüm bunları benim yaptığımı düşündüyse... Ne diyeyim, tebrik ederim. Zack, defol git başımdan!"

Yumruk yaptığı elini bacağına vurdu Zack. "Lanet olsun, ben seni aldatmadım, Grace. Eğer telefonlarımdan birini cevaplama zahmetinde bulunsaydın ve kahrolası bir beş dakikanı ayırsaydın her şeyi açıklayacaktım."

"Açıklamana gerek yok. Gören gözlerim ve algılayabilen bir beynim var. İki kere ikinin dört ettiği kadar aşikârdı gördüklerim. Bu yüzden sen o kahrolası beş dakikanı al, başka birini becermek için harca!"

Bu son sözleriyle birlikte Grace yerinden kalkıp sanki etrafını çevreleyen o adamlardan hiçbiri yokmuş gibi davranarak yarım bıraktığı sökme işine devam etti.

Arkasından Zack'in homurdandığını duyuyor ama ne dediğini anlamıyordu. Bariz bir şekilde görülüyordu ki, rüzgâr Zack'in yelkenlerine karşı esiyordu. Bu durumdan mutlu olmalıydı Grace ama değildi.

Şimdi evde yalnız olsaydı, muhtemelen yatağa kıvrılıp yeni adına henüz karar vermediği köpeğe sarılırdı. Rex? King? Tonto? Ben ve Jerry de fena değildi aslında. Bir yandan da işini yapmaya devam ediyordu, düğün elbisesinin çoğunu sökmüş sayılırdı.

Şaşırtıcı bir şekilde, gözlerinin dolmasına sebep olan duygu öfke değil, kederdi. Tek isteği, gözyaşlarına boğulup onu ne kadar incittiğini görmeden Zack'in oradan defaolup gitmesiydi.

Neyse ki, arkadaşlarının ittirmesiyle olsa da gidiyordu işte.

"Hadi gel!" dedi Dylan. "Gidelim buradan, birkaç bira iyi gelir."

"Bana iyi gelecek şey onu demir parmaklıkların ardında görmek!" Grace bu sözleri duyunca onun yüzündeki alay ifadesini canlandırabildi gözünde. Ama az önceki hararetinden eser yoktu sesinde.

Grace, Zack'in kendi yüzünü göremediğinin farkındaydı. Yine de kaşını kaldırıp sakince cevap verdi. "Bana iyi gelecek şey de, bulaşıcı bir hastalığa yakalanman ve penisinin kuruyup düşmesi."

Ters Örgü 14

"Bulaşıcı bir hastalığa yakalanmasını ve penisinin kuruyup düşmesini mi umuyorsun?"

Ronnie defalarca tekrar edip kahkahalarla güldü. Tüm bunlar sadece bir bardak limon liköründen sonra olmuştu.

Jenna da parlak sarı renkteki içkisini yudumlarken, Grace'in Zack'e söylediği son sözün komik olduğunu düşünüyordu ama Ronnie gibi dışa vurmayı tercih etmemişti. Zack, Gage ve Dylan'la birlikte örgü gecesinin düzenlendiği mağazadan fırtına gibi esip geçtikten sonra, kadınlar kaldıkları yerden devam etmişlerdi her şeye. Hiçbir şey olmamış gibi davranmak zordu fakat Grace, Zack'in suçlamalarıyla ve ihanet etmediğiyle ilgili sözleriyle ilgili yorum yapmıyordu.

Gerçi Zack'in hokey albümünü kesip paramparça etmek ve neredeyse doksan kilo olan köpeğini alıkoymak aklı başında birinin yapabileceği bir şey değildi.

Derken kadınlar adamın kıyafetlerini sokağa fırlatmanın Grace'in hakkı olduğu konusunda görüş birliğine vardılar. Buradan da konu ister istemez, *Bir Of Çeksem* filmindeki Angela Bassett'in aldatıldığını öğrendikten sonraki hareketlerine geldi. Kocasının sahip olduğu bütün eşyaları arabasına doldurup arabayı ateşe vermesi.

Jenna, bu durumun Grace'e daha da cesaret vermesinden ve böylece yeni parlak fikirler üretmesinden korkuyordu. Çünkü böyle giderse Grace çantasından mini bilgisayarını çıkarıp aldatılan kadınların önerdikleri *Bir Of Çeksem, Öldüren Cazibe, Çifte Riziko* gibi tüm filmleri izleyebilirdi. Ve bu tip filmlerden öyle çok vardı ki... Grace aldatan erkeklerin hayatını cehenneme çevirmeyi konu edinen tüm görsel sanat ürünlerini aramayı aklı etmeden, onun kiralık film üyeliğini kapattırmayı aklının bir köşesine yazdı Jenna.

Çok geçmeden, örgü gecesi buluşması sona erdi. Grace, Ronnie ve Jenna Penalty Box'a gidip bir şeyler içmek için hemfikirdiler. Jenna, Gage'in orada kendisi için bekliyor olduğunu bilse de başka bir yere gitmelerinden yanaydı. Çünkü oraya gitmek demek, Zack'le Grace'in bir kez daha karşılaşması anlamına geliyordu. Ve bu karşılaşma gerçekleşirse, içinde bulundukları alan ne kadar büyük olursa, ne kadar insanla dolu olursa olsun, ortalık kısa sürede savaş alanına dönüşebilirdi.

Ama Grace, Penalty Box'a gitmekten yanaydı. Oraya gidip martini sipariş etmek, mağrurca içkisini yudumlayıp güzel vakit geçirmek istiyor ve Zack'e kendisini korkutamadığını ispat etmek istiyordu aslında.

Jenna, sadece Zack'le Grace'in değil, hepsinin buluşma noktasının bu bar olduğu zamanları anımsıyordu.

Jenna, Gage'in arkadaşlarıyla oturduğu yöne doğru baktı. Zack, masanın üstüne eğilmiş, iğneleyici bakışlarını Grace'in üzerine dikmişti.

Ronnie'nin sevgilisi Dylan mutluluk içinde içkisini yudumluyor ve sevdiği kadına bakıyordu. Bakışlarının alev alev olduğu söylenemezdi ama yine de bir sıcaklık yayılıyordu gözlerinden. Jenna'ya göre Dylan, kendi arkadaşlarından ne zaman ayrılacağını ve Ronnie'nin de kız arkadaşlarından ne zaman kurtulacağını düşünüp, baş başa kalacakları zamanda yapmayı düşündüğü yaramazlıkları geçiriyordu aklından.

Doğrusunu söylemek gerekirse Jenna da aşağı yukarı aynı şeyleri düşünmekle meşguldü. Gage'in boşandıklarından beri hiçbir kadınla beraber olmadığını, Tanrı'ya şükür boşanmadan önce de öyle bir şey yapmadığını itiraf etmesi aklından çıkmıyordu Jenna'nın. Yapabilirdi Gage. Yapabilecek kadar özgürdü, yakışıklıydı. Dolayısıyla başka bir kadınla görüşüp sevişmek hakkıydı. Ama yapmamıştı.

Düşündükçe kalbine huzur dolduğunu hissetti bir anda. Gage onun için hâlâ yeryüzündeki en güvenilir adamdı.

Bir anda göz göze geldiler Gage'le. Jenna bu anda onun hafifçe gülümsemesini bekledi. Ama o sabırlı bir şekilde, ifadesiz kalmayı sürdürdü.

Özür dileyerek Gage'i alıp eve dönmeyi çok geçirmişti aklından Jenna ama eyleme geçirmeye cesaret edememişti bu düşüncesini. İçkisini yudumlamaya devam etti.

Tam bu sırada Grace, Jenna'nın sarı renkli kokteylinin içindeki süslerle oynuyordu. Ve Jenna'ya dönüp, "Bu gece oldukça sessizsin," dedi.

Jenna kafasını kaldırıp ona bakarak zoraki bir gülücük yerleştirdi yüzüne.

"Ya özür dilerim, ben sadece biraz suçlu hissediyorum, şey yani... Suçlu olduğumu düşünüyorum."

Grace omzunun üstünden Gage'i işaret eden bir bakış atarak, "Gage'le son durum ne?" diye sordu.

Jenna'nın yanakları kızarmaya başlamıştı.

"Aman Tanrım!" diye çığlığı bastı Grace, bir elini Jenna'nın omzuna koyarak ona sarılmaya çalıştı. "Benim hayatımın kötü gidiyor olması, sizin de mutsuz olmanızı gerektirmez ki tatlım.

Ronnie'ye baksana! Sürekli aşk sarhoşu, bu durumda onu boğazlamam gerekirdi."

İkisi de bakışlarını Ronnie'ye çevirnce, yüzünde kocaman bir gülümseyiş ve ışıldayan gözlerle onun Dylan'a baktığını gördüler.

"Bu kadarı da mide bulandırmıyor mu sence?" dedi Grace yumuşak bir tonda.

Aslında Jenna, bunun çok hoş bir şey olduğunu düşünüyordu. Tepeden tırnağa âşık olduğu zamanlarda kendini dünyanın sahibiymiş gibi sanıp mutluluktan ayaklarının yerden kesildiği zamanları hatırladı.

"Pekâlâ," dedi Grace iç çekerek. Kollarını geri çekti ve içkisini bir dikişte bitirdi. "Burada erkeklerden mustarip olan yalnızca benim, görünüşe göre."

"Üzgünüm..." dedi Jenna. "Oldukça zor günler geçirdiğini biliyorum şu anda ama bu kendini salıvermeni gerektirmez."

Grace hafifçe omuz silkti. "Doğru, ben de sürekli bu aldatan adi heriften bahsetmekten yoruldum doğrusu. Çok fazla vaktimi alıyor."

Grace, garsona işaret edip içkisini yenilemesini söyledi. "Öyleyse Gage'le şu malum damızlık işlerinin nasıl gittiğini anlat bize Jenna."

Jenna'nın yüzü Grace'in son sözleriyle renkten renge girmişti. Grace'in sorusu aynı zamanda tüm bu olayları nasıl planladıklarını hatırlatmış, bundan mahcubiyet duymuştu.

"Hiç... Aslında pek bir şey yok," diye yanıtladı Jenna.

Grace ve Ronnie'nin yüzüne bir anda sinsi ve alaycı bir tavır yerleşti ve bakışlarını Jenna'ya çevirdiler.

"Ahh, olamaz!" diye kıkırdıyordu Ronnie. "Jenna böyle söylüyorsa, bu aslında anlatacak çok şeyi olduğunu gösterir," diye devam etti ve "Hadi Jenna, anlat bize neler olduğunu," diye ekledi.

Jenna, elleriyle yüzünü kapatıp kafasını hafifçe salladı. Son zamanlarda Gage'le olanların ayrıntılarını en yakın arkadaşlarıyla paylaşmak istemediğinden değildi Jenna'nın bu tavrı. Anlatması kendi kendini de ele verecekti, bu yüzden ne söyleyeceğini bilmiyordu.

"Evet, sayın seyirciler, Gage ile Jenna'yı en son bıraktığımızda..." diye muhabir havasına bürünüp elini mikrofon şeklinde tutarak, mikrofona doğru konuşuyormuş gibi yapıyordu Grace. "Azgın maymunlar gibi inleye inleye sevişiyorlar, her dakikanın zevkini çıkarıyorlardı. Şimdi hep birlikte o zamandan beri neler olduğuna bir göz atalım."

Bunun Jenna'nın sessizliğini bozacağını biliyordu Grace. Jenna gülmeye başladı. "Tamam, tamam. Pekâlâ. Şu kadarını söyleyeyim en azından, öğleden sonraya kadar hâlâ sevişiyorduk... O bahsettiğin şeyler gibi... Maymunlar..." Sesi gittikçe alçalmaya başlamış, bir türlü tamamlayamamıştı cümlesini.

Grace'in bu tür çekinceleri yoktu elbette, bu yüzden direkt tamamladı Jenna'nın cümlesini, "Azgın maymunlar gibi inleye inleye?" diye tekrarladı sözlerini.

"Evet," dedi Jenna dudaklarını yalayarak, bakışlarına da hafiften bir utanma duygusu yerleşmişti sanki. "Neden böyle oluyor bilmiyorum ama bir arada olduğumuz sürece aklımızdan çıkmıyor."

"Ben niye olduğunu biliyorum," dedi Ronnie. Garson içkisini tazelerken biraz geriye doğru yaslanmıştı. "Çünkü Gage, iri yarı ve oldukça seksi bir adam, bu yüzden sen onunla asla baş edemiyorsun."

"Hayır, bundan değil..." diye araya girdi Jenna. Ama tabi ki doğruydu Ronnie'nin söyledikleri de. Biliyordu, onlar da biliyorlardı bunu... Kahretsin muhtemelen Gage'de farkındaydı durumun.

Hamile kalma beklentisi içinde olmadan, tamamen içlerinden geldiği gibi seviştiklerini nasıl izah edebilirdi ki onlara.

"Gage, her defasında kondom kullanmamız konusunda ısrar etti," diye bir anda döküverdi ortaya olup biteni. Kafasını önüne eğmiş, içkisini yudumlamak yerine, elindeki bardakla oynuyordu. "Ve her sabah uyandığımızda ilk iş, getirdiği hamilelik testlerinden yaptırıyor. Tabii ki hepsi negatif çıkıyor şimdilik. Test sonucunu kesin olarak öğrenmemiz için henüz çok erken olduğunu söyledim ama beni dinlemiyor, o aptal çubukların üstüne işeyip çubuğun maviye dönmemesi için beklemekte diretiyor."

Ronnie, "Hmmm..." dedi boğazının derinlerinden duyulan bir tonla ve bu iki kadının da kaşları havaya kalkmıştı merakla.

"Ne var?" dedi Jenna, bir onun bir öbürünün yüzüne bakarak. "Kaçırdığım bir şey mi var?"

Omuz silkme sırası Ronnie'deydi. "Sadece merak ediyorum, hamile olup olmamana bu kadar takıntılı bir adam nasıl oluyor da çocuk istemediğini savunuyor? Yani demek istiyorum ki, madem çocuğuna babalık yapmak onun için böylesine iğrenç bir şey, o zaman neden senin onu zorla alıkoyup baştan çıkardığını öğrendiğinde poponu ateşe vermedi ki?"

"Gage öyle bir adam değil," dedi kızlara başını sallayarak. "Onu bir sperm yuvası olarak düşünmekte hata ettiğimizi düşünüyorum çünkü Gage, her ne kadar çocuk sahibi olma fikrimi onaylamıyor, hatta istemiyor olsa da, çocuğunu terk edip gidecek bir adam değil."

"Hamile olursan ne olacak o zaman?" diye sordu Grace. "Çevrende dolaşıp çocuğunu büyütmene yardım mı edecek, yoksa seni terk edip gitmeden önce sadece hamile olduğunu öğrenmiş olmakla mı yetinecek?"

"Bilmiyorum. Henüz bunları konuşmadık. Zaten şu anda, bu tip planlar yapmamızı gerektirecek bir durum yok ortada."

Bir süre sustular. Sadece bardan yükselen gürültüyü, bardak seslerini ve televizyondaki beyzbol maçını dinlediler.

Grace kendinden emin bir şekilde bozdu sessizliği; "Emin olduğum tek bir şey var; siz Gage'le hiçbir zaman ayrılmak istemediniz aslında. Ne o ne de sen vazgeçtiniz birbirinizden, sen vazgeçtiğini söylediğin zamanlarda bile seviyordun onu."

Jenna karşı çıkmak istercesine ağzını açtı ama ne diyecekti ki? Arkadaşı doğruyu söylüyordu. Bu düşünceyi saçma bulduğunu ya da bunun yalan olduğunu söyleyemezdi. Bu yüzden ağzını kapatıp yeniden sessiz kalmayı tercih etti.

"Ve belki de," dedi Ronnie, "Gage senin gölgen olmuştur çünkü o da bu boşanma yüzünden en az senin kadar bedbahttır."

"Hatta boşanmanın üstesinden daha kolay geldin bile denebilir," diye ekledi Grace.

Uzun bir süre boyunca Jenna arkadaşlarının söylediğini düşündükçe nabzının gittikçe hızlandığını fark etti, sanki kalbi kulaklarında atıyor gibiydi. Aslında, söylediklerinin gerçek olduğunu da yadsıyacak değildi.

Gage, pek çok kez çocuk sahibi olmak istemediğini açık ve net çizgilerle belirtmişti. Bu yüzden onu kandırıp hamile kalmaya çalışması onun bu düşüncesini ezip geçmek demekti. Ve şimdi yeniden birlikte yatıyorlarken Gage işini şansa bırakmaya hiç de niyetli değildi. Elinden gelse ve aynı zevki alacaklarını bilse, ikisini de streç filmle kaplardı muhtemelen.

Gage'in onunla kalmasının sebebinin, sadece hamile olmadığından emin olmak ya da birlikte ateşli geceler geçirmek olmayabileceği fikri Jenna'ya çok garip geliyordu. Ve bu durumda aklını karıştıran bir şeyler vardı.

Charlotte'ın evine dönerken, Grace'le Ronnie'nin söylediklerini düşünüp durdu Jenna. Doğru olabilirler miydi?

Direksiyonun başındaki Gage'e yandan bir bakış attı. Adam bu arabadan nefret ediyordu. Ama görünüşe bakılırsa bu arabanın yolcu koltuğunda oturmaktan daha çok nefret ediyordu. Herhalde direkisoynun başında oturmak ona daha erkeksi geliyordu.

Bacaklarını böylesine büküp de acı çekeceği hiç aklına gelmezdi, bir de kafası tavana değdiği için boynunu eğmesinin ağrısı da cabası.

Jenna yandaki pencereye bakarken Gage'in son derece rahatsız halini görüp acı çektiğini fark edince kıkır kıkır gülmeye başladı.

"Grace, Zack'in Hummer'ını parçaladı mı?" diye sordu Gage hüzünlü bir şekilde.

Direksiyonun üzerine eğilmekten bembeyaz olmuş eklemlerini, kilitlenen çenesini düşününce, Jenna'nın arabasından daha büyük olan Zack'in arabasında olmayı hayal ettiğinden sormuştu belki de.

Jenna dudağını yaladı, ne cevap vereceğini düşünüyordu. Diğer yandan Jenna, Gage'e hiç yalan söylememişti. Aslında artık evli olmadıkları için teknik olarak bir bağlılık yemini de kalmamıştı aralarında. Şimdi yeniden başlamasını da istemiyordu Jenna. Diğer yandan, en iyi arkadaşı Grace'in kendisine olan güvenine ihanet etmiş olacaktı.

Jenna kafasını kaldırıp Gage'i yan profilinden izlemeye koyulmuştu. Sonra o da yavaşça kafasını çevirdi ve bardan beri ilk kez göz göze geldiler.

"Ben orda değildim, dolayısıyla detayları bilmiyorum ama öyleymiş," dedi güçlükle duyulabilecek bir ses tonuyla. Çünkü kendi sözlerini duyması canını yakacaktı. Arkadaşının güvenine ihanet etmekten gurur duyacak hali yoktu. Ama sanki doğaüstü ilahi bir güç ona, sonuçlarını umursamadan Gage'e doğruyu söylemesi konusunda baskı yapmıştı.

Gage'n gözleri Jenna'nınkilere kilitli kalmıştı adeta. Sert bir kalp vuruşuyla aniden kafasını çevirip yola odaklandı Gage.

Sessizlik Jenna'nın tenini bıçak gibi kesiyordu. Oksijensizlikten bayılacakmış gibi hissediyordu. Görüşü panik anlarındaki gibi bulanıklaşmıştı.

"Onu tutuklayacak mısın?" diye sordu Jenna umutsuzca. Nefessizlik yüzünden istemsiz olarak derin derin nefes alıp veriyordu. "Ya da Zack'e onu tutuklatabileceğini söyleyecek misin?"

Jenna, Gage bir cevap verinceye kadar bu gerginliğin sonsuza kadar süreceğini sanıyordu ama nihayet Gage konuşmaya başlamıştı. "Hayır, Zack'in Tanrı'dan bile daha fazla parası olduğunu düşünüyorum, yerine bir düzine daha Hummer alabilir isterse. Ayrıca gerçekten Grace'i aldattıysa, durumuna çok da üzüldüğümü söyleyemem."

Jenna kafasını soğuk cama dayayıp rahat bir nefes aldı. Bu, oksijensiz kalan ciğerlerine iyi gelmişti.

Yolculuklarının bir bölümü daha sessizlik içinde geçti. Ve Jenna Gage'in son sözünü yeni yeni idrak edebiliyordu. "Zack, Grace'i aldattı mı gerçekten?"

Cevap vermek için acele etmiyordu Gage. Vücudunu saran siyah tişörtünün omuzlarını esnetmeye çalışırken, "Aldatmadığını söylüyor. Kadını odaya almadığına yemin ediyor. Duşa girmiş, Grace kadını görünceye kadar Zack de onun varlığından habersizmiş."

"Sen buna inanıyor musun?"

"İnanmamam için bir neden yok. Zack bana hiç yalan söylemedi, bildiğim kadarıyla yalan söylemesini gerektirecek bir durum da yok. Ben onun ne annesi ne karısı ne de günah çıkardığı papazıyım, onu yargılamak benim işim değil. Ben onaylasam da onaylamasam da özel hayatında ne yaptığı sadece kendisini ilgilendir. Ve bana anlattığı şey ne olursa olsun bunu başkasına anlatmayacağımı da bilir."

Gage'in son sözünden Jenna kendisine pay çıkarmıştı. En yakın arkadaşının sırrını paylaştığı için pişmanlık hissetti. Söylediğinden beri içini kemiren vicdan azabı boğazına düğümlenivermişti.

Charlotte'ın büyük beyaz çiftlik evinin çakıllı yollarına girdiklerinde, "Zack de bu duruma üzülüyor," diye devam etti sözlerine Gage. Bu sırada çiftliğe varmışlardı, kontağı kapattı ama arabadan çıkmak yerine, gözlerini Jenna'ya çevirip bir koluyla sırtını kavradı. Parmaklarını Jenna'nın yüzünde gezdiriyor, saçlarına dokunuyordu.

"Onu yüzlerce kez aramış Zack ama Grace hiçbirini cevaplamamış, hatta farklı numaralardan aradığında bile açmamış. Apartmandaki görevliler Zack'i içeri almadılar, televizyon stüdyosu desen adım attığı an polisi çağırırlardı. Bu yüzden bence onun örgü gecenize gelmesi geriye kalan tek seçenekti. Grace'in, Zack'in bir açıklama yapmasına fırsat vermesini umuyorum, en azından infaz etmeden önce bir de onun açısından dinlemeli olanları."

"Bu bir şeyi değiştirmez ki," diye fısıldadı Jenna. "Grace affedecek kadar hoşgörülü bir insan değil, özellikle böyle bir durumda. Bu kadar acı çekmişken ne kadar hoşgörülü olması beklenebilir?"

Gage öfkelendiğini belli edercesine bir soluk aldı. "Bilmez miyim?"

Küçük arabanın içindeki gerilim azalmak yerine Zack'in aldatmamış olabileceği ihtimaliyle gittikçe artıyordu. Jenna, Gage'den gittikçe büyüyen dalgalar halinde üzerine gelen duygularla, göğsünün sıkıştığını hissediyordu.

Gergin bir şekilde avuç içlerini ovup dudaklarını yaladı ve kısık bir sesle, "Bana kızdın mı?" diye sordu Jenna.

Bir süre sessizlik oldu, bir cevap vermedi Gage. Sonra birden "Neden kızayım?" diye bozdu sessizliğini.

Jenna, sesini çıkarmadan beklemesi gerektiğini düşündü. Eğer Gage kızgın olmasa bu gergin hali dikkatini çekmezdi Jenna'nın ama gerçekten kızdıysa da görmezden gelmiş gibi davranması daha akıllıca bir fikirdi.

Gage'in dişlerini sıkıyor olması, bir şeylerin yolunda olmadığını gösteriyordu. Sorun her ne ise eve girmeden halletseler iyi olurdu. Çünkü son zamanlarda ilişkileri zaten yeterince stresli geçiyordu, ipleri daha da gergin hale getirmenin kimseye yararı olmazdı.

"Örgü gecesinde Zack'le Grace arasında olanlar yüzünden. Grace'in yaptıklarını biliyorum ama sana söylemedim, bu yüzden kızmış olabilirsin diye düşündüm," dedi Jenna.

"Buna niye kızayım ki?"

"Sana yalan söyledim sayılır ve bu tip konularda nasıl hissettiğini iyi biliyorum."

Gage bir süre düşündü ve hemen ardından dudaklarında bir çizgi belirdi, bu biraz daha rahatladığına işaretti.

"Niye böyle yaptığını anlıyorum ve bunun için seni suçlamıyorum, sadece arkadaşını korumak istedin. Eğer Zack de böyle bir şey yapmış olsaydı muhtemelen ben de bundan sana bahsetmezdim. Ama merak ettiğim bir şey var..." dedikten sonra duraksadı ve omuzlarını silkti. "Evliliğimizin son zamanında da bana böyle yalan söyledin mi?"

Jenna'nın kalbi göğüs kafesine küt küt vurmaya, boğazı kurumaya başlamıştı. Gage'in yalan konusunda ne kadar hassas olduğunu biliyordu. Gage'e göre doğrudan cehenneme götüren on büyük günahın başında yalan, dur levhasına uymamaktan, çocuk tacizcilerinden ve sinemada konuşmaktan hemen sonra geliyordu.

Güçlükle yutkundu Jenna, aldığı son nefes sanki düğümlenip kalmıştı boğazına. Birlikte geçirdikleri yılları düşündü. Sahi hiç yalan söylemiş miydi ona? Küçük, beyaz bir yalan ya da büyük simsiyah olanlardan?

Kısa bir sessizlikten sonra, kafasını sallayıp gözlerinin içine baktı Jenna. "Evet sana yalan söyledim."

Gage, Jenna'nın bu cevabıyla daha da gerilmeye başladı. Vücudundaki kaslar bir anda sıkılaştı, çenesinde bir damar sürekli atıp duruyordu. Sesi duygusunun yoğunluğuyla ağırlaşmıştı. "Duymak isteyeceğim bir şey mi?"

"Emin değilim. Sanırım biraz büyük bir yalan."

Gage gözlerini kapattı, Jenna'nın söylemek üzere olduğu şeyle baş edip edemeyeceğini düşünüyordu.

Gözlerini yeniden açtığında bakışlarını Jenna'ya dikti. Dudaklarında çirkin bir ifade vardı. "Pekâlâ, tamam. Hazırım, anlat bana."

İtiraf etmek hiç de kolay bir şey değildi, haliyle içindekilerin dilinin ucuna gelmesi biraz vakit aldı. Sözcükler boğazında dizilmiş bekliyordu Jenna'nın. Madem bir yarası vardı, bunu açmak niyetindeydi. Cesur olmak istiyordu, kırılgan olmaktan vazgeçmek istiyordu.

Ama sessizce bekliyor, ciddi bir ifadeyle Gage'in yüzüne bakıyordu. Sadece nabzı hızlanmamıştı, midesinde de bir şeyler oradan oraya savrulup takla atıyordu sanki. Belki de şu an hazır değildi.

"Yalan söyledim," diye bozdu sessizliğini bir anda. Ses tonu düşük ve hayli titrekti. Kendisi bile söylediklerini işitememiş olabilirdi. "Boşanmak istediğimi söylediğimde yalan söylüyordum."

Arabanın içine bir anda doluveren havayla ikisi de sıkışıp kalmıştı sanki. Kımıldamıyorlardı. Gage kaskatı kesilmişti, Jenna onun hâlâ nefes alıp almadığına emin olamıyordu. Ama madem başlamıştı, gerçeği anlatmalıydı. Başladığı şeyi bitirmesi gerekiyordu.

"Boşanmak istediğim en son şeydi! Ama sen benimle konuşmuyordun, beni de konuşturmuyordun. Bu yüzden sana nasıl erişeceğimi bilemedim. Başka bir seçeneğim kalmamıştı. Belki boşanma fikri, evlendiğimizden beri ne kadar değiştiğini fark etmene yardım eder diye düşünmüştüm."

Bakışlarını yere çevirdi ve kucağındaki elini ovuşturmaya devam etti. Sesi gittikçe daha da acıklı bir hale bürünüyordu. "Bu şekilde, başka çaremiz kalmadı diyebilmeyi umdum sana. Böylece oturup konuşabilirdik belki sorunlarımızı... Ama hiç itiraz etmeden çıkıp gittin evden, ben de boşanma evrakları elime geçer geçmez hiç düşünmeden imzaladım."

Ağlamak istemiyordu Jenna, kendini düşüncelere saldı. Evlilikleri boyunca geçirdikleri zamanı düşündü, ilişkilerinin sarsılmaya başladığı ve uzaklaştıkları zamanları. Sadece kocasını kaybetmiş olmanın verdiği acı değildi hissettiği, birlikte çıktıkları yolda birlikte yürümeyi başaramamışlardı ve tüm bunların Gage için, mail kutusundaki gereksiz bir posta, ya da eski bir çift ayakkabıdan daha fazla önem taşımadığını düşünmek de acıtıyordu içini. Düşündükçe gözyaşlarının kirpiklerini ıslatıp yanaklarına süzülmesine engel olamadı.

"Neden benim için savaşmadın?" diye sordu Gage'e, sonra kafasını çevirip yüzünü tamamen onun yüzüne odakladı. "Neden bizim için savaşmadın?"

Düz Örgü 15

Jenna'nın sesindeki acı ve yüzündeki hüzün Gage'in kalbini paramparça etmişti. Onun bu halini görmektense gerçek bir bıçakla kalbinin lime lime edilmesini tercih ederdi.

Bir de buna sebep olanın kendisi olduğunu düşündükçe, şuracıkta canına kıymak geçiyordu Gage'in içinden. Ama buradaydı işte, yanağından süzülen yaşların sorumlusu olarak Jenna'nın karşısındaydı.

Ne diyebilirdi ki? Nasıl açıklayabilirdi onu neden bırakıp gittiğini? Gidenin aslında kendisi olmadığını mı söylemeliydi? Ya da boşanma dilekçesini *John Hancock** gibi imzalamadan önce çok içip kendinde olmadığını, sarhoşluktan gözlerinin kör olduğunu mu anlatmalıydı?

Anlatamazdı. Eğer denerse, bunları yaşamak yerine, neden kalıp savaşmadığını sorgulardı Jenna yine.

Bu yüzden berbat etmeyeceğini bildiği tek şeyi yaptı. Eliyle Jenna'nın boynunu kavradı ve içinde bulundukları o küçücük arabanın izin verdiği kadar yaklaşıp öptü onu. Gage'in

---

*   ABD bağımsızlık bildirgesini imzalayan devlet adamı. İmzasını "Kral gözlüksüz de görebilsin" diye çok büyük ebatlarda atmıştır.

dudakları, dili, vücudu sanki onun dile getiremediği tüm sözcükleri anlatıyordu.

Jenna'nın tırnakları Gage'in pazılarına geçmiş durumdaydı, boğazında hüzünlü bir hırıltı vardı. Gage de o hüzünlü sesi yanıtlarcasına acıklıydı.

Biraz daha kımıldadı, Jenna'ya daha yakın olmaya çalıştı ama lanet olası emniyet kemeri hâlâ bağlıydı. Dirseği direksiyona değiyor, vites kolu ise neredeyse bacaklarındaki dolaşımı tamamıyla engelliyordu.

Sıkıntılı bir şekilde geri çekildi Gage, dudaklarını Jenna'nınkilerden ayırdı. Yarım kalan bir öpücüğün eksikliğiyle kafasını kaldırdı, arabanın tavanına değiyordu başı.

"İçine ettiğimin vosvosu!" diye homurdandı. Derin derin soluyor, şakaklarındaki damarlar gittikçe kabarıyordu. "Neden bu konserve kutusu yerine normal bir Amerikan arabası almıyorsun Tanrı aşkına! Bunun içinde kendimi kavanoza sıkıştırılmış kahrolası Frankenstein gibi hissediyorum," dedi Gage.

Yanakları hâlâ nemliydi Jenna'nın ve yarım kalan öpüşmenin tutkusu da duruyordu yüzünde. Buna rağmen Gage'in bu sözleriyle, gülmeden önce dudaklarına yerleşiveren o kıvrım yayıldı yüzüne.

"Frankenstein'nın canavarı gibi diyecektin sanırım," dedi Jenna tipik bir öğretmen edasıyla. "Ama haklısın, şu an o canavara benziyorsun biraz. Bir tek boynundaki cıvatalar eksik. Şaka bir yana, bu gayet iyi bir araba." Arabasına duyduğu sadakat sözlerinden anlaşılıyordu. Anne yunus balığının yavrusunu koruması gibi savunuyordu küçük arabasını. "Yalnızca belki boz ayı boyutundaki adamlar için uygun olmayabilir."

Bu sözlerden sonra Gage de gülümsemeye başladı, içinde bulundukları duruma birlikte gülmekten başka şansları yoktu zaten. Birkaç dakika sonra emniyet kemerini çıkardı Gage ve arabanın kapısını açtı. "O halde ben burada felç olup da beni kurtarmak için kolumu kanadımı kesmenize gerek kalmadan çıkalım şu arabadan."

Arabanın etrafında dolanıyor, bu sırada Jenna'nın toparlanması için bekliyordu. Jenna ise cüzdanını ve koyu mavi ipler üzerine bir günebakan ördüğü el yapımı çantasını toparlıyordu. Arabadan indiklerinde Gage, Jenna artık onu ayrılıklarıyla ilgili soru yağmuruna tutmadığı için mutluydu ama yine de o küçücük arabada oturup birkaç saat daha öylece Jenna'yı okşayabilirdi. Her ne kadar konserve kutusuna sıkışmış azgın bir ateş balığı gibi gözükecek olsa da, doyamazdı Jenna'ya.

Jenna anahtarı çıkarıp kapıyı açtı ve Gage'den önce içeri girip bir bir evin ışıklarını yaktı. Çantasını masanın üzerine bırakarak mutfağın yolunu tuttu.

Buzdolabının kapağını açıp ne var ne yok diye şöyle bir bakınırken, "İçecek bir şeyler ister misin?" diye seslendi Gage'e.

Gage ne istediğini bilmiyordu şu anda. Susamamıştı ama birkaç kadeh viski, içine saplanmış bir diken gibi rahatsızlık veren, öylece donup kalmış duygularının erimesine yardımcı olabilir diye düşündü. Ah o duygular... Ama Gage şimdi onları düşünmek istemiyordu, içinde biriktirdiklerini salıvermeye de hiç niyeti yoktu.

"Hayır, istemiyorum, teşekkürler,"dedi Gage. Sandalyeyi çekip oturdu ve sırtını yasladı. Bir kolunu da meşe ağacından yapılma masanın üzerine koydu. Parmaklarıyla masanın üzerinde ritim tutarken, eli Jenna'nın masanın üzerine bıraktığı el yapımı örgü çantasına değdi.

Çantanın en üstünde, parlak mor renkte bir yumak duruyordu, ipi çektikçe yarısı örülmüş olan fuları da kendine doğru çekiyordu. Jenna, fuların büyük bir kısmını tamamlamış gibi duruyordu. Ama Gage, onun el örgüsü fular koleksiyonunu düşününce bunu sanki diğerlerine göre daha ağır örüyor diye düşündü.

Gage, defalarca Jenna'nın bu fularlardan takmış olmasına, hatta defalarca kendi elleriyle çözmüş olmasına ve Jenna giyinirken çoğu kez kendi elleriyle boynuna bağlamış olmasına rağmen daha önce hiç fark etmemişti fularların bu kadar yumuşak olduğunu. Ama bunun yumuşaklığı başkaydı sanki, ipeksi bir dokusu vardı ve Gage'in bunu kocaman ellerinin kalın derili parmaklarıyla bile hissediyor olması kendisini de şaşırttı. Gage, örgüsü henüz bitmemiş fulara dokunmaktan kendini alamıyordu.

Jenna kapıda belirip yanına doğru gelmeye başlayınca Gage bir anda çekti elini fulardan. Jenna bir sandalye çekip yanına oturdu. Gage bir an feminen bir renk olan o mor fuların aklını başından almış olmasından utandı, yüzü kızardı. Ama Jenna, Gage'in bu halini fark etmemişti bile. Zaten yüzünün halini fark etse bile, görmezlikten gelecek bir durumdaydı, bunun yerine sandalyesine yaslanıp elindeki portakal suyundan bir yudum aldı.

"Bana örgü örmeyi öğretmeye çalıştığın zamanları hatırlıyor musun?" diye sordu Gage usulca. Böyle bir anının kendi dudaklarından dökülüyor olmasına da şaşırmıştı aslında. Aslında bunu sormak niyetinde değildi, anıları düşünüyor olduğunu fark etmesini istemiyordu Jenna'nın.

Kıkır kıkır gülmeye başladı Jenna, göğüsleri de ayak uyduruyordu kıkırtısının ahengine.

"Şu felaketten bahsediyorsun," dedi neşeli bir tonda. "İpi tekrar kullanabilmem için tüm düğümleri çözmem tam bir haftamı almıştı."

Jenna'nın sözleriyle utanıp gücenmek yerine, onun sesindeki neşeden kendisi de mutlu olmuş ve kendini geçmişteki o günlerin içinde bulmuştu sanki. Çıkmaya başladıkları zamanlar…

Evliliklerinin ilk zamanları... Ne eğlenceli günlerdi, ne mutlu zamanlardı diye düşündü. Gemileri su almaya başlayıncaya dek ne güzel günler geçirmişlerdi beraber.

"Hey, bu konuda seni uyarmıştım ama örgü işinde iyi olmadığımı biliyordun," dedi Gage ellerini havaya kaldırıp Jenna'ya dönük oturarak. "Demek ki bu koca eller ancak balta tutup motor tamir etmeye yarıyormuş n'apalım?"

Hâlâ gülüyorlardı. Jenna bir anda kafasını kaldırıp koyu renk saçlarını şöyle bir savurdu. "Bahane buluyorsun yani. Bu, yemek ya da temizlik yapmanın kadınlara özgü bir iş olduğunu savunmak kadar kötü! İkimiz de biliyoruz ki, erkekler de su kaynatabilir ya da elektrik süpürgesini kullanabilir. Aynı bunları yapabilen herkes gibi, öyle değil mi?" Gage'i bir tartışmaya davet edercesine yukarı doğru kıvrılıyordu kaşı.

Gage pek çok konuda aptal olabilirdi ama bu konuda gaza gelecek kadar aptal değildi.

Pratik anlamda erkekliği sorguluyorlarken, Jenna başka bir girizgâh yapmaya çalıştı konuya. Alaycı bir tebessümle, "Dylan, örgü örmeyi öğrendi," dedi.

Dylan iki örgü şişini bir arada tutup ilmek atmayı başardığı için onu daha erkeksi bulduğunu ima etmeye çalışıyordu Jenna.

Bu yüzden Gage erkeklik mevzusuyla ilgili kabul edilebilir tek savunma olan Ykromozomundan girdi konuya. "Dylan nonoşun teki, süt çocuğu!"

Jenna'nın gözleri irileşti ve bir kahkaha patlattı. "Ahh, Dylan senin yanında takılırken bir erkek hem de senin en yakın arkadaşın oluyor ama eline iki tane örgü şişi aldı diye hemen nonoş ilan ediyorsun. Öyle mi? Ronnie ile bir dahaki görüşmemizde bu konuyu onunla da konuşup Dylan'ın ne olduğundan emin olalım bari."

Gage'in suratı asılmıştı. Çünkü Jenna'nın Ronnie'yle konuşacağını düşünmemişti. Şu anda sözlerini geri alıp Dylan'ın örgü örmeyi öğrendiği için dünyadaki en esaslı erkek olduğunu söylese bile, bu durum Gage'i kurtaramazdı. Kızlar bir sonraki örgü gecesinde muhakkak bu muhabbetin dedikodusunu yaparlardı.

Dahası, bir de Ronnie bunları Dylan'a söylerse, Dylan üzülürdü ve kıçına tekmeyi basıp men edebilirdi arkadaşlıktan. Hatta gelecek milenyuma kadar yüzünü görmek bile istemezdi belki.

"Tamam, öyleyse bana da öğret," dedi Gage. Şu durumdan kendini kurtarmak için aklına gelen ilk şeyi pat diye söyleyivermişti.

Özellikle az önce söylediklerinden sonra Gage'den beklenmedik bir teklif olduğu için Jenna öylece donakalmıştı.

"Nasıl yani?" dedi. Kelimeler döküldükçe ağzından, yaşadığı şokun etkisi de geçmeye başlıyordu.

Gage omuzlarını silkti ve arkasına yaslandı, oldukça rahat bir hali vardı. "Evet, daha önce de denedim ama o zamanlar yürekten isteyerek yapmamıştım. O sırada yeni gelinimi hoşnut etmek için denemiştim. Hadi, tekrar öğret bana ve söz veriyorum bu defa ciddiye alacağım. Eğer iyi bir öğretmen olduğunu düşünüyorsan, hadi bakalım öğret bana."

Gage, söylediği son cümlenin Jenna'yı gaza getireceğini bildiğinden işini garantiye almak için eklemişti. Jenna, yandan bir bakış attı ve işte meydan muharebesi başlamıştı.

"Tamam, hadi başlayalım," dedi Jenna. Ayağa kalkıp örgü çantasını aldı, deminden beri Gage'in elinde oynayıp durduğu, yarım kalmış olan mor fuları çıkardı. Oturma odasına doğru yönelip Gage'e kendisini takip etmesini söyledi. Gage sakin adımlarla Jenna'nın peşinden gidiyor, bir yandan da kendi kendini nasıl bir duruma sürüklediğini düşünüyordu. Kahretsin ki Charlotte'ın şu eski moda evinde kim bilir kendi başına daha ne çoraplar örecekti.

Jenna, fuları çekip ip yumağını çıkardı ve ardından iki plastik örgü şişi çıkardı günebakan çiçekli örgü çantasından. "Bu örgü şişleri senin büyük pençelerin için uygun mu koca adam? İstersen bunların yerine çam ağacının dallarını koparabilirim senin için?"

Örgü şişlerini eline almadan hemen önce yüzünü çevirip bir bakış attı Gage, Jenna'ya. "Sanırım bunlar uygun olur," dedi.

Ama kafasının içinde, inceden bir ses ağzına yutamayacağı büyüklükte lokma almaması gerektiğini öğütlüyordu. İpin uzunluğunu ölçmek için şişlere bağlı olan kısmı vermişti eline ve tam bu sırada kendini şu doğaçlama örgü dersine sürüklediği için, elinde tuttuğu iple kendi kendini boğmak geçiyordu içinden Gage'in.

Aptal, aptal, aptal! diye kızıp duruyordu kendine içten içe. Çenesini kapalı tutmalıydı. Ya da daha iyisi, konuşmaktansa Jenna'yı kucaklayıp duvara yapıştırarak dilini daha iyi kullanabilirdi.

Bir köşede örgü şişleri, fırfırlı mor yumaklar, bir tarafta da örgü örmekten hiç bıkmayan eski karısı duruyordu.

Derin bir nefes aldı Gage ve kendi kendine bir polis olduğunu hatırlattı. Bir doksan boyunda, yüz kiloluk, kaslı, iri yarı bir adamdı. Tanrı aşkına, beceremeyeceği ne olabilirdi ki?

Jenna kadar ufak tefek bir kadın kendisinden daha iyi olamazdı! Sonuçta şişleri ne kadar keskin olsa da Jenna onun gözünü korkutamazdı.

"Tamam," dedi Gage. "Ben hazırım."

"Emin misin?" diye sordu Jenna, durumdan istifade alay ediyordu. Biraz daha dibine sokulup kendinden emin bir tavır takınarak, "O He-Man egonu zedelemekten korkuyorsan ya da örgü şişlerini eline aldığın için arkadaşlarının sana nonoş demesinden çekiniyorsan, hâlâ vazgeçme şansın var," dedi.

Gözleri irileşti Gage'in, kaşları büzüştü ve dudakları tuhaf bir hal aldı. Derken bakışları buluştu. Gage kendini toparlayıp, "Hadi bebeğim öğret şunu," dedi.

Jenna, Gage'in pek de hoşuna gitmeyecek bir şekilde bakıyor, alay etmekten kendini alamıyordu.

Kendini toparlayıp konuşmaya başladı Jenna. "Pekâlâ, ben bunu örmeye başlamıştım zaten, şimdi sen kalan yerden devam edeceksin, basit ilmekleri öğretmekle başlayacağım."

Ardından, ilk ilmeği attıktan sonra örgü şişinin birini diğerinin üstüne nasıl geçireceğini... O sırada diğer şişi nasıl döndüreceğini... Bunun üzerine yeni bir ilmeği nasıl atacağını... Tekrar... Tekrar... Ve tekrar gösterdi. Kesinlikle göründüğünden daha karmaşık bir şeydi bu.

Attığı ilmeklerden biri diğerinden büyük olsa da ya da sıraları eğri büğrü olsa da Gage, o kadar da kötü yaptığını düşünmüyor, kendini başarılı buluyordu. Üstelik uğraşmak hoşuna gitmiş, bu işten keyif almış gibi gözüküyordu.

Tabii, yanı başında duran Jenna'nın sıcaklığını, parfümünden yayılan çiçek kokularını ya da çilekli şampuanının kokusunu hissetmek de kalp atışlarını hızlandırıyor, durumu daha da keyifli bir hale getiriyordu.

Gage yaklaşık bir saattir, şişi geçirmek, ilmek atmak ve şişi çekmekle uğraşıyordu. Sonra birden, "Bu biraz seksi," diye mırıldandı Gage.

Jenna, Gage'in omzuna dayadığı başını kaldırıp göz kapaklarını hafifçe indirerek baktı. Yaramaz görünmeye çalışıyordu. "Seksi demek?"

"Evet. Böyle sokup çıkarmak, ilmek atmak falan. Sonra bu yumuşacık iplik, güzel bir kadına dokunuyormuş hissi veriyor. Sevdim bu işi." Yavaşça ilmek atarken sözlerine devam etti "Bak işte! Bu beni tahrik ediyor."

"Gage..." diye seslendi Jenna usulca.

"Hmm?"

"Kuruyan boya da tahrik ediyor seni."

Bu cümle ateşli yumak oyununun sonunu getirdi.

"Sadece senin çıplak bedenin üzerinde kuruyan boya," dedi Gage.

Jenna, Gage'i şaşırtan bir şekilde kalktı. Vücudunu Gage'in tamamen görebileceği bir şekilde karşısında durdu. Bacağını Gage'inkinin üzerine atıp kucağına oturdu. Onun örgüye devam edebilmesi için şişlerini kullanabileceği kadar bir mesafe bıraktı.

"İşte şimdi seksi oldu," dedi Jenna.

Ellerini Gage'in boynuna dolayıp ensesinde gezdirdi. Sonra parmaklarıyla saçlarını okşadı. Bu sırada Gage de içine yayılıveren sımsıcak duygularla göz kapaklarının kapanmasına engel olamadı.

"Biliyor musun başka ne seksi?" diye fısıldadı Gage'in kulağına.

Gage ağzını açmıştı ama sesinin çıkması biraz zaman aldı. Çıkan ses de hırıltılardan başka bir şey değildi. Sonra, bunu yaptığına utandı Gage. Ama o anki hisler içinde kahretsin ki başka bir ses çıkaramazdı. Şimdi Jenna, kucağında dünyanın bir numaralı striptizcisi gibi sürtünüyordu. Başka adamlar bunun için bir aylık maaşını verirdi.

Gage'in çıkardığı sesleri tercüme edince, "Hayır sevgilim, yapma. Şimdi olmaz," anlamı çıkıyordu. Jenna kafasını kaldırıp Gage'in gözlerini açmasını bekledi. Sonra derin bir nefes alıp, "İşte bu!" dedi.

Bunu söylemeden önce, Jenna'nın sıcak dili Gage'in boynunda, âdemelmasından çenesine doğru geziniyordu. Ağzıyla Gage'in tenine kondurduğu öpücükler onun kanını daha da alevlendiriyordu. Bundan sonrası Gage'e kalmış gibi gözüküyordu.

Örgü dersinin canı cehenneme diye düşündü Gage, şu anda çok daha iyi bir teklifle karşı karşıyaydı.

Gage'in ellerindeki örgü şişleri sanki bir anda dikenli bir Japon balığına dönüşüvermişti. Fırlattı onları bir kenara. Jenna'yı kavrayıp kucakladı ve teyzesinin kırmızı kanepesine yatırdı.

Jenna kolları ve bacaklarıyla Gage'i tamamıyla kavradı. Aralarına havanın girmesini bile istemiyordu Gage. Gittikçe daha da bastırıyordu vücudunu kadının bedenine. Jenna'nın göğüsleri Gage'in bedeniyle yaptığı baskı karşısında dümdüz olmuştu nerdeyse.

Öpüşmeleri gittikçe daha da derinleşmeye başladı. Öylesine şehvetliydiler ki, odadaki hava tükenmiş gibiydi. Gage, her bir hücresinin sıkılaştığını hissediyordu ve hazırdı. Jenna'nın da aynı kıvamda olduğunu biliyordu.

Gage, ellerini Jenna'nın beline doğru kaydırıp bluzunu bir çırpıda çıkarıp fırlattı. Giysi kollarına takılınca, "Kaldır," diye emretti ve Jenna'nın kendisine itaat etmesini izledi.

Bluzu çıkarıp attıktan hemen sonra dudaklarına geri döndü. Yalıyor, emiyor, tadını özümseyerek onu kendinden bir parça haline getiriyordu.

Haki rengi kapri pantalonunu bir çırpıda bacaklarından çekerek Jenna'yı iç çamaşırı takımıyla bırakıverdi. Bir de ayaklarındaki bantlı sandaletler kalmıştı. Açıkçası, ayakkabıyı çözmekle zaman kaybetmek istemiyordu.

Hem onları seviyordu da. Altında çıplak yatan Jenna'nın topuklu ayakkabılarını sırtında hissetme fikri gayet güzeldi.

Dudaklarını Jenna'nın yanağından boynuna kaydırdı ve oradaki düzensiz nabız atışını hissetti. Sutyenin dantelinin altındaki göğüslerini avuçlarken ve bir parmağını göğüs ucunda gezdirirken kendi kalp atışları da en az onunki kadar düzensizleşmiş ve hızlanmıştı. Jenna'nın iç çamaşırı zevki her zaman sade olmuştu. Leopar desenli tangalar ya da taşlı sutyenler onun tarzı değildi. Ama onun seçimleri her nasılsa Gage'i her zaman tahrik ediyordu bir şekilde.

Jenna'nın doğuştan gelen masumiyeti, kendine yapacaklarını ve kendinin yapacaklarına izin vereceğini bilmek Playboy Malikanesi'ndeki kızlardan daha çekici kılıyordu onu.

Hemen ardından Jenna'nın başka el değmemiş mükemmel göğüslerine dokunmak için ellerini sırtına götürüp sutyenini çözdü. Jenna'nın küçük, biçimli, zarif göğüsleri belki bir yarışmayı kazanacak kadar büyük değildi ama Gage onları çok seviyordu. Jenna'nın vücudunun her santimine âşıktı adeta.

Kalan kıyafetlerini de çıkarıp odanın bir köşesine fırlattıktan sonra dudaklarını Jenna'nın çilek tadındaki meme uçlarına gömdü ve diliyle yalamaya başladı. Jenna zevk içinde inliyor, bedenini Gage'in bedenine doğru kaldırıyordu.

Jenna'nın her hareketi, her iniltisi, her fısıldaması Gage'in bedeninde çınlıyor, şehveti daha da derinleşiyordu. Gage oturur pozisyona geçip tişörtünü bir çırpıda çıkardı ve arka cebindeki kondomu almak için kısa bir süre durakladı. Sonra yeniden Jenna'nın üstüne çıktı.

Üstündeyken bir yandan da Jenna'nın külotunu en azından ayak bileklerine kadar sıyırmayı başarmıştı. Tamamen çıplak olup onu hissetmek istiyordu, ince kondom dışında başka bir şey olmasını istemiyordu aralarında. Hatta bunu da istemiyordu, belki de artık korunmak için çok geçti ama işi şansa bırakamazdı.

Bu yüzden kondomu taktı Gage, aralarındaki tek engel sadece bu ince kondomdu.

Yavaşça vurmaya başladı Jenna'ya, tepeden tırnağa onu hissediyordu. Kolları, boğazı, sırtının dar çizgisi, karnından bacağına uzanan kıvrımı... Jenna'nın her bir zerresi kadınlığının mükemmeliyetini sergiliyordu sanki.

Jenna da pek çok kadın gibi, kendi görünüşü hakkında Gage gibi düşünmüyor olabilirdi. Jenna'ya göre birkaç kusuru vardı ama Gage'in gözleri onu kusursuz görüyordu. Onun seksi bir kadın olduğunu biliyordu Gage, yani karısının... Eski karısının yani...

Gage bakışlarını Jenna'nın üçgenine dikmişti, göbeğinin hemen aşağısındaki siyah kıvrımlı tüylere. Tüm o şehvet arasında, Jenna Gage'i yeniden öpebilmek için biraz daha yukarı çıkmasını sağlayabilir diye ismini fısıldamaya çabalıyordu. Gage ise daha aşağılara kayıyordu. Charlotte'ın eski moda kanepesi sevişmek için çok da konforlu bir ortam sayılmazdı ama şimdi uygun bir yer bulmak zaman alırdı ve Gage, bir an bile dikkatini dağıtmak istemiyordu.

Bacaklarını Gage'in omuzlarına kaldırmış olan Jenna'nın ıslaklığının sıcak, baharatlı kokusunu almadan hemen önce altındaki kadını öpüp tatmış ve onun inlemesini sağlamıştı. Gage, Jenna'nın ateşine bir odun daha atabilmek hızlı hızlı gidip geliyordu. Bir yandan da en hassas noktasıyla oynuyor, onu orgazmın kıyısına getiriyordu.

Jenna duyduğu hazza teşekkür edercesine Gage'in adıyla inledi. Bir yandan da parmaklarını Gage'in kısacık saçlarında gezdiriyordu.

Gage, Jenna'nın üzerinde yukarı aşağı gidip geliyordu. Zonklayan erkekliğini Jenna'nın sıcak, orgazm yüzünden bir nabız gibi atan tatlı deliğine bir kez daha hızlıca girdi. Az kalsın kendisi de boşalacaktı.

Birden, o anın mükemmelliği içinde durakladı. Eğer hareket ederse ya da Jenna hareket ederse ya da evdeki herhangi bir şey... İşte o zaman bir anda boşalmaktan korkuyordu. Bu durum sadece kendini utandırmakla kalmayacaktı. Aynı zamanda başladığı işi başladığı şekilde bitiremediği için kendini suçlayacak, her şeyin içine bu kadar erken mahvettiği için bütün gece kafasını duvara yaslayıp düşünecekti.

Jenna'nın nefesi yavaşlamaya başlamıştı, göz kapakları dalgalanarak açıldı ve bakışları buluştu. Kollarını kaldırıp boynuna sarıldı. Gage'in kalçalarına düğümlediği bacakları sanki yavaşça çözülüyordu, birden ona sıkıca sarılıp bedenine bastırdı.

"Bu çok güzeldi..." diye fısıldadı. Gage, onun kasıklarındaki yeni bir dalgalanmayı hissederken, Jenna hâlâ az önceki orgazm anının sarhoşluğuyla bakıyordu. Kendinden emin bir edayla dudağının bir köşesini yukarı doğru kıvırdı Gage.

"Amacımız da buydu zaten."

Jenna kalçalarını hafifçe kıvırıp Gage'in başını kendisine doğru çekerek fısıldadı. "O zaman daha fazlasını hedefleyelim."

Dudaklarını ve dillerini birbirlerinin bedenine kilitlemeden önce hoşnut bir tebessüme vakit bulabildi Gage.

Parmaklarıyla Jenna'nın kalçalarını haşince okşuyor, daha sert ve daha hızlı bir şekilde içine girip çıkıyordu. Duyduğu haz kanını alevlendiriyor, buradan tüm vücuduna yayılıyordu. Gage her an patlayabilirdi.

Dişlerini sıktı, kısa ve kesik kesik nefes alıp vermeye başlamıştı.m Her an, her saniye, her milisaniye infilak edebilirdi.

Ama Jenna bu şehvet anını uzatmaya hiç yardımcı olmuyor, nefesi, inleyişi ve dokunuşuyla Gage'i daha da erken bir boşalmaya sevk ediyordu. Sonunda patlamak üzere olan erkekliğine dokunup sıktı.

Lanet olsun, boşalmadan önce en az bir iki kez daha erkekliğini Jenna'nın içine sokup çıkarabileceğini düşünüyordu. Jenna, Gage'e tutunarak bir kez daha zevk çığlıkları atıyordu altında. Gage de bu iniltilerle erkekliğini bir kez daha perçinliyordu.

Kahrolası! İşte hayat buydu... Sonsuza kadar bu mükemmel kadınla! Ölümsüz olması mümkün olmasa da Gage onu cehennemde bile bulurdu.

Kanepede çılgınca seviştikten birkaç saat sonra merdivenlerden yukarı çıkıp misafir yatak odasına geçmişlerdi. Örgü ipleriyle vakit geçirmekten çok daha iyi bir şey yapmışlardı.

İki yapboz parçası gibi birbirlerine geçmiş, öylece uzanıyorlardı.

Jenna yanı başında kıvrılmış, başını omzundaki boşluğa koymuştu. Uykulu olduğunu sanmıyordu Jenna'nın. Uykudan daha farklı, hafif bir sarhoşluk, tatmin olmuş bir sersemlikti belki.

Gage kafasını çevirip onu tepeden tırnağa yeniden öpmek istiyordu ama bunu yapmaya mecali kalmamıştı. Tüm enerjisini tüketmişti neredeyse.

Jenna yavaşça kaldırdı başını, ılık nefesi Gage'in yüzünü ısıtıyordu.

"Gage..."

"Hmm?"diye cevapladı Gage gözlerini açmadan ve Jenna'nın beline doladığı eliyle belini daha sıkı kavradı seslenişiyle.

"Sana sorduğum soruyu cevaplamadın."

"Ne sorusu?" dedi Gage birkaç saniye sonra. Düşünmeye çalıştı ama beyni hâlâ az önce yaptıkları seksin etkisi altındayken, geçmişle bir bağlantı kuramıyordu.

"Daha önce, arabadayken sormuştum ya.".

Arabadakilerle ilgili pek çok hikâye arasından bebek mevzusu geliyordu Gage'in aklına. Sonra tekrar düşündü. Araba. Jenna'nın gözyaşları. Neden bu kadar kolay vazgeçtiğini, evlilikleri için neden kalıp savaşmadığını sorgulayan ağlamaklı sesi.

Düşününce aynı acıyı hissetti Gage yüreğinde. Jenna'nın öylesine acı çektiğini duymak, görmek bir kez daha bir bıçak gibi saplanmıştı bedenine ve bir kez daha kanıyordu Gage içten içe.

Nasıl bu kadar acıtabilirdi, ikisini de nasıl böylesine dağıtabilirdi bu his? Neden bu kadar uzun sürmüştü ki? Zaman dedikleri tüm yaraları kapatırdı hani?

Zaman kesinlikle benden yana işlemedi, diye düşündü Gage. Her gün, her an Jenna'yı özlemişti. Boşandıktan sonra geçen her gün bir şeylerin daha farklı olacağını ummuştu ama olmamıştı işte. Onun yanında, etrafında gördüğü her erkekten nefret etmeye başlamıştı.

Aynı hissin Jenna'da da olup olmadığını düşündü. Jenna için de durum öyle olmalıydı, yoksa cevabını böylesine endişeyle beklediği sorular sormasının başka bir nedeni olamazdı.

Ve bir anda yorgun olduğunu hissetti. Kahretsin ne kadar da yorulmuştu!

Gage hayatını Jenna'yı korumaya adamıştı ama şimdi bilmesi gereken bir şey varsa… Tüm haftalarını bu ecstasy sarhoşluğuyla harcamak konusunda hemfikir olmuş olabilirlerdi. Ama birbirlerinden vazgeçmelerinin artık mümkün olmadığını açıklığa kavuşturmaları gerekirdi.

Gerçi bu, bir uzlaşmanın başlangıcı sayılmazdı. Bu tür konuları konuşmamışlardı, Jenna'nın hamile olup olmadığını beklerken sadece birbirlerinin yanında vakit geçirip yatakta keyifli anlar yaşamışlardı.

İlişkilerinin gidişatında zerre kadar bir ilerleme kaydedebilmiş değillerdi. Jenna çamaşırlarını giyip artık seks yok diyerek kestirip atabilirdi her şeyi. Ama bu sadece başladıkları yere geri dönüp kendi yollarına gitmeleri anlamına gelirdi. Bu süreç sonuçlanıncaya kadar onun yanında olacaktı. Sonra Jenna da onu göz ardı edip kendi yoluna bakacaktı. Belki de beklenmedik bir misafir dahil olacaktı hayatlarına.

Sonuçta boşanmışlardı, yollarını ayırmışlardı. Peki, gün aşırı yaptıkları şu hamilelik testi belli olunca ne olacaktı?

İkisi de kendi kafalarında derin çıkmazlara dalmış, sessizce düşünüyorlardı. Sonra ağzından şu sözlerin döküldüğünü duydu. "Ne fark eder ki şimdi?"

Jenna, Gage'in göğsünden çekilerek bakışlarını onun üzerine dikti. Odanın loş ışığında Jenna'nın zümrüt yeşili gözleri parlıyordu. Bu hali onun ne kadar ciddi olduğunun etkileyici bir yansımasıydı.

"Fark eder," dedi fısıltıdan daha yüksek bir sesle.

"Ben hiçbir zaman sana zarar vermek istemedim," dedi Gage, bunu en başından beri anlamış olmasını dileyerek.

Gage bu sözlerini, Jenna'nın teşekkür anlamında kafa sallayıp onaylamasını beklerken Jenna bir anda kaşını kaldırdı. Bu, cevabının da sivri olacağı anlamındaydı. "Öyle mi?" dedi Jenna. "Bana zarar vermedin öyle mi? Sen biz ayrılmadan çok önce kapıları kapatmıştın yüzüme. Bizim hayatımız hakkında kendi başına kararlar verdin ve benden bunlara uymamı istedin. Konuşmaya çalıştığım zamanlarda tek kelime bile etmedin. Sessizliğini büyüttün, büyüttün ve bir saplantı haline getirdin. Sonra tanımadığım bir insana dönüşüverdin. Bunun nedenini bilmek istiyorum."

Ev karanlık ve sessizdi. Gage hâlâ sevişmeleri boyunca yaşadıkları keyifli anların sarhoşluğundaydı. Bu nedenle ya da belki de başka nedenler yüzünden, şu anda kendini savunacak durumda değildi ve Jenna'nın bilmeyi istediği şeye karşı savaşacak gücü de yoktu.

"Seni sevdiğim için..." dedi. Seni *hâlâ* sevdiğim için, diye düşündü içten içe ama bu kadarını ifşa etmedi. "Ve seni korumaya çalıştığım için."

Ters Örgü 16

Jenna gözlerini kırpıştırdı, içinde tuhaf bir his vardı. Duyduklarına inanamadığından Gage'den söylediklerini tekrar etmesini istedi. Duyduklarından emin olmaktı istediği.

"Beni korumak mı?"

Birkaç dakika önce ikisinin de üzerini örtmüş olan çarşafı çekiştirdi ve çıplak göğüslerini örtecek şekilde yerleştirdi. "Beni neyden korumak istedin?"

"Her şeyden."

Yalnızca fısıltıdan biraz daha yüksek sesle söylenmiş tek bir sözcük olabilirdi bu ama karın boşluğuna bir balyozla vurulmuş gibi bir etki yarattı onda. Bir nefes alıp oksijenden yoksun kalmış beyni ve tutulmuş organlarını beslemeyi denedi. Fakat ciğerleri göğsünde, tıpkı dudaklarının ardında donmuş olan dili gibiydi.

Yatağın başında oturur pozisyona geçti, Gage'in ona dikilmiş olan ciddi bakışlarıyla karşı karşıya kaldı gözleri.

"Seni, dışarıda canını yakabilecek ya da sana zarar verebilecek her şeyden korumak istiyorum."

"Anlamıyorum."

"Jenna, dışarının ne kadar kötü olabileceğini bilmiyorsun. Ahlak polisine katıldığım günden beri ne tür şeylerle karşılaştığımı bilemezsin."

Kafasında bir şeyler belirmeye başladıkça dudakları da hafifçe aralandı. Evet, kafasında hâlâ onu soru yağmuruna tutmak istediği altı ya da sekiz milyon soru vardı fakat söyledikleri kafasında o kadar yer etti ki, boşanma öncesi aralarında yaşananlar birdenbire anlam ifade etmeye başladı.

Onda bir değişim olduğunu ancak gizli görevde çalışmaya başladıktan sonra fark etmeye başlamıştı. Bunun öncesinde her şey iyiydi. İyi olmaktan da öte çılgınca, hatta arkadaşlarına göre hastalık derecesinde mutlulardı.

Aralarındaki tepkisizlik ve gittikçe açılan mesafe, Gage'in o hafta ya da o ay, içlerine sızmaya çalıştığı gruba uyum sağlamak için geçirdiği fiziksel değişimlerin ardından başlamıştı.

Jenna daha önce oturup düşünüp taşınmamıştı ama dönüp geriye baktığında tüm yaşananları görebiliyordu.

Fakat nedenini hâlâ anlayamıyordu. Böyle bir şeyin ilişkileriyle ne gibi bir ilgisi olabilirdi ki?

İçinden bir ses, eğer yanlış şeyler söylerse onunla tek kelime konuşmayacağı ve bu konuyu asla sonuçlandıramayacaklarını söylediği için sözcükleri özenle seçerek, "Tahmin edebiliyorum," dedi.

Gage, keskin bir şekilde, "Hayır!" diye karşılık verdi ve devam etti kamçı gibi sözleriyle, "Tahmin edemezsin! Ve asla tahmin etmeni istemedim. Seni o dünyadan korumak için yapabileceğim her şeyi yaptım."

Jenna, Gage'in sesindeki sertlikten ötürü şaşkın, konuşmanın hangi yöne ilerlediğini kestiremediğinden kafası karışmış bir şekilde başını kaldırdı.

"Neden bunların herhangi birinden korunmam gerekli?" diye sordu Gage'e. "Ben porselen bir bebek değilim Gage. Şehrin güzel bir bölümünde, orta sınıf bir yaşantım olabilir ama yine de herkesin bu kadar şanslı olmadığının farkındayım. Gazete okuyorum ve haberleri izliyorum. Şehrin daha ücra bölgelerinde koşulların nasıl olduğunu çok yakından bilmesem de biraz olsun bilgi sahibiyim."

Gage, konuşmadan önce, bitmek bilmeyen bir dakika boyunca sessizce ve saygı ile bekledi. Sonra yavaşça, "Çok daha kötü!" dedi, gözleri Jenna'nın tam olarak çözemediği bir şeye dalıp gitmişti. "Gazetede okuduğun ya da akşam haberlerinde duyduğun şeyler, her biri korkunç gerçekleri örtbas etmek için sunulan şeyler. Onlar, kollarında şırıngalar sıkışmış, kendi kanlarının içinde yüzen maktullerin fotoğraflarını göstermiyorlar. Her yanı yara bere kaplı ve tıka basa mal dolu uyuşturucu evlerinde yaşayan çocukları da. Sadece dumandan bile kafalarının güzel olması işten bile değil."

Jenna'nın midesine bir kasılma girdi, bu defa kötü anlamda. Gage'in Jenna'yı tüm bu bildiklerinden ve bu dünyanın gerçek yüzünden uzak tutmaya çalışmasıyla, şimdi bu dünyayı bu kadar canlı bir şekilde ona tarif etmesi ironikti.

Jenna yine de bu durumu dile getirmenin çok doğru olacağını düşünmüyordu. Bu, onu tanıdığı süre boyunca gizli görevde çalışırken işinden en çok bahsettiği an olmuştu. Ona anlattığı şeyler hoşuna gitmiyor olabilirdi ama her şeyi olduğu gibi duymak istiyordu. Özellikle aralarında neyin ters gittiğine dair bir ipucu sunacaksa.

"Anlıyorum," dedi. "Bütün bunları gözümle görmemiş olabilirim, ayrıca yaşananlar için de çok üzgünüm ama inan bana, anlıyorum. Aynı zamanda senin bunlara karşı duran iyi adamlardan biri olduğunu da biliyorum. Sen orada iyilik için mücadele eden, kötü adamları durdurmak ve masumlara yardım etmek için uğraşan bir süper kahramansın. Anlamadığım kısım ise, kabalık ediyorsam bağışla ama bütün bunların bizimle ilgisi ne?"

Yatakta doğruldu Jenna, kollarını dizlerine sarıp ona ne kadar savunmasız olduğunu göstermek isteğine karşı koyarak dizlerini göğsüne doğru çekti. "Benden uzaklaştın, gizli görevde çalışmaya başladığından beri benimle konuşmayı bıraktın. Bunu şu an fark ediyorum. Ama göremediğim şey bunun diğer şeylerle ilgisinin ne olduğu? Ya da beni görmezden gelerek çocuk sahibi olmakla ilgili düşüncelerinin değişmesi... Benimle arana duygusal olarak mesafe koyman mesela."

Her bir kelimesine öfke ve hüzün karışması ve sesinin yükselmesiyle dinginleşmeye başladı. Çünkü aslında yapmak istediği şey pes edip çığlık atarak *"Bunlardan banane? Neden bir avuç kahrolası keş ve çocuk istismarcısı yüzünden... Tüm bunların, kocam ve evliliğime mal olacak nasıl bir etkisi olabilir ki?"* demekti.

"Dışarıda olan bitenlerin bilincinde olarak, evden her çıkışında uyuşturucu, alkol ve fuhuş ile karşılaşacağını bile bile nasıl bir çocuk dünyaya getirebilirim ki? Sübyancılar ve katiller. Bir dolar ya da bir doz eroin için her şeyi yapabilecek olan, bunu elde etmek içinde çocukları kullanmak ya da istismar etmekten vicdan azabı duymayacak olan insanlar varken nasıl?" dedi Gage.

Jenna onun söylediklerini duyuyordu fakat anladığından emin değildi. Muhtemelen bunun nedeni kelimelerin kulaklarında çınlaması ve sesi sanki çok uzun bir tünelin ucundan geliyormuş gibi hissetmesiydi. Başı uğuldadı, gözleri bulanıklaştı ve kalbi sanki boğazında düğümlendi.

Bu tansiyonunun yükseldiğinin bir işareti olabilirdi.

Belki de bir kalp krizi ya da panik atağın öncü uyarıları.

"Bu yüzden mi çocuk sahibi olmak istemiyorsun?" diye sordu, sesinin sakin tınısına ve hissettiğinin aksine çığlık atmamış olmasına şaşırmıştı. "Nedeni, *olabilecek* şeyler mi? Nedeni, bir düzine ya da daha fazla olumsuz *olasılık* mı?"

Gage kederli bir şekilde, "Dışarıda korkunç şeyler var Jenna," dedi.

"Şüphesiz ki! Her yerde korkunç şeyler var, özellikle de onları ararsan. Fakat sen onların sana bulaşmasından korktukça kendi hayatını yaşayamazsın."

Jenna, ürpereceğini hissedercesine kendini yukarı doğru itti. Yataktan çıkmak için Gage'in bacaklarının üzerinden geçti. Çarşafa ani bir şekilde asıldı, yataktan çekti ve kendi üzerine sardı. Uzun etekli bir tuvalet edasıyla sürükleniyordu çarşaf. "Peki ya hiçbiri olmazsa?" Ona dönüp yüzleşme isteğiyle sordu. "Peki ya evli kalmış olsak, bir çocuğumuz olsa, hatta *çocuklarımız* ve sonsuza dek mutlu kalsak? Peki ya onlardan hiçbiri uyuşturucu bağımlısı olmazsa ya da sokakta saldırıya uğramazlarsa? Bu da olabilir, biliyorsun." Gittikçe kontrolsüzleşen bir ses tonuyla yüklenmeye devam etti. "Ülkenin genelinde insanlar mutlu, sağlıklı, yaşamlarını evlilikle bağlayıp çocuk sahibi olarak hoşnut bir şekilde sürdürüyorlar. Bu kadar korktuğun şeylerden hiçbiri ile karşılaşmamış olan insanlar var."

Gage yatakta hareketsizce duruyordu ve bir heykele bakarcasına gözlerini dikmişti Jenna'ya. Acaba onu dinliyor muydu? Söylediklerinin onun üzerinde bir etkisi olmuş muydu? "İkimiz de bu şekilde büyüdük. Başımıza kötü bir şey gelmedi. Söylemek istediğim, her zaman ailelerimizin paralarını yönetmeleri için Cleaver'lara ya da Brady'lere vermelerini söyler, çocuklarımız için aynı ortamı yaratmayı istediğimiz hakkında dalga geçerdik."

Tabii ki tamamen dizilerdeki gibi kusursuzca büyüyecekleri doğru değildi. Hiçbir aile mükemmel değildi ve herkesin kendi geçmişinden sürüklediği şeyler ve kişisel meseleleri vardı. Buna rağmen her birinin geçmişinden gelen korkunç, travmatik, büyük şeyleri yoktu.

Jenna'nın ailesi sert ve acılara dayanıklı bir aileydi. Bu konu ne zaman konuşulsa onları Cleaver'ların Amerikan Gotik versiyonu olarak tarif ederdi. Bunlara rağmen ona daima iyi bakılmıştı. Hiç kimse onu dövmemiş, ihmal etmemiş ya da taciz etmemişti ve anne babasından herhangi biri alkolik, uyuşturucu kullanıcısı ya da aşırı kumarbaz değildi.

Gage'in ise çok daha masalsı bir çocukluğu olmuştu.

Ailesi inanılmazdı. Jenna onları ölesiye seviyordu, ailelerine katılmaktan çok memnundu. Gage'in annesi, babası ve tüm kardeşleri tarafından sıcak bir şekilde kabul edilmesi onu minnettar kılmıştı. Onlarla yakın iletişimi koptuğu zaman, tıpkı Gage'e boşanma davası açıp onu kaybettiği zamanki gibi üzülmüş ve ağlamıştı.

Gage'in çocukluğuna dair her şey mükemmeldi. Ona kurabiyeler pişirmiş ve Cadılar Bayramı kostümleri dikmiş olan bir annesi ve bir ağaç ev inşa eden ve Küçükler Ligi takımının koçluğunu yapmış bir babası vardı.

Bütün bunlar Jenna'nın, Gage'in aile ve çocuk yetiştirme ile ilgili olan tutumunu kafasında toparlamasını zorlaştıran tek unsurdu.

Gage ona, "Artık her şey daha farklı," diye açıkladı. Hâlâ karamsar, iğrenç, çarpık bakış açısına takılıp kalmış bir durumdaydı. "Dünya artık eskisine göre çok daha tehlikeli bir yer."

Jenna olayı iyice uzatmamaya çalışarak, "Belki de sen ona fazla yakınsın," dedi. "Gizli görevde o kadar uzun süre çalıştın ve toplumun karanlık tarafını o kadar çok gördün ki dışarıda hâlâ iyi insanlar da olduğunu göremiyorsun. Çocuklarımız olsa, biz onları sever ve korurduk. Onlara sıcak bir yuva ve canları yandığı takdirde düşecekleri yumuşak bir zemin hazırlardık."

Gage başını salladı. Ne üzücüdür ki, her ne kadar her şeyin farklı olmasını dilese de hâlâ bir bebek sahibi olmanın ona acı verecek bir duygu olduğunu düşünüyor ve bir gün korkunç bir şekilde onu kaybedeceği düşüncesinden kurtulamıyordu.

Bakışlarını, yatağın üzerindeki ince, pamukla doldurulmuş örtüye doğru devirdi. Parmaklarını kenetledi ve bir kez daha başını salladı. "Bu çok riskli," diye homurdandı Gage. "Bunu göze alamam."

Jenna bir an duraksadı. Yavaşça nefes alıp vererek, Gage'in son kararının beynine nüfuz etmesine izin verdi. Karnı öfkeyle kasıldı, aynı esnada da damarlarına doğru bir keder yayılmaya başladı. Duygularını belli etmemeye çalışarak, "Demek bu kadar?" diye yanıt verdi Jenna. "O halde bana söyleyecek bir şey kalıyor mu? Sen bakış açını, henüz doğmamış çocuklarımıza yeterince özgüven ve güçlü ahlaki değerler aşılayabileceğimize ve böylece o şeylerden hiçbirine bulaşmayacaklarına inanabilecek kadar genişletemiyorsun. Çocuklarımız henüz doğmadan önce, onlara zarar verecek kadar güçlü olan ne idüğü belirsiz insanlara güveniyorsun da, *ikimize,* onları koruyacağımıza ve doğru şekilde yetiştirebileceğimize mi güvenemiyorsun?" diye devam etti.

Gage başını onun bakışlarıyla buluşmak üzere kaldırdı. Yanıt açıktı. Gözleri bir kalbi binlerce parçaya ayırırcasına umutsuz ve kasvetliydi. Fikrini değiştiremeyecekti. Jenna bunu anladı. Buna rağmen zihninde çok derinlerde bir yerlerde umut etmekte ve belki diye düşünmekteydi. *Belki* bir ümit olabilirdi.

O ana dek, işinden ötürü, işinin onu görmeye şahit bıraktığı şeylerden ötürü ve onu almaya zorladıkları kararlardan dolayı Gage'in ne kadar acı çektiğinin farkına varamamıştı ne yazık ki.

Jenna, Gage ondan uzaklaştığında ve boşanma kararına zorlandığında her şeyini yitirdiğini düşünmüştü. O her şeyini yitirmemişti, yitiren Gage olmuştu.

Çünkü Jenna hâlâ iyinin kötüye karşı galip gelebileceğine ve insanlığa dair inancını yitirmemişti. O ise...

Gage açıkça herkese ve her şeye olan inancını yitirmişti.

Jenna dahil olmak üzere.

Kendi de dâhil olmak üzere.

Gage, gün ufuktan yükselip gökyüzünü pembe, turuncu ve mora boyarken yataktan çıktı.

Jenna'nın onu bu kadar zor sorularla sıkıştırması yüzünden gözüne bir damla uyku girmemesinden değil, kendi yanıtlarından da memnun kalmadığı için...

Jenna'nın da yeterince dinlenmediğini düşündü.

Sonuç olarak; eksi karısının gözlerinde o ifade belirdi. Bir hüzün, hayal kırıklığı ve yenilgi ifadesi.

Bu bakışlar Gage'i bir kez daha vurmuştu. İçten dışa silkelendi. Ona ulaşmak istiyordu. Jenna'yı yakalamak, onu tekrar yatağa sürüklemek ve tutmak, gözlerindeki hüzün kaybolana dek onu rahatlatacak sözler mırıldanmak istedi. Ne var ki bunu yapamadı. Tek bir teselli edici söz sunamadı çünkü söyleyeceği her şeyi zaten söylemişti. Düşüncelerini değiştirmeyecekti. Onunkiler de değişmeyecekti, bunu biliyordu ve bunun etkisini hafifletebilecek hiçbir şey yoktu.

En azından Gage için. Özellikle de Jenna ona öyle baktıktan sonra. Ardından Jenna döndü ve çıkıp gitti kapıdan. Kapıyı kapatmamıştı. Ama onu bir hışımla çarpsa ancak bu kadar içini acıtabilirdi Gage'in.

Gage odadan çıkıp alt kata gitmeden önce çarşafları düzeltti. Jenna'nın onu bıraktıktan sonra kanepede uyumuş olabileceğinden ya da hiç uyumamış olabileceğinden şüphelendi, ki ikincisi çok daha muhtemeldi. Onu takip etmeyi düşünmüştü fakat bu ne işe yarardı ki?

Böylece olduğu yerde kaldı ve onun tamamen berbat bir halde olmamasını diledi, her ne kadar bunun yağmurun ters yönde yağmasını dilemek kadar olası olduğunu bilse de...

Eski çiftlik evinin merdivenlerinin her bir basamağı tek tek gıcırdıyordu indikçe. Salonun girişinde durdu fakat Jenna'ya dair hiçbir iz yoktu. Antika kanepenin üzerinde ne bir çarşaf ne de bir yastık vardı. Dün gece araları iyiyken bir kenara attığı büyük, beyaz plastik şişler ve mor iplik bile yerinde değildi.

Tüm konuşmaları sonlandıran o konuşmadan önce, her şey sadece iyi değildi, kahretsin ki harikaydı. Onunla öylece devam edebilirdi...

Pekâlâ, eğer şanslı olsaydı, ebediyen sürerdi mutlulukları. Fakat Jenna konusunda cebinde dört yapraklı bir yoncayla dolaştığı söylenemezdi. Daha çok bir kara kedisi, bir avuç kırılmış aynası ve ters dönmüş bir at nalı vardı. Hatta belki kalçasına bir on üç rakamı bile işlenmiş olabilirdi dövme olarak.

Salondan uzaklaşmak üzere mutfağa doğru yöneldi fakat Jenna'yı orada da bulamadı. Sarı vosvosu hâlâ dışarıdaydı, camdan dışarı bir bakış attığında fark etmişti. Yayan gitmediyse olabileceği tek bir yer kalmıştı. Arkasından ahıra gitmeyi düşündü ama bu yüzleşme için acele etmenin bir anlamı yoktu. Birbirlerine karşı tepkisiz kalmaları ya da ağız dalaşına girmeleri, her iki yol da hoş olmayacaktı.

Tezgâhın üzerindeki kapta kahve vardı, o da kendine bir fincan koydu. Ardından masaya oturdu ve Jenna'nın dönüşünü beklemeye başladı. Dün geceki tartışmayı düşünmemeye çalışıyordu ama görüntülerin zihninde uçuşmasına engel olamıyordu. Kelimeler, incinme, nihai sonuç...

Olanların yüzde doksanından kendinin sorumlu olması pişmanlıkları olmadığı anlamına gelmiyordu. Kusursuz bir dünyaydı istediği, eğer elinden gelseydi değişirdi. Maalesef gerçekte kusursuz bir dünya *olmadığı* gerçeği, hiçbir şeyi değiştirememesinin tek sebebiydi.

Jenna'yı arka mutfak kapısında duyduğunda henüz ikinci fincan kahvesini içiyordu. Jenna sabah çiylerini ayakkabılarından düşürmek için ayaklarını çırptı. İçeri girip kapıyı ardından kapattı ve ahıra giderken giydiği ince ceketini omuz silkerek çıkardı.

Ceketini kapının yanındaki askıya astıktan sonra döndü ve onu gördü. Donup kaldı. Hızlı bir şekilde toparlanıp bakışlarını başka yöne çevirdi ve o orada değilmiş gibi davranarak mutfağa doğru ilerledi.

Onu istediği kadar görmezlikten gelebilirdi fakat o bir yere gitmiyordu. Henüz değil.

Halen başladıkları yerdelerdi. Yani neredeyse. Jenna'nın arkadaşları ve küçük seks planları sayesinde, teknik olarak yatakta başlamışlardı.

Gage'in kotunun fermuarının ardında bir şeyler kıpırdanıyordu şimdi de. *Bunun gibi* düşüncelerin daha fazlasına bir son vermek istercesine dişlerini sıktı.

Belki de tekrar *aşağı yukarı* başladıkları yerde olabilirlerdi ama her ne kadar Jenna ona yüz vermeyecek olsa da gitmeden önce kendisi için bazı yanıtlara ihtiyacı vardı,.

Sonunda varlığını kabullenmeye karar verdikten sonra suçlayıcı olmaya *çok* yakın bir ses tonuyla, "Kendine kahve yapmışsın," dedi Jenna.

"Evet."

Kendi fincanını da masaya taşıdı ve karşısına oturdu. Düşmanlık, muhtemelen incinmişlik, hayal kırıklığı ve birkaç diğer duygunun bir araya gelip oluştuğu düşmanlık dalgalar halinde etrafa saçılıyordu.

Davranışları ve vücut dili adeta şöyle diyordu: *Senden korkmuyorum. Bak, işte tam burada oturacağım ve bunu sana kanıtlamak için tamamen normal davranacağım.*

Belki korkmuyordu –hiçbir zaman ondan korkmamıştı zira buna sebep olacak bir şey yapmamıştı Gage– ama onun burada olmasından hoşnut olmadığı belliydi. Onunla aynı odada olmak istemiyordu.

Aynı odada, aynı evde, aynı eyalette. Jenna'nın, ahırdan geldiğinde onun gitmiş olduğunu görse soyunup masanın üzerinde bir İrlanda halk dansı yapacağını tahmin etmek için medyum olmaya gerek yoktu.

Buharı tüten kahvesini yavaşça üfledikten sonra birkaç yudum aldı. Kupasını koydu ve cesurca gözlerini ona dikti. Yeşil gözleri gölgelenmişti, uzun siyah kirpiklerinin ardında titrek ışıklı bakışları daha da derinleşmişti.

Jenna neredeyse sessizce, "Bence gitmelisin," dedi. Sözleri kararlı ve etkiliydi ama Gage alt dudağında kısa, sahte bir titreme fark etmişti. Bağırsakları düğümlendi ve içindeki her bir erkeksi içgüdü ona ayağa kalkıp gitmesini, Jenna'nın acısını sonlandırmak üzere *bir şeyler* yapmasını söylüyordu. Peki ya her şeyin başlamasına kendi sebep olmuşken ve söylediği hiçbir şeyin değişmesini istemezken ne yapabilirdi ki?

Hiçbir şey. İşte bu kadar. Burada yumrukları kucağında sıkılı, ayaklanma isteğiyle mücadele ederek oturmak dışında bir halt değil.

"Nereye gitmemi istiyorsun?" diye sordu, sesinin zımpara kağıdı gibi gıcırdamasına şaşırmamıştı.

Jenna, "Git!" dedi bir kez daha, sözleri onunkinden daha sabit bir şekilde çıkıyordu. "Burayı terk et. Eşyalarını al ve defol git!"

"Gidemem. Henüz değil."

"Neden?"

"Nedenini biliyorsun."

Gage'in gözleri kısıldı, Jenna'nın daha önce görmemiş olabileceği ihtimaline karşı kendi tarafına uzandı ve bir kutu uzattı masaya. Misafir odasından çıkarken aldığı ve merdivenlerden ilk inişinde bir kenara koyduğu kutuydu.

"Ciddi olamazsın!" Bir şüphe ifadesi yüzünü kaplarken omuzları geriye doğru gerildi ve sırtı aniden dikleşti.

Gage bir kaşını kaldırmaktan başka bir tepki vermedi. Jenna da, Gage onu gebelik testi ile yüz yüze getirip ondan testi yapmasını istediğinde verdiği tepkiyi tekrarladı. Birlikte yatmaya başladıklarından beri her sabah Gage'den hamilelik testini alıyor ve sırf onu memnun etmek için uyguluyordu.

Bugüne dek her biri negatif çıkmıştı. Gage şansının hâlâ devam edip skorun aynı şekilde kalıp kalmadığını merak ediyordu. Yoksa dün gece yatakta olduğu gibi peri tozu bitmiş miydi? Kutuyu masadan sert bir şekilde alan Jenna ayağa kalktı. Hareketleri sert ve hırs doluydu.

"Bu sonuncu!" dedi.

Boyu sadece bir altmış olabilirdi ama minyon yapısı yine de Gage otururken ona birkaç santim öteden bakan bir gözcü gibi yukarıdan bakmasını sağlıyordu.

"Ben bunu uyguladıktan sonra gideceksin."

Gage yanıt vermek üzere ağzını açtı ama Jenna onu kafa sallayarak susturdu. "Bu kez hayır yanıtını kabul etmiyorum Gage. Her şey bitti."

Tepkisini beklemeden yanından ağır adımlarla yürüdü ve yavaşça merdivenleri çıktı.

Gage olduğu yerde kaldı, elinin boğumları kahve fincanının etrafında beyazlaşıyordu. Neden birden bu kadar sinirlendiğini bilmiyordu.

Bu tam olarak istediği şey değil miydi? Çubukların eksi işaretler çıkarması ve onun da Jenna'nın hamile olmadığını bilmesi ve yaşantısına, işine geri dönebilmesi.

Yine de son birkaç gün onu berbat etmiş, sahte bir huzur duygusuyla uyuşturmuştu. Tüm önemli şeyleri beyninin bir köşesine itmek ve sadece Jenna ile tekrar birlikte olduğuna odaklanmak o kadar kolay olmuştu ki. Kavga etmiyorlardı ve birbirlerinin varlığından zevk alıyorlardı.

Zevk almaktan da öteydi. Birkaç kez Gage neredeyse kendini komaya girecek kadar mutlu hissetmişti.

Şimdi, her şeye rağmen, gerçeklik yüzüne bir tokat gibi çarpıyordu. Eski karısı üst katta bu kez artı işaret gösterebilecek olan bir çubuğa işiyordu. O zaman ne yaparlardı?

Hiçbir şey düşünmek istemiyordu. En azından şimdilik bunu düşünmek istemediği kesindi. Sorunları görmezden gelmek Gage'in yapısında yoktu; ama şu anda üstesinden gelmesi gereken sorunlarla yüzleşmeye hazır olmadığı için görmezden gelmekten memnundu. Eğer onlarla yüzleşmek zorunda *kalsaydı*, bunu yapardı zaten. Başka ne seçeneği olabilirdi ki? Fakat bu gerçekten gerekene kadar yapmayacaktı.

Koltuğunda hareket etti. Dibinde yalnızca birkaç damla kalmış olan fincanını dikti. Poposu ağrımaya başlıyordu ve kahvesi soğumuştu. Ne kadar süredir burada oturuyordu? Bunu merak etti. Jenna ne kadar süredir banyodaydı?

Kaşlarını çatan bir somurtkanlıkla saatine baktı. Jenna'nın yukarı doğru paldır küldür çıkışından beri yirmi dakikadan fazla olmuştu.

Evet, henüz geri gelmemişti. Bu açıktı.

Onun yukarıda gezindiğini de duymamıştı, gerçi tam olarak dikkatini de vermemişti ki.

İkinci kata çıkmak üzere ayağa kalkarken sandalyesi zeminde gıcırdadı. Jenna görünürde yoktu ve banyo kapısı hâlâ kapalıydı.

Alt kata geri dönmeyi ve onu orada beklemeyi düşündü, sonra bunu tekrar gözden geçirdi. Onun içeride, üzerinde artı işareti olan küçük beyaz bir çubuk tutarkenki görüntüsü bir an için zihninde canladı ve bağırsaklarının kasılmasına sebep oldu. *Lanet olsun.* Büyük olasılıkla şu babalık zımbırtısı prostat kontrolünden daha da kötüydü.

Derin bir nefes aldı. Korkudan testislerinin büzüşerek birer misket kadar küçülmediğini umarak kapının pervazına omzu ile yaslandı ve parmak eklemleriyle kapıyı hafifçe tıklattı.

"Jenna? İyi misin?"

Birkaç sessiz ayak sürüme sesi, sorgusunu takip etti ve bir dakika sonra kapı açıldı. İlk başta sadece bir çatırtı, ardından koridora doğru adım atarken tüm kapı açıldı.

"İyi misin Jenna?" diye bir kez daha sordu.

"İyiyim." Jenna'dan gelen cevap hissiz ve duygusuzdu. Başını kaldırıp bakışları buluştuğunda cevabın aslında yalan olduğunu gördü Gage.

Ağlamıyordu Jenna ama gözleri dolmuştu, burnu hafifçe kızarmıştı.

Gage'in kalbi sendeledi. Bu iyi bir işaret mi, yoksa kötü bir işaret miydi?

Gerçekten bilmek istiyor muydu?

"Al!" dedi Jenna, test kitinden çıkan küçük beyaz çubuğu saldırganca ona doğru savururken. Sıkılmış yumruğu onu tam karnının orta bölgesinden yakaladı, diyaframındaki havayı boşaltıp elinin uzattığı şeyi almak üzere otomatik olarak kalkmasına neden oldu.

Anlık olarak birbirlerine dokundular, Jenna plastik çubuğu bıraktı ve elini aniden çekti. Gage geri çekilmemeye çalıştı fakat onun reddedişini dizlerinin arkasında kalın bir tahta gibi hissetti.

Jenna, "Tebrikler, yine sen kazandın!" dedi. Ses tonu iğne kadar sivri ve küçümseyiciydi. "Ayrıca her gün elinde başka bir testle buraya gelmene ya da telefon edip başka bir test yapmamı söylemene gerek yok. Regl oldum, yani bebek yok ve muhtemelen de yakın gelecekte olmayacak. Belki de hiçbir zaman, sayende!"

Sesi son kelimede çatallanmıştı. Gage onun gözlerinden taşan yaşları, yanından geçip merdivenlerden aşağı doğru hızla inmeden hemen önce fark etti.

Gage, onun regl olmasıyla bir gece korunmasız seks yapmalarının sonucunda hamile kalmadığının somut kanıtı olarak rahatlayacağını düşünmüştü.

Bunun yerine tuhaf bir şekilde hayal kırıklığına uğramış hissetti. Arkasından koşmak istedi ama Jenna'nın onun şu anda yanında olmasını istemeyeceğini biliyordu. Koşup gitse bile ne söyleyeceğine dair hiçbir fikri yoktu.

Şu an yapabileceği en iyi şey şans yıldızlarına teşekkür etmek ve bir an önce Jenna'yı öpmek, özür dilemek, onunla tekrar yatmak, hatta Tanrı korusun sadece gözyaşlarını dindirmek için ona minik Gage'lerden biraz sunmak gibi saçma bir şeyler yapmadan önce, bu gebelik diyarından paçayı kurtarmak yapabileceği en iyi şeydi.

Hayır. Bir kez kurşun ıskalamıştı, bir kez daha hedefi tam ortadan vurma riskini almayacaktı. Bitmişti her şey. Hayat normale dönebilirdi. En azından onun son bir buçuk yıldır normal olarak kabul ettiği hayata. Ev diye bildiği boş bir daireydi ve hayat dediği, içinde mutlu olmadığı, her gece daha iyi anıların hayalinin onu ısıtabileceği avuntusuyla yaşadığı ve televizyonun karşısında uyuyakaldığı dört duvardan ibaretti.

Pekâlâ, bununla yaşayabilirdi. Özellikle de başka bir şansı yokken.

Düz Örgü 17

Gage polis merkezindeki dolabının önünde durup saatini taktı. Botlarını eski ve daha iyi günlere tanık olmuş spor ayakkabılarıyla değiştirdi.

Ekibi birkaç gizli uyuşturucu baskını yapacaktı. Bu yüzden solmuş kot ve üzerindeki beyaz tişört kalabilirdi. Kurukafa ve kemiklerden oluşan geçici bir dövme yaptı koluna. Korkunç yamalarla dolu kolsuz eski püskü bir kot ceket giydi.

Bu kıyafetlere ve geçici dövmesine birkaç küçük dokunuş daha ekledi. Sonuçta uyuşturucu satıcılarını iyi biri olmadığına, iş peşinde olduğuna ikna etmeye yetecek bir görünüş elde etmişti.

"Merhaba," dedi Eric Cruz. Yakın arkadaşlarından biriydi. O da kendisi gibi gizli görevde çalışan memur arkadaşlarındandı. Eric Cruz kendi dolabını açmak üzere Gage'in yanına yaklaştı. "Seni tekrar burada görmek güzel."

"Teşekkürler," dedi Gage pek duyarlılık göstermeden yanıtlamıştı Eric'i. Sadece bir haftadan biraz daha uzun bir süredir yoktu. Buna rağmen, bir operasyonda olmayan ekip arkadaşının eksikliğinin hissedildiğini deneyimleriyle biliyordu.

Gage işe dönmüş olduğu için coşkulu hissedeceğini düşünmüştü. Yaptığı işten zevk alan bir adam olmuştu her zaman. Her göreve ayrı bir heyecanla giderdi. Gizli göreve gidip her defasında farklı bir karaktere bürünmek ve kötü adamların ona inanmasını sağlamak, ardından balyozu vurmak ve onları hapse tıkmak her zaman ayrı bir macera olmuştu onun için. Bir baskın organize etmek ve kötü adamların çetesi çökertilirken orada olmak coşku verici gelirdi hep.

Açıkcası son zamanlarda bütün bunlar ona çok da keyifli gelmemeye başlamıştı. İlk kez, Jenna ile birlikte kalmak istediği için izin hakkını kullanmıştı. Bu yüzden ayrılmak zorunda kalmak sinirlerini bozmuştu ilk zamanlarda. Sonra bir süre uzaklaşmanın her şeyi yoluna koyacağına ve geri döndüğünde işini daha da önemseyeceğine inanmıştı. İzne ayrılırken yoğun dönemlerinde değillerdi. Bu bir bakıma avantajdı. Buna rağmen kendini ekipten bir süre uzaklaştırma düşüncesi, döndüğünde bilmediği şeylerle karşılaşabileceği ihtimalini hesaba katınca Gage'i sinir etmeye yetiyordu.

Bir süre sonra, izindeyken, işyerinde nelerden uzak kaldığını düşünmeyi bıraktı ve yalnızca dinlenmenin, takılmanın ve Jenna ile birlikte olmanın keyfini çıkarmaya başladı. Hatta alpakalarla ilgilenmekten bile çekinmedi. Küçük serseriler korktuklarında tükürseler bile, onlarla ilgilenmek hoşuna gitmişti. Hatta birkaçı ayağına basmıştı. Lanet olasıcalar az kalsın ona acıdan çığlık attıracaklardı.

Artık Jenna'nın hamile olmadığına emin olmuştu. Evden de kovulduğuna göre yapacak başka bir şeyi kalmamıştı. Eski rutin hayatına dönerek rahat edeceğini düşünüyordu.

Henüz bir rahatlamadan söz etmek olanaksızdı. Bunun yerine kendini sabah alarm sustuğundan beri oradan oraya sürüklemeye çalışırken buldu. Bu günlerde hem fiziksel hem de duygusal olarak hiçbir şeye konstantre olamadığının farkındaydı.

Eric, "Bugünkü operasyona hazır mısın?" diye sordu.

"Kesinlikle," diye yanıtladı Gage otomatik olarak. "Sen?" diye sordu ardından.

"Her zaman adamım. Kötü adamları hapse tıkmak ve sokakları masum kadınlar ve çocukları için güvenli tutmak lazım."

Bu polis teşkilatında sıkça kullanılan bir replik ve kendi aralarındaki bir espiriydi. Ama anlayamadığı bir nedenden dolayı, bunu bu kez duymak Gage'in göğsüne soğuk ve acı veren bir şeyin saplanmasına neden olmuştu. Kalbi sıkıştı. Göğüs kafesi ciğerlerini sıkıştırıyor gibiydi.

Başını çevirirken Eric'in dolabına bir göz attı. Küçük mıknatıslı bir ayna ve 'Sivil Polis Departmanı' (CPD) çıkartması haricinde, dolabı aile fotoğraflarıyla doluydu. Eric ve eşi... Eşi ve üç çocukları... Her bir çocuğunun değişik yaşlardaki okul fotoğrafları... Bütün aile bir Noel ağacı etrafında toplanmış, her köşesinden mutluluk fışkıran aile fotoğrafları...

Eric'in bir ailesi vardı ve gayet mutlu gözüküyorlardı. Üstelik Eric, her dakikasını neler olacağını düşünerek ve endişelenerek geçiriyor gibi gözükmüyordu. Diğer polis memurları da öyle. Hem gizli görevde çalışanlar hem de diğer şubelerdekiler. Hepsi evliydi ve çocukları vardı, aynı şekilde mutluydular bildiği kadarıyla.

Peki bunu nasıl yapmışlardı? Sevdiklerinin başına gelebilecek tüm bu kötü şeylerin bilincinde olmalarına rağmen çıldırmamayı nasıl başarıyorlardı?

Kendisi bu kirli dünyadan pek korkmuyordu. Kahretsin, bir polis olarak neredeyse korkulması gereken her şeyle karşılaşmıştı zaten. Fakat Jenna'nın şiddete kurban gitmesi, onun bir şekilde incinmesi ve bunu durduracak güce sahip olamaması... İşte buna katlanamazdı. Bunun yerine, bağırsaklarının yırtılıp çıkartılmasını ve üstüne üstlük tüm organları parçalanırken hâlâ yaşıyor olup her bir acıyı hissedecek kadar bilincinin açık olmasını tercih ederdi.

Çocuk sahibi olup onlar için de ayrıca endişelenmek Gage için bundan farklı değildi. Soğuk terler döktü ve ellerinin iki yanda yumruk haline geldiğini fark etti.

Bu normal olamazdı. İlk kez, belki de Jenna ve olası çocuklarıyla ilgili endişelerinin abartı olabileceğini fark etti. Başka ne gibi bir açıklaması olabilirdi ki? Sonuçta birimindeki başka arkadaşları, aynı işte çalışan başka kişiler aynı üreme tereddütlerini yaşamamış gibi duruyorlardı.

Kısık bir ses tonuyla, "Hey Cruz?" diye seslendi Gage. Sözcükler güçlükle çıkıyordu kurumuş boğazından.

"Efendim?"

Gage dolapların olduğu sıradan bir adım gerideki alçak ahşap banka oturdu. "Sana bir şey sorabilir miyim?"

Ses tonu arkadaşının dikkatini çekmiş olmalıydı ki Eric'in hareketleri yavaşladı ve Gage'e merak dolu bir bakış attı. "Elbette dostum, tabii ki sorabilirsin. Neler oluyor?"

"Ailen... Eşin ve çocuklar... İyiler mi?"

Eric'in yüzü aydınlandı bir anda. Sanki Gage bu soruyla sihirli bir düğmeye basmıştı. Bir anda Eric'in yüzüne gittikçe yayılan bir tebessüm yerleşmişti.

"Çok iyiler, sağ ol."

"Onlar için endişeleniyor musun hiç?"

"Tabii ki onlar için endişeleniyorum. Onun için bunu taşıyorum," dedi göğsünü hafifçe açarak boynuna takmış olduğu altın haçı gösterdi. Her zaman yanında taşırdı bunu.

Gage başını iki yana salladı. "Hayır, ben onlar için *endişelenmenden* bahsediyorum. Gördüğümüz bunca kahrolası şey, dışarıdaki her şey... Hak etse de etmese de dışardaki bunca pislik her an birine bulaşmaya hazır. Bu anlamda onların başına bir şeyler gelmesinden korkmuyor musun?"

Eric, konuşmaları boyunca ilk kez gerçekten Gage'in yüzüne bakmak için döndü. Bu bir anda üzerine odaklanan gözler Gage'i gerginleştirmişti. Zaten bu konuyu açarken yeterince zavallı hissediyordu kendini. Bir de meslektaşının şimdi ruhunun derinliklerine doğru dalmasına ihtiyacı yoktu.

Eric yanıt verdi. "Eğer durup düşünürsem elbette korkarım. Ama hayat kısa adamım. Demek istediğim, herhangi birimize her an her şey olabilir. Bu binadan yürüyerek çıkabilirsin ve bir otobüs sana çarpabilir. Ben merdivenlerden aşağı inerken bir ayakkabı bağcığına takılıp düşebilir ve boynumu kırabilirim," diyerek omzunu silkti Eric ve devam etti sözlerine. "Ama suçlayacak kimse yok. Çünkü kimsenin bir etkisi yok başıma gelen ya da gelecek olan şeylerde. Hepsi de kaderin bir oyunu."

Gage araya girdi. "Peki, ya dünyaya bir bebek getirmek? Dışarıda korkunç bir dünya var, tehlikeli şeyler... Bunlara karşı savunmasız olan masum bir çocuk kendini bu dünyadan nasıl koruyabilir ki, keza eşin? Bunları düşünmek hiç mi korkutmuyor seni?"

"Eşim kendi başının çaresine bakabilir," dedi Eric bir kahkaha ile. "Lanet olsun, bazen beni bile korkutuyor. Bu yüzden onunla uğraşmayı göze alacak herhangi bir serseriyi yere sereceğine dair şüphem yok. Çocukları da koruyabilir bu bağlamda. Buna ek olarak," dedi sesi gittikçe ciddileşerek, "ona birkaç savunma hareketi öğrettim. Ona bir saldırıyı nasıl savuşturacağını ve gerektiği takdirde çekinmeden bir erkeği nasıl hayalarından tekmeleyeceğini öğrettim."

Gage bir dakika boyunca bunları düşündü. Jenna'yı sinirlenmişken görmüştü ve hiç de hoş bir görüntü değildi.

Yalnızca bir kitap desteği ile on adımlık mesafedeki bir adamın kafasını uçurabileceğine şüphesi yoktu. (Ne yazık ki bu kişisel deneyimlerinden bildiği bir şeydi.)

Hatta, o kahrolası örgü şişlerini zamanının yüzde doksanı boyunca yanında taşıdığına göre, bir saldırganın gözüne, boğazına, midesine, kasığına, kalçasına, yani ulaşabileceği her yere saplayabilirdi. Ve eğer ona bunu nasıl etkili bir şekilde yapacağını öğretirse, anahtarlarını nasıl silah olarak kullanabileceğini öğretirse, çantasını, tüm vücudunu bir silah olarak kullanabilirdi Jenna.

"Peki ya çocukların?"

Eric bir an düşündü. "Biliyorsun, konu çocuklar olunca, onları ilk birkaç yıl boyunca yedi yirmi dört korumak zorunda oluyorsun. Fakat sokak açısından, onları koruyabileceğin çok fazla şey yok. O süre boyunca gözün daima üstlerinde oluyor zaten. Gözünün görmediği bir şey yutmadıklarına emin olman yetiyor. Sonra büyüdükçe onlara da öğretmeye başlıyorsun. Karşıdan karşıya geçerken iki tarafa da bakmayı, yabancılardan şeker almamayı, okulda kabadayılarla baş etmeyi, uyuşturucuya hayır demelerini öğretiyorsun. Her zamanki şeyler. "

"O kadar kolay mı?"

"O kadar kolay değil, hayır." Eric küçük bir kafa sallama hareketiyle onayladı sözlerini. "Ama eğer doğru yaparsan ve onları tehlikeleri görecek ve anlayacak şekilde yetiştirirsen, işte o zaman onların baş edemeyecekleri bir şeylere bulaşacaklarına dair endişelenmene gerek kalmıyor." Bir an duraksadı, ardından küçük bir *hmpf* sesi ile devam etti. "Sanırım işin sırrı bu: Onları karşılaşabilecekleri her türlü duruma hazırlıyorsun, sonra da çoğunlukla kendi hallerine bırakıp doğru kararları vermeleri için dua ediyorsun."

Gage'in göğsü ve karnındaki sıkışma henüz azalmamıştı fakat zihni dakikada milyonlarca kilometre hızla koşuyordu. Eric kendisine neden birden bütün bunlarla ilgilendiğini sormadığı için mutluydu. Diyaloğun kendi kendine azalmasına izin vermiş, sonra da uyuşturucu baskını operasyonu için hazırlıklarına geri dönmüştü. Gage de aynısını yaptı.

Acaba gerçekten de arkadaşının dediği kadar basit olabilir miydi? Eh, bir çocuk yetiştirmenin hayale sığmayacak kadar zor olacağını tahmin edebiliyordu. Acaba kafasında canlandırdığı gibi gizli tuzaklarla ve tehlikelerle dolu bir kâbus gibi değil miydi? İnsanların her zaman çocukları vardı değil mi?

Evet, biri nadiren bir kar kütlesinin altında ya da sokaklarda tek başına dolaşırken ölü bulunabiliyordu. Ama birçoğu değil. Ayrıca aile içi istismar korkusunu da listeden direkt olarak çıkarabilirdi çünkü kendi ya da Jenna hiçbir şekilde kendi çocuklarından birini ihmal etmez ya da incitmezdi. Eğer kendi yolunu izleyecek olsaydı, doğdukları andan itibaren baştan aşağı hava baloncuklu paketlerle sarardı ve böylece bir kâğıt kesiğinden incinmeleri bile neredeyse imkânsız hale gelirdi.

Hepsini tek seferde kabullenmek çok fazla gelecekti Gage'e ama Eric ona düşünebileceği bir şey vermişti. Ona son birkaç yıldır aşılmaz olan üreme ve babalığa karşı olan tutumu üzerinde düşünebilme fırsatı verdi.

Charlotte uzun, ahşap panelli pikabını evine doğru çekerken, gitmesinin üzerinden neredeyse tam iki hafta geçmişti. Yüksek kafeinli içeceklerle midesini doldurmuştu ve bir oyuncak kaniş gibi çınlıyor, adeta enerji patlaması yaşıyordu.

Jenna'nın üzeri sevimli papatyalarla dolu arabası görünürde yoktu. Charlotte çok da şaşırmamıştı. Sonuçta çarşamba akşamıydı. Tuvalet ihtiyacını giderip bebeklerine bakacak

–onları çok özlemişti– ve arabadan römorku söküp örgü grubuna yetişecekti.

Şoför tarafındaki kapıyı açıp pikabın önünden tabanları yağladı. Koşturarak eve girdi ve küçük çaplı bir kazaya yol açmadan direkt olarak banyoya koştu.

İşlerini hallettikten sonra alt kata geldi ve ahıra geçti. Bebekleri geceyi geçirmeleri için bölmelerine tıkıştırılmış pinekliyor ya da bir şeyler yiyorlardı. Sağlıklı ve formda gözüküyorlardı. Charlotte'ın kalbi huzurla doldu.

Jenna'nın bu sevimli küçük yaratıklara iyi bakamayacağından değildi endişesi ama kimse onlara Charlotte'ın baktığı gibi bakamazdı. Her birini ismen tanır, cinsliklerini ve kişiliklerini bilirdi. Mesela tamamen beyaz renkteki Snowball, küçük parçalar halinde elma ve havucu çok severdi. Siyah ve beyaz olan Domi'nin (Domino'nun kısaltması) kolayca korktuğunu bilirdi. Gerçekten, çok kolay... Hem tüm alpakaların sinirlenip korktuğunda yaptığı gibi tekmeleyip tükürmezdi. Gözleri büyür ve korkudan çişini yapardı. Sırf onun için, ahıra aceleyle girip sevinç çığlıkları atmadı Charlotte. Ahırın her bir bölmesini hızlı ve sessiz bir şekilde tek tek gezdi ve tontonlarını ziyaret etti.

Onun favori tontonlarından biri olan açık kahverengi renkli Pumpkin kafasını kaldırdı. Charlotte'ı gördü ve yarım kapının üzerinden uzun, dar yüzünde geniş bir sırıtış ile atladı.

Birçok insan muhtemelen Charlotte'ın deli olduğunu, alpakaların gülümsemeyeceğini söylerdi. Ama Charlotte'ın alpakaları gülümserdi işte...

"Bebeğim!" diye çığlık attı ve hayvana sarılmak için kollarını açtı.

Ardından Sprinkles, Daisy, Snowball, Rascal ve son olarak Domino geldi. Her biri kocaman kucaklamalar ve öpücüklere boğulmuştu. Onlar da annelerini özlemişlerdi.

Tatlı turtalarını sevgiye boğarken gerektiğinden daha fazla zaman harcamıştı muhtemelen. Biraz daha gecikmeden yanlarından ayrıldı. Her birine fazladan biraz saman verdi ve ardından da pikaba döndü.

Eşyalarının en büyük parçalarını eve sürükleyip römorku söktükten sonra en yeni örgü projesini ön koltuğun yolcu tarafına koydu ve motoru çalıştırdı. Eski araç gürleyerek canlandı. Eski bir çamaşır makinesinin üzerinde mırıldayan mutlu bir orman kedisi gibiydi şimdi Charlotte. Belki de bu yüzden gençliğinde kamyonculara ilgi duyardı. Bir motorun homurtusu, tüm vücuduna yayılan ve cildini ürperten titreşim dolu haz... Tüm o güç, tüm o heybetli metal ve üzerindeki iri kıyım adam.

Charlotte'ın yanakları, vücudunda dolaşan sıcaklıkla pembeleşti. Örgü kulübündeki kadınlar onun sadece şapsal bir yaşlı kadın olduğunu düşünse de o zamanında gerçek bir serçe gibiydi. Ah, hiçbir zaman sorumsuz davranan biri olmadı, o *biçim* bir kadın değildi. İlgilerini çekmeye çalışmazdı. Ama birçok da talibi vardı. Ve tıpkı yeğeni gibi, kötü çocukları çeken bir yanı vardı.

Eğer birkaç yaş –pekâlâ, onlarca yıl diye gönülsüzce kabullendi– daha genç olsaydı belki de Gage'i kendine seçerdi. Uzun boylu, dövmeli bir içim suydu o. Parlak turuncu arı kovanının sarsıntısı ile pikabı vitese taktı ve yola doğru çıktı. Çakıllı yoldan şehir merkezine doğru arkasında dev bir toz ve kir bulutu yükseltecek kadar hızlı bir şekilde sürdü.

Jenna ve Gage'i düşünmek onda yola çıkmadan önce yeğenine bırakmış olduğu iplik yumağına ne olduğu merakını uyandırdı. O sihirli bir iplikti, gerçek aşkın gücüyle yoğurulmuştu, bu yüzden mutlaka harika bir şeyler olmuş olmalıydı, değil mi?

Muhtemelen Jenna hoş bir genç adam ile tanışmış ve ona deli gibi âşık olmuş olmalıydı. Varsayımdı bu elbette, sadece iki haftadır yoktu ama Charlotte ruh eşlerine ve ilk görüşte aşka sıkı sıkıya inanlardandı. Ve tabii ki ekstra özel iplik iş başındayken, doğru eş seçimi sanıldığından çok daha kısa zamanda gerçekleşmiş olabilirdi.

Sekizi beş geçe, alışveriş merkezinin park yerine doğru girdi. Yarn Barn bir kahve dükkânı ile ne alırsan doksan dokuz sent mağazalarından birinin arasında sıkışmış bir halde yer alıyordu. Ön kapıdan yalnızca birkaç park yeri uzakta bir yer buldu. Eşyalarını aldı ve seke seke, yüzünde ise koca bir gülümsemeyle içeri doğru ilerledi. Bunun nedeni yalnızca uzun zamandır uzakta olması ve örgü arkadaşlarını özlemesi değil, aynı zamanda Jenna'nın ne yaşadığını merak etmesiydi. Romantik bir hikâye duymak niyetindeydi. Yeğeninin ağzının kulaklarında olduğunu ve iyi haberleri anlatmak için yanıp tutuştuğunu biliyordu.

Diğerleri çoktan gelmişti. Küçük bir kahve masasının etrafında çember şeklinde oturmuşlardı. Haftanın belli günlerinde farklı grupların oturduğu sandalyelerin hepsi de dolmuştu. Burada bir tığ işi grubu, yorgan dikim grubu, dikiş grubu ve hatta aynı yerde tanışmış oldukları bir aplik sınıfı bile vardı. Yarn Barn logolu seramik kupalar sehpanın üzerinde duruyordu. Bunlar mağaza tarafından temin edilmiş olan içecek alanından gelen sıcak-soğuk içecekler için kullanılırdı. Kısa ve tiz şiş sesleri, arkadaşça süren dedikodu ve muhabbetlerle birlikte duyulabiliyordu. Charlotte bu sese bayılıyordu. Bu ses onun için rahatlatıcı bir sesti.

"Herkese merhaba!" diyerek herkesi selamladı ve daire-
nin karşı tarafında en sevdiği üyeler olan Jenna, Ronnie ve
Grace'in yanına oturdu. Tabii ki onlar Charlotte'ın favorile-
riydi çünkü zamanının çoğunu haftalık örgü toplantılarının
dışında da onlarla geçiriyordu. Etraf, "Charlotte!" çığlıklarıyla
yankılandı, bu onu baştan aşağı ısıtmıştı. Sadece iki toplantı
kaçırmıştı ve buna rağmen onu gerçekten özlemişlerdi. Geri
gelmiş olmak ve bu şekilde bir samimiyetle karşılanmak çok
iyi hissetmesine sebep olmuştu. Herkes ona sarılmak için ne-
redeyse üzerine atlıyordu. "Gezin nasıldı?" diye sordu Grace
bu arada. Ve bu az kalsın Ronnie'nin, "Ne zaman döndün?"
sorusu ile üst üste biniyordu.

Onlara yollarda geçen zamanlarını, otoban ile bir bütün ol-
manın nasıl olduğunu ve yük şoförlerini anlattı. Yemek yediği
kamyon durakları ve konakladığı yol üstü motelleri anlattı.
Sanki Louise ile tanışmak üzere seyahat eden Thelma gibiydi.

Ve tabii bir de devasa fuar alanlarını anlattı, açık havada
yapılan el işi sergilerini de. Tıklım tıklımlardı ve akla gelebi-
lecek her türlü el işi ve el yapımı ürün tüccarları ile doluydu.
Charlotte da yanında götürmüş olduğu kendi ve arkadaşları-
nın yaptığı ürünleri satma fırsatı bulmuştu.

Yine de fuar, yolların özgürlüğü, bir yerden başka bir yere
gitmek ve rüzgârın şehirlerarası yollarda hızla giderken saçla-
rının arasından geçip gitmesi kadar heyecanlı değildi. Bebek-
lerini ve örgü toplantılarını özleme mazereti dışında, tekrar
aynı yollara düşmek ve her şeyi yeniden yapmak için sabır-
sızlanıyordu. Bunlara rağmen, düşününce, yeni bir saç modeli
ya da bir tür şapka takmayı düşünmeliydi. Belki bir kask ya
da farklı renkler ve desenlerde atkılar. Çünkü pikabının açık
pencerelerinden giren rüzgâr güzel, parlak kızıl saçlarına za-
rar vermişti. Eğer onları yerinde tutmak için o kadar çok saç
spreyi kullanmamış ve her duruşunda onları düzeltmemiş

olsaydı belki de her akşam ciddi anlamda korkunç bir halde olurdu. Çemberdeki herkese son iki hafta içerisindeki maceralarını anlatıp saltanatını ilan etmesinin hemen ardından Jenna'nın normale göre daha suskun olduğunu fark etti. Pekâlâ, üzgün ve boşanmış Jenna'ya kıyasla sessiz değil ama kendinden geçmiş derecede mutlu ve sırılsıklam âşık Jenna'ya göre pek bir sessizdi.

"Çiftlikte işler nasıldı canım?" diye laf attı. *Her şey yolunda mıydı? Çok hoş, iri kıyım bir adam tozlu, eski yollarda yolunu kaybedip yolu sormak üzere kapını çalmadı mı? Onu dayanılmaz susuzluğunu bastırmak üzere bir fincan çay içmek için içeri davet ettin ve sonucunda da kendini gümüş tepside sunar halde buldun, değil mi?*

Yeğeni ona dostane bir gülümsemeyle karşılık verdi fakat herhangi biri bile bunun zoraki olduğunu görebilirdi.

"Her şey iyiydi," diye yanıtladı Jenna. "Bebeklerine çok iyi baktım."

"Evet, bunu gördüm," diye yanıtladı Charlotte kafasını sallayarak.

"Buraya gelmeden önce onlara bakmak üzere uğradım eve, hepsi harika görünüyorlardı. Bir kez daha bu son iki hafta onlarla birlikte orada olduğun için teşekkür ederim."

Grup sessizliğe büründü ve Charlotte yeğeninin durumunu daha da dikkatlice incelemeye başladıkça, kırmızı saçlarıyla dramatik bir şekilde tezat oluşturan koyu renk kaşları çatıldı. Donuk ifade, örgü örerken her zamanki hızının çeyreği kadar bir hızda hareket eden ellerinin yavaş ve düzenli kımıldanışları.

Jenna kesinlikle yakın zamanda bir aşk böceği tarafından ısırılmış gibi *görünmüyordu.* Belki bir grip böceği. Yaban arısı. Fakat aşk böceğine yakın bir şeyler olmadığı kesindi.

Acaba o iplik, sihrini bu kez ortaya çıkaramamış olabilir miydi?

Hayır. Charlotte buna inanmıyordu. Ronnie ve Dylan'la o kadar büyük bir başarıya imza atmıştı ki başta birbirinin görüş alanında bile durmakta zorlanan iki insanda bile işe yaraşmışken, Jenna için mucizeler yaratmadığına gerçekten inanamazdı. Rahat ve aşkı arayan Jenna üzerinde hem de.

Charlotte içinde kurt varmışçasına sandalyesinde oturup Bayan Somurtkan'a, ne olduğunu *sormamak* için kıvranıyordu. Acaba Jenna ona verdiği yumuşak mor yünü kullanmamış mıydı? Sorun acaba bu muydu?

Charlotte bu sihirli çıkrığın ayrıntıları ve özelliklerinin ne olduğunu tam olarak bilmiyordu. Belki sihirli güçlerini harekete geçirmek için ipliğe dokunmak ya da ona sahip olmak yeterli değildi. Belki de güçlerini açığa çıkarmadan önce onu bir şeyler üretmek için kullanması gerekiyor olabilirdi. Ronnie ve Dylan olayında olduğu gibi, *her iki* tarafın da ona dokunması ve kullanması tılsımın işe yaramasını sağlayabilirdi. Aslında Ronnie ve Dylan arasında olanlar başlı başına bir mucizeydi ve Charlotte bunun bir daha olabileceğini düşünmüyordu. Kalbi göğüs kafesinde sızlarken düşünceleri tıkanıp kaldı. Peki ya kendisi bir şeyi yanlış yaptıysa? Bu kez yanlış türde iplik seçtiyse ya da doğru bir şekilde saramadıysa?

Peki ya saf meşe ağacından yapılma, nesiller boyu ailenin kadınlarınca elden ele gezen ve gerçek aşk yarattığına inanan bu güzel çıkrığın aslında öyle bir gücü yoksa? Tek yapabildiği yalnızca yün eğirmekse?Lucille Ball görünümlü başından, ayak parmaklarına dek bir ürperme kapladı tüm vücudunu. Çıkrığın sihirli olduğuna o kadar emindi ki! Kendini adamış olduğu hobisinin gerçek âşık çiftleri bir araya getirdiğine o kadar emindi ki!

Peki ya çıkrık sıradan bir çıkrıksa, işte o zaman bu durumda Ronnie ve Dylan'ın farklılıklarını görmeleri ve birbirlerine âşık olmaları tamamen rastlantıdan ibaretti. Sıradan bir beşeri olay.

Korkunç derecede can sıkıcı ve sıradan.

Bu, aynı zamanda Charlotte'ın Jenna'yı içinde bulunduğu, kendi isteğiyle oluşturduğu kabuğundan çekip çıkarmak ve onun yeniden âşık olmasını sağlamak için hiçbir ümidinin kalmadığını gösteriyordu.

Off! Muhtemelen çok erken pes ediyordu. Tılsımlı çıkrıktan çıkan yünün başarısız olduğuna dair somut kanıtı olmadan en kötüsünü düşünüyordu. Detaylara ihtiyacı vardı, lanet olsun, neler olup bittiğini biraz anlayabilseydi, yapmış olduğu şeylerin yeğeninin aşk hayatını etkileyip etkilemediğini görebilirdi. İnsanın keyfini kaçıran sessizliğe bir saniye daha dayanamadı ve konuşmaya başlayarak Jenna'ya bir soru yöneltti. "Ben yokken oyalanacak bir şeyler buldun mu? Umarım tek başına kalıp sıkılmamışsındır."

Grace homurdandı, hızlıca kahkahasını önlemek için eliyle ağzını kapattı. Gözlerini şüphe ile kısan Charlotte kesinlikle bir şeyler döndüğünü düşünüyordu.

Ronnie sarışın arkadaşına cezalandırıcı bir bakış atarak, "Aslında Charlotte..." diye söze başladı. "Sen gittiğinden beri birçok şey oldu."

"Hı?" Charlotte sandalyesinde fazla heyecanlı olduğunu belli etmemeye çalışarak doğruldu. "Ne gibi?"

"Zachary Hoolihan'ın aldatan piç kurusunun teki olduğunun ve kıçına iyi bir tekmeyi hak ettiğinin ortaya çıkması gibi."

Grace homurdandı.

"Bak sen!" Charlotte'ın gözleri büyüdü ve durumun vahşetiyle Grace'in yanakları kızardı.

Aklı başında anlatıcı rolünü üstlenmiş olan Ronnie, Grace'in eski nişanlısının, o Rockets takımının bazı sporcularıyla bir yardım etkinliğindeyken yatakta başka bir kadınla neler yaptığına dair bilgiler verdi. Grace öfkeli bir şekilde öbür kadını kastederek, "Kaltak!" dedi.

"Bu korkunç!" dedi Charlotte. "Çok üzüldüm şekerim."

Grace onu başıyla selamladı ve ağzını bile açmadan hareketsizce nezaketini sundu. Fakat Charlotte onun özenle makyaj yapılmış gözlerindeki sahte ışıltıyı fark etmişti. Kimsenin bakmadığını düşündüğü bir anda burnunu çekti. Ardından parmağıyla, gözünde birikmiş nemi sildi.

Charlotte, kalbi acıma duygusuyla dolarak zavallı Grace diye iç geçirdi. O genç adamla ve özenle hazırlanmış evlilik planlarıyla o kadar mutluydu ki, delicesine mutlu.

Kendi nikâh elbisesini bile örmeye başlamıştı ki bu Charlotte'ı çok heyecanlandırmıştı. Birçok genç insan bunun gibi karmaşık projelere zaman ve emek ayırmayı istemezdi ve o, sonucu görmek için can atıyordu.

Charlotte birden küçük şişlerin ve ince beyaz ipliğin yokluğunu fark etti. Merak etmiyordu. Grace'in hevesi kaçmışken düğün planlarının herhangi bir bölümü ile uğraşmaması doğaldı.

Tüm bunlar yaşanırken, Jenna huzursuz edici bir şekilde sessiz kalmaya devam etti. Bakışlarını örmekte olduğu turkuaz fularına kenetlemişti. *Turkuaz*, mor değil. Charlotte'ın, ayaklarını yerden kesmeden ve yollara düşüp bilinmeyene doğru yola çıkmadan önce vermiş olduğu yün değildi bu.

"Peki ya sen nasılsın Jenna'cığım?" sorusunu imalı bir şekilde yöneltmişti. Öyle ya da böyle yokluğunda yeğenine neler olduğunu öğrenecekti. Ve tılsımlı ipliğin nereye kaybolduğunu da!

Charlotte'ın sorusuna tepki olarak Jenna'nın rengi attı. Grace kıkırdadı ve Ronnie'nin ağzı bir köşeye doğru büzüldü.

Hmm. Her şey gittikçe daha fazla merak uyandıran bir hal alıyordu.

Grace, keyifli bir ses tonuyla, "Küçük Jenna'mız yokluğunda kendine bir seks arayışındaydı Charlotte Teyze'ciğim," dedi.

Charlotte bir kaşını kaldırırken aynı anda yeğeninin yüzü yeniden renklenmişti. Seks arayışının tam olarak ne anlama geldiğinden emin değildi; fakat Grace'in ses tonu ve Jenna'nın utancı bunun edepsiz bir şeyler olduğuna dair büyük bir izlenim yaratıyordu.

Ronnie, üç kişilik küçük konseylerinin oturum başkanı rolünü sürdürüp anlatmaya devam etti. "Jenna ve Gage, senin yokluğunda birlikte biraz zaman geçirdiler."

Charlotte, "Aman Tanrım!" diye bağırdı. *Böyle* bir şeyi hiç beklemiyordu.

"Ve en son durumda her şey hâlâ tutku doluydu."

Grace sırıttı ve omzuna düşen sarı saçlarını bağlayabilecek kadar uzun olan örgüsünü bıraktı. Jenna'ya şehvetli, sabırsız bir bakış attı ve şu sözleri ekledi: "Henüz bu haftaki gündemi öğrenmedik."

"Açıkçası..." Jenna bakışlarını şişlerine kitlemiş, çok kısık, neredeyse sessizce, "Gage gitti ve geri dönmeyecek," dedi.

Çemberdeki herkes onun sesindeki hüznü hissetmişti. Örgüsünü sıkan elini ve örmeyi bıraktığını fark etmişlerdi.

"Ah canım..." Kendi örgüsünü bırakan Grace, sandalyesini Jenna'nınkine doğru çekti ve ellerini tuttu. "Çok üzgünüm, haberim yoktu. Ve ben burada ukalalık yapıyordum."

Jenna, "Sorun değil," diye mırıldandı. Buna rağmen sesindeki dalgalanma ve sözcüklerin savruluşu bunun bir yalan olduğunu ortaya koyuyordu.

"Sadece seksten ibaretti ve ikimiz de bunun bir yere varmayacağını biliyorduk. Elbette bir ara bitecekti."

Jenna'nın öbür yanına yanaşan ve sırtına daireler çizerek, onu rahatlatıcı bir şekilde okşayan Ronnie, "Ama bunu sen istemedin değil mi?" diye fısıldadı.

Jenna derin, titrek bir nefes aldı. "Bunun bir önemi yok." Biraz doğruldu, kafasını salladı ve kısa, siyah saçlarını savurdu. "Bir şeyler iyi gitmiyordu. Ne evliyken ne de şimdi." Yaşlarla dolu gözlerini kaldırdı. "Fikrini asla değiştirmeyecek. Daha önce bu durumu değiştirebileceğimi düşünmüştüm. Ama bu kez eminim."

"Ne dedi?" diye sordu Grace, bilmek istiyordu.

Jenna bir kez daha başını salladı ve en yakın iki arkadaşına henüz ruhunu herkesin önünde açığa çıkarmak için hazır olmadığını fakat onlara daha sonra detayları anlatacağını ifade eden bir bakış attı. "Şu kadarını söyleyebilirim ki bu kez amacını anladım. Açık ve net."

Grace, dramatik bir şekilde nefes aldı. Jenna'yı omuzlarından sardı ve sıkıca sarıldı. "Biz çok iyi bir ikili oluşturuyoruz değil mi? Açıkça görülüyor ki ikimiz de kendi erkeklerimize uygun değiliz. Bence bu konuda tövbe edelim artık."

Duygularını böyle dile getirdi Grace ve devam etti. "Bence feminen kokteyller içip testesteronun neden insanlık üzerinde bir lanet gibi dolaştığını tartışan ve Y kromozomu taşıyan herkesin sokağın ortasına sürüklenip vurulduğu bir 'Erkekler Boktur' kulübü kurmalıyız."

Charlotte, Grace'in neşe dolu esprisinin, beklenen ruh halini yaratmadığını fark eden ilk kişi olmuştu. Jenna içinde bulunduğu durumda hiçbir şeyden zevk alabilecek gibi değildi.

Birkaç dakika sonra burnunu çekti, elinin tersiyle yanaklarını sildi ve Grace'e bakmak üzere başını kaldırdı. "Başkan ben olabilir miyim?" dedi. Grace kıkırdadı ve ona bir kez daha sarıldı. "Elbette. Ben de senin başkan yardımcın olacağım, grubu desteklemek için tabelalarımız ve rozetlerimiz olacak. Logomuz bir dal ve aralarından kırmızı bir ip geçen iki böğürtlen olacak. *Penisler giremez.*"

Çemberi kahkahalar sardı ve az önce grubun üzerine çökmüş olan gerginliğin dağılmasını sağladı. Yavaşça ama kesin bir şekilde, kadınlar bir kez daha örgülerine döndüler ve üst üste gelen şişlerin *çıt çıt* sesleri ortama hâkim oldu.

Grace ve Ronnie de sandalyelerinde arkalarına doğru yaslandılar ve pek mühim projelerine daldılar.

Ronnie, "Bence sadece rengarenk içkilerin dibini görmek için bir bahane daha arıyorsun," diyerek Grace'e laf attı.

Grace, "Sanki bir bahaneye ihtiyacım varmış gibi!" diye cevabı yapıştırdı. Ardından da Jenna'ya doğru diğerlerinin de duyabileceği bir şekilde fısıldayarak, "Ona aldırma. O henüz onların nasıl birer göt olabileceğini biz aydınlanmış kişiler gibi görmediği için ve başına bir şey gelmediği için kıskançlıktan düşmanlarımıza yoldaşlık ediyor," dedi.

Ronnie şüpheyle kaşlarını kaldırdı ve, "Yakın bir zamana kadar *sen de* düşmanlara 'yoldaşlık' ediyordun. Hem de bahse girerim ki benden çok daha fazla."

Grace gözlerini devirdi ve aralarında oturan Jenna'nın önünden Ronnie'ye dil çıkarmak üzere eğildi.

"Ama ben hatalarımın farkına vardım."

Sohbetin gerisi edepsiz esprilerle ve erkekleri yermeyle doluydu.

Ama Charlotte bunların hiçbirini dinlemiyordu. Sihirli yünün işe yaramamasını kafaya takmıştı.

Onun amacı bu olmasa da, yün Jenna ve Gage'i kısa bir süreliğine de olsa bir araya getirmişti. Teyzesi, Jenna'nın yeni bir erkek bulmasını istemişti, kalbini kırmış olan adama geri dönmesini değil.

Sorun şuydu ki, yün onları bir araya getirdikten sonra, bir arada *kalmalarını* da sağlamalıydı. Çıkrığın olayı gerçek aşktı, zavallıca ve geçici bir şehvet değil.

Tüm bunlar ne iyiydi ne de doğru. Charlotte'ın elinden gelen bir şeyler olmalıydı mutlaka.

Ters Örgü 18

"Sanırım her şeyin içine sıçtım."

Gage etraftaki gürültüyü önlemek için elinden geleni yapma çabası içinde elindeki bira şişesinden bir yudum aldı. Bar müşterilerinin yükselmiş sesleri, iki ayrı televizyonda gösterimde olan rakip programlar, içki içen insanların kadehlerinin şangırtıları ve sipariş hazırlayan garsonlar... Tüm bunlar beyninde çınlayıp oradaki basıncı artırıyor ve bunları engellemek için daha fazla içmek ya da daha az içip beynindeki hassas dokuların daha da hassaslaşmasını önlemek arasında gidip gelmesine neden oluyordu.

Zack ve Dylan da her zamanki masalarında, her zamanki akşamlarında ve yaklaşık olarak saat yediden beri onunla birliktelerdi. Saat gece yarısına yaklaşıyordu ve Gage, Jenna'nın *gelmeyeceğini* kesin olarak tahmin edebiliyordu.

Bu, çarşamba gecesiydi. Örgü grubunun toplantı gecesiydi, gelmemesi muhtemeldi.

Jenna; Ronnie ve Grace ile birlikte içeri girdiğinde burada olmasının tek amacı olan, arkadaşlarıyla birlikte olma planı doğrultusunda normal rutinini sürdürecekti Gage. O geldiğinde ne yapacağını ya da söyleyeceğini tam olarak planlamamış olmakla beraber, kendini bir şekilde küçük düşürecek bir durumda olacağını hissediyordu.

Şu anda ise, buna rağmen, gelmediği için tepesi atmıştı. Evet, gelmeyerek onu toplum içinde rezil olmaktan kurtarmıştı fakat aynı zamanda onu görme, onunla konuşma ve teyzesinin evinde yaşanan şeyleri telafi etme şansını da elinden almıştı.

Harley'ine atlayıp şehre döneli henüz bir hafta bile olmamıştı ama aylar olmuş gibi hissetmişti. Hatta belki de yıllar. Hayatındaki en uzun dört gün.

Ondan ayrıldığını, her şeyin artık bittiğini ve her ikisinin de birbirlerine söylenebilecek her şeyi söylediklerini bilerek geçen her bir dakikanın her bir anı onun daha da kötü hissetmesine sebep oluyordu. İçini daraltıyor, tenini seğirtiyordu.

Eğer ayrılmak bizim durumumuzda mantıklı olan şeyse diye düşündü, bunun için biraz daha iyi hissetmesi gerekmez miydi? Bir karar doğru olduğunda, rahatlatıcı bir etkisi olması gerekirdi.

Daha rahat bir şekilde nefes alabilmeli ve iç huzuruna sahip olabilmeliydi.

Bulabildiği tek şeyse gecenin bir vakti uyumamasına neden olan ve durmadan bir yenisini eklediği pişmanlıklar listesiydi.

Fakat bu öyle bir pişmanlıktı ki, bununla birlikte yaşayabileceğine emin değildi. Geçen her bir gün daha da kötü hissetmesine neden oluyor, kırdığı şeyleri düzeltmek için bir fikir bulabilir umuduyla beynini harap ediyordu.

Polis merkezindeki arkadaşları ile konuşmak işe yaramıştı. Uzun bir zaman sonra ilk defa gözlerini biraz olsun açmış, etrafında olup bitenle ilgilenmeye başlamıştı. Mesleki bir açıdan değil, daha derin bir şekilde etrafında çalışan kadın ve erkeklerin özel hayatlarıyla ilgileniyordu.

Yıllarını, emniyet teşkilatıyla ailenin bir arada olamaya-
cağını düşünerek geçirmişti. Anlaşılan, teşkilatta bu şekilde
düşünen yalnızca birkaç kişiden biriydi. Birçoğu evliydi. Ço-
ğunun evli olsa da olmasa da çocukları vardı. Birçoğu boşan-
mıştı. Elbette ki polislik, ilişkilerine bir seviye daha stres ekle-
mişti ve birçoğunun da bunun için elinden gelen bir şey yoktu
ama şunu da kabullenmeliydi ki bu gözlemlerinin sonucu ço-
ğunlukla mutlu, normal aile yaşantıları ile sonuçlanıyordu.

Peki, neden o da buna sahip olamasındı?

Kendisine bu olasılığı ciddi bir şekilde düşünmek için ilk
kez bir şans tanımıştı, sonuca ulaşamamasının nedeni ise orta-
lama IQ seviyesinden elli puan daha düşük bir seviyeye sahip
olmasıydı. Jenna bunu ona sürekli anlatmaya çalışmış, onun
iyi bir koca, iyi bir baba *ve aynı zamanda* iyi bir polis olabile-
ceğine ikna emeye çalışmıştı.

Ona inanmamıştı. Ona, belki de kendine, her şeyi yapa-
bileceklerine dair yeterince güvenememişti. İçini bulandıran
tüm bu hislerden tam olarak emin olamıyordu ama kabul-
lenmeye başlamıştı. Belki diye düşünmeye başlamıştı. Belki...

İşte bu yüzden bu gece onu görmek istiyordu.

Ve her şeyin içine sıçtığını kabul etmeye hazır olmasının
nedeni de buydu.

"Öyle mi?" diye cevap verdi Dylan. "Bu sefer ne yaptın?"

"Sanırım Jenna'yı gerçekten incittim."

Son günlerde bir kirpi kadar asabi olan ve arkadaşlarına
göre biraz daha hızlı içmekte olan Zack, gırtlağında belli be-
lirsiz homurtuyla karışık bir sesle; "Aha! Aramıza hoş gel-
din," dedi.

Dylan, masanın etrafındaki ortamı yumuşatma amacıyla,
"Sen de Jenna'yı mı incittin?" dedi.

"Onları memnun edemezsin." Zack, normalden biraz daha yüksek bir ses tonu ile sözlerini sürdürdü.

Sözler, güçlükle çıkıyordu Zack'in ağzından, bu yüzden Gage eve onlarsız dönmenin daha iyi olacağını geçiriyordu aklından.

"Onlara hediyeler alırsın, kocaman bir yüzük verirsin ve ne düşünürlerse düşünsünler onları *aldatmazsın*. Peki ya sana inanırlar mı? Hayır! Tabii ki inanmazlar. Yatağında çıplak bir kadın görürler ve otomatik olarak onu becerdiğini zannederler."

Birasını masaya vururcasına koyarken neredeyse feryat ediyordu. "Ama ben yapmadım, aldatmadım!"

Dylan iki büklüm oldu, onlara doğru birkaç kişi dönüp baktı ama Zack fark etmemiş ya da umursamamıştı.

Gage, "Bunu biliyoruz," diye onu temin etti.

Grace'in seyahati sırasında Zack'in otel odasında başka bir kadını bulmasını ilk duyduğunda, onun üzülmeye ve nişanı bozmaya gerçekten hakkı olduğunu düşünmüştü. Gage evlilikte sadakat ve hayatın diğer tüm alanlarında bağlılık konusunda çok titiz bir yapıya sahipti. Arkadaşı olsun ya da olmasın, aldatan birini asla kollamazdı.

Zack olayları kendi açısından anlattığındaysa, Gage'in fikri değişmişti. Zack ona o kadını odasına ya da yatağına davet etmediğini söylediğinde ona inanmıştı.

Onun masumiyetine inanmasının sebebi yaşananları anlatırken atıp tutması ve zırvalaması ya da yaşananları tekrar tekrar anlatmasındaki tutarlılık değil, arkadaşının sesi ve davranışlarındaki derin kederdi. Grace'i kaybetmek onu gerçekten yıkmıştı. Zack onu seviyordu ve ona daima sadık kalmıştı, Grace ne düşünürse düşünsün.

Zack'in anlattıklarına göre, o tuhaf kadın ve Grace otel odasına geldiklerinde kendisi duştaydı. Grace kapıyı çaldığında kapıyı açmıştı ama diğer kızın içeri nasıl girdiğini bilmiyordu. Çalınmış bir anahtar kartı, rüşvet verilmiş bir temizlik personeli... Azimli kaltaklar oyuncularla yakınlaşmak için sürekli olarak yeni yollar buluyorlardı. Aynı anda Grace'in kapıya gelmesi kaderin bir cilvesiydi. Eğer beş dakika daha geç gelmiş olsaydı –Zack onlara bunu defalarca söylemişti– kadın muhtemelen gitmiş olacaktı çünkü onu yatağında bulduğu an ona ve hali hazırda soyunmuş olduğu kıyafetlerine tekmeyi basıp onları koridorun ortasına atmış olacaktı. Gage bunun Grace'in bilmesi gereken bir şey olduğuna inanıyordu.

"Evet," dedi Dylan. "Grace sakinleşmek ve seni gerçekten dinlemek için bir fırsat bulduğunda o da buna inanacaktır. Sadece ona biraz zaman tanıman gerekiyor."

Zack bir kez daha homurdandı, ardından yine dikkatini önünde duran şişeye yoğunlaştırdı.

Dylan, Gage'in asıl açıklamasına dönerek, "Peki ya sen ortalığı karıştıracak ne yaptın?" diye sordu. Gage başparmağını Rolling Rock'unun etiketinin üzerinde ileri geri sürterek başını salladı." Tüm bu 'çocuksuzluk' mevzularında hatalı olduğumu düşünmeye başladım."

"Çüş!" Dylan'ın gözleri büyüdü ve sandalyesinde birkaç santim geriye doğru sallandı. Zack bile kendini saçma bakışma sürecinden çekti.

Gage yüzünün kızardığını ciddi bir şekilde hissedebiliyordu.

Dylan, "Bu bayağı bir geriye dönüş. Fikrini değiştiren şey ne oldu?" diye sordu.

Gage, arkadaşlarının dikkatli bakışlarını görmezlikten gelip kendi bakışlarını masaya doğru eğerken, "Tam olarak bilmiyorum," diye itirafta bulundu. "Bunun kötü bir fikir olduğundan o kadar emindim ki. Çocuk sahibi olmayı reddetmenin ve Jenna'yı terk etmenin yapılması gereken en doğru şey olduğundan, herkesi güvende tutmak için en iyi yol olduğundan o kadar emindim ki."

Derin bir nefes aldı ve sandalyesine yaslandı. "Ama onu özlüyorum. Onunla tekrar birlikte olmak, bana her şeyin eskiden nasıl olduğunu ve onsuz geçen bir buçuk yılın ne kadar boktan olduğunu hatırlattı. Sonra işe geri döndüm ve diğer insanların ne kadar büyük bir kısmının çocukları ve mutlu bir evlilikleri olduğunu fark etmeye başladım. Gizli görevdeki diğer kişiler, dedektifler, devriye polisleri ve SWAT ekibinin üyeleri." Başını kaldırınca Dylan'ın bakışlarıyla karşılaştı, ardından da Zack'in. "Eğer onlar bunu başarabiliyor ve ailelerinin başına korkunç şeyler gelmesinden korkmuyorlarsa ben neden bu kadar korkuyorum ki?"

Dylan dirseklerini dinlendirmek üzere masaya eğildi. "Biz de her zaman bunu merak ediyorduk. Sana, hayatta sırf kötü bir şeyler var diye bunların senin, Jenna'nın ya da sahip olacağınız çocuklardan birinin başına gelmek zorunda olmadığını anlatmaya çalıştık. "

Gage'in ağzı kendini fazla değersiz gören bir sırıtışa büründü. "Evet, bunu anlıyorum ama sanırım daha önce duymak istemiyordum."

"*Sanırım* mı?" diye araya girdi Zack. "Bu konu her gündeme geldiğinde Çin Seddi gibiydin. Ben her zaman sana bir şey olmasından ve Jenna'yı sahip olduğunuz çocukları tek başına büyütmek zorunda bırakacağından korktuğunu düşünmüştüm ama bunun evliliğinizi bitirmeye değeceğini düşünmemiştim."

İçkisinden bir yudum almak üzere duraksadı, devam etmeden önce şişesini masaya bırakırken omuz silkti. "Bence sevdiğin insanla olabildiğin kadar uzun bir süre birlikte olmak sonsuza dek onlarsız olmaktan daha iyidir," dedi Zack ve başını Dylan'dan Gage'e doğru çevirip tekrar geriye döndü. Gözleri kesişti ve "Bu bir anlam ifade ediyor değil mi?" dedi.

Zack ayakta duramayacak kadar sarhoş olmak üzere olsa da hâlâ bazı beyin hücreleri görevlerini yerine getirebiliyordu. "Evet," diye homurdandı Gage. "İfade ediyor."

Gage, başına Jenna'yı ya da belki de sahip olacakları çocukları yalnız bırakmasını gerektirecek bir şey gelmesini istemiyordu. Ve bundan adı gibi emindi ki onlara bir şey olmasını da istemiyordu. Ama ayrı olmak ikisini de perişan ediyordu.

Amaç neydi? Neden birlikte huzurlu olabilecekleri süre boyunca evli ve mutlu olmak yerine boşanmış ve perişan olmaları gerekiyordu ki?

Aptalın teki olduğu için zaten yeterince zaman kaybetmişlerdi... Daha fazlasını kaybetmek istemiyordu.

Ayağa kalkarken cüzdanını karıştırdı ve masaya birkaç banknot attı. Dylan'a, "Zack'i eve götürebilir misin?" diye sordu.

Dylan şaşkınlıkla baktı. "Tabii. Sen nereye gidiyorsun?"

"Jenna'yı bulmalıyım. Telafi etmem gereken birkaç yıllık aptallıklar var."

Eh, biraz daha planlama yapmanın zararı olmazdı.

Penalty Box'tan heves ve kararlılık dolu bir şekilde ağır adımlarla çıkmıştı. Motoruna ulaşıp kaskını bağlayana dek Jenna'nın nerede olduğuna dair bir fikri olmadığını anlayamamıştı. Tanrı'ya şükürler olsun ki, bardan çıkışından iki saniye sonra kaskını çıkarıp motordan indiğini ve bara geri girdiğini gören kimse olmamıştı park yerinde. En azından arkadaşları ona gülmemişti, daha doğrusu kendisi barı terkettikten sonra gülmüşlerdi. Tamam, Zack gülmüş olabilirdi ama adam zilzurna sarhoştu ve kendi gölgesine bile gülebilecek bir durumdaydı.

Dylan'a, Jenna'nın nerede olabileceğini ya da kızların örgü toplantısından sonra Box'a gelmediklerine göre nereye gitmiş olabileceklerini sorduktan sonra arkadaşı telefonunu çıkardı ve Ronnie'yi aradı.

Neden bilmek istediğini söylemesi gerekmeden; eve dönmeden önce, o ve Jenna'nın toplantı sonrası içki içmek üzere Grace'in evine gittiklerini öğrendi.

Gage diyaloğun geri kalanını dinlemek için beklemedi, bu kez kafasında bir istikamet ile birlikte dışarı doğru yol aldı.

Şimdi Grace'in kapısında duruyor, terli ellerini kotunun baldırlarına siliyor ve Jenna'ya tüm söylemek istediklerini söylemeden kalbinin göğsünden fırlamamasını umuyordu. Ciğerlerini oksijenle doldurdu, ayaklarını hafifçe ayırdı ve elini kapıyı çalmak üzere kaldırdı. Kapıyı bir kez daha çalmak üzereyken kapı süzülerek açıldı. Grace karşısında dikiliyordu. Üzerinde yere kadar uzanan beyaz saten bir gecelik ve onunla uyumlu bir sabahlık vardı. Sarı saçları ve makyaj dolu yüzü ile tıpatıp bir Marilyn Monroe özentisi gibi gözüküyordu. Eline o siyah sigara tutuculardan bir tane sıkıştırsa yirmili yılların genç yıldızı bile olabilirdi.

"Hey kızlar!" diye omzunun üzerinden seslendi Grace. "Bir göt gelmiş. Sizce onu içeri almak ya da almamak için oylama yapmalı mıyız?"

Bir saniye sonra, Ronnie birkaç metre arkasında belirdi. Halen işe giderken giymiş olduğu etek ve bluz ile tam giyinik bir haldeydi şükürler olsun ki.

Gage onu görünce rahat bir nefes aldı. Üçü arasında diğerlerine nazaran ondan en az nefret eden ve o an için diğerlerinin arasında akılcı davranacak olacak tek kişi olduğu için en iyi hedefi oydu.

Fakat gülümsemek ve Grace'e onu içeri almasını söylemek yerine, Ronnie gözlerini kıstı ve kollarını göğsünde bağladı. Gage'i buzluktan çıkmış bir esinti gibi ürperten bir sesle, "Sanırım Jenna'nın karar vermesine izin vermeliyiz," dedi.

Eyvah. İşler umduğu kadar kolay olmayabilirdi.

Bir saniye sonra da Jenna sahneye dahil oldu. Üzerinde, bir bacağında boydan boya pembe aplik kelebeklerin olduğu koyu mavi bir kot ve açık yuvarlak yakalı, bir omzunun üst köşesinde kelebek olan bir bluz giymişti. Ve tabi ki boynuna dolamış olduğu tüylü fuları da kıyafetindeki beyaz ve pembenin her tonuyla uyumlu bir şekilde Jenna'nın kendine has tarzını oluşturuyordu.

Kabartılmış saçlarından dolgu topuklu sandaletlerinin ardından gizlice ortaya çıkan, pembe oje sürülmüş ayak tırnaklarına kadar her bir detaya baktığı esnada karnına bir yumruk yemiş gibi hissetti.

İyi görünüyordu. Ama üzgün olduğu belliydi ve Gage onun yüzündeki hüznü silmek için elinden gelen her şeyi yapacağına dair yemin etti.

Bakışları Jenna'nınkilerle buluşarak ve aralarında dikilmekte olan diğer iki kadının ötesine konuşarak, "Seninle konuşmam gerekiyor," dedi Gage.

Kelimeleri ağır bir sessizlik takip etti. Jenna'nın yanıtını bekledi fakat o oyalandıkça damarlarındaki kan daha hızlı dolaşmaya başlıyordu.

Sonunda, Grace kapıdan uzaklaştı ve mutfağa doğru yürüdü. "Madem gidecek gibi gözükmüyorsun, sana bir içki ikram edelim bari?"

Gage buz küplerinin bardağa düşüşünü duydu ve dikkatini Grace'in elinde bir içki ile ona doğru gelişine dikti. Grace ona uzun, şeffaf bir bardaktaki açık kahverengi içkisini sundu.

O da almak üzere uzandı. Tanrı biliyordu ya ağzı Gobi Çölü kadar kurumuştu. Son anda, her şeye rağmen kendini durdurdu. Parmaklarını avcunda kıvırarak, "Hayır. Teşekkürler," dedi yumuşak bir sesle. Gözlerini onunkilere bakmak üzere kaldırırken, gözlerinde zevk dolu bir parıltıyla karşılaştı. Grace'in ağzının bir yanı Gage'in reddedişine tepki olarak büzülmüştü. "Son olaydan sonra dersimi aldım, artık kendi içkimi kendim alıyorum."

"Akıllı adamsın," dedi Grace gülümseyerek. Ardından kadehini alaycı ve yapmacık bir şekilde Gage'in bu davranışını kutlarcasına kaldırdı. "Bu davranışını Zack'e de iletmek isteyebilirsin belki. Çünkü eğer içkisine bir şeyler atma şansım olursa, bunlar birkaç zararsız uyku hapı *olmayacak.*"

Bu Gage'in meslek anlayışına göre bir kişinin canına kastetmeye biraz fazla yakın gelmişti. Ama o buraya bir âşıklar tartışmasına hakemlik yapmak için gelmemişti, şu an için kendine ait yeterince sorunu vardı zaten.

Asıl konuya bir kez daha dönerek bakışlarını bir kez daha Jenna'ya doğrulttu. Söylediklerinden dolayı kulağa zayıf ya da gülünç gelmek umrunda bile değildi. Jenna'nın onunla konuşmasına, onu *dinlemesine* ihtiyacı vardı.

Başparmaklarını kendinden emin bir şekilde ön kemer halkalarından geçirerek, "Lütfen," diye rica etti. "Sadece bir dakika."

Jenna iki arkadaşı ile bakışarak anlaştı, soğuk bir tavırla antreye doğru ilerledi. Hole geçtiklerinde, Gage kapıyı Grace ve Ronnie'nin üzerine kapatarak biraz olsun mahremiyet sağlamaya çalıştı. Nefesi düğümlendi. Kalbi göğsünde gerçek anlamda sızlıyor, yerinden çıkacakmışçasına atıyordu. Aralarına biraz mesafe koymak amacıyla karşı duvara doğru yönelen Jenna, böyle bir sorun yaşıyor gibi gözükmüyordu. Gage'e dik bir şekilde bakıyordu. Kollarını sağlam bir şekilde göğüslerinin altında kenetlemişti ve dudakları düz, keyifsiz, bir çizgi halinde sıkıştırılmıştı.

Yorgun bir sesle, "Ne istiyorsun Gage?" diye sordu.

Bunu Jenna'ya o yapmıştı. Gözlerine hüznü ve omuzlarına yenilginin kamburunu kendisi yerleştirmişti.

Boğazındaki yumruyu yutarak, "Direkt olarak konuya gireceğim çünkü zaten yeterince zaman kaybettim," dedi.

Derin bir nefes aldı. Düşüncelerini düzene sokmaya çalışırken kurumuş dudaklarını yaladı.

"Her şeyi berbat ettim Jenna. Sen her konuda haklıydın ve ben lanet olasıca kalın kafalının tekiydim. Bunları göremedim."

Jenna tepki vermedi. Sadece durdu ve onu izledi. Sözünü bitirmesi ya da sadede gelmesi için bekledi, hangisi önce gelirse artık. Gage, Jenna'yı yakalayıp günahlarından arınmasına yardımcı olabilecek uzun bir öpücük için kendisine çekme dürtüsüne engel olmak amacıyla parmaklarını ceplerine sokuşturdu.

"Ben bir ahmaktım Jenna. Sokakta karşılaştığım bazı şeylerden dolayı seni kaybetmekten korkuyordum. O kadar korkuyordum ki, sana sıkı sıkıya sarılıp birlikte geçirdiğimiz her dakikanın değerini bilmek yerine, korkunun beni ele geçirmesine, seni terk etmeme ve evliliğimizin korkum yüzünden yıkılmasına göz yumdum."

Gage, Jenna'nın gözlerinde ilgi dolu bir ışıltı gördüğünü sandı ve doğru yolda olduğuna dair bir umut sardı içini. Onu tekrar kabul etmesi için dua etmeye başladı içten içe.

"Ben hatalıydım. Hatalı, aptal ve budalaydım," dedi ve kafasını üzgün bir şekilde sallayarak itirafta bulundu. "Olması *ihtimali* bulunan şeyleri kontrol edemeyeceğimi anlamak biraz zamanımı aldı. Benden çok daha akıllı bir adamın sözleri ile devam edeceğim sözlerime: Herhangi birimiz yarın sokağa çıkabilir ve bir otobüsün altında kalabiliriz. Ama bunun mesleğimiz, yaşam tarzımız ya da nasıl insanlar olduğumuzla hiçbir ilgisi olmayacaktır." Başını öne eğerek, bir an için alelade bej renkli halının üzerinde botlarının siyahlıklarını inceledi, ardından derin bir nefes aldı. Bakışları bir kez daha karşılaştı ve devam etti.

"Hayatımın geri kalanını sensiz geçirme düşüncesinden nefret ediyorum. Sen olmadan mutlu bir tek dakika bile geçiremiyorum. Sensiz ya da sahip olacağımız çocuklar olmadan yaşamak istemiyorum. Sana hâlâ endişelenmeyeceğimi, dürüst olmak gerekirse, bu konuda korkmadan yaşayacağımı söyleyemem," diye çarpık, fazla mütevazı bir gülümseme ile ekledi. "Fakat bir polis olarak gördüğüm şeylerin geleceğimizi çalmasını istemiyorum. Tek bir anını bile..."

Kendini sabit bir şekilde tutarak Jenna'nın tepkisini bekledi. Açığa vurduğu şeylerin onu geri kazanmak için yeterli olup olmadığını öğrenmek için bekledi.

Ve kahretsin, bunu bilemiyordu. Jenna'nın yüzü ifadesizdi, gözleri şüpheci bir şekilde kısılmıştı ve hiçbir şeyi belli etmiyordu.

Derin bir korkuyla, işler beklediğim gibi gitmiyor diye düşündü. Yoldayken konuşmasının ne gibi bir tepki alacağını kafasında canlandırıyordu. Jenna'ya onu sevdiğini ve onu geri istediğini, onunla mutlu bir evlilik ve çocuklar istediğini söyleyecekti. Ardından Jenna o kadar memnun olacaktı ki, küçük bir sevinç çığlığı atacak, kollarını boynuna dolayacak ve onu tutkulu bir şekilde öpecekti.

Açıkçası, kafasındaki hesaplarda bir hata yapmıştı.

Saniyeler kafasının içinde bir gongun çınlaması gibi geçti ve birden ona çarptı: *Jenna'ya onu sevdiğini söylememişti!*

Lanet!

Onu, duygularını dinlediğine ve korkularının geleceği etkilemesine izin vermeyeceğine ikna etmeye o kadar odaklanmıştı ki en önemli kısmı unutmuştu. Pat diye, "Seni seviyorum," sözcükleri döküldü ağzından. Jenna'nın gözleri bununla birlikte biraz genişledi ama bunun nedeninin kendisiyle mi, yoksa sözlerinin yarattığı etkiyle mi olduğuna emin olamıyordu.

Biraz daha düşük bir ses tonuyla, "Seni seviyorum," diye tekrar etti. "Seni her zaman sevdim Jenna. Asla sevmekten vazgeçmedim. Boşanma evraklarını imzaladıktan sonra yürüyüp giderken bile. Sensiz geçen son bir buçuk yılda devam ettiği gibi..." dedi. Bir an düşündü ve korku dolu bir nefes verdi. "O bir buçuk yıl benim için cehennemdi diyebilirim ama bundan sonraki hayatım boyunca da sensiz kalırsam, işte o zaman yaşayacağım perişanlıklar yanında, cehennem Disney World gibi kalır." Hâlâ Jenna'dan duyabileceğini bildiği reddedilme acısının riskini göze alarak öne doğru bir adım atıp onu dirseklerinden yakaladı. Kolları göğüs bölgesinden yanlara doğru düştü, Gage ikisi de göğüs göğüse değene dek onu kendine doğru çekti.

Ona doğru bakarak şöyle fısıldadı: "Özür dilerim. Sana o kadar çok şey yaşattım ve o kadar çok zaman harcadım ki. Ama bütün bunları telafi etmek istiyorum. Hayatımın geri kalanını gönlünü almaya çalışarak geçirmek istiyorum, tabii eğer bana bu şansı tanırsan." Diyaframı havasız kaldıkça sıkışmaya başladı. İşte hepsi buydu, içindeki her şey buydu. Eğer onu affedecek ve tekrar kabul edecekse bunu şimdi yapmalıydı Jenna çünkü onu geri kazanmak için başka ne söyleyebileceğini ya da yapabileceğini bilmiyordu. Top şimdi Jenna'nın tarafındaydı ve yapabileceği tek şey beklemekti.

Ne yazık ki bu sessizlik onu mahvediyordu. Tırnakların bir kara tahtaya sürtünmesi gibi sinirlerini geren bir sessizlikti.

Ve yüzünden hiçbir şey anlaşılmıyordu Jenna'nın. Gözleri hâlâ karanlık ve okunamaz haldeydi. Dudakları hâlâ ince ve sıkı bir çizgi gibiydi.

Her şeyin bittiğinden ve yürekten konuşmasının *Gage'in* sebep olduğu savunma duvarını yıkıp geçmesi için çok geç olduğundan korkarak kollarını bıraktı ve bir adım geriye çekildi.

Henüz acı yoktu. Biraz travma gibiydi. İlk başta bir şok etkisi, vücudun hissizleşmesi ve beyindeki acı reseptörlerinin anlık olarak bloke olması. Ardından yeterli bir süre sonra, gerçeklilik yüzüne çarpacaktı. Kafasını toplayıp Jenna'yı bir kez daha kaybettiğini fark ettiği anda ise iyice kahrolacaktı.

Koridora doğru yöneldi Gage. Jenna'dan uzaklaşan uzun, sonsuz bir yürüyüşe başlamak üzere bir adım attı kapıya. Dizlerinin bağı çözülmeden, erkekliğe yakışmayacak bir çöküş yaşamadan ya da acınası bir şekilde hıçkırıklara boğulmadan Grace'in evinden çıkabilmek için dua ediyordu.

"Çocuk istiyor musun?" dedi Jenna.

Jenna'nın sözleri ona karanlık bir tüneldeki bir yankı gibi geldi. İlk başta hayal kurduğunu sandı, ardından ise doğru duyduğuna emin olamadı.

Geri döndüğünde, onu tam da bıraktığı yerde, ona ümit dolu bir şekilde bakarken buldu. Çekip kızların yanına gitmemişti, ona gerçekten de bir soru *sormuştu*. Burda kalmış ve bir soru sormuştu.

En önemli soruyu.

Göğsünde bir tıkanıklık hissederek ve bunun boğazına da yükselmesinden korkarak, "Evet," dedi. "Ama sadece seninleysem..."

Sonunda, doğru şeyi söylediğini biliyordu. Jenna'nın gözleri yaşla doldu, dudakları titredi. Kendini bu anın gerginliğinden sıyıramadan ona doğru fırladı. Gage bir adım geriye tökezledi ama onu kollarına aldı ve beline sarıldı.

Göbeğinin altından bir sıcaklık yayıldı ve tüm benliğini sardı. Bu kez işleri berbat etmemişti, en azından şimdilik.

Jenna onu dinlemişti ve affetmişti, ona inanmıştı. Bu kadar iyi ve mutlu hissettiğini hatırladığı tek zaman evlendikleri gündü.

Henüz söylemeyi düşünmüyordu ama onunla bir an önce dünya evine girmeye niyetliydi. Ve eğer çocuk yapma işine bir an önce girmek istiyorsa, o konuda da hazır ve istekliydi.

Birkaç dakika boyunca orada dikilerek ve birbirlerine sarılmış bir şekilde durduktan sonra Jenna yüzünü onun boynundan kaldırdı. Keskin ve kısık gözlerini Gage'e dikti. Sulu bir sesle, "Bir daha asla ama asla bunu yapma!" dedi, ardından da koluna sözlerini pekiştirmek için sıkı bir çimdik attı.

"Ahh!" dedi Gage, Jenna'nın öldürücü pençelerinden sıyırabilmek için kıvrıldı ve "Neyi bir daha yapmayım?" diye sordu.

"Beni böyle bir duruma sokma!" dedi neredeyse feryat eder bir şekilde.

"Görmezlikten gelme süreci, boşanma, ne bok istediğini bilmemen ve her şeyi burnumdan getirmen gibi. Bir daha asla ama asla yapma bunları!"

Bir kez daha o iki tehlikeli parmak ucuyla Gage'e doğru yaklaştı ama temas kuramadan Gage bir yana atladı.

"Yapmayacağım!" diye onu temin etti. "Söz veriyorum."

Jenna daha az öldürücü bir bakışla ona doğru sokuldu. O da Jenna'ya doğru sokulmaktan memnuniyet duyuyordu.

Jenna, "Gittiğinde o kadar emindin ki, verdiğin kararın doğru karar olduğuna dair hiç şüphen yoktu. Fikrini değiştirmene ne sebep oldu?" diye kollarının oluşturduğu çembere yaslanarak sordu.

Gage bir an için düşündü ve yavaşça yanıt verdi. "Sanırım, sonunda gözlerim açıldı. Tekrar seninle birlikte olup ayrıldıktan sonra içimdekiler de bir kesinlik kazandı. Tanrım, bu bir daha *asla* tekrar etmek istemediğim bir şey, bunu bilmelisin. Zaten kalbimin de buna dayanabileceğini sanmıyorum." Yeniden kaldığı yerden devam etti. "Her neyse, teşkilatta birçok kişinin eşleri ve aileleri olduğu dikkatimi çekmeye başladı. Kendilerini sevdiklerinden uzaklaştırmıyorlar ya da başlarına bir şey gelmesinden korkarak dehşet içinde dolaşmıyorlardı."

Jenna bir kaşını kaldırdı ve bakışları yeniden sıkıntıyla doldu.

"Bu sana sürekli olarak anlatmaya çalıştığım şey değil mi?"

Gage burun kıvırdı. "İşte bu, biraz kalın kafalı olduğumu kabul ettiğim bölüm."

Jenna'nın ifadesi daha da keskin birhal aldı. "Biraz mı?" diye onu çimdikledi bir kez daha.

"Ah!" Kolundaki zavallı, hırpalanmış bölgeyi ovaladı ve ardından, "Biraz sakin olmalısın. Eğer beni böyle hırpalamaya devam edersen, bu gece seni hamile bırakabilecek bir durumda olmayacağım," diye esprili bir şekilde uyardı Jenna'yı.

Jenna'nın dudakları sırıtmak üzere kıpırdandı ama buna engel oldu. Çünkü Gage'i bir süre daha kıvrandırmak istiyordu.

Başını onu kışkırtmak için –hem de en iyi şekilde– cilveli bir şekilde salladı ve "Bu gece beni hamile bırakmanı istediğimi kim söylemiş ki?" diye ukalaca yanıt verdi.

"Yaklaşık iki-üç yıldır çocuk sahibi olmak için uğraşıyorsun," diye hatırlattı. "Ben de böylece bir yerlerden başlayabilirim diye düşündüm. Şahsen ben, muhteşem bir telafi seksi yapmak için dört gözle bekliyorum," dedi Gage ve sözlerindeki vurguyu tamamlamak için kaşlarını oynattı.

Jenna kıkırdadı. "Barışma seksini kabul ediyorum ama kalan kısmı için biraz daha ağırdan almalıyız. İşlerin yolunda

gittiğinden ve *yine fikrini değiştirmeyeceğinden* emin olmalıyım."
Son kısımda homurdandı ve kıvrılmış parmaklarını Gage'in
göğüs kafesine doğru çevirdi.

Gage daha fazla olası morluğu önlemek için kendini sıkı-
yordu. "Değiştirmeyeceğim, yemin ederim."

Jenna, Gage'in bu sözünü kabul etmiş gibiydi. "Çocuk yap-
maya başlamadan önce tekrar evlenmek istiyorum."

"Bunları beni uyuşturan ve hamile kalmak için yatağa
bağlayan kadın mı söylüyor?" diye kaşlarını şüphe ile kaldı-
rarak sordu Gage.

Jenna'nın ağzı suçlulukla büküldü. "O sırada ortada haya-
tımın geri kalanını bir başıma, çocuksuz geçirmek zorunda
kalmam gibi bir durum vardı. Şimdi benimle olacağını bildi-
ğime göre..."

Jenna çimdikleme eylemini bir kez daha gerçekleştirmişti.
Gage gözlerini devirdi, bileğini yakaladı ve avcunu açarak
göğsüne yerleştirdi. Böylece artık ona karşı bir silah gibi kul-
lanamayacaktı parmaklarını.

"Benim de acelem yok, zamanımız var," dedi Gage.

Bunu beklemiyordu, en azından bir bölümünü. Jenna'nın
tam burada, koridorda üzerine atlamasını bekliyordu. Ama
olsun, bu da fena değildi.

Gage sırıtarak onu öpmek üzere eğildi. Önce yavaşça, ar-
dından daha da derin.Jenna ona yapıştırıcıyla yapışmış gibi
kenetlendi Öyle sıkı sarmıştı ki Gage, onun incecik kollarını
kıracağından korkuyordu.

Uzun bir süre sonra birbirlerinden ayrılabildiler. Gage al-
nını onunkine yasladı ve fısıldayarak, "Senin ya da benim eve
gidip en azından şu telafi seksine başlamaya ne dersin?" dedi.

Jenna bir kez daha ona doğru yaklaşıp kollarını boynuna
doladı ve küçük bir sıçrama ile bacaklarını beline sardı. Gage'in

onu tutacağına emindi, tıpkı daha önce defalarca yaptığı gibi. Tabii ki Gage de öyle yaptı, ellerini onun poposuna doğru kıvırarak Jenna'yı tuttu.

Jenna, Gage'in kulağına minik bir aşk ısırığı kondurmadan önce muzip bir şekilde, "Bunu kabul ediyorum, hatta bu kez senin beni yatağa bağlamana bile izin verebilirim," dedi.

Jenna'nın fısıldamış olduğu edepsiz sözcükler ve ağzının, boynunun yanında olması Gage'in aletinin yukarı doğru hareketlenmesine ve kotunun fermuarını zorlamasına sebep olmuştu. Kendini kontrol etmeye çalışıyordu. Ama onu tam koridorun ortasında yere yatırıp soymadığı için Jenna kendini şanslı hissetmeliydi.

Doyumsuz öpüşmelerin arasında zar zor, "Sence de arkadaşlarına gideceğimizi söylemen gerekmiyor mu?" diyebildi.

Jenna isteksizce kafa salladı ve Gage onu yavaşça Grace'in kapısına doğru çevirdi.

Jenna kapıyı çaldı ve "Her şey yolunda" diye bağırdı.

Öp.

"Biz gidiyoruz."

Yala.

"Sizi sonra ararım."

Em.

Bacakları hâlâ onu taşıyabiliyorken, koridorun sonundaki asansöre doğru yöneldi. Jenna onun kollarındaki yerden hayli yüksek bir pozisyondayken asansörün düğmesine basmak için biraz aşağı sarktı. Tekrar Gage'e döndü.

Bakışları tekrar buluştu ve Jenna'nın bakışlarının yeşil derinliğinde ona duyduğu aşkın yansımasını gördü.

Gage, Jenna'nın söylediklerinin doğruluğuna inanması için tekrar tekrar söylemek istiyordu onu sevdiğini, "Seni seviyorum," diye mırıldandı.

Jenna boynunu bırakarak ellerini onun kısa saçlarına geçirdi ve "Ben de seni seviyorum. Bu kez başaracağız!" diye fısıldadı.

Gage, "Evet, başaracağız!" diye teyit etti gülümseyerek. "Evet başaracağız!"

Sonsöz

İşe yaramıştı.

Başarmıştı, başarmıştı, başarmıştı işte!

Charlotte sevinçten yerinde duramıyordu. Antika çıkrığı kendisine eş edinmiş, durmadan dans ediyordu.

Çıkrık yanılmıyordu. Gerçek aşk sihri yalan değildi. Alı zafer buydu işte, mutluluk bu!

Yerinde duramadığı için nefes nefese kalmıştı, adımlarını yavaşlatıp çıkrığın karşısına oturdu.

Çıkrığı tavan arasından aşağı güçlükle taşımıştı. Ağrıyan kemiklerini dinlendirmek için birkaç gün kendi yatak odasında kaldı çıkrık. Ordan da oturma odasına sürükledi. Niyeti yeni bir iple, yeğeninin umutlarını eğirmeyi yeniden denemekti.

Ama şimdi gerek kalmamıştı işte. Bu geceki örgü gecesinde stadyum ışığı kadar aydınlık gülücükler vardı Jenna'nın yüzünde. Jenna'nın Gage'le yeniden bir araya geldiği haberini paylaşmak için havalarda uçuyordu Charlotte.

Görünüşe göre, Charlotte'ın, yeğenini en son görüşünden beri pek çok şey olmuştu.

İyi şeyler.

Güzel şeyler.

Çıkrığın sihrine dair şeyler...

Charlotte o iplik yumağının Ronnie ile Dylan'ı buluşturduğu gibi Jenna'yla Gage'i de bir araya getirdiğine artık emindi. Nasıl olmazdı ki? Charlotte gittikten sonra Jenna o mor ipliği örmeye başlamış ve fuları tamamlamıştı, ardından Gage çıkagelmişti hayatına.

Charlotte çok mutluydu, bunu bekliyordu ama Gage'in de örgü örmek istemesini ve Jenna'nın ona öğrettini duymak sürpriz olmuştu.

Ronnie ile Dylan'ınki gibi bir aşk hikâyesi daha başlamıştı çıkrık sayesinde. Bu da Charlotte'ın annesinin, anneannesinin onun da annesinin nesilden nesile söyleyip durdukları çıkrığın büyüsünün en büyük kanıtıydı işte.

Heyecandan yerinde duramıyordu Charlotte.

Birkaç dakika sonra, oturma odasına dönüp çıkrığın karşısına geçti. Şimdi biliyordu, gerçekten emindi. O, bu işi yapmak için biçilmiş kaftandı.

Bu çıkrıktan elde ettği iplerin, aralarındaki aşılmaz engellere rağmen iki insanı bir araya getirecek eşsiz bir gücü vardı. Grace ve Zachary için de bir çözüm bulabilir miydi acaba?

Normalde, Charlotte bir kadının kendisini aldatan bir erkeğe geri dönmesini asla onaylamazdı. Asla. O adama zarar vermeyi makul bulabilirdi ama affetmeyi asla onaylamazdı.

Jenna'ya göre Zack aldatmadığına yemin ediyordu. Adamın dediğine göre, odasına girmek için can atan bayan hayranları vardı. Grace ona sürpriz yapmak için talihsiz bir zamanı seçmişti sadece. Gage yemin ediyordu bir suçu olmadığına. Bu yüzden Charlotte Jenna'ya güveniyordu, Jenna da Gage'den duyduklarına tabii. Ve böylece Charlotte Zack'i yargılama kararını askıya almaya ikna olmuştu.

Grace'in böyle bir masala inanması için biraz zamana ihtiyacı vardı. Şu anda yaraları henüz tazeydi ve hüzne bulanmış durumdaydı. Belki de mucizevi bir dokunuş gerekiyordu.

Bu defa pembeye boyamaya karar verdi ipleri Charlotte ve alpakaların yününü sardığı çıkrığın pedallarını yavaş yavaş çevirmeye başladı.

Grace, Zack'i affetmeye henüz hazır olmayabilirdi ama sihirli çıkrığın buna hazır olduğunu biliyordu.

Ya da belki çıkrık, bu güzel televizyon yıldızı için başka birini düşünüyordu.

Öyle de olsa Charlotte bunu kabul ederdi. Önemli olan Grace'in gerçek aşkını bulup onunla sonsuza dek mutlu olmasıydı.

Bundan sonra ne olacağını sadece Charlotte'ın çıkrığında gizlenmiş küçük peri kızı biliyordu.